LE VIN
DE LA JEUNESSE

Du même auteur
chez le même éditeur

BANDINI
DEMANDE A LA POUSSIÈRE
L'ORGIE
LES COMPAGNONS DE LA GRAPPE
LA ROUTE DE LOS ANGELES
PLEINS DE VIE
MON CHIEN STUPIDE
RÊVES DE BUNKER HILL

JOHN FANTE

LE VIN DE LA JEUNESSE

Traduit de l'américain par
Brice MATTHIEUSSENT

CHRISTIAN BOURGOIS EDITEUR

Titre original :
The Wine of Youth

ISBN 2-267-00469-0

Pour Carey McWilliams et Ross Wills —
bons amis, compagnons diaboliques

DAGO RED

UN ENLÈVEMENT DANS LA FAMILLE

Il y avait une vieille malle dans la chambre de ma mère. Je n'ai jamais vu une malle aussi vieille. C'était une de ces malles à couvercle rond aussi gros que la bedaine d'un obèse. Tout au fond, sous des vêtements de mariage qu'on n'utilisait jamais parce que c'étaient des vêtements de mariage, sous de l'argenterie qui ne servait jamais parce que c'était un cadeau de mariage, sous une kyrielle de rubans fantaisie, de boutons, de certificats de naissance, sous ce fouillis se trouvait une boîte qui contenait les photos de famille. Ma mère ne permettait à personne d'ouvrir cette malle, dont elle cachait la clef. Mais un jour j'ai découvert la clef. Elle était cachée sous un angle du tapis.

Cette année-là, au printemps, je revenais de l'école dans l'après-midi et trouvais ma mère au travail dans la cuisine. Le labeur avait ramolli et blanchi ses bras comme de l'argile séchée, ses cheveux étaient secs et cassants, ses grands yeux tristes enfoncés dans leurs orbites.

La photo ! je pensais. Oh, cette photo dans la malle !

Quand ma mère regardait ailleurs, je me glissais dans sa chambre, fermais la porte à clef, puis ouvrais la malle. Il y avait d'innombrables photos dans la boîte cachée au fond, toutes me plaisaient, mais il y en avait une seule que mes doigts désiraient follement tenir, que mes yeux voulaient voir à tout prix — c'était une photo de ma mère, prise une semaine avant son mariage avec mon père.

Et quelle photo !

Assise sur le bras d'un fauteuil en peluche, ma mère portait une robe blanche qui dégringolait jusqu'à ses pieds. Ses manches bouffantes ressemblaient à une écume légère ; c'étaient des manches très élégantes. La robe avait un col minuscule, et sur sa poitrine, au bout d'une mince chaîne d'or pendait un camée. Son chapeau était le plus grand chapeau que j'aie jamais vu. Il semblait couvrir ses épaules comme un parasol blanc, son bord était légèrement incliné, il cachait presque tous ses cheveux à l'exception d'un chignon noir sur la nuque. Mais je voyais bien les yeux verts au regard lourd, si grands que même ce chapeau ne parvenait pas à les dissimuler.

Je regardais longtemps cette étrange photo, je l'embrassais en pleurant, heureux que cette femme eût jadis existé. Et puis je me rappelle un après-midi où je l'ai emportée au bord du torrent, posée sur une pierre, après quoi j'ai prié devant elle. Et dans la cuisine il y avait ma mère, prisonnière de sa batterie de cuisine : une femme qui n'était plus la merveilleuse femme de la photo.

J'étais seulement un gamin qui rentrait chez lui après l'école.

Certains jours, je faisais autre chose. Je me campais devant le miroir de la commode en tenant la photo près de mon oreille et je regardais son reflet dans le miroir rond. Je me sentais submergé de timidité, plein d'un plaisir tremblant. Impossible de croire à cette grande dame, à cette reine ! Je me souviens que je restais là sans voix.

En ces instants, ma mère dans la cuisine n'était plus ma mère. Pour rien au monde. Ma mère était ici, c'était la dame au grand chapeau. Pourquoi n'avais-je conservé aucun souvenir d'elle ? Pourquoi avais-je dû naître si jeune ? Pourquoi n'avais-je pu naître à l'âge de quatorze ans ? Je ne me rappelais strictement rien. Quand ma mère avait-elle changé ? Pourquoi avait-elle changé ? Comment avait-elle vieilli ? J'ai décidé que, si jamais je voyais ma mère aussi belle que sur la photo, je lui demanderais immédiatement de m'épouser. Comme elle ne m'avait jamais rien refusé, il me semblait qu'elle ne refuserait pas ma proposition de mariage. Je concoctais un plan à toute épreuve, trouvais même un moyen pour me débarrasser de mon père : ma mère pouvait demander le divorce. Si l'Eglise refusait de lui accorder le divorce, eh bien nous attendrions la mort de mon père pour nous marier. Je parcourais mon catéchisme et mon livre de prières à la recherche d'une loi qui eût stipulé que les mères ne pouvaient épouser leurs fils. J'ai été très heureux de ne rien trouver à ce sujet.

Un soir j'ai glissé la photo dans ma ceinture et je suis allé trouver mon père. Il lisait le journal dans un fauteuil sur la véranda.

« Regarde », je lui ai dit. « Devine qui c'est. »

Il a regardé la photo à travers les volutes bleutées de la fumée de son cigare. Son indifférence m'a agacé. Il l'a examinée comme on observe un insecte ou quelque chose ; une part de gâteau rance ou un truc moisi. Ses yeux ont parcouru trois fois la photo de haut en bas, puis trois fois de gauche à droite. Il l'a retournée pour examiner le dos. La composition l'intéressait davantage que le sujet. Moi qui avais espéré que ses yeux s'écarquilleraient, qu'il hurlerait d'excitation.

— « C'est maman ! » j'ai crié. « Tu la reconnais pas ? »

Il m'a regardé d'un air las. « Remets-la où tu l'as trouvée », il a dit en reprenant son journal.

« Mais c'est maman ! »

« Bon Dieu ! » il a fait. « Je sais qui c'est ! Je suis le type qui l'a épousée. »

« Mais regarde ! »

« Va-t'en », il a dit.

« Mais papa ! Regarde ! »

« Va-t'en. Je lis. »

J'ai voulu le frapper. Je me suis senti triste et gêné. Sa réaction a déclenché quelque chose, et la photo ne m'a plus jamais paru aussi merveilleuse. Elle est devenue une photo comme les autres — une simple photo. Je l'ai ensuite rarement regardée ; après cette soirée je n'ai presque plus jamais ouvert la malle de ma mère pour dévorer des yeux le trésor enfoui tout au fond.

Avant son mariage, ma mère s'appelait Maria Scarpi. Elle était la fille de Giuseppe et Stella Scarpi. C'étaient des paysans originaires de Naples. Giuseppe Scarpi était cordonnier. Lui et sa femme quittèrent l'Italie pour s'installer à Denver. Ma mère, Maria Scarpi, naquit à Denver. Elle était leur quatrième enfant. Avec ses frères et sœurs, elle fréquenta l'école catholique. Puis elle alla dans une école publique, où elle resta trois ans. Mais cette école publique ne ressemblait pas à la catholique, et elle ne plut pas à ma mère. Ses deux frères et ses quatre sœurs se marièrent après leurs études secondaires.

Mais Maria Scarpi refusait de se marier. Elle disait à sa famille que le mariage ne l'intéressait pas. Et qu'elle voulait devenir nonne. Ses déclarations choquaient toute la famille. Ses frères et sœurs trouvaient absurde ce genre d'ambition. Et les enfants alors ? Fonder un foyer, trouver un bon mari, un type honnête comme Paul Carnati ? Chaque fois qu'on posait ces questions à la femme qui est devenue ma mère, elle levait les yeux au ciel et réaffirmait ses ambitions monastiques. C'était une rebelle.

Ses frères et sœurs firent venir dans leur maison toutes sortes de prétendants possibles pour essayer de la convaincre de renoncer à sa lubie. Mais Maria Scarpi était froide et têtue ; elle refusait même de leur parler. Dès qu'elle entendait des voix en bas, elle s'enfermait dans sa chambre et y restait jusqu'à leur départ.

Paul Carnati possédait une boulangerie. Il gagnait beaucoup d'argent, il avait beaucoup de bonnes idées et il était fou de ma mère. Un jour, il est arrivé devant la maison des Scarpi dans un buggy flambant neuf à pneus en caoutchouc et tiré par un superbe poulain. Ce Carnati avait tellement d'argent qu'il voulait offrir le poulain et le buggy à ma mère. Mais ma mère a refusé de regarder son cadeau ; elle a même refusé de descendre, et Paul Carnati est parti si furieux et blessé qu'il n'est jamais revenu dans la maison des Scarpi. Sa colère le poussa même à faire payer le pain deux fois plus cher à la famille Scarpi, qui cessa bientôt de fréquenter sa boulangerie ; et pour couronner le tout, il épousa brusquement une autre femme. Les Italiens appellent ça un mariage par dépit.

Ma mère me parla de sa première rencontre avec mon père. C'était en 1910, au mois d'août de cette année, le jour de la San Rocco, le puissant saint patron de tous les Italiens. Pour ce grand jour de fête, les Italiens étaient sortis dans les rues du Quartier Nord ; sur les trottoirs, ils regardaient le défilé clinquant, trois orchestres au grand complet et les fils de San Rocco avec leurs uniformes rouges et une plume blanche fichée sur chaque chapeau. Les Chevaliers de Colomb étaient là avec leur orchestre, et puis les Fils de la Petite Italie, eux aussi accompagnés d'un orchestre. En fait, tous les gens qui comptaient étaient là, y compris pas mal d'Américains qui ne comptaient pas, mais qui étaient venus pour regarder et rigoler, parce qu'ils croyaient que les jours de fête dans le Quartier Nord étaient une bonne occasion de s'amuser.

Le défilé a descendu Osage Street vers Belmont, puis il a tourné vers l'est dans Belmont en direction de l'église Saint-Stephen. Ma mère était au coin d'Osage et de Belmont, devant le drugstore qui est toujours là, et elle regardait le défilé.

Elle était seule au milieu d'une bande de jeunes Italiens sortis précipitamment des salles de billard du Star Hall, la queue de billard à la main, le chapeau repoussé sur la nuque. Ils connaissaient ma mère ; en fait ces jeunes types savaient tout sur elle. Tous les habitants du Quartier Nord connaissaient Maria Scarpi qui voulait devenir nonne au lieu de se marier. Et elle leur tournait le dos, car elle les détestait ; c'étaient des petits malfrats, de la graine de truand qui plus tard souillerait certainement la réputation des Italiens à Denver.

Ils feignaient de s'intéresser au défilé. Mais ils s'en foutaient, du défilé. C'était du bluff. La seule chose qui les intéressait était ma mère. La situation avait pourtant de quoi dérouter les petits malfrats de leur espèce. Que pouvait dire un homme à une fille qui voulait entrer dans les ordres ? Si bien qu'ils ne disaient rien, pas un traître mot. Ils restaient simplement plantés derrière elle, et ils applaudissaient le défilé.

Il y eut une sorte de remue-ménage par-derrière. Quelqu'un jouait des coudes. Repoussant les spectateurs de gauche et de droite, souriant d'un air important — il se fraya son chemin jusqu'au moment où il arriva devant qui ? Cette fille au grand chapeau ? Guido Toscana était un peu éméché à cause du vin blanc, mais il remarquait la beauté beaucoup plus vite dans cet état. Tirant une bouffée sur son cigare coudé, il se planta à côté d'elle. Les autres l'ignorèrent. Pour qui se prenait donc ce gringalet ? Ils ne l'avaient jamais vu, mais ils savaient que, comme eux, il était italien.

Ma mère le sentait près d'elle, le bord de son chapeau touchait l'épaule de l'homme. Elle avança. Mais d'un pas seulement, car le caniveau se retrouva à quelques centimètres de la pointe de sa chaussure.

« Bonjour ! » dit Guido Toscana.

« Je ne vous connais pas », répondit-elle.

« Ho ! » fit-il. « Ho ho! Je m'appelle Guido Toscana. Quel est votre nom ? »

Il se retourna pour lancer un clin d'œil aux petits malfrats. Leurs visages se figèrent. Les yeux de ma mère fouillèrent la rangée des spectateurs de l'autre côté de la rue à la recherche d'un de ses frères. Un poivrot. Et elle qui voulait devenir nonne ! O Dieu du Ciel, pria-t-elle, aidez-moi, je Vous en supplie ! Mais apparemment même Dieu s'amusait de la situation, ou bien Il était trop occupé à regarder le défilé en l'honneur de San Rocco, car Il accorda d'autres libertés à Guido Toscana. Emplissant ses joues de fumée de cigare, mon futur père se pencha légèrement et — poufff ! — lança un long jet de fumée sous le bord du chapeau de ma future mère. L'odeur piquante et blanche atteignit ses narines. Elle s'étouffa, toussa dans un petit mouchoir. Toscana rugit de rire, se retourna vers les jeunes voyous pour chercher leur approbation. Ils firent comme s'ils n'avaient rien vu. Ah, songea Guido Toscana, c'est donc ça : des Ritals !

Ma mère en eut assez. Serrant d'une main son chapeau, elle bouscula mon futur père, traversa la foule des Italiens et remonta rapidement la rue. La maison des Scarpi était à trois rues de là. Au moment de tourner au coin de la première rue, elle jeta un coup d'œil par-dessus son épaule.

Elle en eut le souffle coupé : il la suivait ! Il avait enlevé son chapeau et, zigzaguant dans la foule, il lui adressait de grands signes, lui demandait de l'attendre. Alors elle courut jusqu'à chez elle. Lui aussi courut.

« Mamma ! » criait Maria Scarpi. « Mamma ! Mamma ! »

D'un bond, elle gravit les six marches du perron. Mamma Scarpi, aussi grosse et large que trois mères ordinaires, ouvrit la porte, et Maria disparut aussitôt à l'intérieur. La porte claqua, le verrou cliqueta. Guido Toscana arrivait dans la rue en soufflant. Tout était paisible et silencieux quand il atteignit la maison. Les volets étaient fermés, aucune fumée ne sortait de la cheminée. L'endroit semblait inhabité. Mais il resta là. Il ne voulait pas s'en aller. Il se mit à faire les cent pas comme une sentinelle devant la maison des Scarpi. Inlassablement. Dans un sens, puis dans l'autre. A l'étage, derrière un rideau, il y avait Maria Scarpi. Et Guido Toscana arpentait toujours le trottoir. Dans un sens, puis dans l'autre.

L'intrépide Mamma Scarpi ouvrit la porte d'entrée et se campa derrière la deuxième porte grillagée. Dans un italien suraigu, elle cria : « Que veux-tu, espèce d'ivrogne vagabond ? Va-t'en d'ici ! Du vent ! »

« J'aimerais parler à la jeune dame », dit Guido Toscana.

« Ecarte-toi de cette maison, porc aviné ! »

« Je ne suis pas ivre. J'aimerais parler à la jeune dame. »

« Décampe avant que j'appelle la police, espèce de pourceau aviné ! »

D'un sourire, il tenta de chasser sa peur de la police.

« Un seul mot avec la jeune dame et je m'en irai. »

« *Polizia !* » hurla Mamma Scarpi. « *Polizia !* »

Guido Toscana tiqua, ferma les yeux et fit des grimaces. Il leva ses mains devant son visage, comme si les cris de Mamma Scarpi étaient des bouteilles qu'elle lui lançait à la tête.

« *Polizia ! Polizia ! Polizia !* »

Quelque chose bougea à la fenêtre du premier étage. Le store se releva en grinçant, avec un battement sec. La fenêtre s'ouvrit, la tête de Maria Scarpi apparut.

« Mamma ! » s'écria-t-elle. « Ne hurle pas, s'il te plaît. Les gens vont penser que nous sommes folles ! »

Pour Guido Toscana, sa voix évoqua la petite fille dans la gorge d'Enrico Caruso.

« Ne crie pas, Mamma ! Voyons un peu ce qu'il veut. »

« Oui », dit la grande Mamma. « Que veux-tu, pourceau aviné ? »

Guido Toscana se plaça sous la fenêtre, leva les yeux et parla en italien.

« Comment vous appelez-vous ? »

Un soupir.

« Mon nom est Maria Scarpi. »

« Voulez-vous m'épouser ? »

Mamma Scarpi faillit s'étrangler.

« Ecarte-toi de ce trottoir ! » hurla-t-elle. « Retourne dans ta fange, espèce de pourceau aviné ! »

Il n'écoutait pas. Il ouvrit la bouche et se mit à chanter. Impossible de l'arrêter. Les gens qui revenaient du défilé en restaient bouche bée. Mamma

Scarpi claqua la porte. Ma mère, qui n'avait rien d'une dure à cuire, une douce fille désireuse d'entrer dans les ordres et de prier pour les péchés du monde, semblait pétrifiée à la fenêtre.

J'ai l'impression qu'elle est restée pétrifiée. Qu'elle s'étonne toujours. Et cela ennuyait sacrément le gamin que j'étais quand il rentrait de l'école.

« Je ne savais pas quoi faire », disait-elle. « Tous ces gens qui le regardaient — j'avais pitié de lui. »

« Que chantait-il ? »

« Cette chanson de cinglé qu'il chante toujours en se rasant. »

Je connaissais la chanson en question. Tous les gens du quartier la connaissaient. Chaque fois qu'il se plantait devant un miroir pour savonner son visage, je pensais à lui sous une fenêtre de Denver, un an avant ma naissance. La chanson s'appelait « *Mena, Me !* »

Ah, tu m'as blessé méchamment. Oh, méchamment.
Mon cœur saigne salement. Oui, salement.
Le sang de ma vie s'écoule lentement,
Et je ne peux arrêter son flot.
Mena, me ! Sois à moi !
Accorde un baiser. Un seul baiser. Je t'en prie !
Un petit baiser pour conter fleurette.
S'il te plaît, ne fais pas la coquette,
Qu'est-ce qu'un petit baiser pour toi ?
Vois comme je suis pantois.
Aie donc un peu pitié, je t'en supplie !

« Que s'est-il passé ensuite, Mamma ? »

Elle balayait le sol de la cuisine, elle se baissait pour attraper les menus fragments de charbon derrière les pieds concaves du poêle. J'entendais ses articulations craquer quand elle s'agenouillait.

« Mon frère Joe est rentré à la maison, et il a vu ton père. »

« Qu'a dit Oncle Joe ? »

« Je ne sais pas. Je ne me rappelle pas. »

« Si, tu t'en rappelles. Qu'a dit Oncle Joe ? »

« Il a ri. »

« Il s'est pas fâché ? »

« Non. Pas du tout. »

« Je parie qu'il a eu peur de Papa, n'est-ce pas ? »

« Pas du tout. »

« Quand même, je parie qu'il avait une trouille bleue. »

« Comme tu voudras. »

« Alors, qu'a fait Oncle Joe, s'il ne s'est pas fâché ? »

« Il a proposé à ton père d'entrer. »

« Ils ne se sont pas battus, ni rien ? Papa ne lui a pas flanqué une raclée ? »

« Mais non. Pas du tout. »

« Et Papa est entré ? »

« Oui. »

« Et toi, qu'as-tu fait ? »

« Je ne me souviens pas. »

« Si, tu t'en souviens. »

« C'est trop ancien — j'ai oublié. »

« Non, c'est pas vrai. Seulement tu veux pas me le dire. »

Elle s'est relevée en cherchant son souffle.

« Je suis restée un moment dans ma chambre à l'étage, et puis Oncle Joe est monté pour me dire de descendre. Et je suis descendue. »

« Et alors ? »

« Alors rien. »

« Il a bien dû se passer quelque chose ! Quoi ? »

« Rien ! Il ne s'est rien passé ! » elle a dit avec exaspération. « Ton oncle m'a présenté ton père, et on s'est serré la main. Voilà *tout* ! »

« Est-ce vraiment tout ? »

« C'est tout. »

« Il ne s'est rien passé d'autre ? »

« Ton père m'a courtisée, et deux mois après nous étions mariés. Voilà. C'est tout. »

Mais cette version ne me plaisait pas. Je la détestais. Je la refusais. Je ne pouvais pas y croire. Je refusais d'y croire.

« Non et non ! » j'ai dit. « Ça s'est pas passé comme ça. »

« Mais si ! Pourquoi voudrais-tu que je mente ? Il n'y a rien à cacher. »

« Il ne t'a rien fait de spécial ? Il ne t'a pas enlevée, ou quelque chose ? »

« Je ne me rappelle pas avoir été enlevée. »

« Pourtant, tu as bel et bien été enlevée ! »

Elle s'est assise, le balai entre les genoux, les mains serrées autour du manche, la tête posée sur les mains. Elle était si lasse ; pourtant la fatigue semblait s'évaporer de son visage et elle souriait dans le vague avec l'ombre du sourire de la belle dame sur la photo.

« Oui ! » elle a dit. « C'est vrai qu'il m'a enlevée ! Il est venu une nuit pendant que je dormais et il m'a emmenée. »

« C'est ça ! » j'ai dit. « Oui, c'est ça ! »

« Il m'a emmenée jusqu'à une cabane de hors-la-loi dans les montagnes ! »

« Bien sûr ! Et il portait un revolver, pas vrai ? »

« Oui ! Un gros revolver ! Avec une poignée nacrée. »

« Et il était sur un cheval noir. »

« Oh », elle a dit, « je n'oublierai jamais ce cheval. Il était splendide ! »

« Et tu avais une trouille bleue, n'est-ce pas ? »

« Oh », elle a dit, « j'étais tout bonnement paralysée par la peur. »

« Tu as crié au secours, n'est-ce pas ? »

« J'ai crié sans arrêt. »

« Mais il s'est enfui avec toi, hein ? »

« Oui, il s'est enfui. »

« Il t'a emmenée à la cabane des hors-la-loi. »

« Oui, c'est là qu'il m'a emmenée. »

« Tu avais peur, mais ça te plaisait, n'est-ce pas ? »

« J'ai adoré ça. »

« Il t'a gardée prisonnière, là-bas ? »

« Oui, mais il était bon avec moi. »

« Portais-tu cette robe blanche ? Celle de la photo ? »

« Certainement. Pourquoi? »

« Je voulais juste savoir », j'ai dit. « Combien de temps es-tu restée sa prisonnière ? »

« Trois jours et trois nuits. »

« Et la troisième nuit, il t'a demandé de l'épouser, n'est-ce pas ? »

Elle a fermé les yeux pour mieux se souvenir.

« Je ne l'oublierai jamais », elle a dit. « Il s'est agenouillé et m'a suppliée de l'épouser. »

« D'abord tu as refusé sa proposition, évidemment ? »

« Evidemment. Je lui ai répondu non ! Il a dû me supplier longtemps avant que j'accepte. »

« Tu as donc fini par accepter, hein ? »

« Oui », elle a dit. « J'ai fini par accepter. »

Ç'a été trop pour moi. Beaucoup trop. Je me suis jeté à son cou pour l'embrasser, et sur mes lèvres j'ai senti l'âcre goût des larmes.

POSEUR DE BRIQUES DANS LA NEIGE

Ces hivers du Colorado étaient impitoyables. Chaque jour, la neige tombait du ciel, et le soir le soleil était un déprimant disque rouge qui descendait de l'autre côté des Rocheuses. Le brouillard drapait les montagnes, si bas que nos boules de neige l'atteignaient. Ce déluge blanc n'accordait aucun répit aux arbres. Le vent balayait la neige en grosses congères mortes contre les clôtures et les cabanes à charbon.

L'eau était trop froide pour qu'on pût la boire. Elle glaçait les dents comme une décharge électrique, on la goûtait timidement. A moins de laisser nos robinets ouverts toute la nuit, nous devions attendre le dégel des tuyaux jusqu'à midi. Nous consommions beaucoup de charbon, cela revenait cher et mettait mon père de mauvaise humeur.

Mon père était poseur de briques. La neige l'empêchait de travailler. Son mortier gelait avant de prendre, et ses doigts devenaient des baguettes maladroites. Mais c'était un homme extrêmement actif qui devait sans cesse s'occuper ; la longue succession des jours blancs l'exaspérait et faisait de lui une présence dangereuse dans la maison. Il fumait cigare sur cigare, faisait craquer bruyamment les articulations de ses doigts, passait d'une pièce à l'autre comme un animal en cage. Quand il arpentait ainsi la maison, nous autres les enfants étions terrifiés et battions en retraite sans demander notre reste dès que son corps râblé et musclé apparaissait à pas feutrés. L'odeur forte de ses cigares coudés Toscanelli l'accompagnait partout.

Il essayait de s'occuper. Il passait beaucoup de temps à dessiner. Penché au-dessus d'un énorme bureau à cylindre étranger aux autres meubles de la salle à manger, il dessinait tout et n'importe quoi, du cendrier à la cathédrale. Il nous interdisait de parler pendant ses séances de dessin. Parfois il ne réussissait pas à trouver son té ou son compas ; alors nous priions Dieu de nous venir en aide ! Car il se mettait à grommeler un méli-mélo d'horribles jurons, une litanie de grossièretés qui allaient crescendo avec sa colère jusqu'à ce que ma mère ou l'un des enfants ait retrouvé son té dans la machine à laver, le tub, la glacière ou tout autre endroit où un enfant peut cacher un té, puis oublier totalement son existence. A chaque fois, ma mère en prenait pour son grade. S'il ne l'accusait pas d'emblée d'avoir mis le té dans le tub, il lui reprochait d'avoir si mal éduqué ses enfants qu'ils se rendaient coupables de pareilles bêtises. Quant à nous, les enfants miraculeusement dédouanés, nous soutenions joyeusement son point de vue et considérions notre mère d'un air sombre et accusateur, comme pour lui dire : « Tu vois ! Tu n'as que ce que tu mérites ! »

Nous nous amusions beaucoup quand mon père improvisait avec son crayon pour se distraire, et dessinait selon sa fantaisie. Alors il se lançait d'habitude dans des caricatures. Ses sujets préférés étaient ses beaux-frères, les frères de ma mère. Il dessinait un âne avec le visage d'Oncle Carlo, ou bien un cochon qui ressemblait à Oncle Tony. Ces esquisses le faisaient rugir de rire. Il nous les tendait, puis elles passaient de main en main. Nous riions aussi. Nous ne trouvions pas ces caricatures vraiment drôles, nous riions simplement parce qu'il riait. Quand mon père riait, nos cœurs se sentaient enfin soulagés ; ma petite sœur Clara commençait parfois par rire pour finir par pleurer. Alors il nous poussait à emmener ses dessins dans la cuisine.

« Allez les montrer à votre mère », disait-il.

Ma mère les regardait froidement, puis nous les rendait sans paraître impressionnée.

« Honte à lui », elle disait. « Dites-lui que j'ai dit : " Honte à lui. " » Et nous retournions entourer mon père dans la salle à manger.

« Elle nous a demandé de te dire : " Honte à toi. " »

Alors il grognait de plaisir.

Il dessinait aussi nos visages, toujours avec un grand sérieux. Petite Clara était son modèle préféré. Il entourait ses cheveux avec un torchon de cuisine ou une écharpe pendant qu'elle était à genoux, les mains en prière. En pareille occasion, tout le monde devait rester parfaitement silencieux. Il interdisait l'entrée de la pièce à ma mère et à ses trois fils. Ma sœur agenouillée gardait les yeux baissés. Mon père s'installait confortablement, un cigare dans une main, le crayon dans l'autre. Quand il dessinait, il fredonnait toujours d'une voix lugubre les paroles de la chanson *A l'ombre du vieux pommier*. Il connaissait seulement six mots de cette chanson qu'il répétait inlassablement :

A l'ombre du vieux pommier,
A l'ombre du vieux pommier,
A l'ombre du vieux pommier.

Puis il s'interrompait pour sourire à sa fille.

« Qui est la petite Sainte Vierge de papa ? »

Submergée de bonheur, Clara pointait son index vers son visage et pouffait.

« Voilà qui est parler », disait-il alors. « Voilà ce que j'appelle une parole franche et sincère ! »

Clara criait de plaisir en voyant le dessin ; puis ma mère et nous l'examinions avec excitation. Ma mère était toujours contente. Elle demandait alors très sérieusement à mon père : « Pourquoi n'ouvrirais-tu pas une petite boutique où tu travaillerais comme portraitiste ? »

« Oh bon Dieu ! » se désespérait mon père. « Voilà bien les femmes. »

Il nous interdisait de conserver ses dessins, et les larmes de ma sœur restaient sans effet sur lui. Au bout d'une heure environ il se lassait brusquement et commençait de transformer ses dessins en boules de papier qu'il lançait dans le poêle de la cuisine. Il tenait un compte très précis de ses œuvres ; quand nous tentions d'en subtiliser une, il la repérait aussitôt et la réclamait en menaçant de nous battre tous les quatre comme plâtre. Le dessin manquant lui était toujours restitué.

II

Chaque hiver mon père débordait de bonnes résolutions et d'intentions définitives qui tendaient à régler nos dettes et améliorer le confort de la maison. En milieu d'après-midi il arrivait avec un pot de peinture et s'attaquait à l'une des pièces. Pendant deux heures, il travaillait en sifflant et fredonnant. Il était heureux, son émotion offrait une chanson à la maison et toute la famille se sentait le cœur léger. Puis la fatigue lui tombait dessus. Il refermait le pot de peinture, s'installait devant la fenêtre pour méditer sur la neige, remâcher tout l'argent qu'elle l'empêchait de gagner. Alors il redevenait dangereux. Nous ne pouvions plus l'approcher. Il finirait la peinture demain. Mais la tâche était sans cesse repoussée. A la fin c'était ma mère qui reprenait le flambeau, quand son travail quotidien le lui permettait, quelques coups de pinceau à chaque fois.

Culpabilisé, il se protégeait du remords en critiquant ses efforts.

« Regarde-moi ça », disait-il. « C'est quand même pas une façon de peindre. Faut peindre dans le sens du bois. Et puis ne laisse jamais la peinture dégouliner de ton pinceau. »

« Pourquoi ne le fais-tu pas toi-même ? »

« C'est trop tard maintenant. Tu as tout gâché. »

Il dormait mal, son corps réclamait l'épuisement du soleil, la douleur musculaire. Oisif, son cerveau se mutinait et sécrétait une inquiétude qu'il ne parvenait pas à maîtriser. Certains matins il surprenait tout le monde en sautant du lit à quatre heures, puis il s'habillait et se ruait dehors. Ma mère, qui connaissait son tourment, ne faisait aucun effort pour le réconforter, car l'oisiveté et le confort étaient justement les démons qui le tourmentaient. Quand elle se levait plus tard dans la matinée, elle le voyait dans la cour par la fenêtre, qui tirait sur son cigare tout en déblayant cette neige qu'il haïssait tant. Ses efforts étaient extraordinaires. Il y avait des tas de neige un peu partout, le sol noir et gelé de la cour était presque partout visible. En gants et chandail, il arrivait au petit déjeuner avec son corps ivre de fatigue, brûlant de sueur, des mains où vivait la joie de la douleur.

Il attendait patiemment les compliments de ma mère pour ses efforts matinaux, sans cesse il regardait par la fenêtre les blanches montagnes de neige qui se dressaient de part et d'autre de la cour, et tout cela dû à la seule force de ses bras. Ma mère commençait par ne rien dire, car l'assurance lui a toujours fait défaut. Mais lui, qui mangeait comme quatre, était si affamé de son commentaire qu'il finissait par dire :

« Regarde un peu la cour. »

Alors elle feignait de la voir pour la première fois.

« Oh ! » s'écriait-elle. « C'est toi qui as fait ça ? »

Hochement de tête de mon père.

« Toi tout seul ? Tout ça ? »

« Evidemment. »

« Tu dois être épuisé. »

« Moi épuisé ? Certainement pas ! »

Ce jour-là, il était content, et le soir il se montrait plus tendre qu'à l'ordinaire, il la prenait dans ses bras pour dormir, il lui disait peut-être même quelque chose de drôle pour la faire rire.

Il était aussi inventeur. Il avait installé son atelier dans le salon. Un jour, il a ramené à la maison une boîte de cigares et un cageot de fruits. Avec une scie et un marteau il a créé une invention mystérieuse. Ma mère et nous, les enfants, étions ses spectateurs curieux. Aucun de nous ne comprenait de quoi il s'agissait. Il était inutile de le lui demander, car il refusait de parler. Tous les samedis après-midi, il travaillait à son invention. Enfin elle a été fini. Ça devait être fini, car il a cessé de travailler et il a brandi sa maquette devant lui.

Mais Dieu seul savait de quoi il s'agissait. Il nous a seulement dit : c'est un dispositif pour dégager les voitures bloquées par la neige. Nous n'avons pas été d'accord.

« On dirait un violon », a dit mon frère.

« Moi je croyais que c'était une guitare », j'ai ajouté.

Ma mère refusait de faire le moindre commentaire. Retenant son souffle, elle a battu en retraite dans la cuisine en prétextant les pommes de terre qui risquaient de brûler. Mais il l'a entendue rire, et puis nous avons tous éclaté de rire, tous sauf lui. La pensée qu'il s'agissait peut-être aussi d'une guitare lui a fait se gratter la tête ; il s'est demandé si par hasard il n'avait pas inventé deux choses en même temps. Mais rien n'est jamais sorti de son invention. La maquette a longtemps traîné à la maison, ma mère la déplaçait d'un placard à l'autre, mais il n'en a jamais rien fait.

III

Un après-midi ma mère lui a demandé de transporter un seau de charbon. Il a pris un seau vide derrière le poêle de la cuisine, et en sortant il lui a conseillé d'y aller doucement avec le charbon.

« Ça coûte de l'argent », il a dit. « Brûle des journaux. »

Peu après, il est revenu avec un seau plein, puis il est ressorti. Il est bientôt revenu avec un deuxième seau plein. Ma mère l'a regardé bizarrement. Il a rien dit en ressortant de nouveau. Par la fenêtre de la cuisine, elle l'a vu qui courait presque vers la cabane à charbon. Il n'y avait plus de seau à remplir. Ma mère l'a vu disparaître dans la cabane, puis en ressortir avec un gros morceau de charbon dans les mains. Il l'a ramené à la maison et l'a posé sur les deux seaux pleins. Ensuite il est ressorti. Il courait comme un dératé, et ma mère avait peur. A son retour, elle a protesté.

« N'en ramène plus », elle a dit.

« Je sais ce que je fais », il a répondu en ressortant ventre à terre.

En un rien de temps il a empilé derrière le poêle une véritable montagne de charbon qui frisait le mètre cinquante. Il ne restait pas un centimètre entre le poêle et le mur. La grande colonne noire chancelait dangereusement, penchait en direction du poêle. Il a dû se hausser sur la pointe des pieds pour poser le dernier morceau. Et voilà, c'était terminé. Il a reculé pour admirer son travail. Ma mère était médusée. Il s'est tourné vers elle, les mains noires de poussière de charbon.

« Voilà », il a fait. « Voilà ton charbon. »

« Mais pourquoi autant ? » elle s'est plainte.

Ça l'a profondément blessé, ou du moins il a fait semblant. « Ah, voilà bien les femmes ! » il s'est écrié vers un public imaginaire. « Elle m'a demandé du charbon, pas vrai ? Et une fois que je lui ai apporté son charbon, elle pique une crise tout simplement à cause du charbon ! » Il a secoué la tête d'un air dédaigneux en simulant la stupéfaction et le désespoir. Ensuite il a dit : « Sainte Mère de Dieu, comment s'y prendre avec les femmes ? »

Ma mère a soupiré. « Ces blocs sont trop gros. Ils ne rentreront pas dans le poêle. »

« Prends un marteau », il a dit. « Casse-les. »

Elle a essayé de lever le morceau du haut. Il l'a regardée faire.

« Tu devrais aller chercher une chaise », il a dit. « Comme ça, tu vas te blesser. »

« Et toi, tu devrais la boucler ! » elle a crié. « Tu as fait assez de bêtises en amenant tout ce charbon dans cette petite cuisine ! »

Il a haussé les épaules d'un air innocent. « Je voulais seulement t'aider », il a dit.

Penché au-dessus de l'évier, il lavait ses mains couvertes de poussière de charbon. Comme toujours, son chapeau était incliné sur une oreille ; il fallait rappeler à mon père l'existence de ce chapeau, sinon il ne le retirait jamais. Les jambes écartées, il se lavait bruyamment les mains. Sa résistance et sa dureté étaient l'un de ses sujets de fierté. Il se vantait souvent de mépriser les savons doux. Il prétendait que pour un travailleur il n'y avait pas mieux que le savon grossier destiné à la vaisselle. Ma mère se bagarrait avec le lourd bloc de charbon, elle le faisait glisser de la pile avec précaution à hauteur de sa tête. Sa surface inégale rendait toute prise quasiment impossible. La montagne craquait et grinçait. Elle s'est mise à tomber sur elle. Ma mère a juste eu le temps de faire un bond de côté. Le charbon s'est écroulé sur le sol dans un bruit de tonnerre. La cuisine a frémi. Les vitres ont tremblé. Ma mère était furieuse et effrayée.

« Alors ! » elle a grondé. « Qu'est-ce que je t'avais dit ! »

Mais lui, debout devant l'évier avec ses mains pleines de savon, il était à peine surpris. Il a fait claquer sa langue, puis a secoué la tête en constatant les dégâts.

« Ne reste pas planté là ! » a crié ma mère. « Bon Dieu, que vais-je faire de tout ce charbon ? »

« Je t'avais bien dit de prendre une chaise, non ? Et puis je t'avais aussi dit de prendre un marteau. »

« Tu me dégoûtes ! »

Il a regardé le sol couvert de poussière noire et il a gloussé. Il trouvait tout cela très drôle.

« Eh bien, tu voulais du charbon », il a dit. « Maintenant, tu en as. »

« Pour l'amour du ciel, reste tranquille ! »

Là il s'est vexé. Aucune femme ne pouvait lui parler impunément sur ce ton. « Calme-toi toi-même ! »

« Mais regarde-moi un peu cette saleté. Regarde ce que tu as fait ! »

« Moi ? » il s'est écrié d'un air choqué. « Moi ? » Une expression blessée a envahi son visage. « Je n'ai rien fait du tout. Je me lavais les mains dans l'évier. »

Ma mère a fermé les yeux d'un air las. Oh, et puis zut, il n'y avait vraiment rien à tirer de lui. Elle a pris une profonde inspiration, signe de résignation et de pardon, puis s'est mise à balayer.

IV

Cela se passait en milieu d'après-midi. Nous autres les enfants étions à l'école. Mon frère Mike est arrivé à la maison. Il a lancé sa casquette quelque part, ses livres ailleurs, son manteau à un troisième endroit, puis il est entré dans la cuisine en reniflant pour chercher quelque chose à manger. Après l'école, si mon père n'était pas à la maison pour nous en empêcher, nous dévorions des tonnes de pain et de jambon, compromettant ainsi notre appétit pour le dîner.

Ma mère balayait les morceaux de charbon.

« Dieu de Dieu ! » s'est écrié Mike. « Vise un peu tout ce charbon ! Quesse tu vas en faire ? »

« Le brûler », a dit mon père. « Que fait-on d'habitude avec le charbon ? »

« Je sais, mais — »

« La ferme ! Plus un mot ! »

« C'est ton père qui l'a rentré », a expliqué ma mère, sarcastique. « Il est champion pour ça. »

« C'était pas la peine qu'il ramène tout ça, non ? »

« Laisse tomber », a lâché mon père.

Tout le monde est resté un moment silencieux. Alors mon père a eu une idée. Il s'est tourné brusquement vers Mike, puis vers ma mère.

« Dis-moi », il a commencé rêveusement, « est-ce que ce petit diable t'a apporté un seau de charbon ce matin avant d'aller à l'école ? »

Mike a blêmi. Ses yeux se sont écarquillés. Il avait oublié le seau du matin. Et maintenant ça sentait le roussi. Il est sorti de la cuisine, les mains plaquées contre son fond de pantalon. Mon père l'a suivi lentement, d'un air menaçant. Sur le seuil, Mike s'est mis à courir. Mon père a bondi en avant et lâché un coup de pied. Raté, mais de peu. Hurlant de soulagement, Mike a pris ses jambes à son cou. Mon père a éructé une bordée d'injures en brandissant le poing vers la porte fermée. Ma mère a touché son bras pour l'apaiser.

« S'il te plaît », elle a dit. « Pourquoi prononcer ces mots honteux ? »

« Honteux ! » il a fait, scandalisé. « Qu'est-ce que j'ai dit de honteux ? »

Il est allé prendre son manteau dans le placard. Elle l'a regardé fourrager parmi les cintres.

« Où vas-tu ? » elle lui a demandé. « Il est presque l'heure du dîner. »

« Comment veux-tu que je sache où je vais ? » il a crié.

Il quittait toujours la maison si brusquement qu'elle en restait sans voix et sans force. Elle s'excusait alors pour tenter de le retenir. Mais il était si ombrageux que les paroles de ma mère restaient sans effet.

« Veux-tu que je prépare des spaghetti pour dîner ? » elle a proposé en souriant.

«M'en fous », il a répondu. « Fais comme tu veux. »

Il boutonnait son manteau. « Oui », il a dit. « Fais des spaghetti pour dîner. Avec plein de fromage. »

« J'ai utilisé tout le fromage la dernière fois », elle a expliqué.

« Rachètes-en, alors. »

Elle a marché vers lui.

« Je voulais te demander », elle a dit. « Aurais-tu un demi-dollar ? »

« Où crois-tu que je trouverais un demi-dollar ? »

Il l'a emmenée à la fenêtre en la tenant par le bras, puis il a écarté les rideaux pour lui montrer la neige.

« Tu vois ça ? C'est de la neige ! Maintenant j'aimerais que tu me dises où je pourrais trouver un demi-dollar. »

Elle s'est raidie avec une irritation qui prouvait qu'elle avait peur de lui. « Je croyais seulement que tu avais cette somme », elle a dit. « Je ne vois pas pourquoi tu en fais toute une histoire. »

Il a fait claquer son poing dans la paume de son autre main en s'écriant : « Bien sûr que non, je l'ai pas ! Ecoute-moi ! J'ai pas cette somme ! »

« Ne t'énerve pas ! Je comprends. »

« *Ach !* Les femmes. Vous ne comprenez rien à rien. »

Il a sorti un cigare de sa poche intérieure, l'a levé vers son visage pendant que sa bouche s'ouvrait. Son dernier cigare. Il l'a allumé, puis a éteint la flamme en crachant dessus.

« Quand tu iras au magasin », il a fait, « achète-moi quelques cigares. »

Ma mère s'est assise et a couvert ses yeux. « Je ne peux plus demander de cigares », elle a dit. « Je ne peux vraiment plus. Impossible. Si seulement tu savais comment cet épicier me regarde. Ça me gêne tellement. »

Mon père ne comprenait pas qu'on pût hésiter à allonger l'ardoise déjà mirobolante que la famille avait chez l'épicier, mais lui-même ne mettait jamais les pieds dans le magasin. Il envoyait toujours ma mère ou l'un de ses enfants.

« Dis à cet épicier qu'il aura son argent quand j'aurai le mien. »

Ma mère s'est alors souvenu de quelque chose. Elle s'est levée.

« Une minute », elle a dit.

Elle a disparu dans la chambre. Mon père avait une mauvaise mémoire pour les mégots de cigare. Il les laissait traîner un peu partout : dans la chambre, aux toilettes, sur la commode, sur le rebord des fenêtres, derrière la véranda, sur des chaises, des tableaux, des miroirs ; bref, partout. Il réquisitionnait parfois toute la famille pour une expédition de recherche d'un mégot bien précis. Nous autres les enfants nous nous demandions toujours comment il faisait la différence entre un mégot et un autre, car tous nous semblaient identiques ; mais il secouait la tête jusqu'à ce qu'on lui eût apporté le bon.

Et ainsi, ma mère, qui connaissait bien ses habitudes, avait conservé bon nombre de ces mégots dans une boîte à cigares.

Elle est ressortie de la chambre, lui a tendu la boîte, couvercle ouvert, et il lui a jeté un coup d'œil perplexe et soupçonneux.

« Où as-tu trouvé ça ? »

Elle était fière de son exploit. « Ce sont tes cigares ! » elle a dit.

« Non, c'est pas les miens », il a menti.

« Mais si ! »

« Non, c'est pas les miens ! »

« Mais si, ce sont tes cigares ! Tu ne penses tout de même pas que... »

« Bah... » Il les a examinés soigneusement. Sa main a plongé dans la boîte et pressé l'un des mégots. Le tabac sec a craqué, puis s'est désintégré entre ses doigts. Il a secoué la tête.

« Je peux rien en faire », il a dit. « Ils sont trop vieux. »

« Regarde encore », elle l'a prié. « Tu en trouveras peut-être un frais. »

« As-tu jamais fumé le cigare ? »

« Bien sûr que non », elle a dit.

« Alors écoute-moi : je veux des cigares neufs. Jette-moi tout ça. »

« Mais je ne peux plus demander de cigares chez

l'épicier ! C'est une extravagance, M. O'Neil devient furieux ! »

« Au diable M. O'Neil. Dis-lui d'attendre. Demande-lui s'il a jamais essayé de poser des briques sous la neige. La prochaine fois que tu y vas, demande-lui simplement ça, et écoute bien la réponse qu'il te fera. »

Puis il l'a plantée là avec sa boîte pleine de mégots de cigare. Par la fenêtre, elle l'a regardé descendre la rue, les yeux levés vers le ciel. Il secouait la tête avec une stupéfaction découragée. Ma mère a pensé à une poupée perdue dans la neige.

PREMIÈRE COMMUNION

Comme je me souviens bien de ma première confession et de ma première communion ! J'avais neuf ans. Je n'ai rien oublié de cette journée. Je me rappelle que j'avais six péchés à confesser. Je devais avouer à mon confesseur que j'avais dit six fois des gros mots. Mais je ne voulais pas lui dire. Je ne voulais pas prononcer ces mots. C'était un saint homme. Agenouillé sur le prie-Dieu, j'essayais de trouver un moyen de faire allusion à mes péchés sans les nommer. Je songeais à plusieurs stratagèmes. J'aurais pu dire : « Six fois, j'ai dit des gros mots », ou : « Six fois, j'ai péché contre le troisième commandement », ou encore : « J'ai prononcé six fois des mots interdits », ou : « Six fois j'ai mal parlé », ou enfin : « J'ai dit des vilains mots six fois. »

Un mois durant, les nonnes nous avaient chapitrés à propos de la liturgie solennelle du confessionnal. Aller à confesse pour la première fois serait l'événement le plus important de notre vie, car ensuite nous aurions toujours conscience d'être des pécheurs. Nous saurions discerner le bien du mal.

Il y avait huit garçons et huit filles qui se préparaient à la première communion. Nous avions entre sept et neuf ans. Les filles étaient agenouillées deux rangs devant les garçons. Un petit laideron qui voulait devenir nonne était juste devant moi. Elle s'appelait Catherine. C'était une petite fille à peau blanche et diaphane, aux omoplates saillantes. Elle pleurait à fendre l'âme. Ses épaules tremblaient pendant que je posais mon menton sur la chaise de devant tout en jonglant avec mes six péchés. La vieille église froide était vide à l'exception des seize enfants et d'une religieuse. Les sanglots de Catherine imprégnaient l'air et s'élevaient vers la voûte comme de timides volutes de fumée. Sa robe tremblait au même rythme. La religieuse est sortie du vestibule sur la pointe des pieds. Son bras drapé de noir a entouré les épaules de la fillette et elle a caressé tendrement ses boucles.

« Là, là ! » elle a chuchoté. « Ne te fais donc pas de bile. Je suis sûre que Notre Seigneur sait que tu regrettes tes péchés. »

Nous, les garçons, on s'est regardés en ricanant. Catherine la mauviette, qui regrette ses péchés ! Catherine la mauviette !

Elle, regretter ses péchés ? Je regardais ses boucles qui tremblotaient. Elle n'avait vraiment pas de quoi pleurer. Si, parmi nous tous, quelqu'un avait vraiment une bonne raison de pleurer, c'était moi. Catherine, pleurer ? Pouah ! Mauviette, mauviette, mauviette ! Quand elle aura quelque chose de vraiment salé à confesser, alors elle pourra pleurer, mais pas avant ! Attendons le jour où elle devra confesser ce que moi, j'ai à confesser. Cette petite mauviette de Catherine !

Aussitôt, je me suis livré à une mauvaise habitude qui ne m'a pas quitté depuis. J'ai entrepris d'examiner sa conscience à sa place. J'ai cherché chez elle des péchés aussi gros que les miens. Mais c'était une véritable petite fille modèle. Elle avait de bonnes notes. Elle connaissait par cœur l'*Excelsior* et *En avant, preux chevalier.* J'ai passé en revue les étés et les jours où je l'avais fréquentée. Sans rien trouver pour justifier ces larmes. Je l'imaginais en train de commettre un péché. Je l'arrachais à son prie-Dieu et la parachutais dans la station-service qui était mon repère favori. Je l'appuyais contre le mur de la station-service, je lui mettais un mégot de cigarette entre les lèvres, je la faisais jurer, prononcer les six mots interdits. Mais le résultat n'était pas convaincant. Catherine la mauviette n'était pas faite pour ça. Elle ne savait pas jurer comme moi. Personne ne savait jurer comme moi. Personne n'avait le culot de jurer comme moi. Personne n'était assez mauvais pour jurer comme moi. Personne n'était assez vicieux. Personne... j'ai reniflé.

Bien avant que le prêtre ne soit sorti de la sacristie, j'absolvais la petite Catherine. J'étais indubitablement le type le plus infect qui ait jamais existé. Je m'essuyai le nez sur ma manche, puis enfouis mon visage entre mes bras. Le garçon agenouillé à ma gauche pleurait doucement. Le type sur ma droite se raclait la gorge. Dans les deux rangs de devant, les mouchoirs blancs papillonnaient parmi les petites filles. Tout le monde pleurnichait. La religieuse, elle-même émue aux larmes, prononçait à notre intention son homélie la plus édifiante.

II

Le prêtre est sorti de la sacristie et s'est agenouillé quelques secondes devant l'autel pour prier. J'ai pensé qu'il priait peut-être Notre Seigneur, qu'il Lui demandait de ne pas accepter dans le confessionnal les garçons qui s'étaient rendus coupables de gros mots. La statue du Christ, Son linceul ouvert sur Son cœur ensanglanté percé par deux pointes, nous suppliait au-dessus de l'autel en marbre. J'étais sûr d'avoir vu Ses yeux bouger. J'étais sûr de L'avoir vu respirer. J'étais sûr que le sang coulait de Son cœur.

J'ai encore enfoui mon visage dans mon coude et j'ai hurlé : « O doux Jésus, je ne le dirai plus jamais ! Je serai bon ! Je ne traînerai plus à la station-service ! Attends un peu et Tu verras ! Donne-moi une autre chance et Tu verras ! »

Le prêtre est descendu de l'autel vers le confessionnal. Ses pieds disparaissaient dans le tapis épais. Il a enlevé le cure-dents de sa bouche, puis en a craché un morceau par terre. Avec une curiosité et une angoisse qui nous coupaient le souffle, tous les seize nous l'avons regardé. Il s'est mouché puis a tapoté doucement son nez avec son mouchoir. Il a levé les yeux vers le chœur comme s'il y avait oublié quelque chose, puis il a souri à la religieuse, il nous a comptés, il a soupiré et il est entré dans le confessionnal.

Les confessions ont commencé. Les filles d'abord. Chacune s'est levée avant de se retourner timidement vers la religieuse, qui acquiesçait gentiment et pointait l'index vers le confessionnal. Les filles entraient doucement, une à une. Par la porte, nous voyions chaque pénitente s'agenouiller dans la cabine exiguë. Ensuite, toutes les deux minutes environ, arrivait le clic-clac du petit panneau coulissant qui séparait le prêtre du pénitent. L'une après l'autre, les filles sont entrées et ressorties. Leurs yeux étaient encore mouillés de larmes, mais leurs lèvres arboraient de suaves sourires soulagés.

Le premier garçon qui s'est confessé est ressorti en faisant beaucoup de bruit. Il bombait le torse de fierté. Le second affichait un regard satisfait ; c'est dans la poche, semblait-il dire.

Je me suis brusquement décidé à me confesser sincèrement. Je commençais à regretter beaucoup mes péchés. Je voulais y aller pour me délester de toute ma culpabilité. J'ai eu pitié du prêtre : ma confession allait le scier.

Quand mon tour est enfin arrivé, je mourais d'envie d'entrer dans le confessionnal. J'ai bondi sur mes pieds et j'y suis allé. Je me suis agenouillé, j'ai fait le signe de croix. Il faisait sombre et froid, cela sentait comme dans une glacière. Le panneau coulissant a cliqueté. J'ai vu le prêtre, son nez caché par son mouchoir. J'ai aspiré une longue goulée d'air et je me suis lancé dans le rituel. Aussitôt, tout courage m'a abandonné.

« Bénissez-moi, mon Père, je me confesse au Seigneur Tout-Puissant et à vous, mon Père, car j'ai péché. Ceci est ma première confession. »

Ensuite : « J'ai commis six péchés. J'ai dit quelque chose de très mal, mon Père. Et je savais que c'était un péché. J'ai dit quelque chose que vous n'aimerez pas, mon Père. Je recommencerai pas, mon Père. Je regrette tellement. Et maintenant, mon Père, je vous demande pénitence et absolution. »

« Je ne peux te donner ta pénitence et l'absolution avant de connaître les péchés que tu as commis », a chuchoté le prêtre.

« Ils sont terribles, mon Père. Je crois que vous serez furieux quand je vous les dirai. »

« Non, je ne serai pas furieux. Tu dois me le dire. »

« Oh, mon Père ! Ils sont trop horribles. Vous allez détester ça, mon Père. »

Le prêtre a bougé le bras en changeant de position. J'ai sursauté. J'ai cru qu'il voulait me frapper.

Il a dit : « As-tu souillé le nom du Seigneur ? »

« Oh, c'est bien pire que ça, mon Père. Vous vous doutez pas à quel point c'est pire, mon Père. »

« As-tu prononcé de mauvaises paroles ? Tu dois te confier à moi. Ne crains rien. »

« Oh, je regrette tellement, mon Père. »

« Parle. Le prêtre est ton ami. »

« Oh, je regrette tellement, mon Père. »

Le prêtre a soupiré.

« As-tu dit " nom de Dieu " ? »

« Oh, c'est bien pire, mon Père. »

« As-tu dit " bon Dieu de ... " ? »

« Oh non, mon Père, je ne dis jamais cela. »

« As-tu dit " salaud " ? »

« Non, mon Père. Mais c'est presque ça, mon Père. »

« Etait-ce " fils de pute " ? »

« Oui, mon Père. »

Le prêtre a soupiré.

« Est-ce tout ? »

« Oh oui, mon Père. »

J'ai récité la fin du rituel. « Et je regrette sincèrement ces péchés ainsi que tous ceux de ma vie passée. Mon Père, je vous demande pénitence, pardon et absolution. »

Il m'a donné ma pénitence — quelques brèves prières. Il a lentement levé la main pour m'accorder son absolution. Je suis sorti du confessionnal. J'étais heureux, très heureux. Je me suis agenouillé devant l'autel et j'ai dit ma pénitence. Et puis j'ai retrouvé le soleil d'un après-midi serein. Je ne me suis jamais senti aussi propre. J'étais un morceau de savon. J'étais l'eau pure. J'étais un brillant papier d'argent. J'étais des vêtements neufs. J'étais une coupe de cheveux. J'étais le soir de Noël et une boîte de bonbons. Je flottais. Je sifflais. Un jour je deviendrais prêtre. Maintenant je devais retourner en vitesse à la maison pour nourrir les poules, tondre la pelouse, rentrer du charbon et du bois, puis aller au magasin.

III

Le lendemain matin nous devions tous les seize recevoir notre première sainte communion. Les garçons devaient mettre une chemise blanche et un pantalon sombre. Comme ma mère était à l'hôpital, mon père a demandé à ma grand-mère de s'occuper de moi, de m'habiller. Je n'avais pas de chemise blanche, mais ma grand-mère a dit qu'elle allait arranger ça. Aussitôt dit, aussitôt fait ! Elle est allée chercher une chemise blanche de mon père. Elle a coupé les manches aux coudes. Maintenant, je pouvais la mettre, elle a dit. J'ai trouvé que cette chemise, la chemise de mon père, était formidable à porter. Elle me couvrait comme un drap. Les poches m'arrivaient sous la ceinture. Les manches étaient encore trop longues. Dans le dos, le pan de tissu bouffait comme un oreiller. Ma grand-mère était tout à fait d'accord avec moi : c'était indubitablement une chemise formidable. Elle m'a donné sa bénédiction et je suis allé à la messe de neuf heures. Je devais dédier ma première communion au succès de l'opération de ma mère. Elle allait passer sur le billard ce matin-là.

Mais seuls ma grand-mère et moi trouvions cette chemise formidable. La Sœur supérieure a poussé des cris d'orfraie quand elle m'a vu dans les rangs. Elle a couru vers moi. Elle a saisi ma longue manche d'où pendait un paquet de fils. Le tissu a crié en se déchirant jusqu'au coude.

« Pour l'amour du ciel ! Rentre chez toi et mets quelque chose de correct. »

Je ne comprenais pas sa réaction. Je trouvais cette chemise formidable ; c'était celle de mon père. Mes copains ont ri, puis ont parlé de tentes, d'auvents, de sacs à patates. La messe commençait dans cinq minutes.

Ma mère me réparerait ma chemise. Pourtant je devais me dépêcher. L'opération était imminente. Je savais comment les médecins s'y prenaient, car ma mère était déjà allée deux fois à l'hôpital depuis le début de l'année.

J'ai traversé la ville en courant — vingt blocs — jusqu'à l'hôpital. J'ai monté quatre à quatre les trois étages jusqu'à la chambre de ma mère. Quand j'ai ouvert la porte, on la faisait passer du lit à montants au lit à roulettes. J'ai regardé ma mère. Elle était trop blême pour coudre. On aurait dit son visage couvert de talc ; comme une jeune fille, elle s'était fait une natte.

Elle m'a vu. Elle a pris ma main en souriant.

« C'est un ange », ma mère a dit à l'infirmière. « Il a communié pour moi ce matin. Voilà pourquoi je n'ai pas peur. »

J'ai réussi à bredouiller : « J'y suis pas encore allé, m'man. »

Elle n'a pas entendu. J'ai répété la moitié de ma phrase, mais l'infirmière a posé sur ma bouche une main à l'odeur étrange. Ils ont emmené ma mère. Je les ai suivis dans le couloir qui sentait le caoutchouc. Le lit à roulettes avançait régulièrement vers la salle d'opération. Ma mère m'a vu. Elle a demandé aux infirmiers de l'arrêter. Elle a agité la main dans ma direction. Sur la pointe des pieds, j'ai couru jusqu'à elle.

« N'est-ce pas la chemise de papa ? » elle a demandé.

« Oui », j'ai dit.

« Laisse-moi l'arranger. »

« Pas maintenant », a objecté un infirmier. « Le médecin attend. »

« Juste une épingle à nourrice », a dit ma mère. L'infirmier lui en a donné une. Elle l'a placée sur le coude de la manche déchirée pour éviter qu'elle ne se déchire davantage.

« Dis à Grand-maman d'arranger ça », a dit ma mère avant de m'embrasser.

Ils l'ont fait entrer dans la salle d'opération, et j'ai redescendu les marches de l'hôpital. Il était trop tard pour ma première communion. J'étais fier de porter cette superbe chemise, la chemise de mon père. J'ai ouvert le col et laissé le vent caresser ma poitrine. La chemise s'est mise à ballonner.

Ensuite, j'ai essayé d'expliquer la situation à ma grand-mère. Elle parlait un peu anglais, mais le comprenait mal.

« Pas de communion », je lui ai dit. « Chemise pas bien. Sœur pas aimer. Manche trop longue. Sœur déchirer. Maman dit : toi réparer. »

« *Si, si* », elle a fait. « Moi arranger ça. »

Elle a pris la paire de ciseaux et a coupé les manches au niveau des épaules. Maintenant la chemise m'arrivait à hauteur du coude.

IV

Ce soir-là, mon père a poussé un soupir en voyant sa belle chemise mutilée, puis il a fait un drôle de bruit avec ses dents et sa langue : Sssk, sssk, sssk.

« Vivement que ta mère rentre à la maison », il a dit.

Quand il a appris ce qui s'était passé, il a fait trembler toute la vaisselle en balançant un coup de poing sur la table. Il s'est mis en rogne contre la bonne sœur. Je l'ai regardé et écouté avec une immense fierté. Il a grondé en serrant ses tempes entre ses mains.

« Par Jésus-Christ, demain tu vas à la communion et tu portes une chemise de travail bleue, compris ? Une chemise de travail. Pas une chemise blanche ni une chemise verte, mais une chemise *bleue. Bleue ! Bleue ! Bleue !* Et je vais te faire sortir de cette école catholique. De toute façon, j'en ai assez de payer les frais d'inscription. »

« La ferme ! » a crié ma grand-mère en italien. « Tout le temps tu parles, parles, parles, pour ne rien dire. Tout le temps. La ferme ! »

« C'est toi qui devrais la boucler ! » a rétorqué mon père. « Qui dirige cette maison ? Moi ou toi ? »

« Bah ! » a répondu ma grand-mère. « Face de tarte ! »

Le lendemain matin j'ai découvert de nombreuses surprises sur mon lit. Il y avait un pantalon neuf. Une paire de chaussures neuves. Trois chemises blanches neuves. Une paire de chaussettes neuves. Deux caleçons neufs. Plus une casquette neuve et deux superbes cravates.

Dans la cuisine j'entendais mon père fredonner en prenant son petit déjeuner. Il avait passé presque toute la nuit au chevet de ma mère ; son opération avait réussi.

Ma grand-mère a dit à mon père : « Pourquoi lui as-tu acheté des chemises blanches ? C'est tellement salissant, et puis il va les déchirer. Le bleu est une couleur moins fragile. »

Mon père a dit : « Aucun de mes fils ne portera jamais une chemise bleue. »

« Tu es cinglé », a dit ma grand-mère.

« Je sais ce que je fais », a dit mon père.

« Tu es cinglé », a répété ma grand-mère.

« Il reste du bacon ? » a demandé mon père.

Je suis allé à l'église. Après le tintement de cloches du *Sanctus*, j'ai descendu la travée centrale pour communier. Un million de grillons chantaient dans mes chaussures neuves. Les fidèles ont levé les yeux de leur livre de prières pour voir qui faisait tout ce boucan. Ils ont tordu le cou et admiré mes chaussures neuves.

ENFANT DE CHŒUR

Un jour, j'ai servi la messe avec Allie Saler, et Allie a pu servir à droite. Je veux dire qu'il devait passer le vin au prêtre, sonner la clochette, déplacer le missel, bref exécuter les tâches les plus importantes réservées aux enfants de chœur. Tous les gars qui, comme moi, étaient enfants de chœur préféraient servir à droite à cause de ça. Celui qui sert à droite est beaucoup plus important que celui de gauche, lequel ne fait quasiment rien. Il se contente de s'agenouiller et de tendre la patène au moment de la communion.

Nous sommes arrivés à la sacristie dix minutes environ avant le début de la messe, et quand il a fallu décider qui serait à droite, j'ai dit que je servirais à droite, et Allie a dit la même chose. On a commencé à s'injurier, et quand le Père Andrew est entré, on était à deux doigts d'en venir aux mains.

Il a fait : « Alors, alors, que se passe-t-il ? »

Nous lui avons dit de quoi il retournait.

Il a dit : « Oh, mais ce n'est rien. Je vais régler votre différend en désignant Allie pour ce matin. »

J'ai détesté l'expression sur le visage de Allie. On aurait dit qu'il avait tout goupillé avec le Père Andrew, et le prêtre a regardé Allie droit dans les yeux, exactement comme si je n'étais pas là, d'un air de dire : « Je te préfère infiniment à lui, et puis ton père est propriétaire du drugstore alors que son père à lui ne vient jamais à l'église ; voilà pourquoi je t'ai désigné pour le côté droit. »

Selon le catéchisme, avoir de mauvaises pensées équivaut à les mettre à exécution, si bien que j'ai tout de suite compris que je commettais un sacré péché, un péché terrible, peut-être même mortel, parce que dans cette sacristie j'ai regretté que le Père Andrew ne fût pas un homme plutôt qu'un prêtre, et un homme de mon gabarit pour que je puisse lui flanquer une bonne raclée, et me venger. Je n'avais pas ce genre de regret vis-à-vis de Allie ; ç'aurait été une perte de temps : je savais qu'après la messe je le dérouillerais comme il le méritait. Il le savait aussi. Ça se voyait sur son visage.

Comme le prêtre avait décidé qu'Allie servirait à droite, nous avons commencé à nous préparer. Le Père Andrew a mis sa chasuble. Allie a allumé les cierges, j'ai préparé l'eau et le vin.

Le vin n'était pas du vrai vin. Mon père avait du vrai vin rouge dans sa cave, mais le truc de la sacristie était seulement du jus de raisin rouge foncé, un liquide amer, épais comme de l'encre. Les copains s'en envoyaient une gorgée de temps à autre, puis faisaient semblant d'être pompettes, mais moi ça m'intéressait pas parce que ce jus de raisin n'avait pas vraiment bon goût, et puis mon père disait toujours qu'on pouvait s'en enfiler un plein tonneau et garder la tête parfaitement claire. Le Père Andrew aimait le boire pur, sans lui ajouter d'eau, et il en descendait un pouce à chaque messe. Je veux dire que le niveau du vin baissait d'un pouce dans le flacon.

Alors que je préparais le vin, j'ai soudain compris ce que je devais faire pour me venger. D'ailleurs un péché de plus ou de moins ne ferait pas grande différence, car j'avais déjà commis un péché mortel en souhaitant du mal à un prêtre. Un péché mortel était aussi mortel que vingt péchés mortels. Je veux dire qu'il suffit d'en commettre un seul pour se retrouver en enfer aussi vite que si on en commet vingt. C'est écrit noir sur blanc dans le catéchisme.

Je savais qu'il y avait une bouteille d'encre rouge dans le tiroir qui contenait les accessoires du rituel. Je suis allé la prendre. Pendant que personne ne regardait de mon côté, je l'ai versée dans le flacon de vin, puis j'ai rempli le reste du flacon avec du jus de raisin.

La messe a commencé. Agenouillé à l'autel, je me suis mis à réfléchir à ce que j'avais fait. Le Père Andrew se déplaçait paisiblement devant l'autel ; les yeux clos, il récitait ses prières en latin, et je voyais clairement qu'il s'agissait d'un saint homme. L'organiste jouait une triste musique sacrée. Alors j'ai réalisé ce que je venais de faire. J'avais commis un horrible péché, car l'encre versée dans le flacon allait être consacrée et transmutée en le sang de Notre Seigneur. J'ai songé avec angoisse que Jésus avait été crucifié pour mes péchés, et que j'étais là, à genoux pour son sacrifice, sans même ressentir de honte.

Bon Dieu, j'avais une trouille bleue. Je ne savais vraiment pas quoi faire. Je voyais à quel point j'étais ingrat envers Notre Seigneur. Je le voyais tout là-haut au Ciel, Ses pieds couverts de sang, et Il pleurait des larmes de sang à cause de mon crime. Je répétais sans arrêt : « Doux Jésus, pardonnez-moi ! Doux Jésus, pardonnez-moi ! Doux Jésus, pardonnez-moi ! » Je savais que je méritais de brûler jusqu'à la fin des temps pour mon péché, mais je m'obstinais à implorer le pardon de Notre Seigneur, parce que le catéchisme dit aussi qu'une contrition sincère suffit pour obtenir le salut, et que je voulais Lui prouver que je regrettais amèrement mon péché.

Au moment de la consécration, Allie a tendu le vin au Père Andrew, qui l'a avalé sans tiquer. Mais tout le temps je suis resté agenouillé sur le tapis vert qui couvre les marches de l'autel, et j'ai prié frénétiquement le Seigneur de me pardonner. J'ai essayé de ressentir une vraie contrition. Une vraie contrition équivaut à une confession quand on ne peut pas se confesser. Quand on bande toute sa volonté, quand on se concentre pour de bon et qu'on pense uniquement détresse, détresse, détresse, alors bientôt on ressent une vraie détresse, et c'était exactement ce que je voulais.

Après la messe, j'ai récité encore un acte de contrition et plusieurs Je Vous Salue Marie pour faire bonne mesure. Ensuite je suis allé à la sacristie, et là le Père Andrew m'a souri parce que le zèle religieux des enfants lui plaît, et quand il m'a souri, ses dents étaient rouges comme s'il avait mangé des cerises. J'ai pas ri ni rien en voyant ses dents rouges. J'ai été terrifié, car si je n'avais pas su que c'était de l'encre, j'aurais juré qu'il s'agissait du sang de Notre Seigneur. Des miracles de ce genre se produisent parfois.

Le prêtre a tapoté mon épaule, et puis je suis allé de l'autre côté de l'église pour enlever ma soutane et mon surplis. Allie Saler était déjà parti. Je me suis dépêché, je suis sorti en courant et je l'ai aperçu à un bloc devant moi. La neige commençait de fondre, le printemps serait bientôt là. Allie marchait en donnant des coups de pied dans la gadoue.

J'ai couru jusqu'à lui, posé ma main sur sa poitrine et collé ma jambe gauche derrière ses genoux, et puis je l'ai poussé, comme au jiujitsu. Ma prise a marché au poil. Allie s'est retrouvé assis dans une gadoue pleine de flotte et de boue. Voilà comment je me suis vengé de lui. Personne n'a jamais rien su à propos de l'encre rouge, sauf le Père Joseph. Je lui ai tout raconté à confesse. En guise de pénitence, il m'a fait promettre de ne jamais recommencer, puis m'a demandé de réciter cinq Notre Père et cinq Je Vous Salue Marie. Si bien que, l'un dans l'autre, je m'en suis plutôt bien tiré.

II

Le 1er mai, parce que mai est le mois de notre Mère à tous — je parle bien sûr de la Vierge Marie —, les enfants de chœur devaient se mettre en rang par deux et aller réciter le Rosaire dans l'église devant l'autel de la Sainte Vierge. On y est allés, chacun avec un camarade, on s'est agenouillés dans la nef latérale, et Harold Maguire, le président des enfants de chœur, s'est mis à réciter le Rosaire à haute voix. Voici ce qu'il a dit : « Je Vous salue Marie pleine de grâce, le Seigneur est avec Vous, Vous êtes bénie entre toutes les femmes, et Jésus le fruit de Vos entrailles est béni. » Il s'est arrêté là, et tous les autres, dont moi, ont continué ainsi : « Sainte Marie, mère de Dieu, priez pour nous pauvres pécheurs, maintenant et à l'heure de notre mort. Amen. »

J'étais à côté de Worms Kelley. Worms, comme les autres, ne pouvait pas encadrer Maguire ; mais Worms le détestait particulièrement parce que Maguire était un cafteur doublé d'un lèche-cul avec les nonnes. Je veux dire que, lorsque Maguire demandait quelque chose aux nonnes, par exemple aller aux toilettes toutes les cinq minutes, il avait toujours la permission, contrairement à nous autres, sauf peut-être deux ou trois filles tout aussi lèche-cul que lui. Moi non plus, je pouvais pas saquer Maguire. C'était une vraie femmelette, avec ses lunettes aux verres épais à monture en celluloïd noir. Ses mains étaient des petits bouts de viande fragiles et sans force. A midi, il restait toujours sur les marches avec ses *Histoires bibliques* pour se faire remarquer par la sœur préfète. Il transportait son déjeuner dans une sacoche bleue, et ses sandwiches étaient enveloppés dans du papier blanc de luxe, au lieu du bon vieux papier d'emballage classique. Chaque jour, son dessert consistait en une grosse pomme, un gâteau ou une part de tarte. Sa mère venait le chercher à la sortie en Studebaker. C'était une femme très grande, qui paraissait musclée. Elle était présidente de la Société Féminine des Enfants de Chœur. Quand elle venait chercher Harold, elle se penchait par la portière de sa voiture pour échanger des courtoisies avec Sœur Marie, elle-même penchée à la fenêtre du premier étage pour nous surveiller et nous empêcher de rompre les rangs.

Harold récitait parfaitement son Rosaire, et tout marchait comme sur des roulettes, quand brusquement Worms s'est mis à faire des bruits avec sa bouche. Sœur Cecilia était au premier rang. Elle n'a pas levé tout de suite la tête, mais tous les autres types, sauf Harold, se retournaient sans arrêt pour nous regarder, Worms et moi, parce que nous étions agenouillés l'un à côté de l'autre. Tous les enfants de chœur pouffaient et se retenaient d'éclater de rire, si bien que Worms devenait de plus en plus nerveux. Et les bruits qui sortaient de sa bouche étaient de plus en plus bizarres. Quand Sœur Cecilia a remué, comme si quelque chose la démangeait, Worms a cessé ses borborygmes. Je me suis senti soulagé, car Worms était mon voisin et je risquais de me faire punir à sa place.

Nous abordions le Cinquième Joyeux Mystère, qui constitue la dernière partie du Rosaire, quand sans la moindre raison Worms a produit un bruit qui était le plus drôle de tous. On l'a entendu se répercuter derrière les tuyaux d'orgue. Tous, sauf Maguire, on s'est redressés et on a éclaté de rire. Maguire s'est tourné vers la sœur comme pour lui demander son aide. C'était terrible. Je voulais m'arrêter de rire parce qu'une attitude irrespectueuse à l'église est un péché grave, mais rien à faire, c'était tout bonnement impossible. Je riais comme un malade, Worms aussi, et tous les autres.

Sœur Cecilia était aussi rouge qu'une écrevisse. Elle a levé la main pour nous intimer le silence, exactement comme Mussolini dans les Actualités Pathé.

Elle a dit : « Personne ne sortira de cette église tant que je n'aurai pas trouvé le porc qui a fait ça. »

Personne n'a rien dit. On aurait entendu une mouche voler.

« Très bien », elle a fait. « Vous resterez donc ici aussi longtemps que vous refuserez de parler. »

Elle nous a obligés à rester à genoux, et au bout d'un moment on a eu salement mal aux rotules. Tout au fond du vestibule, on entendait le tic-tac d'une horloge. Après une demi-heure, ce tic-tac ressemblait au bruit de lourdes pierres tombant sur les ardoises d'un toit. Les copains se sont mis à regarder Worms comme pour lui dire de se dévouer et de reconnaître sa faute, mais plus il restait immobile, plus ça empirait, et au bout du compte il n'a pas osé parler. Alors le vieux Maguire s'est retourné, il a vu tous les types qui nous regardaient, et une minute après il s'est levé pour aller trouver la sœur. Il nous a purement et simplement cafardés. C'était aussi clair que le nez au milieu du visage.

On s'est mis à siffler : « Sale cafard ! Sale cafard ! Sale cafard ! »

Maguire était bon pour une sacrée raclée.

La sœur nous a regardés, Worms et moi, puis elle a dit : « Je vous prie de me suivre dans la sacristie. »

J'ai failli tomber dans les pommes. Et puis j'ai pris une grande inspiration et me suis dit tant pis. La seule chose à faire était de garder bonne figure devant l'injustice. Les types chuchotaient : « Courage, vieux ! » C'était bon à entendre, mais ça ne m'avançait pas à grand-chose. Je savais que j'allais morfler. J'ai lancé un regard noir à Maguire en passant devant lui, et je parie qu'il savait que j'allais lui flanquer une correction mémorable dès que je le tiendrai entre quatre yeux. Mais Sœur Cecilia se préparait déjà.

Debout devant elle, je tripotais mon rosaire en attendant qu'elle fasse ce qu'elle devait faire.

« Pose ton rosaire », elle a dit.

Je lui ai obéi.

Elle a remonté ses manches noires, elle a reculé pour trouver la bonne distance, a poussé un grognement, et de toutes ses forces m'a balancé une gifle sur la joue. J'ai ressenti une terrible brûlure, j'ai un peu pleuré, mais pas beaucoup. Les copains ont dû entendre le bruit de la gifle parce qu'on aurait dit le bruit d'un peuplier qui s'abat. J'ai eu honte. Ma joue était en feu. Je l'ai frottée. Sœur Cecilia pleurait aussi ; je me suis dit qu'elle était cinglée parce que c'était moi qu'on avait frappé, pas elle. Mais j'ai eu pitié d'elle, sans trop savoir pourquoi.

Elle a dit : « Retourne t'agenouiller, espèce de petit païen. Je te verrai plus tard. »

Les types ont vu mon visage, qui était très rouge. J'ai eu encore plus honte. J'ai lancé un autre regard noir à Maguire. J'allais pas le louper. Demain, les copains allaient s'occuper de lui. Moi et les copains. Nous ne pourrions pas le coincer après le Rosaire, à cause de sa mère qui serait là dans sa Studebaker pour ramener la femmelette à la maison.

Tous les types sont rentrés chez eux, mais bien sûr j'ai dû aller dans notre salle de classe pour copier cinq cents fois « Je ne dois pas être irrespectueux à l'église ». J'en ai eu jusqu'à sept heures du soir. Quand le soleil est descendu derrière les montagnes, la seule lumière qui restait était celle des réverbères dans la rue. J'étais tout seul, j'avais peur. Dès que j'ai eu fini, j'ai posé mes feuilles sur le bureau de la Sœur et je suis rentré chez moi.

Mon vieux m'attendait de pied ferme. Il ne pensait qu'à ça. Il savait tout. Sœur Cecilia avait cafardé, exactement comme Maguire. Dès que j'ai eu mis le pied dans la maison, mon père m'a sauté dessus. Il m'en a fait voir bien plus que la sœur, mais j'ai pas crié ni rien. J'ai tout encaissé comme un homme. Parce que je savais que c'était mon père et qu'il cesserait de frapper avant de me faire trop mal. Il disait sans arrêt qu'il allait me tuer, mais c'est mon père et ses menaces ne me font pas peur.

Le lendemain, à l'école, les enfants de chœur sont sortis à midi afin d'aller cueillir des fleurs dans les collines pour décorer l'autel de la Sainte Vierge. La principale raison pour laquelle je prie la Sainte Vierge, c'est que grâce à Elle nous pouvons sécher pas mal de cours. On est partis en rangs, deux par deux, et on a dû traverser toute la ville sous la houlette de Sœur Cecilia qui nous conduisait comme une bande de condamnés ou de criminels. Comme des types dangereux. Je déteste ça. Chaque fois, les Protestants s'arrêtent et nous dévisagent comme si nous étions des dingos. Et puis les sœurs ont l'air bizarre avec leur drôles de robes.

Nous avons donc traversé toute la ville jusqu'aux collines. Elles étaient couvertes d'anémones jaunes, de pâquerettes et de violettes sauvages. Les anémones et les pâquerettes sont faciles à cueillir. Avec les violettes, même si elles sentent bon, c'est une autre paire de manches. Il en faut un sacré paquet pour faire un bouquet.

On s'est dispersés et mon voisin Worms m'a montré en douce un paquet de Camel neuf. Worms fumait tout le temps. Il avalait même la fumée. Sœur Cecilia est partie chercher ses fleurs, pendant que Worms et moi nous planquions derrière un taillis d'armoises pour rejoindre à quatre pattes un lit de torrent à sec. Là on s'est détendus en grillant quelques cigarettes.

On a bientôt fini nos clopes et on est ressortis discrètement du ravin. On a vu les types éparpillés sur toutes les collines. Ils étaient très loin de nous. Certains étaient restés en groupe, d'autres se baladaient seuls, avec des fleurs plein les bras. Ils étaient tellement loin qu'on réussissait à peine à les reconnaître. On a quand même repéré Sœur Cecilia en noir et blanc. Elle marchait en diagonale, sans trop se fatiguer. Une journée tout ce qu'il y avait de tranquille et belle. Pas un nuage, pas la moindre brise, et il faisait chaud. Worms et moi, on a décidé d'aller à la pêche.

A ce moment précis, qui apparaît derrière les

armoises juste sous notre nez ? Harold Maguire en chair et en os. Il avait mis ses fleurs dans sa casquette. Il était tellement surpris qu'il en crevait presque de peur. Nous aussi, on a été surpris, mais on n'avait pas peur. Il y avait seulement de la surprise de notre côté.

Nous tenions notre chance de nous venger, et nous le savions ; lui aussi d'ailleurs. On aurait vraiment dit que Notre Seigneur avait programmé la rencontre de Harold avec nous. Mais j'ignore si le Seigneur avait prévu que nous en profiterions pour nous venger, car il s'agit d'un péché grave. En fait, je ne crois pas que le Seigneur était pour quelque chose dans notre rencontre. Je l'attribue plutôt au Diable.

« Culons-le », a dit Worms.

« D'accord », j'ai fait.

Il faut être deux pour culer un type. On le met sur le dos, puis l'un de vous le prend par les bras, l'autre par les pieds, vous le soulevez puis le laissez tomber le plus violemment possible pour que ses fesses heurtent le sol.

Harold avait une telle trouille qu'il ne s'est même pas débattu. Nous lui avons dit de s'allonger sur le dos, et il l'a fait. Nous lui avons dit de retirer ses lunettes, et il l'a fait. Nous lui avons dit que nous allions lui apprendre à ne plus cafter, et il a juré de ne plus jamais cafter. Il s'est mis à pleurer, et j'ai voulu qu'on en finisse rapidement.

La première fois qu'on l'a culé, il a gueulé à pleins poumons. Les autres gars et la sœur l'ont entendu et ont convergé sur nous à fond de train. Malheureusement, les copains étaient assez loin. Ils auraient pris un sacré pied s'ils avaient pu assister à notre vengeance. Sœur Cecilia courait presque. Mais elle était tout de même à sept, huit cents mètres.

J'ai avisé un cactus aux épines courtes — même pas un centimètre.

« Collons-le là-dessus et puis tirons-nous », j'ai dit.

C'est ce que nous avons fait. On l'a assis sur le cactus et on a décampé en vitesse.

Elles ont bien failli nous virer de l'école. Les nonnes, je veux dire.

On a dû s'excuser devant elles, devant le Père Andrew et devant tous les élèves. Worms et moi, nous avons reçu des raclées-maison à l'école et chez nous. Pendant un mois, nous avons dû rester tous les soirs jusqu'à cinq heures. Et on nous a interdit de participer au banquet des enfants de chœur.

Mais nous n'en avions rien à faire. Nous nous étions vengés. Et puis aujourd'hui, vous pouvez demander à n'importe quel gars des nouvelles de Harold Maguire. On vous répondra que c'était un sale cafteur, mais qu'il ne l'est plus. Aujourd'hui c'est un type formidable.

III

Bill Shafer est le pire enfant de chœur de toute la bande. Il fauche sans arrêt des bricoles et il mâche du chewing-gum avant la communion. Je comprends pas comment il ose faire ça. Je crois que sa mère s'en moque, parce qu'un vendredi je l'ai vu manger de la viande. Elle était dans un sandwich. C'est sa mère qui lui prépare son déjeuner. Si elle ne se moquait pas de tout ça, elle lui ferait un sandwich au poisson. Bill prétend que ce n'est pas lui qui commet un péché quand il mange de la viande le vendredi. Que c'est le péché de sa mère. Parce que c'est elle qui lui donne cette viande. Bill a quatre costumes du dimanche. Souvent il les met pour venir à l'école. Sa mère a une sacrée allure. Si ma mère avait autant d'allure que sa mère, je serais rudement content. Je ne veux pas dire que ma mère n'a pas d'allure, je veux seulement dire que la mère de Bill a une sacrée allure.

Bill m'a montré comment piquer les agates au

magasin à dix sous. Vous ouvrez votre veste et vous vous penchez au-dessus du comptoir. Quand la fille regarde ailleurs, vous faites rouler les billes dans votre veste. C'est une excellente méthode. Ça marche à tous les coups. Je ne crois pas que Bill parle de ses billes à confesse, mais moi je parle des miennes au Père Andrew.

Le Père Andrew m'a dit que je devais rendre les billes ou les rembourser. Il s'est fâché. Il m'a presque engueulé. Comme Bill m'a gagné toutes mes billes, il faudra que je les rembourse un de ces jours. Je le ferai quand je serai plus grand. Je parie que Bill ne paie jamais les siennes.

Un jour après l'école, je rentrais à la maison avec Bill. Comme il avait dix cents, on est allés chez Drake pour se payer une tarte.

Une fois à l'intérieur, il a dit : « Hé, ça te plairait, un stylo à encre ? »

« Evidemment », j'ai dit.

« Attends une minute », il a dit.

Il a parlé à M. Drake. « Hé, M. Drake, je peux utiliser votre téléphone ? »

« Bien sûr », a dit M. Drake.

Bill est donc allé téléphoner au fond du magasin. Au début je me suis demandé ce qu'il manigançait. Et puis j'ai compris qu'il allait piquer un stylo pour moi. Je l'ai pas cafardé, parce que je suis pas un cafteur. Je n'ai pas regardé non plus, parce que le vieux Drake aurait peut-être regardé dans la même direction que moi. Il s'occupait de ses pâtisseries, et j'ai aperçu son crâne chauve. Son cou faisait vraiment fragile. Je me suis dit que quelqu'un allait peut-être entrer dans le magasin. Alors nous nous ferions pincer, puis envoyer à Golden. Il y a une énorme maison de correction à Golden. La Sœur dit toujours qu'on n'y a jamais vu le moindre catholique. Mais si on se faisait pincer à chaparder, nous serions les premiers catholiques dans cette maison de correction. Je ne voulais pas me faire pincer. J'ai réfléchi que je ferais mieux de prier pour qu'on se fasse pas pincer.

J'ai regardé le crâne chauve du vieux Drake et j'ai prié en moi-même. Dans ma tête, je veux dire.

« Je vous salue Marie, s'il vous plaît faites que personne n'entre. S'il vous plaît, faites que personne n'entre dans le magasin. »

La Vierge Marie a entendu ma prière, parce qu'à ce moment précis Bill est revenu du fond du magasin.

Une fois dehors, il a dit : « Allez viens. Cours comme un dératé. » Dératé n'est pas un juron. Ce mot ne figure pas dans le catéchisme. On a le droit de le dire.

On s'est pas arrêtés avant d'avoir atteint le pont de la Douzième Rue. On s'est planqués dessous.

Bill a dit : « Hé, ç'a été facile comme bonjour. »

J'ai dit : « Vraiment, Bill, t'es le roi de la fauche ! » Il a rien répondu. Lui et moi savions qu'il venait de commettre un péché mortel, mais on a rien dit.

Il a ouvert sa veste pour me montrer ce qu'il avait piqué. Il n'y avait pas un stylo, il y en avait quinze. Dans un étui en velours. Il y avait des stylos qui coûtaient une fortune. L'un d'eux portait une étiquette sur laquelle était écrit « 18 $ ». J'ai eu la trouille.

Bill a dit : « Hé, lequel tu veux ? »

Je ne voulais pas que Bill me considère comme une poule mouillée, un bleu ou un trouillard.

J'ai dit : « Oh, je vais prendre celui-ci. » J'ai choisi le moins cher. Il coûtait cinq dollars.

Il a pris le stylo à dix-huit dollars et dit : « Hé, qu'est-ce qu'on fait des autres ? »

J'ai dit : « J'en sais rien. »

Il a dit : « Moi je sais. » Et il les a lancés dans l'eau. Le fond était sableux. On voyait les stylos.

Je voulais prendre les jambes à mon cou. Je suis pas un petit saint, un stylo à encre me fait pas peur, mais j'ai eu envie de prendre mes jambes à mon cou. Je ne voulais pas me confesser, parce que la dernière fois où j'avais avoué un vol de billes, le Père Andrew s'était mis en rogne. Je veux dire qu'il avait vraiment haussé le ton. Si je lui disais que je venais de piquer un stylo à cinq dollars, il allait gueuler comme un putois. Tous les prêtres et les nonnes entendraient ses éclats de voix.

Bill a dit : « Hé, vaut mieux se casser. Je pars en premier. Toi, reste là cinq minutes. »

Il est sorti à quatre pattes de sous le pont et m'a laissé tout seul avec les stylos.

Les stylos me faisaient pas peur ni rien, mais je craignais quelque chose. J'ai pris des pierres et de la boue pour les recouvrir. L'eau est devenue toute trouble. Il y a eu une longue bande d'eau boueuse. J'ai eu l'impression d'être un voleur. Pourtant, c'était Bill qui les avait fauchés.

J'ai eu soudain envie de courir. Je suis sorti de la cachette et j'ai pris les jambes à mon cou. J'ai couru sans m'arrêter. Je n'ai même pas réfléchi où me portaient mes pas, quand je me suis retrouvé pile devant le magasin de M. Drake. J'ai bien failli tomber à la renverse. J'étais essoufflé, mais j'ai repris ma course. Je courais de toutes mes forces. Je me suis bientôt retrouvé pile devant l'église. L'église et l'école sont voisines l'une de l'autre. J'ai trouvé ça rudement cocasse de me retrouver là, car il était presque cinq heures et c'était vraiment crétin de se pointer devant l'école à cinq heures. Je me suis demandé pourquoi j'étais là, et puis j'ai décidé de rentrer chez moi.

J'ai fait cinquante mètres, puis je me suis dit que je ferais mieux d'aller réciter un acte de contrition dans l'église. Alors j'ai compris dans quelle panade j'étais, parce que le catéchisme stipule qu'un acte de contrition est seulement efficace quand on ne peut pas se confesser, et moi j'étais à cinquante mètres de la maison du prêtre. Le prêtre accepterait d'entendre ma confession si je le lui demandais. J'ai pensé que je devais prendre mon courage à deux mains et me confesser. Le Père Andrew allait se fâcher pour de bon.

Alors j'ai eu une idée géniale. J'allais demander le Père Joseph. Comme il ignorait que j'avais déjà fauché des billes, il ne serait pas trop dur avec moi. C'était vraiment une bonne idée, car je pouvais désormais aller me confesser et je n'aurais plus peur des stylos à encre. Je veux dire qu'un stylo à encre est un objet comme un autre. Il faut être idiot pour avoir peur d'un stylo à encre. J'ai fait demi-tour vers l'église et j'ai couru jusqu'à la porte.

J'ai demandé le Père Joseph à la bonne, et il est descendu. Le Père Joseph a une gigantesque bedaine et un double menton. Il m'aime bien. Il dit que je suis un bon lanceur. Il connaît un lanceur dans l'équipe des St. Louis Browns. Il dit que je lui ressemble comme deux gouttes d'eau. J'aime vraiment beaucoup le Père Joseph.

« Mon Père, je voudrais me confesser », je lui ai dit.

« Pourquoi pas ? » il a répondu. « Tout le monde a de bonnes raisons pour se confesser. »

Nous sommes entrés dans l'église, et le Père Joseph a rejoint le confessionnal.

Je lui ai dit ce que j'avais fait. Mais j'ai pas cafté Bill. J'ai seulement dit que, quelques minutes plus tôt, j'étais en mauvaise compagnie et que j'avais volé un stylo à encre. Non, je suis pas un cafteur.

Le prêtre a dit que je devais rendre le stylo ou le payer si je voulais qu'il me pardonne. Je lui ai promis de le faire. Il m'a donné l'absolution. Je suis allé dire mes prières devant l'autel. Cinq Notre Père et cinq Je Vous Salue Marie en l'honneur de la Sainte Vierge. Le Père Joseph est vraiment un type formidable. Il n'a même pas cherché à me faire honte. Il n'a presque rien dit.

Je suis sorti de l'église et j'ai pris le chemin de la maison. Je me sentais en pleine forme. Je me suis mis à siffler des cantiques comme je fais toujours après la confession. J'avais résolu le problème du stylo à cinq dollars. Je le garderais. Je dirais à ma mère que je l'avais trouvé. D'accord, c'était un mensonge, mais un mensonge est seulement un péché véniel. On va pas en Enfer quand on a un péché véniel sur la conscience. On va au Purgatoire. Et ensuite au Ciel. Un jour je rembourserais le vieux

Drake. Quand je serais plus grand. D'ailleurs, je parie que Bill Shafer ne rembourse jamais ce qu'il vole.

IV

Bill Shafer mâchait toujours du chewing-gum avant la communion. Il se prenait vraiment pour un dur. Il se prenait pour un malin. Quand on va communier, on n'a le droit ni de manger ni de boire après la veille au soir minuit. Il faut jeûner. Bill se pointait souvent devant nous avant la communion et faisait éclater des bulles de chewing-gum dans nos oreilles. Il se croyait vraiment malin.

Une sœur l'a pris sur le fait et lui a demandé de cracher son chewing-gum. Ç'a été magnifique, la façon dont elle lui a ordonné de le cracher. Quand il l'a craché, moi et tous les autres on a éclaté de rire. Nous étions dans l'église, mais dans le vestibule. Bill se prenait vraiment pour un caïd. Nous n'avons pas ri comme si c'était vraiment drôle. Non, on a ri différemment, pour que Bill soit vexé.

On a ri comme ça : « Hé hé hé hé. »

Bill a dit : « Hé, ma Sœur, comment ça se fait ? Le chewing-gum n'est pas de la nourriture ni de la boisson. »

La Sœur a dit : « Il y a du sucre dans le chewing-gum. »

On était tous pliés en deux. Bill se croyait vraiment malin. Mais il a été rudement vexé.

Le lendemain il a recommencé à mâcher avant la communion. Et à faire éclater ses bulles. Bref, il se prenait toujours pour un caïd.

Un gars l'a cafardé. Je sais qui c'était, mais je vais pas le cafter parce qu'il a cafté Bill. Je suis pas un cafteur, moi.

La Sœur est arrivée à fond de train sur Bill. Le nez en l'air, monsieur faisait des bulles. Elle a saisi ses cheveux et l'a secoué en disant : « Crache ça ! Crache ça ! »

Bill a dit : « Hé, ma Sœur ! Y a pas d' sucre dans ce chewing-gum. C'est un vieux que j'ai gardé. »

La Sœur a dit : « Ecoute-moi bien, mon garçon. J'en ai assez. Je te défends bien de communier ce matin. Espèce de chenapan ! Je veux que tu ailles voir le Père Andrew juste après la messe. »

Cet après-midi-là, au cours de catéchisme, la Sœur s'est installée juste devant Bill et lui a réglé son compte devant tout le monde. Elle lui a dit ce qu'elle pensait d'un garçon qui mâchait du chewing-gum avant la communion. Seigneur, elle n'y est pas allée avec le dos de la cuillère ! Le vieux Bill n'en menait pas large. La Sœur a dit qu'un garçon capable de faire ça devait sortir d'une drôle de famille. La Sœur a mis dans le mille, parce que j'ai souvent vu la mère de Bill mâcher du chewing-gum. Elle a rudement fière allure. La mère de Bill, je veux dire. Pas la Sœur. La Sœur est laide comme un pou.

Ensuite elle nous a raconté toute une kyrielle d'histoires à propos de petits malins comme Bill. Elle nous a dit qu'ils essayaient de jouer au plus fin avec Notre Seigneur, mais qu'Il leur rivait leur clou à chaque fois. Il leur faisait payer la moindre de leurs incartades.

La Sœur nous a parlé d'un petit malin comme Bill qui communiait tous les jours. Il communiait si souvent qu'il en a pris l'habitude, et bientôt il a commencé de se montrer irrespectueux. Un matin, il a pensé qu'il allait faire quelque chose d'inhabituel. Oh oui, il se croyait malin. Il allait faire un truc fantastique. Il allait retirer la sainte hostie de sa bouche après l'avoir reçue, et puis il la ramènerait chez lui. Il est donc allé communier comme chaque matin.

Il a fait ce qu'il comptait faire. De retour de l'autel, il a enveloppé la sainte hostie dans un mouchoir sale. C'était terrible. Je n'ose pas penser qu'un garçon puisse être capable d'une pareille abomination. Mais Notre Seigneur lui a sérieusement rivé son clou.

Quand ce mauvais garçon est rentré chez lui, il a sorti son mouchoir et — pitié, doux Jésus ! — il a eu une peur bleue. Son mouchoir était tout plein de sang. Le sang de Notre Seigneur avait coulé dedans !

Quand le chenapan a vu ça, il est tombé à genoux et a supplié Dieu de le pardonner. Ensuite il s'est relevé, il est sorti et il est devenu prêtre. Il était si zélé qu'on en a fait un évêque. Aujourd'hui il est évêque. Dans l'est du pays.

Le vieux Bill répétait sans arrêt : « C'est du flan ! Du flan ! Du flan ! » Il se croyait vraiment malin. Il a sorti son mouchoir de sa poche et a fait semblant d'y chercher des traces de sang. Il se prenait vraiment pour un caïd.

Après l'école, Bill a dit à moi et Allie Saler : « Hé, j' parie qu'elle a inventé toute cette histoire. »

Allie a dit : « Ça m'étonnerait. »

Bill a dit : « Hé, combien vous pariez que j' suis cap de le faire sans une tache de sang sur mon mouchoir ? »

« Je parie un million de dollars », j'ai dit.

« Pari tenu ! » a dit Bill.

On a fait tope-là. Je voulais pas parier un million de vrais dollars. Je possédais seulement deux dollars dans ma banque privée.

Le lendemain matin après la messe, Bill a couru après moi et Allie.

Nous rentrions à la maison pour le petit déjeuner. Au mois de mai, nous communions tous les matins.

Il a dit : « Hé les gars, venez voir ! J' veux vous montrer quelque chose. »

On est descendus aux toilettes du sous-sol et on a verrouillé la porte. Bill a sorti son mouchoir. Il y avait une hostie consacrée à l'intérieur. Elle était toute ridée et ramollie. On voyait qu'il l'avait sortie de sa bouche.

« Oh, mon Dieu ! » j'ai fait.

Allie s'est signé. Je me suis dit que c'était une

bonne chose à faire, alors je l'ai imité. Quant à Bill, il se marrait.

Il a demandé : « Hé, vous voyez du sang ? »

Il n'y en avait pas une goutte.

Allie a dit : « Viens, Jim. Faut que j'y aille. »

Bill a répété : « Hé, vous voyez du sang ? »

J'ai dit : « Bill, Dieu va sûrement te river ton clou pour ça. »

Bill a dit : « Hé, si jamais vous me caftez, c'est moi qui vous riverai votre clou. »

On a promis de pas le cafter.

Quand on est ressorti des toilettes, on a entendu l'eau qui coulait. Je parie que Bill a jeté l'hostie dans le lavabo. C'est un sacrilège, un péché énorme, je suis sûr. Bill va morfler. Notre Seigneur va le punir. Ça se prend pour un caïd. Ça se croit malin.

V

Mon saint préféré est saint Jean. D'ailleurs je porte son nom. Saint Joseph était autrefois mon préféré, mais comme les lettres que je lui ai écrites ne m'ont jamais avancé à grand-chose, je suis retourné vers saint Jean, et saint Joseph n'a plus la cote qu'il avait. Cela me paraît toujours bizarre quand j'y réfléchis, mais chaque fois que je prie saint Joseph, je pense à Joe Kraut. Enfin, chaque fois que je le prie et que je ne suis pas devant sa statue, qui est censée lui ressembler, je pense à Joe Kraut, même si Joe Kraut n'est pas une évocation tellement palpitante. Joe n'a que onze ans, trois ou quatre poils sur les joues, un menton en galoche, et il est gros. C'est peut-être pour cela que j'ai tant de mal à prier saint Joseph, à cause de Joe Kraut, que je préférerais oublier. Pourtant, j'aime bien Joe Kraut. Il a toujours une pièce sur lui, si bien qu'à la sortie de l'école nous allons à la boulangerie acheter des tartes de la veille.

En un sens, je crois que saint Joseph m'a joué un sale tour, surtout après toutes les lettres que je lui ai envoyées. Nous lui écrivons chaque année le jour de sa fête. Tous les garçons et les filles doivent écrire sur une feuille de papier ce qu'ils ou elles désirent le plus, et ajouter combien de prières ils ou elles diront pour l'obtenir, et alors Sœur Agnes ramasse toutes les feuilles, qu'elle brûle en tenant le couvercle du poêle ouvert pour que saint Joseph puisse lire nos messages dans la fumée. C'est du moins ce que prétend Sœur Agnes, mais je crois plus trop à ces sornettes, ou bien saint Joseph ne fait jamais attention à mon message, ou alors il ne me porte pas dans son cœur.

Le jour de sa fête arrive une fois l'an, et ce jour-là, trois années de suite, je lui ai demandé une bicyclette. Je lui ai demandé une de ces super bicyclettes Ranger — cadre marron, rayons nickelés et pneus pleins. Mais il ne m'a jamais donné ce que je lui avais demandé.

Au bout de deux messages restés sans réponse, je suis allé voir Sœur Agnes pour lui réclamer une explication. Elle m'a répondu qu'un saint sait toujours ce qui est bon pour nous, et que saint Joseph croyait certainement qu'une bicyclette me causerait du tort. Je pouvais me faire renverser par une voiture et mourir. Voilà pourquoi, selon elle, il ne répondait pas à ma demande. Elle a ajouté que je demandais peut-être trop, mais un saint est un saint, et qu'est-ce qu'une malheureuse bicyclette pour lui ? Et puis je ne me ferais jamais renverser, car je sais faire du vélo mieux que quiconque. Quand il a lu votre message, saint Joseph va dire à Dieu de quoi il retourne, et Dieu ne peut vraiment pas refuser, parce que saint Joseph était quand même le père adoptif de l'enfant Jésus quand Il était ici-bas.

Les autres types ne demandaient pas des choses aussi chères que moi ; mais quand même, la plupart obtenaient ce qu'ils désiraient. Reinhardt a demandé un ballon de football neuf, et, comme de bien entendu, le lendemain son père lui a apporté un Spalding extra. Mais je crois savoir comment ça s'est passé. Je pense que Sœur Agnes a lu sa requête à saint Joseph, et puis qu'elle a téléphoné au paternel de Reinhardt, qui avait justement le ballon dans son magasin, parce qu'il a un magasin de vêtements et qu'il vend du matériel Spalding.

Après ma dernière lettre à saint Joseph, je suis allé trouver Sœur Agnes pour lui dire : « Ma Sœur, c'est la troisième fois que je demande un vélo à saint Joseph. »

Je lui ai dit ça parce que j'avais la vague idée qu'elle téléphonerait à mon vieux, et qu'alors j'aurais peut-être mon vélo. Et puis tout le temps j'adressais une prière silencieuse à saint Joseph, un truc du genre : « O saint Joseph, mon cher, mon doux saint Joseph, si vous ne m'envoyez pas ce vélo, je ne vous prierai plus jamais. » Quand j'ai fini ma prière, j'étais quasiment sûr que le vélo arriverait, parce que si saint Joseph découvrait que je le plaquerais s'il ne me filait pas mon vélo, alors il l'enverrait dare-dare. Ça lui ferait trop de peine que je le plaque.

Je lui ai écrit que je voulais découvrir ce vélo sur notre porche à mon réveil le lendemain matin. Je pensais que ce serait super de me réveiller et de le trouver là. J'ai aussi réfléchi que, si la Sœur téléphonait à mon paternel, il aurait le temps d'installer le vélo sur le porche avant d'aller se coucher.

Ce soir-là, je suis allé au lit de bonne heure, vers huit heures ou huit heures et demie, et j'ai prié saint Joseph avant de m'endormir. J'ai également dit mes prières du soir. Je tenais à réciter un bon paquet de prières.

Le lendemain matin, j'ai sauté de mon lit et couru jusqu'au porche. Il y avait un vélo dessus, ça oui. Mais ce n'était pas celui que je voulais. C'était le vélo d'occasion qui trônait d'habitude dans la vitrine du magasin de Benson. Il était couvert de chiures de mouche. La peinture s'écaillait. Il avait un guidon ridicule et démodé. Malgré tout, je l'ai retapé, repeint, mais j'étais horriblement déçu car je voulais un Ranger neuf.

Ma mère a pleuré quand je lui ai dit que j'étais vraiment écœuré. Mais il suffit de prononcer le mot Dieu pour qu'elle fonde en larmes. Elle a soutenu que mon vélo s'était abîmé en tombant du Ciel. Elle me prend sans doute pour une sacrée andouille.

CHAMPION DE BASE-BALL

Il y a bien longtemps, alors que j'étais un petit morpion de cinquième, ils construisaient une nouvelle école. A l'heure du déjeuner nous allions près du chantier pour voler du goudron. Nous le mâchions.

C'est à cause de ce goudron que Sœur Agnes m'a pris en grippe quand j'étais en cinquième. Mais c'est pas de ma faute si elle s'est retrouvée dans la panade. Les pupitres étaient si petits dans notre salle de classe que la Sœur a pris toute la place quand elle s'est assise à côté de moi, et je savais pas que mon bout de goudron avait atterri sur la chaise.

Nous étions censés réciter quelque chose, mais moi je mâchais mon goudron. Sœur Agnes m'a vu. Elle est venue jusqu'à mon pupitre. J'ai paniqué quand je l'ai vue arriver. J'ai sorti le goudron de ma bouche et je l'ai laissé tomber. Je le croyais par terre, mais il était sur la chaise. Zut ! Je le savais pas. Et je savais pas davantage que la Sœur allait s'asseoir à côté de moi au pupitre.

Elle a secoué son index en disant : « Combien de fois dois-je te répéter de ne pas mâcher cette saleté ? » Elle était furieuse. J'ai rien répondu et elle s'est levée. Ou plutôt, elle a failli se lever. Je veux dire qu'elle a essayé de se lever. A cause du morceau de goudron.

Sa robe collait. Moi, j'ai tenté de l'aider. La robe

a commencé de se déchirer. Sœur Agnes s'est fâchée pour de bon. Elle m'a dit d'enlever mes mains de là. Elle m'a giflé. Un aller-retour fracassant. Ensuite elle a demandé à une fille d'aller chercher les ciseaux. Elle a découpé un petit trou dans sa robe.

Elle a dit : « Tu es un sale gosse, et j'ai bien envie de te rosser. »

J'ai dû rester après l'école pour nettoyer. Sœur Agnes est restée aussi. J'ai dû gratter avec un couteau. J'ai pas réussi à retirer tout le goudron. J'étais vraiment désolé, mais je lui ai rien dit. Je déteste dire à quelqu'un que je suis désolé. Et puis je n'avais pas peur. Qui a jamais prétendu que j'ai peur des Sœurs ?

J'ai enlevé le petit morceau d'étoffe noire et je l'ai jeté dans la corbeille à papier. Sœur Agnes était toujours folle de rage. Elle refusait même de me regarder. Elle savait que j'étais là, mais elle ne voulait pas me regarder. Ça m'a fait drôle de lui dire bonsoir, mais je pouvais pas y couper.

Alors j'ai dit : « Bonsoir, ma Sœur. »

Elle a dit : « Va chercher le morceau d'étoffe dans la corbeille à papier. »

L'étoffe était poisseuse et pleine de goudron. J'ai eu honte en le lui tendant. J'avais de la peine pour elle. Je croyais qu'elle allait recoudre le morceau d'étoffe à la place du trou. Le goudron collait à ses doigts. J'ai eu peur. Je me suis senti idiot.

Elle a dit : « Tu es un vilain garçon. »

Elle a dit : « Tu es un très vilain garçon. »

Elle a dit : « Tu es un très, très vilain garçon. »

J'ai fait comme si j'entendais pas. Je regardais la porte. J'ai fait comme si je ramollissais du goudron entre mes doigts. Je pensais que j'aurais mieux fait de m'excuser, mais je voulais pas avoir l'air d'une mauviette.

Elle a dit : « Tu m'écoutes ? »

Je pensais aux mauviettes.

J'ai dit : « Quoi ? »

On n'est pas censé dire « Quoi ? » à une Sœur. Il faut dire : « Qu'avez-vous dit, ma Sœur ? » Une fois de plus, j'avais fait le mauvais choix. J'étais bon pour une autre correction.

Je l'ai sentie venir, mais j'ai rien fait pour l'esquiver. J'ai bien tenu le coup pour un petit morpion de cinquième. Ça m'a pas fait mal du tout. Ça aurait démoli un autre type, mais moi j'étais un dur à cuire.

Elle a dit : « C'est tout. Rentre chez toi. »

J'aurais dû alors dire : « Je suis désolé. » J'aurais dû, mais je l'ai pas fait.

Après ça, Sœur Agnes m'a pris en grippe. Un jour, elle a hurlé devant toute la classe que j'avais les mains sales. Elle m'a fait sortir pour que je me les lave. Un autre jour, j'ai renversé de l'encre, et je n'avais pas de buvard.

Sœur Agnes s'est approchée de mon pupitre.

« Dépêche-toi ! » elle a dit. « Sers-toi de ton buvard ! Vite ! »

Chaque élève est censé avoir des buvards. Je n'en avais pas. J'en ai emprunté un à une fille.

Devant tout le monde, Sœur Agnes a crié : « Dorénavant, tu auras tes propres buvards. Seigneur Dieu, ils coûtent seulement un penny pièce! » J'ai eu honte. Les copains ont pensé que j'étais pauvre.

II

Sœur Agnes n'enseignait plus en cinquième quand on est retourné à l'école l'année suivante pour commencer notre quatrième. Les élèves de cinquième avaient une autre maîtresse. Je suis allé la voir pour lui demander des nouvelles de Sœur Agnes. Elle m'a dit que Sœur Agnes était à Philadelphie, la ville d'origine de tous les grands joueurs de base-ball.

Cette année-là, j'étais seulement en quatrième, mais j'étais le meilleur joueur de base-ball de toute l'école. Je lançais. Des vrais boulets de canon. Et d'une précision diabolique. Sœur Agnes aurait dû voir ça. Elle aurait dû assister au match où j'ai lancé contre Whitman. Elle aurait dû me voir réussir des *home runs* quand j'étais en quatrième. Elle aurait dû me voir réussir soixante-neuf coups au but et quatre-vingt-sept triplés quand j'étais en troisième. Elle aurait dû être là l'an passé pour me voir ratiboiser les équipes adverses en deux temps trois mouvements. Oui, je suis un grand joueur de base-ball.

En septembre dernier, les élèves de cinquième avaient de nouveau une autre maîtresse. Oui, à votre avis ? Sœur Agnes ! Je l'ai rencontrée dans le préau. Bon Dieu ! Quand elle s'est avancée vers moi, je l'ai revue qui descendait la travée pour s'asseoir sur le bout de goudron. Pourtant, elle m'a pas reparlé de cette histoire de goudron. Non, elle m'a dit qu'elle avait appris que je lançais magnifiquement. Ce qui prouve que quand on est un as, on est tout simplement un as, et que même quand on fait quelque chose de mal, on n'en reste pas moins un as.

De jour en jour, elle me plaisait davantage. Elle me donnait un coup de main chaque fois que je devais rester après l'école. Cette peau de vache de Sœur Justine, la principale, me collait souvent en retenue. Si j'avais pu lancer avec les autres gars de l'équipe, nous aurions gagné ce match contre Emerson. Les types d'Emerson considèrent les catholiques comme des bons à rien. Pour vous dire. Mais croyez-vous que cette peau de vache de Sœur Justine se souciait de ce que les types d'Emerson nous traitent de « dégonflés » et de « papistes » ? Bien sûr que non !

Elle disait : « Il faut le punir. Je veux montrer à ce garçon qu'il ne peut pas en faire qu'à sa tête. » Bla bla bla.

Sœur Agnes était gentille. Elle me rejoignait dans la salle où j'étais en retenue après l'école et elle m'encourageait en me disant de travailler plus vite. Presque chaque jour, je devais copier cinq cents fois : « Je ne dois pas rire pendant la prière. » Ça prenait un sacré temps. Le match était quasiment terminé quand j'arrivais au bout de ma punition.

Quand je levais les yeux, je découvrais Sœur Agnes devant moi, qui me regardait écrire. Oh, elle était formidable ! Ses cheveux étaient rouges, rouges comme la brique. Et l'on distinguait à peine les minuscules taches de rousseur de son visage. Ho ! Ho ! C'était marrant. Ça me faisait rire parce que Sœur Agnes me disait tout le temps : « Hello, petit Italien rouquin plein de taches de rousseur. » Un comble ! Et ses cheveux rouquins à *elle* ? Et ses taches de rousseur à *elle* ?

Elle se penchait par-dessus mon épaule et disait : « Plus vite, plus vite, plus vite. Pense à tous ces coups au but ! Pense à tous ces triplés ! »

Et comment que j'y pensais ! Je ne pensais qu'à ça ! J'écrivais à toute vitesse. Elle comptait les mots. Je croyais que cela ne finirait jamais. Après le point final, je rendais ma copie à cette peau de vache de Sœur Justine. Puis je courais jusqu'à Emerson. Mais tout le monde était déjà parti. Trop tard. Il n'y avait plus personne sur le terrain de base-ball, sauf le gardien qui me disait que sainte Catherine avait pris une sacrée piquette. Mon équipe se fait toujours battre à plate couture quand je ne joue pas.

Sœur Agnes me demandait régulièrement des nouvelles de chez moi. Elle disait toujours qu'elle viendrait chez moi pour voir si j'étais méchant avec ma mère. Je suis content qu'elle ne soit jamais venue. Ma maison n'est pas une très bonne maison. Et puis ce n'est pas vraiment ma maison. Je veux dire, elle appartient à mon père. Elle est pas terrible. La vitre de la fenêtre de devant est cassée Mon frère l'a brisée avec un fer à cheval. Le trou dans la fenêtre donne l'impression d'une maison de pauvres. Autrefois, le porche de devant était peint en blanc, mais quand nous jouons au baseball, nous tenons le score sur les murs et les poteaux. Maintenant, ce porche a un air complètement dingue. Sœur Agnes nous considérerait comme horriblement pauvres si elle voyait ça. Dans le jardin de devant, nous avons les première, deuxième et troisième bases, le guichet du lanceur, si bien qu'il n'y a quasiment plus d'herbe. La Sœur comprendrait à quel point nous sommes pauvres si elle voyait ça. Heureusement qu'elle n'est pas venue.

Ma mère s'est sentie tout excitée quand je lui ai dit que Sœur Agnes voulait venir à la maison. Elle m'a demandé de découvrir quand elle viendrait. Mais j'ai rien découvert du tout et j'ai menti à ma mère : je lui ai dit que Sœur Agnes ne viendrait pas avant l'été.

Ma mère n'a pas eu la politesse d'inviter Sœur Agnes à la maison. Les Sœurs ne déjeunent pas en dehors de leur réfectoire. C'est pour ça qu'elles sont Sœurs. Et puis j'aurais eu l'air de quoi si Sœur Agnes était venue chez nous ? Notre maison ne paie pas de mine. La Sœur nous aurait pris pour des pauvres dès le début du repas. Ma mère aurait fait des macaroni. La Sœur aurait trouvé ça complètement loufoque. En plus, nous n'avons pas de nappe. Ma mère étale des journaux sur la table. Elle place les bandes dessinées sous l'assiette de mon frère, et les résultats des matches sous la mienne. En mangeant, je lis les performances des grandes vedettes du championnat. On dirait que les *Athletics* vont encore gagner cette année.

III

Un jour, ma mère a écrit à Sœur Agnes. Je suis descendu au torrent pour lire sa lettre. C'était pas une belle lettre. Il y avait des pâtés dessus. Ma mère l'a écrite avec son vieux stylo. Et puis elle a fait une erreur. Elle a écrit son nom comme suit : « Maria Toscana. » Elle a eu tort. Quand les mères des autres élèves envoient des lettres aux Sœurs, elles signent « Mme... » et puis elles écrivent leur nom. Elles ne mettent jamais leur prénom. Ma mère aurait dû signer : « Mme Toscana. » Quand on écrit ce genre de chose, « Maria Toscana », les gens savent tout de suite que nous sommes pauvres.

Voici la lettre de ma mère :

Chère Sœur Mary Agnes,

Je regrette sincèrement que vous ne puissiez venir me voir. Mon garçon me parle de vous presque tous les jours, et j'ai hâte de faire votre connaissance. Puis-je vous faire parvenir un plat de mes macaroni ? Pour vous remercier de vous occuper si bien de mon fils.

Maria Toscana.

J'étais rudement embêté. La lettre de ma mère disait qu'elle regrettait sincèrement, et Sœur Agnes allait trouver ça plutôt bizarre, vu que je ne l'avais pas invitée à la maison, si bien qu'elle ne pouvait pas refuser, et ma mère pas davantage regretter son refus.

Je ne savais que faire. J'ai opté pour l'école buissonnière. J'ai séché les cours toute la matinée. Je me suis assis sur un banc au dépôt de chemins de fer et j'ai regardé les trains. Les *Athletics* voyagent dans des trains aussi gros que ça.

Ce type qu'on appelle Jumbo est venu s'asseoir sur le banc. Il voulait savoir si je faisais l'école buissonnière. C'est pas un gamin ni rien. C'est un homme. Il voulait savoir pourquoi je faisais l'école buissonnière. Je lui ai montré la lettre et dit la vérité.

« Oh », il a fait, « mais c'est facile. »

Il a déchiré la lettre. Ensuite, il m'a dit que je devrais aller trouver Sœur Agnes pour lui demander si des macaroni de ma mère lui feraient plaisir. L'idée de Jumbo était géniale.

Je suis allé à l'école et j'ai dit à Sœur Justine que j'avais été absent ce matin parce que ma mère avait de nouveau mal à l'estomac et que j'étais allé au drugstore acheter des médicaments. Et vous savez quoi ? Cette idiote de Sœur Justine a fait comme si elle me croyait pas ! Quelle peau de vache ! Simplement parce qu'elle est principale, elle se croit libre de penser ce qu'elle veut. Mais je l'ai quand même bien eue.

Après l'école, je suis allé trouver Sœur Agnes. L'idée de Jumbo était formidable. Ça me fait rien de proposer face à face à quelqu'un de manger les macaroni de ma mère, mais je déteste transmettre le courrier. Ce sont deux choses très différentes.

Sœur Agnes jouait de l'orgue. Elle était seule. La pièce, l'orgue, Sœur Agnes, tout ça m'a fait penser à l'époque où j'étais gamin. J'ai regardé partout, et savez-vous ce que je cherchais ? Je cherchais le pupitre avec le goudron collé au siège. Et naturellement, il était là, au fond de la salle. Je me suis assis derrière lui. Bon Dieu, quelle tristesse. J'étais là, le plus grand lanceur qui ait jamais fréquenté cette école, assis au pupitre qui était le mien quand Sœur Agnes était ma maîtresse.

L'orgue s'est arrêté, et j'ai entendu la Sœur dire : « Ça alors, que fais-tu ici ? »

J'ai dit : « Oh, rien. »

Elle a dit : « Viens ici, nous allons parler. »

Je me suis levé lentement.

Aussitôt elle a dit : « Non, attends. Je vais te montrer quelque chose. » Elle a descendu la travée. C'était exactement comme le jour où elle était venue s'asseoir sur le goudron. Je croyais qu'elle avait tout oublié, mais elle voulait justement me montrer la tache de goudron. Bon Dieu, j'ai rougi comme une tomate. Je me suis senti paralysé quand elle s'est approchée de moi et de mon pupitre.

Pourtant, ça n'a pas été si terrible. Elle m'a tiré les cheveux et puis m'a parlé des criminels qui revenaient toujours sur le lieu de leur crime. J'ai ri et elle a ri et nous avons ri tous les deux. Dieu qu'elle était jolie. Je regrette de ne pas avoir dit : « Je suis désolé », il y a longtemps. J'aurais dû le lui dire à ce moment-là, mais je déteste toujours dire ça aux gens.

Voici ce que je lui ai dit : « Ma mère voudrait vous faire goûter à ses macaroni. »

Elle a répondu : « Volontiers ! Remercie ta mère et dis-lui que je serais très heureuse d'en manger un plein seau. »

J'ai été stupéfait. Je croyais que les Sœurs ne mangeaient pas de macaroni. Je me trompais. Pourtant, Sœur Agnes ne parlait pas d'un vrai seau plein de macaroni. Elle voulait simplement dire beaucoup. Ce qui n'a pas empêché ma mère de prendre sa réponse au pied de la lettre.

Bon Dieu ! Le lendemain j'ai dû porter un seau plein de macaroni à l'école. J'ai eu beau protester, crier, hurler, rien à faire. Mon père était à la maison. J'ai pris des ruelles discrètes pour éviter les élèves de l'école. Je me suis glissé par la porte de derrière, j'ai donné le seau à la Sœur préposée aux cuisines en lui demandant de le transmettre à Sœur Agnes.

Sœur Agnes a dit qu'elle n'avait jamais mangé d'aussi bons macaroni. Je suis sûr qu'elle blaguait. Je m'y connais en macaroni. Je sais qu'une fois, ma mère a donné des macaroni aux Dow. Eux aussi ont dit qu'ils s'étaient régalés. Mais Archer Dow m'a dit qu'ils étaient infects et j'en ai vu des pleines casseroles dans le poulailler. J'ai eu si honte que j'ai dérouillé Archer. Par conséquent, je sais à quoi m'en tenir. Je sais qu'il ne faut pas toujours croire ce que disent les gens.

Après que je lui ai apporté les macaroni, Sœur Agnes a fait de moi son chouchou. Je séchais même l'entraînement de base-ball pour lui parler. De toute façon, un as comme moi n'a pas besoin de s'entraîner. Pendant un petit moment, Sœur Agnes essayait de me convaincre de devenir prêtre. Après quoi elle calculait ma moyenne à la batte. Elle savait s'y prendre. Un jour, elle a trouvé que mon score était de .599, une bien meilleure performance que Rogers Hornsby. Sur le terrain de base-ball, je balançais des coups au but simplement pour voir la réaction de Sœur Agnes. J'ai réussi huit coups dans le mille, cinq triplés et trois doublés dans le match contre

Thoreau. Et puis j'ai aussi lancé. Tout ça pour vous donner une idée. Sœur Agnes n'a pas cru que j'avais aussi bien joué au cours de ce match. Alors j'ai demandé aux élèves de cinquième de tout lui raconter.

IV

Sœur Agnes s'est mis en tête que je deviendrais seulement prêtre à trente-cinq ans.

J'ai dit : « Hé, ma Sœur, quel âge avez-vous ? »

Elle a dit : « On ne doit jamais demander son âge à une religieuse. »

Alors elle a soulevé le buvard posé sur son bureau, elle a pris une photo dessous et me l'a montrée. C'était sa mère, son père et Sœur Agnes quand elle était petite fille. Elle portait un grand chapeau avec une plume fichée dedans. J'ai longtemps regardé cette photo.

Ensuite elle me l'a reprise pour la remettre sous le buvard.

« Bon », elle a fait. « Maintenant dis-moi quel âge tu me donnes. »

J'ai dit : « Je suis sûr d'avoir deviné. »

« Vas-y », elle a dit.

« Vingt-cinq ans », j'ai répondu. J'ai dit au hasard un nombre supérieur à vingt.

Elle a ri. Ça prouvait que j'avais deviné juste. Quand les gens rient ainsi, ça prouve qu'on a mis dans le mille.

Avant de me dire au revoir, elle m'a demandé d'aller à la sacristie et de prier le Seigneur pour qu'il Il fasse de moi un prêtre. J'y suis allé. J'ai prié comme elle m'avait dit, mais j'ai pas prié très fort, parce que je voulais pas vraiment devenir prêtre. Je vais devenir un champion de base-ball. J'ai pas davantage prié pour devenir un grand champion, parce que je prie déjà pour ça le dimanche. Je communie pour ça. Je fais aussi une neuvaine pour ça. Une neuvaine, c'est quand on communie neuf fois de suite. Quand on réussit une neuvaine parfaite, on peut demander n'importe quoi au Seigneur. Mais de toute façon, je n'ai pas vraiment besoin d'une neuvaine pour devenir un champion de base-ball. Parce que je suis déjà un grand joueur. La neuvaine ne fait qu'accélérer les choses.

Au moment de me relever pour partir, j'ai eu une idée merveilleuse. Je me suis remis à genoux sur le prie-Dieu et j'ai fait une prière. Une prière extra. La voici : « O cher, doux enfant Jésus, si Vous m'aidez à faucher la photo de Sœur Agnes, je Vous promets de faire ma prochaine neuvaine pour Vous demander de devenir prêtre. » Je me suis vraiment défoncé pour cette prière. Je me sentais très saint. Je me suis relevé en gardant les mains serrées sous mon menton.

Après cette prière, je suis allé dans la salle de classe de Sœur Agnes. Je comptais lui demander cette photo. J'en avais tellement envie. Oh, il fallait voir cette Sœur Agnes !

Elle n'était pas là. Mais j'ai entendu des bruits de couteaux et de fourchettes dans le couvent. Les Sœurs dînaient. J'avais tellement envie de cette photo.

Alors je l'ai volée. Je l'ai glissée sous ma veste. Je l'ai piquée et je suis rentré ventre à terre à la maison. Après le dîner, je suis monté au grenier et j'ai planqué la photo. Je conserve là-haut tous mes trucs importants, et personne ne peut voir cette photo. Personne sauf moi.

Le lendemain j'ai réfléchi et je me suis senti coincé. C'était terrible, parce que Sœur Agnes savait que c'était moi. Quand je suis allé à l'école, je suis pas sorti sur le terrain. Je me suis caché dans les toilettes, je me suis enfermé jusqu'à la sonnerie. Je me suis aussi planqué dans les toilettes pendant la récré. Et à midi aussi.

Après l'école j'ai quitté les rangs en vitesse et j'ai couru derrière l'église. George McClure m'a vu, alors je suis entré dans l'église pour réciter un acte de contrition, parce que le vol est un péché mortel. Tandis que j'étais agenouillé, George McClure est arrivé.

Il a dit : « Hé, Sœur Agnes te cherche. »

J'ai dit : « Pourquoi ? »

Il a dit : « A ton avis ? »

J'ai dit : « Elle a l'air en rogne ? »

Il a dit : « Pas que je sache. »

Avant d'aller la voir, j'ai fait une autre prière. C'était une prière formidable. La voici : « O cher, doux enfant Jésus, si Vous avez jamais aidé quelqu'un, s'il Vous plaît aidez-moi aujourd'hui. »

Sœur Agnes jouait de l'orgue. Elle m'a entendu arriver. La peur m'empêchait de parler. J'étais tout penaud et intimidé. Comme la fois où elle avait descendu la travée vers moi quand j'étais un petit morpion de cinquième.

Elle a dit : « Bonjour ! » Ça sentait le roussi, pas de doute là-dessus.

J'ai dit : « Bonjour. »

Elle a dit : « Tu ne dois plus jamais revenir ici. »

Elle a dit : « Tu ne dois plus jamais me parler. »

Et puis elle a hurlé : « Tu m'entends ? »

J'ai dit : « Oui, ma Sœur. »

Elle a dit : « Rentre chez toi. »

Et après ça elle ne m'a plus jamais porté dans son cœur. Je sais qu'elle ne m'aimera plus jamais. Je le sais.

Je ne suis pas rentré chez moi. Je suis allé sur le terrain de base-ball. J'ai décidé de m'entraîner aux balles longues. Ce soir-là, j'ai réussi six *home runs* et cinq triplés.

LA CHANSON LOUFOQUE DE MA MÈRE

Ma mère refuse de croire que je me suis fait arrêter pour vol de carbure. J'essaie par tous les moyens de lui prouver ma bonne foi, mais rien à faire, elle ne veut pas me croire. Lui parler ne sert vraiment à rien.

Voilà comment ça s'est passé. Dibber et moi, on s'est fait arrêter ce dimanche, juste après la sortie de l'église. Nous avions des sacs en papier. Nous sommes allés derrière la Compagnie de Fournitures des Mineurs du Colorado. On s'est planqués dans les herbes hautes du chemin. Comme personne ne regardait, j'ai lancé une brique dans la fenêtre de derrière. Ça a fait un boucan de tous les diables, exactement comme le vacarme d'une brique qui bousille une fenêtre. Dibber et moi, on a eu une trouille bleue. Mais personne n'est arrivé.

Dibber et moi sommes donc entrés par la fenêtre cassée. Nous sommes tombés pile sur de gros rouleaux noirs de carbure. Comme les rouleaux pesaient deux cent cinquante kilos chacun, on n'a pas pu en emporter un. Même si nous avions pu en transporter un, il aurait fallu fracturer la porte. Même si nous avions fracturé la porte, il aurait fallu ramener le rouleau à la maison, et il était beaucoup trop lourd. Et même si nous avions ramené le rouleau à la maison, nous n'aurions pas su où le cacher. Et même si nous avions trouvé un endroit où le cacher, nous aurions eu beaucoup trop de carbure. On a donc rempli nos sacs en papier.

Nous n'avons pas entendu le moindre bruit. Mais alors que nous allions sortir, M. Krasovich est arrivé dans la pièce de derrière en passant par le magasin. Il n'y avait pas de quoi avoir peur de lui. Oh, non — vraiment pas ! Seulement il connaissait le magasin, voilà tout.

Il a dit : « Une minute, les gars. »

Dibber a essayé de sauter par la fenêtre. M. Krasovich l'a attrapé par le fond de son pantalon. Puis il m'a immobilisé en serrant ma cravate. Je porte toujours une cravate le dimanche, maudite soit-elle. Mais je n'ai pas tenté de m'enfuir.

Il a dit : « Suivez-moi, les gars. »

Il nous a emmenés dans le bureau de devant. Là, il a téléphoné. Il n'a appelé aucun personnage important. Oh, non — personne de vraiment important ! Il a seulement appelé les flics, voilà tout. Et puis il a raccroché. Il s'est mis à se balancer dans son fauteuil en nous regardant, moi et Dibber. Il jouait les fiers-à-bras.

Dibber a dit : « Si vous nous laissez partir, M. Krasovich, nous vous promettons de ne plus jamais rien vous voler. »

M. Krasovich a dit : « Non, les gars. Je vais vous envoyer tous les deux au pénitencier d'Etat. » Mais il n'a pas réussi à nous effrayer avec ce genre de menace. Dibber et moi, on est moins bêtes que vous le croyez peut-être.

Il est resté vautré sur son fauteuil comme s'il se prenait pour la grosse légume en personne. De toute façon, on ne voulait pas de son vieux carbure. Tout ce que nous voulions, c'était deux petits sacs de rien du tout pour faire sauter les bouchons des bouteilles.

Alors M. Wagner, le flic des urgences, est arrivé sur sa moto. Oh ! Oh ! Dès que je l'ai vu, j'ai compris que ça se gâtait. Ce flic n'est pas très important. Et puis il ne connaît personne de très important. Oh, non ! Seulement, il connaît mon père, voilà tout. M. Wagner et mon père appartiennent tous les deux au club sportif des Elans. Dès qu'il a compris de quoi il retournait, M. Wagner a dit que les flics allaient nous envoyer tous les deux au pénitencier pour quinze ans de taule.

Il nous a emmenés jusqu'à sa moto et nous a fait monter dans le side-car. Je pleurais un peu, mais pas beaucoup. Dibber aussi pleurait, bien plus que moi. Vous aussi, vous auriez pleuré. M. Wagner a tiré sur le starter, et la moto a démarré.

M. Krasovich a crié : « Eh bien, au revoir, les gars. Et puis bonne chance ! » Il se prend pour un malin. Il se croit drôle.

M. Wagner nous a fait traverser la ville jusqu'au tribunal. Tous les passants nous regardaient. Heureusement que j'étais planqué au fond du side-car. Personne m'a vu. Dibber était assis sur mes genoux. Toute la ville l'a vu. Il a dû avoir sacrément honte.

M. Wagner nous a fait descendre au sous-sol et nous a mis en prison. On n'a pas essayé de s'enfuir ni rien. C'est une très belle prison. Personne ne s'en est jamais échappé. Une fois, pourtant, trois bandits ont réussi. M. Wagner est remonté pour téléphoner à nos pères respectifs. Il leur a dit de venir tout de suite à la prison.

Pendant que Dibber et moi attendions la suite des événements, nous avons sorti nos couteaux pour graver nos noms sur le mur. On s'est inspirés des autres noms qu'on a vus. Si jamais vous allez dans cette prison, vous pourrez voir nos noms. Regardez dans l'angle près de la fenêtre.

Le nom de Dibber est gravé comme suit : « Lannon de Kansas City. »

Moi, j'ai écrit : « Toscana la Terreur de Denver, le Môme Flingueur. »

Le père de Dibber est arrivé très vite au tribunal. Il était fou de colère. Il hurlait des injures en descendant l'escalier.

Il criait : « Où est-il ? ! Où est-il ? ! » — en parlant de Dibber.

M. Wagner a ouvert la porte de la cellule, et

M. Lannon est entré au pas de course. Alors il a choppé Dibber. Il l'a fait tomber sur le bat-flanc, et devant moi et M. Wagner, il a flanqué à Dibber la correction la plus salée que j'aie jamais vu quelqu'un prendre, moi excepté. Ce bon vieux Dibber a dû passer un sale quart d'heure. Vous savez ce que c'est.

Ensuite il a arrêté de rosser Dibber, et il l'a ramené chez lui. Il lui a fait monter les escaliers en le tirant par l'oreille. J'ai entendu Dibber gueuler dans le couloir, et encore quand ils sont sortis dans la cour, et encore quand ils ont traversé la rue. Ça a été dur pour Dibber, mais il s'en est bien tiré.

Au bout d'un moment, mon père a descendu l'escalier. Sans se presser le moins du monde. M. Wagner a ouvert la porte de la cellule, et mon père est entré d'un pas nonchalant.

Il a dit : « Alors comme ça, tu es un voleur ? »

J'ai dit : « Non, papa. Je suis pas voleur, j'ai pas fait exprès. »

Il a dit : « Pas fait exprès ! Bon Dieu, je vais t'apprendre à faire exprès ! »

Oh, le Dibber s'en était tiré à rudement bon compte, si je me compare à lui. Oh, mon père m'a dérouillé avec sa ceinture. Mon père porte une ceinture parce qu'il aime frimer. Je veux dire, à quoi bon porter une ceinture quand on porte déjà des bretelles ? Voilà ce que j'appelle frimer. Mon père m'a battu comme plâtre. Si vous croyez que les poseurs de briques sont des mauviettes, allez donc tâter leurs muscles. Mes fesses m'ont fait un mal de chien. Elles m'ont brûlé comme un poêle chauffé au rouge.

Quand mon père en a eu assez de me frapper, il m'a poussé dans un coin et il a remis sa ceinture.

Il a dit : « A la maison, dis à ta mère ce que tu as fait, espèce de sale petite vipère. Et si elle ne te flanque pas une correction carabinée, je te jure que je m'occuperai encore de toi. »

« Tu viens de le faire », j'ai dit.

« Eh bien je recommencerai. »

Je suis sorti de la cellule, j'ai monté les marches, suivi le couloir, franchi la porte, descendu les marches du tribunal et traversé la rue. Je me suis mis à courir. Je voulais être à la maison avant mon père pour que ma mère ait le temps de me flanquer sa correction à elle. Si elle refusait, mon père remettrait ça, cette fois plus fort. Je redoutais deux raclées administrées par mon père ; en fait, je préférais cent cinquante millions de raclées de ma mère plutôt qu'une demi-correction administrée par mon père.

Ho ho ! Vous devriez voir ma mère quand elle me donne une raclée. Ho ho ! Vous devriez la voir ! Ho ho ! Elle me frappe comme une petite mauviette faiblarde, et elle croit que ses coups me font atrocement souffrir. Je grimace, je pousse des grognements, et au bout de deux, trois coups elle a tellement pitié de moi qu'elle s'arrête, et bientôt c'est *elle* qui pleure, pas moi.

J'étais à bout de souffle en arrivant à la maison. Ma mère donnait à manger aux poules dans la cour. Je lui ai dit ce qui s'était passé. Je jure que je lui ai dit toute la vérité. Je lui ai répété dix fois ce que j'avais fait.

J'ai dit : « Mamma, j'ai volé du carbure. Je me suis fait pincer. Je suis allé en prison. Papa m'a fait sortir. Il m'a flanqué une raclée. Il m'a dit qu'il fallait que tu m'en donnes une autre. »

Mais elle a cru que je blaguais. Je lui ai répété, répété encore, répété cent fois la même chose, mais elle voulait pas me croire.

Elle a dit : « Ce n'est pas bien de parler comme ça. »

Je lui ai dit de se dépêcher de me rosser. J'ai même été chercher une badine. Elle a refusé de la prendre. Nous sommes entrés dans la maison. J'avais peur à cause de mon père. Il marchait très vite dans la rue. Je le sentais arriver.

Mais ma mère s'est contentée de s'asseoir en disant : « Ce n'est pas bien de parler comme ça. »

J'ai alors trouvé un moyen formidable de lui

prouver ma bonne foi. J'ai téléphoné à M. Krasovich. Je lui ai dit de rester en ligne. Mais ma mère a refusé de lui parler.

Elle a dit : « Raccroche. Je ne veux pas lui parler. »

J'ai dit : « Je t'en prie, Mamma. »

J'ai dit : « Je te jure que c'est vrai, Mamma. »

J'ai dit : « Que Dieu me foudroie si je dis pas la vérité, Mamma. »

Alors mon père est arrivé à la maison. J'ai entendu les planches du porche grincer sous son poids. Je n'avais pas de chance. Il est entré sans retirer son chapeau.

J'ai dit : « Papa, Mamma veut pas croire que je me suis fait pincer, elle refuse de me donner une correction. Dis-lui, toi. »

Il a dit : « Compte sur moi, mais plus tard. Maintenant, entre là » — il me parlait à moi. Et il m'a montré la chambre.

J'y suis allé. Et ça a recommencé. J'ai eu droit à la correction-maison. La pire que j'aie jamais eue de ma vie, sauf la fois où j'ai cassé une fenêtre chez les Alloback, et la fois où j'ai donné un coup de pied sur la tête de mon frère, et la fois où j'ai volé le porte-monnaie de Mamma. Bref, j'ai dérouillé comme jamais. J'ai eu mal au dos, et aux fesses et aux cuisses. Ensuite mon père m'a jeté sur le lit et il est sorti pour parler à ma mère.

Il a tout raconté à ma mère. Je l'ai entendu. Il lui a répété cent fois ce qui m'était arrivé. Mais elle a pas voulu le croire. Elle a dit que j'étais trop petit pour voler et me faire arrêter ; du coup, mon père est devenu fou furieux.

Il a dit : « Bon Dieu, tu sais pas à quel point ce gosse est mauvais. » Et mon père a sacrément raison, parce que je suis vraiment un dur.

Il est sorti. Ma mère est venue dans la chambre. Je pleurais toujours à cause de la raclée. J'avais bien le droit de pleurer, car c'était la pire raclée que j'aie jamais reçue. Ma mère a sorti le menthol et m'a demandé de baisser mon pantalon. Elle me croyait toujours pas. Le menthol a fait comme de la glace sur ma peau. Pendant qu'elle me frottait, elle a essayé de me convaincre que je n'avais rien fait. Mais je lui ai dit que j'étais coupable.

Elle a dit : « Je sais bien que tu n'as rien fait. »

Je lui ai dit : « Si, je suis coupable. »

Elle a dit : « Allez, reconnais que tu n'as rien fait. »

J'ai dit : « Mais si, je l'ai fait. »

Elle a dit : « Oh, non tu n'as rien fait. »

J'ai dit : « Si ! »

Elle a dit : « Non, tu n'as rien fait. Tu ne peux pas obliger ta mère à croire ça. »

J'ai dit : « Si tu me crois pas, va donc voir à la prison. Descends les marches et trouve l'endroit où Dibber et moi, on a gravé nos noms sur le mur. »

Mais elle a secoué la tête pour me montrer qu'elle n'était pas dupe de mes bobards.

Elle est sortie de la chambre, je l'ai entendue dans la cuisine. Elle chantait. Ma mère chante toujours la même vieille rengaine, une mélodie vraiment pas terrible. Je l'ai apprise il y a longtemps, quand j'étais un petit morveux de sixième. Ça s'appelle *le Fermier dans la prairie.*

La version classique du *Fermier dans la prairie* est la suivante :

Le fermier dans la prairie,
Oh le fermier dans la prairie,
Haut les cœurs, chassons tout souci,
Le fermier dans la prairie.

C'est déjà pas terrible comme ça, mais voici comment ma mère chantait ça, ce qui en fait une chanson plutôt loufoque :

Je sais qu'il a rien fait,
Oh je sais qu'il a rien fait,
Haut les cœurs, chassons tout souci,
Je sais bien qu'il a rien fait.

Elle parlait de moi, elle voulait dire que je n'avais

strictement rien fait, ce qui est vraiment idiot, vu que j'étais coupable sur toute la ligne. Et si aujourd'hui elle veut avoir la preuve de ma bonne foi, elle n'a qu'à descendre à la prison et à chercher nos noms à Dibber et à moi, gravés sur le mur de la cellule.

Dibber a écrit : « Lannon de Kansas City. »

Moi, j'ai écrit : « Toscana la Terreur de Denver, le Môme Flingueur. »

UNE FEMME POUR DINO ROSSI

Il s'appelait Dino Rossi et était barbier au nord de Denver, dans le quartier italien où nous habitions quand nous étions gamins. Dans le temps, il avait courtisé ma mère. C'était vers 1909, avant que mon père n'entre en scène. Dino Rossi n'avait sûrement pas été un amoureux très ardent ; il était trop doux pour ça ; si mince, si pondéré, avec des mains et des pieds si menus. Non, il n'avait pas fait le poids contre mon père le poseur de briques, il n'avait pas tenu une seconde la comparaison. Mon père et ma mère se sont mariés juste sous le nez de Dino. Dino Rossi fait partie de mes plus vieux souvenirs. Je me rappelle les soirs où il me faisait sauter sur ses genoux, je rebondissais sur ses genoux osseux.

Six ou sept fois par an, Dino venait dîner à la maison. Papa insistait toujours pour qu'il vînt. Papa faisait un détour pour passer à la boutique de barbier de Dino et l'inviter à dîner. Pour nous les gosses, Mike, Tony, Clara et moi, la raison de son invitation était évidente : papa aimait inviter Dino parce que celui-ci n'avait pas réussi à épouser maman, tandis que papa était devenu son mari. Et tout le temps maman entrait et sortait du salon, se penchait au-dessus de la table pour servir le dîner, maman, la récompense d'un homme et le regret de l'autre. Chaque fois que Dino était parmi nous, papa débordait d'une tendresse inhabituelle pour

Mamma. Assis entre Tony et moi, Dino posait son doux regard sur papa qui embrassait Mamma chaque fois qu'elle arrivait de la cuisine avec le rôti, les macaroni ou autre chose. Parfois, papa saisissait même Mamma pour l'embrasser violemment.

C'était extraordinaire, et en même temps dégoûtant, car papa ne faisait jamais ça en l'absence de Dino. Papa était souvent morose ; il broyait du noir pendant des jours et faisait des scènes pour un rien : si ses œufs n'étaient pas assez cuits, ses mouchoirs mal repassés, s'il manquait un bouton à sa chemise. Alors il brandissait les poings vers le plafond, s'arrachait les cheveux par poignées et hurlait des menaces. Si l'on avait oublié de mettre le pain, le sel ou le poivre sur la table, il avertissait la famille en général et Mamma en particulier, qu'il était las de tout ça et qu'il avait l'intention de vivre de son côté. Nous avions l'habitude de ses éclats de voix, personne n'y faisait plus attention, pas même papa.

Mais quand Dino était là, *mamma mia,* comme papa était différent ! J'avais quatorze ans à l'époque, mais même mon frère Tony, à peine âgé de six ans, sentait quelque chose de menaçant dans la conduite de papa. Il remuait tout bonnement le couteau dans la plaie de Dino, il torturait le malheureux qui habitait un appartement de deux pièces derrière sa boutique de barbier d'Osage Street, qui ne se marierait probablement jamais et dont une femme ne s'occuperait jamais. Papa mettait toujours sur le tapis le sujet du mariage — celui de Dino — en présence de toute la famille attablée.

« Nom de Dieu, qu'est-ce qui cloche chez toi, Dino ? Tu es un homme, ou non ? Tu as presque quarante ans, tu perds tes cheveux, et tu vis toujours dans ce trou à rats derrière ta boutique de barbier ! Trouve-toi une femme. Dino ! *Madonna,* comment peux-tu supporter ça ? Comment peux-tu vivre sans femme ? »

Puis il pivotait sur sa chaise, saisissait Mamma par la taille et la serrait dans ses bras musclés tandis que Mamma souriait patiemment et adressait à Dino un regard doux qui suppliait Dino de comprendre, de pardonner papa.

« Regarde-moi aujourd'hui ! » poursuivait papa. « Regarde ce que j'ai dégoté. Vise toute la nourriture sur cette table. Une cuisine formidable, et si agréable pour l'estomac d'un homme ! As-tu déjà mangé des ravioli comme ceux-ci, Dino ? »

Dino complimentait alors ma mère d'un sourire.

« Réponds-moi, Dino ! N'aie pas peur. Ne sois pas si timide devant ma femme. Autrefois, tu étais amoureux d'elle. Autrefois, tu as même essayé de l'épouser. »

Dino parlait toujours italien.

« Les ravioli sont délicieux, Guido », répondait-il. « De la pure ambroisie ! » Il plissait alors sa bouche en cul de poule, et du bout des doigts envoyait un baiser vers le plat de ravioli.

« Evidemment que c'est de l'ambroisie. Tout devient de l'ambroisie quand c'est ta femme qui cuisine. Ah, Dino, quel crétin tu fais, à vivre dans ce gourbi. Toi, avec toutes tes économies, quelle mouche t'a donc piqué ? Bah ! La solitude, les cheveux gris, la vieillesse. » Sa voix prenait alors un tour confidentiel. « Dino, tu dois bien avoir vingt-cinq ou trente mille dollars à la banque, hein, Dino ? »

Dino baissait alors les yeux, et nous souffrions tous avec lui, car Dino n'était pas homme à se vanter de ses possessions ; et puis il était généreux, Dino Rossi, il nous coupait les cheveux gratis, il nous donnait une pièce chaque fois qu'il venait à la maison, et des cadeaux formidables à Noël.

Après dîner, c'était pire. Dino aidait Mamma et Clara à desservir, puis il rejoignait la pièce de devant, où papa piaffait d'impatience, méprisant cet homme adulte qui s'abaissait à des tâches ménagères seulement dignes des femmes. Ils buvaient de l'anisette, fumaient des cigares. Après dîner, c'était notre tour, notre tour de devenir des marionnettes entre les mains de papa.

Chaque fois, nous nous glissions furtivement vers l'arrière de la maison pour échapper à son regard et à ses mains, mais il nous appelait inéluctablement, d'une voix mielleuse et écœurante qui contenait pourtant une nuance autoritaire que nous redoutions. Nous lâchions nos jouets pour obtempérer tristement, avec une moue amère, malheureux pour Dino, mais plus encore pour nous-mêmes à cause de ce qui nous attendait.

D'habitude, papa était assis dans le grand fauteuil à bascule près de la fenêtre, et Dino sur le canapé près de l'étagère. Tels des soldats de bois, nous avancions jusqu'au milieu du tapis gris, où nous nous arrêtions, les mains pendant bêtement à nos côtés, chacun de nous conscient de l'alcool fort bu par papa, et qui le frappait maintenant de plein fouet. Papa était assis, tel Néron sur son trône, son corps vautré dans le fauteuil profond, les bras pendant de part et d'autre des accoudoirs, les jambes allongées devant lui. Mike, Tony et moi, on avait à chaque fois envie de déguerpir au plus profond de la nuit et de prendre nos visages honteux entre nos mains. Avec Clara, c'était différent ; papa ne s'intéressait pas de trop près à elle parce qu'elle était une fille.

« Les voilà, Dino », commençait-il. « Mes fils. La chair de ma chair, les os de mes os. Mon œuvre, Dino. J'ai créé ces garçons, moi, et moi seul. Ah, Dino ! Quelle joie de créer des fils ! Observe-les ; l'œil limpide, le cheveu épais, les os solides, la peau luisante de santé. Ils portent mon nom, ils m'immortalisent, ils me sauvent de l'oubli. Quand j'aurai quitté cette terre, mon esprit survivra à jamais dans la chair de ces garçons, et dans leurs fils, et dans les fils de leurs fils. »

Tous trois, nous nous regardions, partagés entre la perplexité et l'angoisse, et nos yeux posaient la même question : Bon Dieu, pourquoi fait-il tout ce cinéma ? En fin de compte, c'était le petit Tony qui morflait, parce qu'il était le plus jeune et le plus doux : c'était à lui que papa demandait d'approcher.

Tony grimaçait en traînant les pieds vers papa, ensuite papa soulevait Tony sur ses genoux, il le tenait là et serrait ses gros bras autour de lui chaque fois que Tony tentait de se libérer. Sale moment pour Tony ! Mike et moi retournions ventre à terre vers l'arrière de la maison en soupirant de soulagement et pestant : « Quel salaud ! Quel salaud ! » Tony devait rester sur les genoux de papa, qui le faisait sauter, et qui l'embrassait même, ce qui était rudement moche parce que papa sentait ces forts cigares noirs Toscanelli, et quand Tony réussissait enfin à s'échapper, il serrait les lèvres de toutes ses forces, comme s'il essayait de l'arracher de son visage.

« J'ai trouvé une femme pour Dino Rossi. »

C'était papa qui parlait. Nous étions au lit, tous les quatre dans un seul lit, Tony et Hugo, notre airedale, au milieu, Mike et moi de chaque côté. Clara dormait sur le canapé dans la pièce de devant. Papa venait tout juste de revenir du Club de la Petite Italie et nous l'entendions parler à Mamma dans la chambre voisine pendant qu'il se déshabillait ; les pièces et les clous tintinnabulaient dans ses poches quand il a enlevé son pantalon.

« Tu lui as trouvé une épouse ? »

C'était la voix de Mamma. Les ressorts du sommier ont grincé ; nous avons compris qu'elle venait de s'asseoir dans le lit.

« Une épouse. Dino Rossi va se marier, nom d'une pipe ! »

« Mais quand ? Avec qui ? »

« Coletta Drigo », a dit papa.

« Et qui est Coletta Drigo ? »

« Une femme », a dit papa.

« Mais qui ? Quel genre de femme ? »

« Une belle femme. De Chicago. »

« Dino est amoureux d'elle ? »

« Il ne la connaît pas encore. »

Mamma a eu un hoquet de surprise. Mike et moi on s'est assis en attendant la suite. Les oreilles de

Hugo se sont dressées comme des tuyaux et il s'est mis à gronder. Au long silence qui a suivi, on a compris que Mamma restait sans voix. Il n'y avait pas un bruit. Alors une des chaussures de papa est tombée par terre, puis l'autre. Hugo s'est mis à lécher le visage de Tony, et Tony s'est assis aussi. On a entendu papa marcher pieds nus sur le plancher, puis le bruit sec de l'interrupteur, et encore le son de ses pieds quand il a traversé la chambre pour rejoindre son côté du lit.

« Tu as perdu la tête », a dit Mamma. « Dino ne veut pas se marier. Il est très heureux comme ça. »

« Non, il est pas heureux », a rétorqué papa.

« Quel genre de femme est-ce ? »

« Oh », a dit papa, « c'est pas une trop mauvaise femme ». A la façon dont il a dit ça, on a tout de suite compris que Coletta Drigo était à ranger dans la catégorie des mauvaises femmes. Papa a bâillé. « J' l'ai vue ce soir », il a ajouté. « Personne la connaît en ville. J' l'ai invitée à dîner demain. Avec Dino. »

« Tu veux dire — ici, dans cette maison ? »

« Evidemment », a dit papa. « Où veux-tu que je l'invite ailleurs ? »

Mamma est sortie du lit, elle a traversé la chambre rapidement pour allumer la lumière. Moi aussi, j'ai sauté de notre lit, à cause de la porte entrouverte. « Je refuse de recevoir cette femme dans ma maison », Mamma a dit. « Tu m'entends ? Je ne veux rien avoir à faire avec elle. »

« Comment ça : dans *ta* maison ? » a demandé papa. « Comment ça : sous *ton* toit ? A *ta* table ? C'est moi qui gagne l'argent dans cette famille, et je veux qu'on m'obéisse. »

« Tu m'as entendue ! » a fait Mamma. « Pauvre Dino ! Pauvre et innocent Dino ! Eh bien voilà, je refuse ! » Nous avons entendu la porte du cabinet de toilette grincer, puis Mamma enfiler sa robe de chambre, puis le bruit feutré des pieds de Mamma qui se glissaient dans ses chaussons. La lumière de la pièce de devant a inondé toute la maison quand

Mamma est sortie de sa chambre. On l'a entendue arpenter la pièce, comme si elle marchait furieusement de long en large.

« Une femme pour Dino ! » elle haletait. « Ça alors, on aura tout vu ! »

« Viens te coucher ! » papa a crié. « Je suis poseur de briques, au cas où tu l'aurais oublié. Demain, je dois être au boulot à sept heures tapantes. »

Mamma a éteint la lumière, puis est retournée se coucher. On l'a entendue marmonner tristement pour elle-même. Mike et moi, on s'est allongés dans l'obscurité, l'oreille tendue. Tony dormait à poings fermés, le menton de Hugo en travers de son cou ; les épaisses babines du chien frissonnaient au rythme de sa respiration. Après un moment, Mamma a grogné et bougé. Elle s'asseyait de nouveau. Papa a poussé un soupir furieux.

« Quoi encore ? »

« Elle ne mettra pas les pieds ici. Je le refuse ! »

« Moi, je ne te le répéterai pas deux fois. Elle viendra dîner demain avec Dino. Le moment est venu qu'il se marie, et bon Dieu je compte bien y veiller. »

« Je refuse de faire la cuisine. Je ne la ferai pas. »

« Si, tu la feras. »

La discussion s'est poursuivie longtemps. Bientôt Mike s'est endormi et les éclats de voix ont tellement indisposé Hugo qu'il a sauté du lit pour aller se coucher à sa place derrière le poêle de la cuisine. J'ai écouté leurs voix dans l'obscurité, mais ils n'ont rien dit d'autre susceptible d'éclaircir le mystère de Coletta Drigo. La voix de Mamma était lourde d'amertume. Elle disait toujours « cette femme », sans jamais l'appeler par son nom. Quand je me suis endormi moi aussi, la discussion continuait : Mamma refusait mordicus de préparer à dîner pour cette femme, et papa l'avertissait qu'elle ferait mieux d'accepter.

C'est papa qui a gagné. Dans les discussions avec Mamma, papa avait toujours le dernier mot ; j'ai compris qu'il avait encore gagné quand je suis rentré de l'école le lendemain après-midi et que j'ai senti la bonne odeur de la sauce des ravioli dans toute la maison : soit c'était le dimanche de Pâques, soit c'était Noël, soit il y aurait du monde à dîner. Ce n'était pas Noël, et pas davantage Pâques.

Un seul regard aux yeux tristes et aux oreilles pendantes de Hugo m'a suffit pour comprendre que Mamma était dangereuse. Hugo refusait même d'entrer dans la maison. Quand je me suis aventuré dans la cuisine, Mamma s'est retournée, le visage rouge couvert de sueur, et m'a ordonné de sortir de la cuisine. Des traînées de farine maculaient son tablier ; elle a essayé d'écarter une mèche de ses yeux.

« Je veux juste du pain et du beurre de cacahuètes », j'ai dit.

Elle a levé le bras pour me montrer la porte. J'ai pas bougé. Elle est restée là, l'index pointé, en soufflant sur sa mèche récalcitrante. J'ai haussé les épaules et je suis parti. Tony a eu droit au même traitement. Il a réclamé à cor et à cri son goûter — pain et beurre de cacahuètes — mais il n'y a rien eu à faire. Quand Mike est rentré à la maison, il est bientôt ressorti dans le jardin, les mains vides lui aussi. Clara a été la seule à obtenir quelque chose. Elle est restée dans la cuisine avec Mamma. Nous autres, abattus et silencieux, on s'est assis sous le pommier. C'était cette femme, cette Coletta Drigo, qui était la cause de tout.

Papa est rentré à la maison quelques minutes avant six heures. Derrière la maison, la cour rosissait sous les derniers rayons du soleil. On a entendu papa à l'intérieur, ses talons ferrés qui résonnaient sur le plancher, puis la chanson qu'il a sifflée en se rasant. De longues ombres tombaient de la clôture de derrière. Nous ne disions pas un mot. Au bout d'un moment, papa a cessé de siffler, et Hugo a gémi de désespoir. Un calme bizarre est arrivé avec le crépuscule. On restait assis à regarder la fenêtre de la cuisine, à observer les allées et venues de Mamma entre la table et le poêle. Bientôt papa est sorti. Il était rasé, poudré, on a senti son odeur, et on se serait cru dans une boutique de barbier. Il tenait un petit verre de vin à la main. Il s'est assis sur les marches de derrière pour le siroter dans un silence de mauvais augure. Une fois, il a fait claquer bruyamment ses lèvres, mais seulement par bravade, car nous autres on sentait bien sa culpabilité ; et quand il a appelé Hugo en claquant des doigts, le chien s'est levé et lentement éloigné.

Ensuite, Dino est arrivé. Mamma a passé la tête par la porte et nous a dit de rentrer. Papa a sauté sur ses pieds.

« Dino ! » il a fait. « Dino est ici ? Ça alors, voilà une bonne nouvelle ! »

On eût dit qu'il essayait de nous convaincre que l'arrivée de Dino constituait un événement extraordinaire, même si lui-même avait personnellement invité Dino pour ce soir. Nous sommes rentrés. Papa a filé à la cave pour s'occuper de ses tonneaux de vin, et Dino est resté au-dessus du poêle, les yeux respectueusement fermés pour respirer le merveilleux arôme de la sauce tomate de Mamma. Il avait un style bien à lui, ce Dino. Et puis Mamma cuisinait tellement mieux quand il était là pour la féliciter avec les petits gestes de ses doigts habiles et l'étincelle d'adoration qui brillait dans ses yeux doux.

On s'est adossés au mur de la cuisine pour l'observer sous un angle nouveau. Hugo a renifié ses chaussures avec méfiance. Nous avions toujours eu vaguement pitié de Dino, mais cette fois nous étions franchement navrés pour lui, et nous avions honte de savoir à l'avance ce qui allait lui arriver. Une femme allait venir pour harponner Dino. Ça ne voulait rien dire pour nous, pourtant c'était une catastrophe, même si nous ignorions pourquoi. Il s'est esclaffé en découvrant nos visages lugubres. Avec une surprenante bonne humeur, il a frappé dans ses mains.

« Allons, allons ! » il a dit. « Pourquoi cette tristesse ? »

Sa main a plongé dans sa poche et en a ressorti toutes ses pièces d'argent, qu'il a entrepris de diviser entre nous. La division ne tombait pas juste. Avec un sourire d'impatience, il a glissé les pièces dans les mains de Tony. « Arrangez-vous ensemble. » Nous l'avons remercié sans enthousiasme. Nous avons battu en retraite vers les pièces de devant, et il est resté sur le seuil de la cuisine à se gratter la tête avec une expression perplexe.

« Qu'ont-ils donc ? »

« Ils sont probablement fatigués », a dit Mamma.

Mais que faisait la mystérieuse Coletta Drigo ? Nous avions tellement hâte de la voir que le moindre bruit sur le porche nous figeait sur place. Hugo a collé son museau contre la fente sous la porte, et il a attendu en grondant de temps à autre.

Dans la cuisine, papa remplissait son verre et celui de Dino. Sa voix brusque était celle d'un homme sur la défensive. Il semblait vouloir distraire Dino, il se lançait dans d'absurdes tirades pour mettre Dino à l'aise. Il s'enquérait stupidement de la santé de Dino, de ses affaires, lui demandait : « Et comment dors-tu en ce moment ? » et puis : « Ton vin est-il assez frais, Dino ? » et « Que penses-tu du temps que nous avons en ce moment ? » Si Dino avait le moindre soupçon, il le cachait bien, car il se comportait comme d'habitude, sa voix restait aussi douce que son regard.

« Le dîner est prêt », a dit Mamma. « Naturellement, cette femme va être en retard. »

« Nous attendons quelqu'un d'autre ? » a demandé Dino.

Papa a feint l'étonnement.

« Mais, oui, Dino. Coletta Drigo vient dîner. Tu ne savais pas ? Maria ne te l'a pas dit ? »

« On ne m'a rien dit », a répondu Dino.

Alors papa a crié à Mamma : « Pourquoi n'as-tu pas dit à Dino que Coletta venait dîner, hein ? Je t'avais pourtant demandé de le prévenir, non ? Quel genre de femme es-tu, hein ? »

Les yeux de Mamma sont restés froids comme des glaçons.

« Ecoute-moi bien. Je n'ai rien à voir avec tout ça, compris ? Strictement rien à voir. »

Ça a calmé papa, qui s'est empourpré d'une rage silencieuse. Il est sorti de la cuisine et s'est avancé vers nous dans la pièce de devant, ses dix doigts labourant ses cheveux, son visage semblable à une eau tumultueuse quand il a tiré le rideau pour regarder dans la rue.

« Elle va arriver d'une minute à l'autre », il a marmonné entre ses dents.

Nous savions pourquoi il était sorti de la cuisine : il avait gaffé, à deux doigts de bousiller tout son plan, et il avait fui le calme de Dino pour reprendre ses esprits. Il y aurait sûrement de la bagarre ce soir après le départ de Dino. Papa se vengerait certainement de ses griefs, il n'oublierait pas que Mamma avait refusé de coopérer.

Il allait retourner dans la cuisine quand Hugo s'est mis à aboyer et nous avons entendu une voiture s'arrêter devant la maison. Papa est retourné illico presto à la fenêtre. « Elle arrive ! » il a crié. « Elle est là ! » Mamma et Dino sont alors sortis de la cuisine avec des visages effrayés. Papa et Hugo ont couru dehors, Hugo bondissait de joie. On s'est levés et on est allés à la porte, juste à temps pour voir papa enlacer une femme plus grande que lui et l'embrasser sur la joue. Papa embrasser une autre femme ! Même Hugo a eu l'air stupéfait.

L'obscurité nous empêchait de distinguer son visage, mais la silhouette qui se détachait dans la lumière du lampadaire était ronde, douce et majestueuse. Papa et elle sont entrés bras dessus bras dessous. A la vue de cette femme, au spectacle de sa beauté parfaite, on est restés coi, bouche bée, même quand elle a baissé les yeux vers nous et que nous avons découvert ses dents blanches étincelantes.

Papa nous a présentés ; moi d'abord, puis Tony, Clara, et enfin Mike. Hugo restait là en riant joyeusement, la langue pendante, mais comme il n'était qu'un chien, personne ne l'a présenté. Malgré nous, on s'est sentis très fiers de papa, un simple poseur de briques qui réussissait à être à l'aise en présence d'une beauté telle que nous n'en avions jamais vue.

Quand elle a saisi ma main et l'a serrée entre ses longs doigts doux, quand les lourds bracelets d'or ont tinté comme des cloches à ses poignets, j'ai été si bouleversé que j'ai ricané bêtement.

Mais Dieu que j'ai envié Tony. Coletta a enlacé ses épaules, elle a passé ses doigts dans ses cheveux en le serrant contre elle. Tony était aux anges, un sourire que je ne lui avais jamais vu nimbait son visage. Un moment il a paru effrayé, puis il a levé les bras, il s'est abandonné langoureusement contre elle, les bras serrés autour de la taille de Coletta, et il a fermé les yeux en se collant contre elle.

Mamma et Dino sont arrivés de la cuisine. Le visage de Mamma était fermé, mais Dino semblait prêt à tout. Mamma a essuyé ses mains sur son tablier, puis a serré la main de Coletta. « Comment allez-vous ? » Mamma a dit.

« Très bien, merci », a dit Coletta. « Et vous, Mme Toscana ? »

Mamma a rien répondu.

Elles étaient à peu près du même âge, mais les trente-cinq ans de Mamma en paraissaient quarante-cinq sur son visage, alors que celui de Coletta en trahissait vingt-cinq. On voyait quatre enfants sur le visage de Mamma, on y voyait même Hugo ; on voyait des siècles de soucis, des ères de travaux ménagers, des kyrielles d'épreuves et de tracas. A l'inverse, le visage de Coletta Drigo ne trahissait aucun enfant, aucun souci, et pas davantage de tracas ; à la place, on distinguait le passage subtil de la jeunesse à la maturité ; on voyait l'excitation ; on voyait les grandes cités, les bons moments, tout un monde merveilleux ; et, couronnant le tout, sa beauté, des cheveux noirs, des yeux noirs, une peau blanche mais mate. Si elle avait eu une fourrure, ce n'aurait pas été celle d'une chienne, mais celle d'une chatte, d'une chatte siamoise.

Debout derrière Mamma, Dino ressemblait plus que jamais à un membre de la famille, notre frère ou notre oncle ; la beauté de Coletta Drigo l'isolait, la rendait unique parmi nous. Elle a tendu la main vers Dino, elle l'a avancée comme une frêle colombe blanche, et elle a souri quand Dino a essuyé la sueur de sa paume contre sa cuisse avant de saisir la main tendue avec une timidité qui l'empêchait de respirer. Il l'a serrée doucement en inclinant la tête si bien que Coletta a vu sa calvitie naissante. Ses yeux noirs se sont agrandis comme si elle comprenait enfin la situation et qu'elle se fût dit : « C'est donc lui l'autre invité ! »

« C'est un honneur de vous connaître », a déclaré Dino.

« Merci », elle a dit. « Merci, Dino. »

Son nom prononcé par ses lèvres à elle lui a donné de la force. Il l'a regardée courageusement, un changement s'est produit sur son visage et son corps, le bonheur l'a fait sourire. Enervé et rayonnant, papa s'activait en tous sens ; nous avons alors compris qu'il commençait à se dire que la soirée serait sans doute un succès.

Il a avancé un fauteuil pour Coletta, qui a retiré son manteau de fourrure d'une façon bizarre qui m'a fait penser qu'elle était nue en dessous. Mike, Tony et moi, on a retenu notre souffle, on a regardé le satin noir moulant apparaître sous le manteau, et comme un seul homme on s'est précipités pour la débarrasser de son manteau. Ça a fini par une bagarre, huit mains tirant sur la fourrure blanche et noire. Hugo a planté ses crocs dans une manche et s'est mis lui aussi à tirer, jusqu'à ce que papa l'oblige à lâcher prise. On a porté le manteau dans la chambre de Mamma et on l'a étendu respectueusement sur le lit. Alors Mike l'a pris dans ses bras et a plongé son visage dans le col épais.

« Bon dieu de bonsoir ! Sens un peu ça — ouah ! »

« Du parfum », a dit Petite Clara.

Hugo a éternué.

Ç'a été un dîner mémorable. Papa a insisté pour que Dino s'assoie à côté de Coletta, mais Dino s'était déjà installé entre Mike et moi. Mamma est sortie de la cuisine et a regardé froidement Coletta.

« Je n'ai pas faim ce soir », a dit Mamma. « Je ne pourrais vraiment rien manger. » Comme la place habituelle de Mamma était entre papa et Dino, cette chaise était maintenant vide.

« Bon ! » a crié papa. « C'est pas grave. Coletta, assieds-toi à la place de ma femme, et Dino, viens t'asseoir ici à côté de Coletta. »

Coletta s'est levée, puis glissée sensuellement sur la chaise de Mamma. Chaque fois qu'elle bougeait, j'avais l'impression qu'elle était nue. Dino restait très poli, mais il refusait de changer de place. Il a mis ses bras autour de Mike et moi, posé ses mains sur nos épaules.

« Je suis bien ici », il a dit. « Entre mes deux garçons. »

« Tu es mon invité ! » a fait papa en abattant son poing sur la table. « Tu dois t'asseoir où je te dis de t'asseoir. »

Coletta a baissé les yeux.

« Peut-être Dino ne veut-il pas s'asseoir à côté de moi », elle a murmuré. Dino a bondi sur ses pieds. Il s'est incliné cérémonieusement.

« Pardonnez-moi », il a dit dans son italien poli. « Je ne voulais pas vous offenser, Signorina Drigo. Je serai très heureux de prendre place à vos côtés. »

« Voilà qui est parler ! » a dit papa. « La situation se débloque. Viens t'asseoir par ici, Dino, et mangeons. J'ai une faim de loup. Maria ! »

Mamma est sortie de la cuisine.

« Que veux-tu ? »

« La bouffe ! » a crié papa en jetant toute galanterie aux orties. « Bordel, pourquoi crois-tu que je t'appelle ? »

Sans un mot, Mamma nous a servis. Au milieu de notre grande table en acajou, elle a posé des plats de poulet cacciatore et de ravioli. Puis elle est revenue avec le saladier et les plats de légumes. Son visage gris restait de marbre ; ses yeux, fixés droit devant elle. Elle n'a pas ouvert la bouche une seule fois. Un mot d'elle, un seul sourire, et le dîner aurait pu être sauvé. Mais ce fut un désastre.

Dès qu'elle sortait de la cuisine, il y avait dans l'air une tension qui nous empêchait de manger. Et dès qu'elle y retournait, papa essayait de détendre l'atmosphère en se lançant dans de grands monologues qui avaient pour seul effet d'accroître la tension. Le dîner était foutu, et tout le monde le savait, surtout Coletta.

Mais pas Dino. C'était toujours le même vieux Dino, son sourire avenant et ses yeux doux inchangés par le conflit qui faisait rage autour de lui. Alors que tous les autres convives picoraient à peine dans leur assiette, lui se resservait deux fois de chaque plat, il mastiquait et avalait avec le même respect pesant et idolâtre pour la cuisine de Mamma.

Au dessert, il y avait du gâteau au chocolat. Du gâteau au chocolat ! Le formidable gâteau au chocolat de Mamma ! Nous autres, les enfants, on aurait été prêts à tout pour du gâteau au chocolat, mais ce soir-là nous avons refusé le gâteau au chocolat. Personne n'a pris de gâteau au chocolat. Du café, oui. Même Coletta a accepté une tasse de café noir, mais pas de gâteau.

Sauf Dino. Agacés, nous l'avons regardé en manger une part, puis en redemander, son regard rayonnant d'adoration à chaque bouchée. Coletta s'était figée, le menton relevé, un sourire courageux aux lèvres. Elle a ouvert son sac, en a sorti un paquet de cigarettes, a réfléchi un moment, puis l'a remis dedans avant de refermer son sac avec un soupir résigné. Nous avons plaint Coletta. La révolte butée de Mamma était dirigée contre elle, et elle semblait si seule, comme un bel oiseau blessé. Nous avions honte de la cruauté de Mamma. Et pitié de papa qui s'obstinait à briser le silence avec des éclats de voix du genre : « Quel dîner formidable ! » ou bien « Seigneur, quelle nourriture ! » ou encore « Jamais mangé aussi bien ». Quant à Dino, il dévorait avec l'appétit d'un cochon de lait.

Quand il a eu terminé sa dernière part de gâteau, Mamma a ramassé les assiettes sales. Aussitôt, Dino s'est levé pour l'aider.

« Je t'en prie, Dino », a dit Mamma, « ne te donne pas cette peine. »

« Ah Maria », a répondu Dino, « c'est si peu de chose après un repas aussi exquis. »

Papa a lancé un clin d'œil à Coletta.

« Et alors ! Refuser de t'asseoir à côté de l'invitée d'honneur ne te suffit pas. Maintenant tu veux la laisser avec moi pour aider ma femme à débarrasser une pile d'assiettes sales ! »

« Nous pourrions peut-être tous l'aider », a proposé Dino.

« Bien sûr ! » s'est écriée Coletta en se levant.

Mais Mamma a refusé. Elle ne voulait manifestement pas de Coletta Drigo dans sa cuisine. A la fin de la discussion, Mamma et Clara se sont occupées de la vaisselle, et tous les autres sont allés dans la pièce de devant. Coletta a glissé ses mains derrière ses hanches pour lisser sa robe avant de s'asseoir au milieu du canapé. Elle s'y est enfoncée en poussant un soupir. Papa s'est laissé tomber à côté d'elle. Quant à nous, on s'est allongés sur le tapis au milieu de la pièce et on a regardé la belle femme. Elle avait croisé les jambes, et ses genoux soyeux ressemblaient à des oranges dorées. Le menton coincé entre nos paumes, émerveillés et ravis, on matait. Hugo a penché la tête, dressé les oreilles. De l'autre côté de la pièce, dans un coin, Dino avait trouvé un fauteuil à bascule. Il a allumé un cigare, puis du coin de la bouche a lâché un mince jet de fumée.

« Que fais-tu donc tout là-bas, Dino ? » a demandé papa. « Tu ne peux donc pas te conduire en gentleman et t'asseoir de l'autre côté de Coletta ? »

Dino a regardé son cigare sans savoir quoi faire.

« Je crois que Dino ne m'aime pas », a dit Coletta. « J'ai senti cela toute la soirée. »

Ces paroles ont profondément blessé Dino. Il s'est levé, a serré ses poings contre sa poitrine, et dit : « Pardonnez-moi, Signorina. Je suis tellement grossier. Je ne suis pas au fait de ces subtilités sociales. Voyez-vous, je ne côtoie pas souvent un être aussi charmant que vous. Ce sera un honneur de m'asseoir à côté de vous, si vous le permettez. »

Elle a hoché doucement la tête et il s'est assis, effrayé mais prêt à tout.

« Il a raison, Coletta », a dit papa. « Il te dit la vérité. Il ne connaît foutrement rien aux femmes. »

Aussitôt papa s'est mis à l'aise. Il s'est allongé de toute sa longueur, les pieds croisés, et il a posé ses bras sur le dossier du canapé. Comme par mégarde, son bras droit est entré en contact avec les épaules soyeuses de Coletta, mais il ne l'a pas retiré, sa paume a épousé une douce rondeur qu'il a serrée gentiment.

« Connais-tu celle du glacier et de la femme qui prend son bain ? »

« Non », a dit Coletta. « S'il te plaît, raconte-la. »

Papa a retiré son cigare de sa bouche. « Voilà. C'est une femme qui prend son bain. Evidemment elle est toute nue. Soudain elle entend le camion du glacier et se rappelle qu'elle n'a pas sorti sa glacière. Toujours nue, elle descend en courant pour mettre la glacière sur sa fenêtre, mais à ce moment précis elle entend quelqu'un entrer, et elle croit que c'est le glacier. Nue comme un ver, elle fonce donc dans un placard. Mais c'était pas le glacier. C'était le releveur du gaz. Quand il a ouvert la porte du placard où elle était cachée, complètement à poil, elle a dit : " Oh ! Je vous ai pris pour le glacier ! " »

Coletta a ri en cachant son visage. Dino souriait, les bras croisés : il n'avait évidemment pas compris l'histoire, nous non plus d'ailleurs.

Papa a pensé à une autre.

« Connais-tu celle du fermier qui voulait se marier ? »

« Non », a dit Coletta. « Raconte-la. »

« Eh bien, c'est un fermier qui veut se marier. » Papa a marqué un temps d'arrêt, regardé derrière lui pour s'assurer que personne ne l'espionnait. Alors il nous a vus sur le tapis. On aurait dit qu'il découvrait notre présence dans le salon.

« Qu'est-ce que vous foutez là, les gosses ? »

Nous nous délections de la beauté de Coletta. Sa question nous a pris au dépourvu. Impossible de lui répondre. « Foutez-moi le camp », il a dit. « Allez jouer dehors. »

A reculons, on a rejoint la salle à manger, où les mains irritées de Mamma s'occupaient des assiettes sales. Le sang s'était retiré de ses lèvres blêmes. Nous sommes restés là, trop heureux d'entendre la mélodie de la voix de Coletta.

« Toi aussi, Hugo », a dit papa. « Du vent ! »

Hugo est sorti à contrecœur en regardant deux fois derrière lui. Alors, tous en même temps, nous avons senti ça dans notre dos, et avant de nous retourner pour la regarder nous avons compris toute la souffrance accumulée derrière nous, qui nous submergeait, et nous nous sommes retournés en même temps, et elle était là qui nous regardait, elle semblait âgée d'un million d'années, Mamma, notre mère, et nous ses enfants avons senti son cœur brisé, elle était debout sur le seuil de la cuisine, son tablier masquant la douleur de ses mains usées, des petits ruisseaux de beauté évanouie descendant lamentablement ses joues ravagées.

Autrefois moi aussi je ressemblais à Coletta, disaient ses lèvres sans voix, mais toute ma beauté est passée en vous quatre, et en lui, et vous voilà, mon fardeau et ma récompense. Nous avons senti son message, mais sans le comprendre vraiment, car il nous troublait, nous terrifiait ; et plutôt que de souffrir avec elle, nous sommes passés en courant devant son tablier vers la porte de derrière, pendant que les larmes coulaient sur son visage et que le rire de papa résonnait dans toute la maison. Pourtant, Clara est restée pour tenir la main de Mamma.

On a contourné la maison sur la pointe des pieds, on a traversé les plants de fraises et de menthe afin de rejoindre la fenêtre de la pièce de devant. J'étais assez grand, comme Mike et Hugo, mais malgré tous ses efforts les yeux de Tony n'atteignaient pas le rebord de la fenêtre. On lui a dit de se tenir tranquille, mais il trépignait et braillait : « Laissez-moi voir ! Laissez-moi voir ! » Il tirait sur nos chemises, pleurait de colère, puis il s'est mis à nous flanquer des coups de pied, il a obligé Hugo à descendre en hurlant hystériquement, il a exigé qu'on lui trouve une caisse pour qu'il monte dessus, ajoutant que, sinon, il ferait un tel boucan qu'on se ferait repérer. Il m'a fait peur : il s'arrachait les cheveux et mordait ses doigts comme un gosse devenu fou. J'ai couru à la cabane à charbon et je suis revenu avec une caisse. Il est monté dessus, aussitôt il s'est calmé et s'est rincé l'œil en admirant la beauté de Coletta Drigo, et son dernier sanglot s'est mué en une sorte de ronronnement satisfait.

Ce que j'ai vu m'a fait trembler. Coletta était toujours assise entre papa et Dino, les jambes croisées, et de la fenêtre je voyais encore mieux ses genoux. Une rafale de chocs sensuels a failli me faire perdre l'équilibre tandis que je dévorais des yeux toute cette chair ronde gainée de soie dorée. C'était un péché abominable, dont je voulais jouir en secret ; la présence de Mike, de Tony et de Hugo m'a irrité. J'ai réfléchi avec colère que Mike ressentait peut-être les mêmes sensations délicieuses, et peut-être Tony aussi, mais il était trop petit. Aussitôt j'ai voulu flanquer un coup de poing à Mike, à ce sale petit vicieux.

« Quesse t'attends pour t' casser ? » j'ai fait.

« Pour que t'aies la fenêtre à toi tout seul ? Rien à faire ! Nous restons, pas vrai Tony ? Pas vrai Hugo ? »

Hugo a aboyé et Tony m'a dit : « Fais gaffe. J' vais encore pleurer. »

« Okay », j'ai dit en pinçant son bras méchamment et en écartant Hugo. « Restez, si vous y tenez. » Hugo a planté ses crocs dans ma jambe de pantalon et s'est mis à tirer dessus en grondant et secouant la tête. Quand je l'ai caressé, il s'est calmé.

Papa parlait. Non seulement ça, mais papa avait maintenant posé la main sur le genou de Coletta, et il le pelotait en rugissant de rire. « Et à l'instant où Pat s'est planquée sous le lit, Mike est entré. »

Il a ri encore en se penchant en avant, sans cesser de caresser et de serrer son genou à elle. Un rire contagieux. Coletta a ri avec lui, et Dino les a imités, et puis tous les trois aussi à la fenêtre on s'est mis à se tordre de rire, et Hugo à aboyer, sans qu'aucun de nous ne sache pourquoi. On a ri à n'en plus finir jusqu'à ce que Tony tombe de sa caisse et roule dans l'herbe, les bras serrés autour de son ventre, Hugo à califourchon sur lui grognant joyeusement : Mike et moi, on l'a regardé, et les éclats de rire fusaient sans arrêt de la pièce, un rire bruyant et brutal, incompréhensible.

Ça s'est arrêté aussi brusquement que ça avait commencé ; j'ai tout de suite pensé que Mamma et Clara étaient entrées dans le salon, mais non. Tony est remonté sur sa caisse. Tout rire semblait maintenant avoir disparu du monde, une expression lugubre s'affichait sur le visage de papa et de Coletta, qui polissait ses ongles contre sa cuisse et feignait d'être très absorbée par cette tâche. Papa avait enlevé sa main de son genou. Il était assis comme Dino, les bras stoïquement croisés, faisant rouler son cigare entre ses dents, et le visage de Dino souriait toujours, prouvant sa gratitude élémentaire d'être l'un d'eux.

Le silence était tombé sur le salon. Dino a regardé en direction de la cuisine. « Que fait Maria ? » il a demandé. « Ah — nous aurions dû l'aider. »

Ils ont tendu l'oreille, et puis il y a eu un bruit de casseroles dans l'évier. Dino s'est levé et incliné.

« Je vous prie de m'excuser. »

Ils l'ont regardé sortir de la pièce. Quelques instants plus tard, on l'a entendu parler avec Mamma et Clara dans la cuisine et on a compris qu'il les aidait à faire la vaisselle. Papa et Coletta étaient maintenant seuls. Papa a lancé un clin d'œil à Coletta à travers la fumée de son cigare. Il s'est penché vers elle et lui a parlé doucement. De la fenêtre, impossible d'entendre quelque chose. Son œil gauche louchait pendant qu'il parlait, il était évident qu'il parlait de Dino. Papa avait une façon bien à lui de fermer les yeux pour chaque sujet qu'il abordait. Il nous suffisait de regarder son visage pour savoir sans l'ombre d'un doute qu'il parlait de politique. Ou de la guerre. Ou des femmes. Ou d'argent. Maintenant nous savions que papa parlait d'argent. Pas de son argent à lui — nous savions qu'il n'en avait pas — mais de l'argent de Dino. Il hochait la tête sans arrêt en louchant de plus en plus. Coletta tripotait les bracelets de son poignet et souriait d'un air pensif. Nous nous sommes regardés — notre façon à nous de désapprouver ce qui se tramait dans le salon, même si nous n'en comprenions pas un traître mot.

Dès qu'il a entendu des pas, papa s'est levé. D'une voix forte, presque en criant, il a dit : « Et alors je lui ai dit ça, je lui ai dit : " George, cette ville a surtout besoin d'un maire honnête, parce que si l'on n'a pas l'honnêteté au sommet, faut pas s'attendre à l'avoir en bas de la hiérarchie. " »

Quand elle est entrée dans la pièce, Mamma a rejeté ses cheveux en arrière, puis elle les a lissés de ses mains rougies. Ses yeux froids se sont posés sur papa et sur Coletta, comme pour leur signifier qu'elle n'avait strictement rien à leur dire. Coletta s'est levée.

« Il faut que je parte », elle a dit. « Ç'a été un dîner merveilleux, Mme Toscana. J'ai été très heureuse de passer la soirée avec vous. »

Papa a souri de toutes ses dents. Ça se voyait qu'il était flatté. Il a enlacé la taille de Mamma et lui a tapoté le derrière. « Tu n'as pas encore eu droit à ses spécialités, Coletta. Cette brave fille est un sacré cordon bleu. » Il a ri. « Pourquoi crois-tu que je l'aie épousée ? Elle a p't-être pas autant de classe que toi, mais bon Dieu elle cuisine sacrément bien ! » Mamma s'est écartée, le visage livide et les traits crispés. Dino a saisi les mains de Mamma entre les siennes, puis il a ouvert ses paumes. Il s'est penché pour embrasser doucement chacune d'elles.

« Merci, ma petite Maria », il a dit en italien. « Ces menottes fatiguées sont beaucoup trop patientes avec nous tous. » Toute dureté a quitté le visage de Mamma, et pour la première fois elle a souri. « Merci, Dino », elle a répondu.

Papa a quitté la pièce, puis est revenu avec la fourrure de Coletta. Hugo a grondé et on l'a fait taire. Les yeux de papa brillaient pendant qu'il tenait la fourrure, on sentait bien que son incroyable douceur étonnait ses doigts. Il semblait en proie à une vague terreur quand il l'a tendue à Coletta, comme si ses mains tenaient un animal extraordinaire. Tel un léopard noir, elle a traversé le salon jusqu'au divan, où elle avait laissé son mouchoir. Tous, ceux qui étaient dans la maison et nous autres à la fenêtre, on est restés médusés, éblouis par le miracle de ses gestes merveilleux.

Alors papa a parlé : « Puisque tu redescends en ville, Coletta, pourquoi ne pas raccompagner Dino ? »

« Bien sûr ! » elle a dit.

Dino a protesté : c'était parfaitement inutile, il avait envie de marcher, il adorait l'air nocturne, il avait besoin d'exercice, il habitait seulement à quelques blocs de la maison. On a quitté la fenêtre des yeux pour regarder la voiture garée juste devant notre jardin, les lignes noires et harmonieuses qui se fondaient dans la nuit. Elle était au poil, cette voiture. Elle convenait admirablement à Coletta ; elle faisait autant partie d'elle que les cheveux noirs, la fourrure noire, les gestes de léopard.

Dino a protesté en vain. Coletta et papa ont raillé son prétendu besoin d'exercice, et quand papa lui a tendu son chapeau, Dino a haussé les épaules en signe de défaite.

« Allez, tous les deux », a dit papa. « C'est l'heure de partir. »

Il a saisi la main gauche de Dino et l'a glissée autour du bras droit de Coletta. Dino a adressé un regard suppliant à Mamma, et Mamma a compris, mais elle ne pouvait rien faire. Coletta a baissé timidement les yeux, elle a regardé Dino parce qu'elle était plus grande et à tout point de vue plus étoffée que lui.

Elle a dit : « Nous ne pouvons apparemment pas faire autrement, n'est-ce pas, Dino ? » Et Dino a souri pour cacher son embarras. Papa est passé derrière eux, il a mis ses bras autour de leurs épaules, les a serrés brutalement l'un contre l'autre, puis les a poussés vers la porte.

« Allez, tous les deux ! » il a dit. « Sortez d'ici, retrouvez la lune et les sacrées étoiles ; je compte sur vous pour faire connaissance pour de bon ! »

Tony a levé les yeux vers le ciel.

« De quoi parle-t-il ? Y a pas la moindre étoile. »

« Pas de lune non plus », Mike a dit.

« La ferme », j'ai dit.

On les a entendus sur le porche. On a contourné le côté de la maison au pas de course et puis on s'est jetés à plat ventre dans le plant de fraises. Coletta et Dino descendaient les marches du porche bras dessus bras dessous, puis ils ont marché vers la voiture. Dino a essayé doucement de libérer son bras. Aussitôt, on a entendu un hurlement de papa sur le porche.

« Pas question, Dino ! Ça va pas, non ? Tu peux donc pas te comporter en gentleman cinq minutes ? » et puis papa a ri.

Papa nous a tellement écœurés qu'on a enfoui nos visages dans le plant de fraises ; il me dégoûtait tant que j'ai arraché de l'herbe avec mes dents. Quand ils sont arrivés dans la rue, Dino a réussi à retirer sa main du bras de Coletta, il s'est avancé vers la grosse voiture, et d'un geste brusque il a ouvert la portière. Mais Coletta ne l'a même pas regardé, elle a dépassé le monstre luisant et s'est arrêtée à côté d'une vieille guimbarde toute cabossée garée derrière elle. C'était une Ford déglinguée à la capote fendue, aux enjoliveurs bouffés par la rouille, à la peinture écaillée. Une telle épave que nous ne l'avions même pas remarquée.

« Non, Dino », a dit Coletta. « C'est celle-ci, ma voiture. »

Choqués, désillusionnés, incrédules, nous nous sommes relevés tous les trois en nous moquant d'être vus. Coletta s'est installée au volant, Dino à côté d'elle. Le moteur a démarré après une série de hoquets, l'embrayage a grincé horriblement, et puis la voiture s'est engagée en cahotant dans la rue ; Hugo a couru derrière elle en aboyant furieusement pendant que nous regardions avec mépris les panaches de fumée sale qui cachaient presque une plaque d'immatriculation de l'Illinois.

« Bah », a lâché Mike. « C'est une frimeuse. »

« Je la déteste », a dit Tony.

« Une poule », j'ai fait.

Hugo est revenu à l'endroit où la voiture était garée. Il a reniflé çà et là d'un air affairé, et puis, quand il a levé le museau vers le bout de la rue où elle avait disparu, les poils de son cou se sont hérissés et il a grondé en dénudant ses crocs.

Pendant une semaine après la visite de Coletta, l'ambiance a été plutôt tendue à la maison. Mamma négligeait sa coiffure, ne poudrait plus son visage et portait sans arrêt la même robe bleue à pois blancs. Oui, ça allait mal à la maison. Mamma et papa se querellaient. Mamma se laissait aller, elle ne prenait plus aucun soin d'elle-même.

Le contraire était vrai de papa. Oh, il se bichonnait, il se pomponnait plus que jamais. Il s'est mis à cirer ses chaussures, à siffler sans arrêt, comme si quelque chose d'excitant allait se passer chaque soir, une danse ou un banquet au club de la Petite Italie.

Pendant que Mamma préparait le dîner, il était très gentil avec nous, il donnait un *nickel* à Clara quand elle brossait son costume ou allait lui acheter des cigares à dix *cents*, car dans ses périodes de brouille avec Mamma, papa fumait toujours des Chancellors qui imprégnaient la maison de leur riche parfum paternel. Ensuite nous dînions, papa tiré à quatre épingles en chemise blanche à col ouvert ; il riait en nous parlant, il nous racontait des histoires merveilleusement héroïques à propos de ce qu'il avait fait dix ans plus tôt, quand les hommes étaient des hommes, quand les poseurs de briques étaient de vrais artistes, quand de ses propres mains il avait construit une église entière.

Dans ces moments-là, nous l'adorions : il était excitant, il répondait à toutes nos questions par des histoires passionnantes aux dénouements fabuleux. Parfois, nous nous mettions en colère contre Mamma, parce qu'elle repoussait sa chaise et quittait la table en plein milieu d'une de ses histoires à lui. Une ombre traversait le visage de papa quand il la voyait partir, et nous le suppliions alors de continuer, et il secouait la tête comme pour se réveiller d'un rêve, et il demandait : « Ah oui, où en étais-je ? » On lui disait où il s'était interrompu, il poussait un soupir et terminait son histoire.

Pourtant ses histoires étaient toujours meilleures quand Mamma écoutait. Nous ne comprenions pas pourquoi elle continuait d'avoir une dent contre lui ; nous en voulions parfois à Mamma, mais d'une certaine façon nous nous réjouissions de leurs querelles, car papa ne nous racontait jamais ces histoires fabuleuses tirées de son passé quand il s'entendait bien avec Mamma. A l'époque, je pensais beaucoup à ça, je disais que Mamma était vraiment stupide, et puis j'étais convaincu qu'à sa place à elle, je ne pourrais jamais en vouloir à un homme aussi excitant que papa.

Quatre soirs après la visite de Coletta, papa est rentré ivre à la maison. Il devait être dans les cinq heures du matin, parce que, quand nous nous sommes réveillés, l'aube pointait par la fenêtre de notre chambre. On l'a entendu tituber dans le salon en chantant *La Donna è mobile*. Bientôt il y a eu un fracas de meubles renversés, puis le silence. Les lumières se sont allumées, nous avons sauté de notre lit, puis Mamma et nous on s'est précipités dans le salon pour découvrir papa vautré sur le tapis, allongé sur le dos, un sourire suave aux lèvres. Hugo s'est avancé et a léché le nez de papa, alors papa a dit ouh ouh ouh et il a essayé d'embrasser Hugo. Dans un coin, le ballon de football de Mike se balançait encore d'avant en arrière après que papa eut marché dessus. On a compris qu'il n'était pas blessé ; sinon il n'aurait pas souri d'un air aussi béat. Hugo a respiré l'haleine de papa et détalé d'un air dégoûté.

« Papa est saoul », a dit Tony ; nous nous sommes regardés et avons souri. Ce bon vieux papa, fin plein, et au comble du bonheur. On a souri d'un air entendu en nous sentant rudement malins et pleins d'expérience. Papa était souvent saoul. Il devenait si généreux quand il se saoulait. Nous l'aimions beaucoup quand il se saoulait. Mais avec Mamma, c'était une autre paire de manches. Elle le détestait dans cet état. Elle le regardait de haut, les dents serrées.

« Quelle misère », disait-elle. « Quelle honte. Dire qu'il est père de quatre enfants innocents ! »

Comme nous n'aimions pas nous faire traiter d'innocents, nous prenions la défense de papa. Mike a surpris Mamma en disant : « Un homme a le droit de s'enivrer de temps à autre. »

« Si on le réveillait ? » a proposé Tony. « Il nous donnera peut-être un peu d'argent. »

« Regardez ! » s'est écriée Clara. « Du sang ! Sa chemise est pleine de sang. »

On est tombés à quatre pattes autour de lui. Tony et Mike se sont mis à pleurer, et du coup Hugo a commencé de geindre. « Papa est blessé », a dit Mike. « Notre papa est blessé. Il est mort, il est mort. » Je leur ai dit de la boucler, et quand Mamma a déboutonné le manteau de papa, ça les a tellement intéressés qu'ils ont arrêté de pleurer.

« Drôle de sang », a dit Clara. « C'est bien rose pour du sang. »

Sous le col de papa, on a découvert des traces de rouge à lèvres, des traces en forme de lèvres. Mike, Tony et Clara ne se sont aperçus de rien, mais Mamma et moi, on a tout de suite compris. Nous nous sommes regardés, et puis j'ai dû détourner les yeux à cause de la fureur grise dans les yeux de Mamma. Sans un mot, elle s'est levée pour aller dans sa chambre. Elle s'est jetée sur son lit, où elle est restée immobile et silencieuse.

« Quelqu'un l'a mordu », dit Tony.

Papa s'est réveillé assez longtemps pour sourire, regarder autour de lui et demander l'heure. On lui a répondu, et Tony a dit : « Papa, t' es mort ou quoi ? » Il a secoué la tête d'un air grave, puis refermé les yeux. Il a essayé de chanter *La Donna è mobile,* mais il avait la bouche trop pâteuse, ses propres efforts l'ont fait rire et il s'est contenté de fredonner doucement en se rendormant, ses gros poings couverts de cicatrices serrés autour de la petite main de Tony avec la tendresse qu'il aurait pu prodiguer à un poussin.

« Papa », a dit Mike, « j' peux avoir dix *cents* ? »

« Bien sûr. Tout ce que tu veux. Viens voir papa quand tu veux quelque chose, tu peux être sûr que tu l'auras. Pa'ce que ton papa t'aime mille fois plus que ta maman. »

« Donne », Mike a dit.

Papa a tripoté sa jambe de pantalon, à la recherche de sa poche. Tony s'est empressé de l'aider ; il a saisi la main molle de papa pour la diriger vers la poche. Elle est restée là, car papa s'est aussitôt rendormi. Impossible de le réveiller, malgré les violentes bourrades qu'on lui a envoyées : Mike a mis ses mains en porte-voix tout près de l'oreille de papa et a crié : « Hé, papa ! Et mes dix *cents* ? »

Rien à faire. Il dormait avec un large sourire, et au bout d'un moment il s'est mis à ronfler bruyamment. Impossible de déplacer sa main. Nous avons envisagé de lui jeter de l'eau au visage, mais aussitôt réfléchi que cela risquait de le dessaouler et qu'il irait ensuite chercher la bande de cuir sur laquelle il aiguisait son rasoir pour nous flanquer une bonne correction. On le poussait de droite et de gauche sur le parquet ; Hugo mordillait ses chaussures, quand Mamma est revenue dans la pièce. Elle avait pleuré. Avec précaution elle a retiré sa main de sa poche et en a sorti quelques pièces. Elle nous a donné dix cents à chacun, puis est retournée se coucher.

Peu après elle m'a appelé. Je me suis levé ; c'était le matin, il faisait froid. Elle l'avait déshabillé, elle avait placé des couvertures sous lui, un oreiller sous sa tête et elle l'avait recouvert, là, sur le plancher du salon. Ses vêtements étaient pliés sur le fauteuil à bascule, sauf sa chemise qui formait un tas dans un coin, là où Mamma l'avait jetée.

« Tu as vu ce que c'était ? » elle m'a demandé.

« Je sais », j'ai répondu. « Mais je dirai rien. »

« Tu es gentil. » Elle parlait doucement, mais les larmes coulaient de ses yeux. « C'est cette femme », elle a dit. « Je sais que c'est cette femme. »

« Ça peut pas être sérieux. »

« Peut-être que non », elle a dit. « Un baiser — rien de bien grave. Mais ceci est sérieux, tout ce qu'il me fait ici », et elle a pressé son cœur. Papa s'est réveillé, a gémi, s'est retourné avec ses couvertures par terre.

« Quesse qui se passe ici ? » il a demandé. « Pourquoi toutes ces femmes dans mon lit ? »

Ça m'a fait rire. J'étais désolé pour Mamma, mais je suis retourné me coucher en riant à cause de ce que papa avait dit.

A sept heures, nous nous sommes levés pour aller à l'école. Papa n'était plus par terre dans le salon. On a regardé dans la chambre, mais il n'était pas là non plus. Nous avons pris notre petit déjeuner dans la cuisine. Il y avait Mamma, qui fourbissait le poêle. Elle travaillait furieusement, la transpiration formait comme une brume sur les rides de son front. Le poêle était brûlant, par endroits la tôle avait viré au rouge. Partout dans la cuisine flottait l'odeur âcre des cendres et de tissus qu'on brûlait. On s'est assis et empiffré d'œufs et de pain grillé.

« Où est papa ? » a demandé Clara.

« Il est parti », a soupiré Mamma. « Parti travailler. »

Mike s'est pincé le nez.

« Pfffftt ! Ça pue ici ! »

Nous avons regardé le morceau de tissu dans la main de Mamma. Mike, Tony et Clara n'ont rien remarqué, mais moi j'ai aussitôt repéré les boutons et compris qu'il s'agissait de la chemise que papa portait la veille au soir. J'ai regardé le visage de Mamma. La vengeance brillait dans ses yeux. Le pain grillé a eu un goût de sable dans ma bouche. J'ai eu peur et détourné les yeux.

A l'école nous devions répéter des cantiques si bien que je suis pas rentré à la maison avant six heures. J'ai découvert papa sur le porche ; il dormait comme une souche dans le fauteuil à bascule, ses paupières étaient irritées, à vif, sa bouche grande ouverte, et sa cantine posée par terre à côté de lui. Sur ses mains et ses bras, les éclaboussures de mortier témoignaient de sa dure journée de travail. Sous son chapeau, une boucle de cheveux était collée sur son front, trempée de sueur et pathétique.

Ça m'a fait mal, papa m'a fait mal, j'ai souffert de le voir ainsi, ses membres courbatus, ses mains calleuses toutes déformées et pourtant si courageuses, brisées par des années de labeur. Oh, que ça m'a fait mal dans la poitrine, j'ai senti un cri, un gémissement que j'ai voulu lancer dans le crépuscule tiède. Et brusquement j'ai détesté Mamma.

J'ai couru dans la cuisine où j'ai jeté mon cartable. Ça sentait le poisson, ce qui signifiait vendredi, du poisson au four. Mamma se tenait au-dessus du poêle, le visage aussi sinistre que le matin.

« Pourquoi fais-tu ça ? » je lui ai demandé. « Pourquoi le laisses-tu tout seul sur le porche ? Pourquoi ne vas-tu pas lui parler ? »

Elle n'a pas répondu.

« Tu es méchante. Tu es mesquine avec lui. Il n'a rien fait de grave. Regarde comme il travaille dur chaque jour. »

Elle a retiré du poêle une casserole de pommes de terre qui cuisaient dans l'eau, puis l'a versée dans la passoire posée dans l'évier ; les volutes de vapeur ont caché son visage. « Ne te mets pas dans mes jambes, s'il te plaît », elle a dit. Pendant qu'elle écrasait les pommes de terre, je suis resté assis à la table ; j'ai regardé son visage figé, la ligne immuable de ses lèvres. Je n'y comprenais rien : chaque jour la même dose de colère, la même fureur dans son regard. C'était parfait de faire la gueule de temps à autre et de garder la pose un petit moment, mais à quoi bon faire la gueule en permanence ? Après tout, Mike, Tony et moi n'y étions pour rien. Nous aussi, nous devions vivre ici.

Elle a sorti le poisson du four et l'a piqué avec une fourchette. Il était prêt. Elle est allée sur le porche pour appeler Mike, Tony et Clara, qui lançaient des fers à cheval dans l'arrière-cour. Ils sont arrivés et se sont installés à la table de la salle à manger sans se laver les mains ni le visage, des mains couleur de poussière. Mamma n'a rien dit. Mike et Tony se sont mis à manger leur poisson avec les doigts et à lancer des morceaux de poisson à Hugo sous la table. Mamma n'a pas réagi. J'ai balancé un coup de pied à Hugo pour le faire déguerpir et j'ai essayé de les obliger à aller laver leurs mains et leur visage, mais ils m'ont fait des pieds de nez en me demandant pour qui je me prenais. Ça m'a mis dans une telle rogne que moi non plus je me suis pas lavé les mains. Nous étions assis en cercle ; toutes les places étaient occupées, sauf celle de papa.

« Et lui ? » j'ai fait.

« Appelle-le », a dit Mamma. « Enfin, si tu tiens vraiment à ce qu'il vienne. »

Je suis sorti sur le porche et j'ai réveillé papa en secouant son épaule. Il a frémi, ses muscles se sont contractés. Ensuite, il s'est penché au-dessus de l'évier de la cuisine pour se laver le visage ; l'eau froide l'a fait frissonner. Il s'est coiffé devant le petit miroir accroché au mur, il est entré dans la salle à manger et s'est assis. Quand Mamma l'a vu, elle a pâli. Elle a repoussé son assiette, puis est allée dans sa chambre, dont elle a fermé la porte à clef. Nous avons mangé en silence. Le poisson avait brûlé, la purée était trop liquide ; il n'y avait pas de serviette, et toutes les deux minutes l'un de nous se levait pour aller chercher quelque chose qui aurait dû être là.

Dès la fin du repas, papa a rejoint sa chambre. Aussitôt Mamma en est sortie pour aller dans la cuisine. Nous avons entendu papa s'habiller dans la chambre. Il se sentait mieux maintenant, il sifflait ; nous l'entendions se déplacer avec davantage de vivacité.

Il sifflait *La Donna è mobile* quand il est parti, portant son costume neuf et sifflant comme un homme parfaitement insouciant. Ça a rendu Mamma si furieuse qu'elle s'est emparée du grand plat à poisson et qu'elle l'a jeté par terre où il a volé en éclats. Hugo a hurlé de terreur puis a filé hors de la cuisine pour se cacher sous le lit. A grands coups de pied, Mamma a dispersé les morceaux du plat, puis elle a foncé dans la chambre. Hugo est sorti en rampant de sous le lit, il est retourné dans la cuisine pour manger les restes de poisson éparpillés par terre. Au bout d'un moment, Mamma est revenue dans la cuisine, elle a balayé les débris de plat et terminé la vaisselle du dîner.

On s'est assis autour de la table de la salle à manger pour jouer au casino. Mamma est retournée dans sa chambre, dont elle a fermé la porte à clef. Une heure a passé, et puis elle m'a appelé. Je suis entré et allé à son chevet dans l'obscurité. Je sentais l'odeur de sa douleur et de ses larmes dans la chambre, elle emplissait la chambre.

« Va jusque chez Dino », elle m'a dit. « Demande à Dino de venir ici tout de suite. »

« Pourquoi ? »

« Fais ce que je te dis. »

J'ai enfilé mon chandail et suis sorti. La boutique de barbier de Dino donnait sur Osage Street, à un bloc du pont de la Platte River. De chez Dino, on entendait et on sentait la rivière. C'était une échoppe à un seul siège, pas beaucoup plus grande que notre salle à manger. A côté de sa boutique se trouvait le Club récréatif de North Pole où papa jouait à un jeu de cartes appelé *pangini*, et où il s'enivrait parfois. La boutique de Dino était fermée, il y avait seulement une loupiote bleue allumée au-dessus de la caisse enregistreuse. Dino habitait une chambre avec cuisine derrière sa boutique. Plusieurs années auparavant, un maréchal ferrant avait occupé les lieux, et à l'intérieur ça sentait encore le cuir de cheval et le sabot brûlé.

J'ai fait le tour par l'allée jusqu'à la porte de derrière. Il y avait de la lumière aux deux fenêtres de la cuisine. J'ai escaladé la clôture. J'entendais des rires à l'intérieur, le rire profond et cristallin de Coletta, et le rire cassant de mon père. A pas de loup j'ai marché jusqu'à la fenêtre et regardé à l'intérieur. Ils étaient assis à une petite table au milieu de la cuisine blanche immaculée de Dino, autour d'une bouteille de vin ; Coletta, Dino et papa. Dino semblait tout seul, un peu à l'écart de Coletta et de papa, dont les chaises se touchaient. La première fois, elle avait porté du noir. Ce soir, elle était en blanc, mais la couleur ne changeait pas grand-chose — elle avait toujours l'air magnifiquement nue. J'ai dégluti lentement. Nom de Dieu ! Quelle femme !

Papa agitait les bras en parlant, il enlaçait parfois les épaules de Coletta et parlait tout le temps.

« Regarde-le un peu ! » disait papa. « C'est pas un homme, Coletta. C'est une demi-portion, voilà c' que c'est. »

Dino souriait d'un air indifférent.

« Ne ris pas », dit papa d'un ton menaçant. « On te connaît, espèce d'imposteur, *ingannatore.* T'as même pas assez de tripes pour te trouver une femme tout seul. C'est bien son problème, pas vrai, Coletta ? »

Coletta a baissé les yeux sans répondre.

« Regarde, Dino. Laisse-moi te montrer. »

Le bras de papa a entouré l'épaule de Coletta et il l'a attirée contre lui. « Tu vois, c'est pas la peine d'embrasser une femme, Dino. Suffit de leur montrer qui est le patron. Et sans traîner. »

Dino a porté son verre à ses lèvres, bu une gorgée et cligné plusieurs fois des yeux. Les conseils de papa restaient manifestement sans effet. D'ailleurs, ça l'a mis hors de lui. Il a bondi de sa chaise pour se précipiter sur Dino, et les bras tendus, il a agité ses doigts sous le nez de Dino en criant en italien.

« Dino Rossi, au nom de San Rocco, réveille-toi. Je suis ton ami bien aimé, Dino. C'est Guido Toscana qui te parle, celui qui t'aime plus que sa propre vie. Je te donnerais ma langue, je l'arracherais pour toi si tu me le demandais. J'essaie de t'aider, Dino. Réveille-toi, Dino ! *Avanti !* Ne fais pas tant de chichis et de ronds de jambe. J'ai trouvé cette fille pour toi, Dino. Elle est ici devant toi, cette fleur des collines de Sorrente. Agis, Dino. C'est ton ami qui te parle, Guido Toscana qui a connu ta mère stupide, ton incapable de père et tes crétins de frères. »

C'en a été trop pour Coletta. Elle s'est levée en exigeant que papa la boucle. A pas souples et félins, elle a traversé la cuisine et s'est campée avec les mains sur les hanches, ses lèvres ourlées en une moue indignée. Papa s'est agenouillé devant Dino, et quand elle a parlé, il s'est assis sur ses talons pour l'écouter.

« Je crois que j'ai quelque chose à dire à propos de tout ceci », elle a fait. « Je suis une femme honorable, pas le genre de traînée qui se jette aux pieds du premier venu. »

« Tu vois ce que tu as fait, Dino ? » a dit papa. « Tu l'as insultée. Ridiculisée. »

Dino a rougi.

« Mais je... »

« Mais — rien ! » a coupé papa. « Ami ou ennemi, je devrais te casser la figure. »

« Essaie donc, si tu l'oses ! » a dit Coletta.

Papa en est resté sans voix.

« S'il vous plaît, ma chère dame », a commencé Dino en tendant les mains, « je vous demande de me pardonner. Je suis si maladroit, si grossier. Je ne voulais pas vous blesser. C'est seulement que je ne veux pas... »

« Le voilà qui recommence ! » a dit papa. « C'est reparti. Il veut que tu le pardonnes. C'est tout ce qu'il sait dire : pardonnez-moi, pardonnez-moi, pardonnez-moi. » Papa a chantonné ça pour se moquer. Dino s'est vexé. Il a baissé les yeux vers le plancher en se mordant les lèvres.

« Pardonnez-moi ! Il répète ça depuis sa naissance. Il y a quinze ans, il a essayé d'épouser Maria, ma femme. » Papa a ri avec mépris. « Lui ! Essayer de me voler une femme ! Il disait déjà ça à l'époque : pardonnez-moi, pardonnez-moi. Eh bien je lui ai pardonné ! Je lui ai piqué Maria sous son nez — *voilà* comment je lui ai pardonné ! »

Ç'a été comme un coup de poignard entre les côtes de Dino. Il se trémoussait sur sa chaise, les tendons de son cou saillaient comme des cordes. Alors j'ai vu ses yeux : il pleurait. Papa a regardé Coletta avec étonnement. Elle aussi était surprise. Le menton collé à la poitrine, Dino sanglotait et son corps tremblait sous l'affront.

« Pauvre Dino », a dit Coletta. « Tu l'as blessé. »

Par derrière, elle l'a enlacé de ses longs bras. « Pauvre Dino, pauvre, pauvre Dino. » Elle a posé sa joue contre la sienne, sa gorge contre son cou à lui. « Pauvre Dino, pauvre gentil Dino. » Papa les observait avec méfiance. Coletta passait un doigt dans les cheveux de Dino. Sa voix ronronnait dans son oreille, et Dino a poussé un long soupir. Il a fermé les yeux et s'est abandonné aux bras de Coletta.

« Gentil garçon, Dino ! » a lancé papa. « Voilà comme on s'y prend. »

Aussitôt Dino s'est remis à sangloter entre les mains de Coletta qui essayait de le consoler, mais il pleurait sans la moindre honte. Coletta a secoué la tête ; papa bouillonnait d'impatience.

« Bon Dieu, pourquoi pleure-t-il comme ça ? »

Ça a provoqué des spasmes chez Dino ; il s'étranglait. Ses yeux noyés de larmes regardaient papa avec reproche. Le mouchoir de Coletta voletait de-ci de-là comme elle essuyait ses larmes. Il a levé son visage vers elle en souriant.

Coletta a dit : « Tu ferais mieux de partir, Guido. »

Papa avait déjà pris son chapeau. Dino a protesté que papa devait rester ; pendant qu'ils se disputaient violemment à ce sujet, j'ai sauté la clôture pour rejoindre l'allée, puis descendu la rue en courant. Je suis rentré à la maison en cinq minutes. C'était une nuit chaude ; la lune brillait. J'ai trouvé Mamma assise dans le fauteuil à bascule sur le porche. Elle s'est levée quand je suis entré dans le jardin.

« Où est Dino ? » elle a demandé.

« Je l'ai pas vu. »

A un demi-bloc de là, on a entendu des talons marteler le bitume et quelqu'un siffler *La Donna è mobile*. Papa est arrivé à la maison en bombant le torse. Je suis rentré en vitesse et j'ai observé la scène par la porte. Papa et Mamma se sont regardés, mais sans rien dire. Et puis papa s'est assis sur les marches du porche, et Mamma est retournée à son fauteuil à bascule. Ils sont restés une heure dehors au clair de lune. Les sauterelles stridulaient, une voiture passait de temps à autre en chuintant, mais ni l'un ni l'autre n'ouvraient la bouche. Ils sont rentrés ensemble, ils se sont couchés ensemble, mais là encore sans rien dire.

Trois jours plus tard seulement, ils se sont reparlés. Ça s'est passé si banalement que nous avons failli ne rien remarquer. Nous étions tous assis pour dîner, tout le monde mangeait en silence quand les yeux de Mamma ont cherché quelque chose sur la table. La corbeille de pain était près du coude de papa. Il a vu Mamma qui cherchait quelque chose, mais ne s'en est pas mêlé. Alors c'est arrivé.

« Guido », a dit Mamma, « donne-moi du pain, s'il te plaît. »

Papa a regardé de droite et de gauche en feignant la stupéfaction. « Du pain ? Qui a parlé de pain ? » Il a jeté un coup d'œil par-dessus son épaule dans la pièce, comme si le pain avait des jambes et allait arriver par la porte. « Oh ! Du pain ! Bien sûr, du pain. Tiens, sers-toi. » Il a passé la corbeille à Mamma, et à cet instant toute la maison a semblé revenir à la vie comme un agonisant qui finit par ouvrir les yeux et retrouver le goût de vivre.

« Ils sont bons, ces choux », a dit papa. « Tu as mis du laurier dedans ? »

« Un peu », a répondu Mamma. « Personnellement, je ne suis pas d'avis de mettre beaucoup de laurier. Je préfère le romarin. Mais il faut être extrêmement prudente avec le romarin. Parfois, quand on en met trop, ça gâche complètement le plat. Je l'ai constaté à plusieurs reprises. »

« Tu as raison », a dit papa. « Absolument. Tu sais ce que j'aime ? Je vais te dire. » Il a approché son pouce et son index pour signifier une toute petite quantité. « J'aime l'origan. Juste une pincée. Je crois qu'un jour tu devrais essayer l'origan. C'est une épice délicieuse. »

« Mais, Guido ! Je ne savais pas que tu aimais l'origan ! Enfin, tu aurais dû me le dire ! Ça alors, voilà qui est drôle ! Moi qui ai de l'origan à ne plus savoir qu'en faire, Guido. J'en ai plein. »

« Une épice merveilleuse. Dans le temps, au pays, on s'en servait tout le temps. »

« Vraiment, Guido ? Dire que j'en ai une boîte pleine dans le garde-manger. »

Papa était stupéfait, médusé.

« Une boîte pleine ! Pfffff ! Ça me ferait plaisir que tu t'en serves pour la cuisine. »

« Mais bien sûr, Guido. Attends. Je vais te montrer. »

Elle s'est hâtée d'aller dans le garde-manger, nous l'avons entendue fouiller frénétiquement parmi des boîtes et des papiers. Elle est revenue avec une petite boîte verte ; elle rayonnait d'excitation. Papa a pris la boîte et l'a examinée avec stupéfaction. A haute voix, il a lu l'étiquette : « Origan. Cinq onces. Produit Schilling. Prix : dix cents. Emballé en Californie, U.S.A. Schilling Spice Products Company, Los Angeles, California, U.S.A. » Papa a hoché la tête.

« Pas de doute, c'est ça. Voilà bien votre mère ! »

Il nous a regardés, et ses yeux avaient retrouvé l'ancien éclat que nous connaissions. Il n'était plus le conteur d'histoires héroïques, le dispensateur de menue monnaie et de douceurs. Il était redevenu lui-même. Pendant une semaine, il nous avait prodigué toute sa bonté. C'était bel et bien fini. Le pendule était reparti en sens inverse. Il allait redevenir dur avec nous.

« Toi », il a dit en me montrant du doigt. « Pourquoi n'as-tu pas rentré du petit bois et du charbon ce matin ? »

« Mais j' l'ai fait », j'ai menti en gémissant.

« Non, tu l'as pas fait. J'ai vu ta pauvre mère transporter un seau de charbon ce matin. Viens ici. »

Je me suis levé et j'ai marché jusqu'à lui. Dans un angle de la salle à manger, Hugo s'est dressé sur ses pattes, le poil hérissé sur son cou.

« Tourne-toi », a dit papa.

Je me suis retourné et légèrement penché. Hugo a gémi. La paume de la main de papa a résonné sur mes fesses. J'ai crié, pas de douleur, mais pour exagérer l'effet de la fessée. Hugo a piteusement glapi. Mike et Tony gloussaient de joie. Je m'en foutais. Leur tour viendrait bien assez tôt. La paume de papa s'est encore abattue trois fois, mais c'était la première qui faisait le plus mal. Feignant une grande douleur, je suis retourné m'asseoir en titubant et me suis remis à manger. Hugo est venu me consoler en me donnant des coups de museau. Mike et Tony se tenaient à carreau. Papa les observait.

« Toi », il a dit à Mike.

« J'ai rien fait », a protesté Mike.

Hugo s'est remis à gémir.

« C'est bien ce que je te reproche », a dit papa. « Aides-tu ta mère dans la maison ? Non. Tu passes ton temps à courir à droite et à gauche, et tu laisses ta mère s'user à la tâche. Et puis, comment vas-tu me prouver que tu n'as rien fait de mal ? »

« Demande à Mamma », a dit Mike. « Mamma,

ai-je fait quelque chose de mal ? N'ai-je pas été sage et obéissant ? »

Mais Mamma était trop heureuse de l'intervention de papa.

« C'est entre toi et ton père, Mike. Vous devez régler ça tous les deux. »

Mike s'est mis à pleurer. « Espèce de lâcheuse. Sale lâcheuse ! »

« Ho ho ! » a dit papa. « Alors comme ça, ta mère est une sale lâcheuse, hein ? Je vais t'apprendre la politesse, moi. Viens ici ! »

« J'ai rien fait de mal », Mike a répété en se levant. « Rien de rien. »

« Oh non », a ricané papa. « Tu insultes la personne qui t'a mis au monde, mais à part ça tu n'as rien fait de mal. Je vais t'apprendre les bonnes manières. Tourne-toi. »

Mike et Hugo pleurnichaient quand Mike s'est mis en position ; il essuyait ses larmes en regardant Mamma d'un air accusateur. Papa l'a fessé légèrement, les coups ont résonné dans la salle à manger ; bien sûr, ça lui a fait un peu mal, mais sûrement pas assez pour justifier tous ses cris. Je savais qu'il pleurait, non de douleur, mais parce qu'il croyait que Mamma l'avait trahi. Deux minutes plus tard, il mangeait son dessert, de la gelée, sans pleurer, et pendant qu'Hugo léchait sa main, il a levé les yeux, vu Mamma qui lui souriait, et l'ombre de la revanche a traversé son visage.

Ensuite, ç'a été le tour de Tony. C'était un tout petit garçon, mais il faisait un boucan de tous les diables, il pleurait avant même que papa l'ait accusé de quoi que ce fût. Vu que Tony était le préféré de papa, il avait rarement droit à une correction, pas plus de sept ou huit fois par an. Et ce n'étaient pas des vraies corrections. Seul le bruit effrayait Tony, car papa tapait bruyamment dans ses mains contre le derrière de Tony, et Tony hurlait de terreur.

« Maintenant, à toi », a dit papa.

« Tu ferais mieux pas », a répondu Tony. « Je

partirai de la maison. J'emmènerai Hugo, nous fuirons et ne reviendrons jamais. »

« Ecoute-moi un peu, toi », a dit papa.

« Je l' ferai », a continué Tony. « Je m'en irai et j'irai au cirque. Moi et Hugo. Pas vrai, Hugo ? »

Hugo semblait très malheureux.

Tout ce qui touchait au cirque effrayait Mamma, qui détestait les serpents et tremblait de peur dès qu'elle en voyait un en photo dans le journal. « Je te l'interdis ! » s'est écriée Mamma. « Ne fais jamais ça ! »

« Alors tu devrais lui dire de pas me donner de fessée. »

Mais il a eu sa fessée, son habituelle fessée bruyante et indolore, et il s'est senti furieux et humilié devant Mike et moi.

« Nous partons pour le cirque », il a pleurniché en entrant dans notre chambre d'un pas incertain. « Viens, Hugo, quittons cette horrible maison. » Hugo l'a suivi dans la chambre et la porte s'est fermée. « Je suis en train de faire ma valise », il nous a prévenus, et nous l'avons entendu tirer quelque chose sur le plancher. Hugo grondait et semblait s'arc-bouter sur un objet. « Maintenant, je range mes affaires dedans », pleurnichait Tony. « Voilà mes chaussettes, et voilà mon chandail, et voilà mes chaussures, et je ne compte pas prendre le moindre sous-vêtement, si bien que je vais peut-être attraper froid et mourir. » Nous avons ri, papa aussi, mais le souci plissait le front de Mamma. Elle a fait mine de se lever. Papa a secoué la tête.

« Nous voilà », a annoncé Tony. « Nous sommes parfaitement prêts et maintenant nous sortons. Nous allons rejoindre le cirque. Viens, Hugo. »

Nous avons regardé Tony ouvrir la porte de la chambre. Il est apparu en nous tournant le dos ; il tirait une valise aussi grosse que lui, si lourde qu'il ne pouvait pas la porter, et Hugo tirait dans l'autre sens, les dents plantées dans une courroie, ses pattes glissant sur le linoléum. « Au revoir, tout le monde », il a dit en pleurant. « Nous voilà en route pour rejoindre le cirque. Au revoir, Mamma ; au revoir, papa ; au revoir, Mike ; au revoir, Clara ; au revoir, Jimmy. On est bien traité au cirque. On vous flanque pas de fessée, et on donne de bonnes choses à manger aux animaux. Au revoir, tout le monde. »

Nous avons ri tandis qu'il essayait de tirer la lourde valise vers la porte d'entrée, et qu'Hugo, tous ses muscles bandés, réussissait à ramener lentement Tony vers la chambre. Notre rire a tellement vexé Tony qu'il a pleuré de rage, dépensant toute son énergie en coups de reins et secousses qui ne faisaient pas bouger Hugo d'un poil. Alors Mamma n'y a plus tenu. Elle s'est levée pour prendre Tony dans ses bras.

« Je te donnerai une pièce de cinq cents si tu ne pars pas », elle a dit.

Il a reniflé, essuyé son nez sur sa manche, puis il a réfléchi à la proposition. « Disons dix cents », il a rétorqué.

Mamma l'a soulevé de terre pour l'embrasser, et Hugo a aboyé joyeusement. Papa a chuchoté le nom de Clara. Elle a sangloté, couru vers lui ; il l'a prise sur ses genoux pour l'embrasser.

La paix était revenue à la maison. Papa grognait et râlait, mais c'était bon signe : cela signifiait qu'il était réconcilié avec l'univers. Mamma habitait dans les nuages, ses lèvres souriaient, ses pensées s'envolaient loin de nous. Chaque soir, au dîner, elle portait sa coûteuse robe du dimanche, celle que Tante Louise lui avait donnée. Elle était bonne envers nous ; elle nous autorisait à prendre Hugo avec nous dans le tub, en nous conseillant de ne surtout pas en parler à papa.

Quand nous avons cloué des cercles de tonneaux aux murs de la pièce de devant pour jouer au basket, elle n'a rien dit. Nous avons cassé une fenêtre et brisé un vase, mais elle est restée à côté du poêle de la cuisine pour remuer la polenta, tel un ange aux pensées lointaines, et je crois qu'elle n'a même pas entendu le boucan qu'on a fait. Elle ne nous a pas davantage reproché d'avoir déchiré le menton de Benito Mussolini, dont la photo était accrochée au-dessus du bureau de papa. Le même soir, assis à la table de la salle à manger, papa s'est aperçu de la mutilation, mais nous avons eu de la chance, car papa venait de lire quelque chose dans le journal du soir, qui l'avait fait marmonner : « Ce sale crétin de Mussolini ! » et quand, levant les yeux, il a découvert que le menton du Duce s'était envolé, il a cligné les yeux plusieurs fois, puis a semblé content du résultat. Lui et Mamma avaient l'habitude d'évoquer toujours Dino Rossi au dîner, mais maintenant ils ne prononçaient même plus son nom. Quant à Coletta Drigo, nous sentions tous que le simple fait de penser à elle risquait de provoquer une catastrophe.

Dimanche matin, le premier dimanche après l'armistice, nous nous sommes levés pour aller à l'église. C'était le seul matin de la semaine où papa faisait la grasse matinée. Nous devions parler à voix basse et marcher sur la pointe des pieds. Ça n'avait rien d'agréable. D'autant que nous portions nos habits du dimanche, chaussures neuves qui broyaient nos pieds, cravate qui nous étranglait. Mamma a préparé le petit déjeuner. Nous n'avons pas fait attention à elle. Ensuite, nous avons mis nos manteaux et sommes partis pour l'église.

Au moment de quitter la maison, j'ai senti que quelque chose clochait. Ça n'allait pas, il y avait comme un vide, il manquait quelque chose, et je n'avais rien remarqué avant. Je suis retourné dans le salon et me suis immobilisé au milieu de la pièce. Alors je l'ai senti clairement, toute la maison me l'a dit : papa n'était pas là, mon instinct m'a dit que papa n'était pas dans la maison. J'ai ouvert la porte de leur chambre. Mamma était retournée se coucher. A côté d'elle, la place de papa était vide, le dessus de lit intact : il n'avait pas dormi ici la nuit passée.

Ça m'a rendu malade. J'ai eu envie de me ruer

sur le lit pour bourrer de coups de poing la place vide. Mamma s'est tournée et a ouvert les yeux. Mais avant qu'elle n'ait pu parler, j'ai fermé la porte et suis sorti. Ce matin-là, je n'irais pas à l'église. Je voulais trouver mon père pour lui dire qu'il poussait le bouchon un peu loin.

Au petit trot, j'ai rejoint la boutique de barbier de Dino Rossi. Quand j'ai atteint la clôture de derrière dans l'allée, j'ai eu soudain peur ; je ne savais plus à quel saint me vouer. Après tout, qu'allais-je bien pouvoir dire à papa ? Qui étais-je pour lui donner des ordres ? Il ne le tolérerait pas ; il allait sûrement me flanquer une bonne raclée. Quand même, je pouvais lui dire de revenir à la maison. Je pouvais lui parler poliment, de façon à ne pas le froisser.

Dino a répondu aux coups que j'ai frappés à sa porte. Il portait une chemise de nuit blanche et un bonnet de nuit en forme de longue chaussette pointue. Il a frotté son visage endormi et m'a dit d'entrer.

« Où est mon père ? » j'ai demandé.

« Tu veux dire qu'il a découché la nuit dernière ? »

« Oui, il a découché. »

Il a fait claquer ses lèvres. « Mauvais. Très mauvais. »

« Où peut-il bien être ? »

Il a tourné ses paumes vers le plafond. « Comment savoir ? »

« Je parie qu'il est avec elle — cette Coletta. »

Dino a posé deux doigts sur mes lèvres. « Tu ne dois pas dire des choses pareilles à propos de ton père. Non, non, jamais à propos de ton père. »

« Quand même, je parie qu'il est avec elle. »

« Non », il a dit d'un air vague. « C'est impossible. »

« Il devrait pas faire des choses pareilles, Dino. » Je me sentais mûr, plein d'une ancienne sagesse. « Pendant la nuit, la place d'un homme est à côté de son épouse et de ses enfants. » Alors je me suis rappelé une phrase que papa adorait répéter. « C'est bien là le problème du monde moderne, Dino : il n'y a plus de vie de famille. »

Il a tapoté mes épaules.

« Rentre chez toi », il a dit. « Je vais trouver ton papa. »

Mais il n'a pas trouvé papa. Ce soir-là, vers dix heures, il est arrivé chez nous, le visage las, les pieds douloureux. Mike, Tony et Clara étaient allés se coucher, mais ils faisaient un sacré boucan. Je suis entré dans la chambre. L'air était plein de plumes qui voletaient de-ci de-là. Dans un coin, Hugo déchiquetait ce qui restait d'un oreiller.

« Regarde ! » a dit Tony.

Il a pris l'oreiller et l'a lancé à l'autre bout de la chambre. « Va chercher Coletta, Hugo ! Va chercher ! Attrape-la ! » Le chien a bondi sur le lit, puis plongé vers l'oreiller, qu'il a déchiré sauvagement. Je les ai obligés à mettre une sourdine. J'ai éteint la lumière et viré Hugo de la chambre.

Dans la cuisine, Dino avait retiré ses chaussures. Il avait exploré tout North Denver, chaque salle de billard et chaque tripot, chaque bowling et chaque saloon : impossible de mettre la main sur papa. Mamma lui a préparé une bassine d'eau chaude avec du savon et des sels d'Epsom ; quand Dino a plongé ses pieds dedans, il a gémi de plaisir.

« Il n'y a pas de quoi s'inquiéter », il a dit. « Guido sait parfaitement bien s'occuper de lui tout seul. »

« Sans aucun doute », a renchéri Mamma. « Un père de quatre enfants, courir après une traînée pareille ! »

Dino a secoué violemment la tête.

« Non, non, Maria ! Il ne faut pas dire des choses comme ça. Tu n'as aucune preuve. Guido est un homme impulsif, mais il est bon, Maria. Il a le sens de la famille. »

« Ça oui », a rétorqué Mamma. « Suffit d'être italienne pour faire partie de sa famille. »

Mamma ne pleurait pas. On aurait dit qu'elle avait longuement réfléchi et fini par prendre une décision. Son visage ne souriait pas, mais il était calme et serein. Il n'y avait rien à ajouter. Dino remuait ses orteils dans l'eau chaude et contemplait les rides du tub. Il semblait désireux de soulager son cœur, mais avec Mamma seule ; je sentais que ma présence le gênait — il me croyait sans doute trop jeune pour entendre ce qu'il avait à dire. Mamma a compris les regards appuyés qu'il lançait dans ma direction.

« Jimmy est mon aîné », elle a dit. « Je veux qu'il comprenne ces choses. »

« Et comment, Dino », j'ai fait. « J' suis pas né de la dernière pluie ! »

Dino restait sceptique.

« C'est okay », j'ai dit. « Tu peux dire tout ce que tu veux devant moi, Dino. J'ai quatorze ans, presque quinze. »

Ça ne l'a pas davantage convaincu, si bien que tous les trois nous avons sombré dans un silence gêné.

Alors j'ai pris la parole : « Ecoute, Mamma. A quoi bon continuer à nous regarder en chien de faïence ? Faut agir. Qu'as-tu l'intention de faire ? Un homme comme ça, je trouve que tu devrais lui demander le divorce. »

Mamma a verdi en entendant mon dernier mot. Elle m'a dévisagé avec horreur. Aussitôt j'ai compris que j'avais gaffé, parce que nous étions catholiques et que dans notre église le divorce n'existe pas. J'ai senti le regard aimable de Dino, le sourire vague de ses lèvres. Tu vois, semblait-il dire, tu ne comprends vraiment pas la situation, tout compte fait.

« Okay, Dino le futé », j'ai dit. « Toi qui es si malin, que ferais-tu ? »

« Un divorce ! » a lâché Mamma. « Tu as entendu ce qu'il a dit, Dino ? Un enfant, parler ainsi ! »

« Il faut bien que quelqu'un fasse quelque chose ! » j'ai crié.

« Honte à toi ! » a dit Mamma. « Ton propre père et ta propre mère. Honte à toi ! »

« Je croyais que tu lui en voulais », j'ai dit.

« Honte à toi », a répété Mamma. « Honte, honte, honte ! »

« Chu-ut », a fait Dino. « Ecoutez. »

Au loin on a entendu, d'abord faiblement, puis de plus en plus fort, quelqu'un — papa — siffler *La Donna è mobile ;* puis le martèlement de talons sur le porche de devant, le bruit de la clef dans la serrure, et puis nous avons tendu le cou pour le voir entrer dans le salon. Avant de fermer la porte, il a hésité. Nous avons vu son visage empourpré, gai, ses yeux brillants comme ceux d'un écureuil. Il n'était pas exactement ivre, mais l'inclinaison de son chapeau et sa façon de rouler les épaules nous disaient qu'il n'avait pas épargné le Burgundy.

« Bonsoir ! » il s'est écrié. « Bonsoir tout le monde, bonsoir ! Alors comme va ma joyeuse petite famille ce soir ? Ma douce épouse, mes enfants angéliques ? »

« Hoooo », a grondé Mamma. « Quel salopard ! »

« Alors comme ça, Dino est là aussi ! » s'est écrié papa. « Ce bon vieux Dino, cet excellent ami de la famille. Il est aussi là. »

Il s'est appuyé contre le chambranle de la porte, la main sur la hanche, le chapeau repoussé sur la nuque. Il m'a lancé un clin d'œil, mais comme Mamma m'observait attentivement, j'ai eu peur d'adresser un signe à papa.

« Surtout ne me dis pas où tu as passé la nuit dernière », lui a lancé Mamma. « Ne dis rien, surtout. Je ne suis que ta femme. Je n'ai pas le droit de t'interroger. »

« Oh ! » a dit papa. « Madame est sarcastique ! »

Mike et Tony sont sortis de leur chambre. « Salut, papa », a fait Tony. « On peut avoir dix cents ? »

Papa s'est retourné. « Si vous pouvez avoir dix cents ? Je vous offre dix fois dix cents. Tenez ! »

Il a tendu un billet d'un dollar à Tony, et Tony l'a accepté craintivement, en reculant, excité et plein de doute, comme si ce billet d'un dollar était quelque chose d'incroyable entre ses mains. Nous l'avons vu courir, puis entendu sauter dans son lit en hurlant de joie. Mike et Hugo l'ont aussitôt suivi. Hugo aboyait et Mike criait : « J'en veux la moitié, j'en veux la moitié ! »

« Qui vous aime le plus ? » s'est écrié papa. « Votre père ou votre mère ? »

« Notre père ! »

Papa s'est retourné vers Mamma en souriant.

« Et voilà », il a dit en écartant les mains. « Tu vois ? »

La fureur de Mamma était à son comble. Elle se tenait près de l'évier, tremblant de tous ses membres, en se mordant les lèvres. « Toi — toi — espèce de vagabond ! Espèce de sale chien, animal ! »

Elle tournait sur elle-même à la recherche de quelque chose, les mains tendues devant elle. Ses mains ont brusquement fondu sur le savon posé au bord de l'évier, elle a saisi le gros morceau de *White King* et l'a lancé. Papa a grogné quand le savon l'a atteint à la poitrine avant de rebondir par terre. La surprise l'a dégrisé en un instant. Mais Mamma pivotait toujours sur elle-même, ses mains à la recherche d'un objet à lancer.

« Alors c'est comme ça ! » a dit papa. « Voilà comment on me remercie de me tuer à la tâche ! »

Il reculait tout en parlant, car Mamma avait trouvé le poivrier et la salière sur le poêle. Dino s'est précipité pour l'arrêter, mais à la réflexion a jugé plus prudent de s'écarter quand le bras de Mamma a décrit un moulinet. Le poivrier et la salière ont traversé l'espace, sont passés loin au-dessus de la tête de papa, qui continuait de reculer vers la porte d'entrée en se couvrant la tête comme un boxeur, et criait en italien : « Tu vois, Dino ! Tu es témoin : elle m'a attaqué sous mon propre toit ! »

Mamma a filé dans le garde-manger, puis en est ressortie les mains pleines de tasses et de soucoupes. Papa a pivoté sur ses talons et couru vers la porte d'entrée. « Tu as vu, Dino ! Tu es témoin ! »

Quand il a disparu, Mamma s'est effondrée en tremblant de la tête aux pieds. Elle a enfoui son visage entre ses mains, et ses sanglots ont fait vibrer la table. Dino s'est penché au-dessus d'elle pour la consoler, mais elle a secoué la tête en lui disant qu'elle voulait être seule. Sa souffrance emplissait le salon.

« Ma petite Maria », a chuchoté Dino. « Ma pauvre petite Maria. Ne pleure pas, mon petit. Tout va s'arranger. »

Mamma s'est redressée, elle a essuyé ses larmes et s'est délicatement mouchée dans le rebord de son tablier. Dino aussi s'est mis à pleurer. Quand Mamma a regardé ses yeux pleins de larmes, elle a gémi et ça l'a reprise. Ils pleuraient tous les deux, Mamma à gros sanglots, Dino en silence, ravalant sa souffrance. Bientôt j'ai pleuré avec eux, pas à cause de Mamma, mais pour Dino : parce qu'il était un si gentil petit bonhomme, parce qu'il aimait tant Mamma et qu'il l'avait toujours vue souffrir sans jamais rien pouvoir faire. Il a pris une des mains de Mamma dans ses petits poings blancs et tendrement caressé les cals dus à des années de travaux ménagers.

« Ne pleure pas, petite Maria. Nous allons résoudre tout cela ensemble. Dieu nous aidera. »

« Que peut faire Dieu ? C'est lui, Dino. Et cette femme. Cette horrible *puttana !* »

Dino s'est mouché et a pris son chapeau.

« Il y a sûrement un moyen », il a dit. « Nous réussirons bien à en trouver un. »

Avant de partir, il a tapoté mon épaule : mes larmes lui avaient plu. « Tu es un bon gars, Jimmy. » Il a tranquillement traversé la maison jusqu'à la porte d'entrée. Alors il s'est retourné, et je riais à travers mes larmes parce qu'il s'en allait pieds nus, et j'ai dû serrer les mâchoires de toutes mes forces pour m'empêcher de rire pendant qu'il remettait ses chaussettes et ses chaussures. Ensuite il est parti pour de bon, j'ai entendu ses pas dans la rue.

J'ai essayé de convaincre Mamma d'aller se coucher, mais elle a caché son visage et m'a repoussé d'une main. Je me suis déshabillé et mis au lit. Hugo occupait ma place, il mâchait la taie d'oreiller déchirée. Je l'ai viré, et il a rampé sous le lit en emportant sa victime. Au bout d'un moment, la lumière s'est éteinte dans la cuisine, mais je savais que Mamma restait assise dans l'obscurité. Je l'entendais pleurer doucement. Il me semblait que j'aurais dû pleurer moi aussi, j'ai essayé de faire venir les larmes, mais sans succès, du moins jusqu'à l'instant où j'ai pensé à ce qui nous arriverait si papa s'en allait pour de bon, comme nous serions pauvres, et tous les copains qui se moqueraient de nos vieux vêtements, si bien qu'en m'endormant j'ai eu tellement pitié de moi-même que mes larmes ont trempé mon oreiller.

Des cris m'ont réveillé, des pas bruyants, des portes claquées, un rire, quelqu'un qui chantait. La lumière a envahi la maison. Dans notre chambre, tout le monde s'est réveillé. Il était trois heures du matin, le chanteur était papa, la chanson *Here Comes the Bride* [1], et le rire était celui de Coletta.

On est sortis de notre lit en silence et on a ouvert la porte au moment précis où Mamma arrivait de la cuisine, le visage décomposé par les pleurs.

« Bienvenue dans ma maison ! » a crié papa. « Bienvenue à la future Madame Dino Rossi ! »

Et ils sont entrés, papa et Coletta bras dessus bras dessous. Coletta relevait le menton et regardait la pièce d'un air de défi. Dino est entré derrière eux, il semblait terrifié.

« Prends ton manteau », a dit papa à Mamma. « Ils vont se marier tout de suite. Toi et moi, on sera leurs témoins. »

« C'est impossible », a dit Mamma en portant le dos de sa main à sa bouche. « Non, je n'y crois pas. »

« Pourtant c'est la vérité », a dit papa. « Allez viens, mets ton manteau. Nous allons à Golden pour les marier. »

Dino a pris la main de Mamma entre les siennes. « Maria, nous vous demandons votre bénédiction, Coletta et moi. »

« Ah, Dino », a dit Mamma. « Vous ne devez pas faire ça. Vous ne devez pas ! »

1. « Voilà la mariée. » (*N. d. T.*)

Coletta s'est avancée. Elle semblait furieuse.

« Occupez-vous de vos affaires ! »

Mamma a fait comme si de rien n'était. « Non, Dino. Il ne faut pas. »

Brusquement Coletta s'est interposée entre Dino et Mamma ; ses mains ont jailli vers la bouche de Mamma. Elle a reculé, mais Coletta ne la lâchait pas. Mamma essayait de respirer et de parler, ses joues se gonflaient, son visage rosissait. Hugo a grondé. Nous étions terrifiés. Papa et Dino ont tenté d'écarter les mains de Coletta du visage de Mamma.

« Vas-y, Hugo ! » a crié Tony. « Attaque Coletta ! »

Les crocs dénudés, Hugo a plongé entre papa et Dino. Ses mâchoires se sont refermées sur les fesses de Coletta. Elle a crié et ses deux mains se sont portées vers le bas de ses hanches. Elle a furieusement attaqué Hugo à coups de pied. Il a battu en retraite sous la table en aboyant sauvagement dans sa direction. Coletta s'est retournée et nous a fait face.

« Quel accueil ! » elle a dit. « Mon Dieu, quels gens ! »

« S'il vous plaît », a dit Dino. « Ne nous querellons pas. »

« Oh, la ferme », a répondu Coletta. « Espèce de rustre. Petit crétin. »

« Allons, allons », a fait papa.

« Toi aussi ! » s'est écriée Coletta. « Espèce de singe ! »

« Répète un peu », a dit papa.

« Espèce de singe ! »

« Sors d'ici ! » a crié papa. « Personne n'a jamais traité Guido Toscana de singe. Fous le camp ! »

Coletta nous a tous regardés, lentement, attentivement, en secouant la tête. « Quels gens ! Quels gens horribles. »

Elle a pivoté sur ses talons, puis est sortie en se pavanant, le menton relevé. Dino l'a suivie en la suppliant de revenir. A la porte, elle s'est retournée vers lui. Alors elle a eu un rire méprisant en toisant Dino. Nous l'avons entendue rire tout le long du chemin jusqu'à sa voiture. Et puis le moteur a hoqueté, craché, et elle est partie.

Papa a posé la main sur l'épaule de Dino.

« Oublie-la, Dino. C'est pas une femme bien. »

« Ah, mais... »

« Reste célibataire, Dino. Ça vaut mieux pour toi. »

« *Si, si.* Mais... »

« Oublie-la. Dino. Rien que des ennuis quand tu te maries. Des enfants. Des problèmes. Des dettes. Reste célibataire, Dino. Suis mon conseil. »

Dino a regardé Mamma, et Mamma souriait. Dino a souri aussi. Hugo est alors sorti de sous la table, les oreilles baissées, la queue entre les jambes. Dino s'est penché vers lui pour caresser sa tête.

« Bon chien », il a dit en anglais. « *Una* bonne bête. »

« Allez, les enfants », a dit papa, « retournez au lit. »

Dino a fouillé dans ses poches. Il nous a donné un quart de dollar à chacun. Mais Tony a eu deux quarts.

« Achète de la viande hachée pour le chien », a dit Dino.

Dino est rentré chez lui, et quand toutes les lumières ont été éteintes, on a entendu papa et Mamma qui parlaient dans leur chambre.

« Où étais-tu la nuit dernière ? » a demandé Mamma.

« En ville. »

« Avec qui ? »

« Avec personne ! » Il a crié ça avec une telle violence que Mamma n'a pas osé répondre.

LA ROUTE DE L'ENFER

Quand on va se confesser, on doit tout dire. Celui qui dissimule un péché a aussitôt des ennuis, car même si on dupe le prêtre, il n'est pas aussi facile de duper Dieu. En fait, c'est même impossible. Tous les vendredis à Sainte-Catherine, nous avons un cours sur la confession. Notre professeur est Sœur Mary Joseph ; c'est justement elle qui nous a parlé de l'omniscience de Dieu, ce qui veut dire qu'Il sait tout. Elle nous l'a prouvé en nous racontant l'histoire du Gamin qui a essayé de dissimuler un péché à confesse.

Sœur Mary Joseph nous a dit que ce type était un Gamin plutôt gentil. Il travaillait bien et avait de bonnes notes. Il obéissait à son père et à sa mère, il disait ses prières du matin et du soir. Il ne jurait pas et toutes ses pensées étaient pures. Chaque samedi il allait à confesse, chaque dimanche matin il recevait la Sainte Communion. Comme vous le voyez, on ne pouvait rien reprocher à ce Gamin.

Mais c'est à chaque fois pareil. Dès qu'un gosse avance dans le droit chemin, le Diable arrive, c'est-à-dire la Tentation. Même un bon Gamin comme celui-ci n'y a pas coupé. Sœur Mary Joseph nous a raconté qu'un jour ce Gamin se promenait tranquillement en ville quand il est arrivé devant une vitrine pleine de balles de base-ball et de gants de batteur. C'était un Gamin pauvre. Il possédait déjà un gant de batteur, mais qui ne valait pas grand-chose. Et il mourait d'envie d'en avoir un neuf. Dans la vitrine il en vit un formidable, et tout de suite il le désira salement. Quand on désire beaucoup quelque chose, surtout quelque chose qu'on ne peut pas avoir, on appelle ça la Tentation. Il désirait ce gant, et il savait qu'il ne pourrait pas l'acheter, si bien qu'il aurait dû laisser tomber. Mais non. Il resta planté devant cette vitrine, et comme de bien entendu, le Diable arriva. Je sais ce que ressentait ce Gamin parce que j'ai souvent entendu le Diable, et apparemment il est toujours devant les vitrines de magasin où il attend qu'un type passe à sa portée, surtout un type qui a envie d'un gant neuf, d'un fusil, ou de n'importe quoi qui coûte de l'argent.

Le Diable dit au Gamin : « Mon garçon, ne sois pas une mauviette. Tu veux ce gant et il coûte cinq dollars. Maintenant dis-moi où tu vas trouver cinq dollars ! Ton père ne les a pas, ça tombe sous le sens. Alors utilise tes méninges. Entre dans ce magasin et fauche le gant. D'accord c'est un péché, et alors ? Tu as été un bon garçon jusqu'à maintenant, mais ça t'a servi à quoi ? A rien ? Allez, montre-moi que tu es malin ! »

Le Gamin regardait le gant, et il se vit réussir des coups sensationnels à une seule main avec ce gant. Il imagina tous les autres Gamins de la ville réunis autour de lui pour en caresser le cuir lisse, lui poser un tas de questions, et le supplier de jouer dans leur équipe.

Alors arriva l'Ange Gardien du Gamin. Sœur Mary Joseph nous a dit que l'Ange Gardien était très doux et patient avec ce Gamin. L'Ange lui dit : « Mon cher enfant, souviens-toi que tu es un bon garçon et que Dieu est ravi de ta conduite. Tous les gants de base-ball de la terre et toutes les battes de base-ball ne valent pas une seconde d'extase au Paradis. Si tu voles ce gant, Dieu en sera très fâché. Il te punira, car on ne peut rien cacher au Seigneur. »

Brusquement, Sœur Mary Joseph s'est tue. Toute la classe écoutait, bouche bée. Les filles étaient d'un côté de la salle, les garçons de l'autre. Nous voulions absolument entendre la suite de l'histoire. Sœur Mary Joseph a croisé les bras et souri.

« Et maintenant », elle a dit, « voulez-vous me dire ce que fit ce garçon ? Les paroles de Satan furent-elles plus persuasives que celles de son Ange Gardien ? Le garçon a-t-il volé ce gant de base-ball, ou au contraire est-il resté dans l'état saint de la grâce en résistant à la tentation ? Qui peut me répondre ? »

Toutes les mains se sont dressées dans la classe et agitées comme des drapeaux. Chacun a pu exprimer son point de vue. Alors il s'est passé une chose étrange. Toutes les filles ont dit que le Gamin n'a pas volé le gant, et tous les garçons ont dit qu'il l'a volé. Chaque clan a plaidé sa cause. Tout le monde s'échauffait, mais les garçons ont rapidement pris le dessus parce que chacun de nous se mettait à la place du Gamin de l'histoire, et que presque tous nous avions volé une chose ou une autre.

Clyde Myers a dit : « Evidemment qu'il l'a volé ! Il serait vraiment bizarre dans le cas contraire. »

« Voyez-vous ça, Clyde Myers ! » s'est écriée Sœur Mary Joseph.

Alors mon tour est arrivé. Comme mes parents étaient pauvres, je savais quoi répondre parce que, depuis ma naissance, j'avais fauché plein de choses, des trucs qui coûtent de l'argent. Je veux dire : je n'avais jamais assez de bonbons parce que ça coûtait trop cher, si bien que j'en piquais toujours au magasin Tout Pour Un Franc. D'un autre côté, il y avait plein de choses que je n'avais jamais l'idée de voler, parce qu'il y en avait plein à la maison. Des spaghetti, par exemple. D'accord, mes parents étaient pauvres, mais il y avait toujours des tonnes de spaghetti chez nous, moyennant quoi j'ai jamais eu l'idée de faucher des spaghetti. Mais si les spaghetti avaient été aussi bons que les bonbons et aussi difficiles à obtenir, j'en aurais certainement fauché plein.

« Il est entré dans le magasin et il a volé le gant », j'ai dit. « Il était pauvre, voilà pourquoi il l'a volé. »

Clyde Myers et moi étions potes. Ses parents

n'étaient pas pauvres, mais ils refusaient de lui acheter un gant de base-ball parce qu'ils craignaient qu'il se casse le cou ou quelque chose en jouant au base-ball. Et il s'est passé ceci : Clyde a fauché un gant, pas un neuf dans un magasin, mais un vieux au gymnase.

Clyde a dit : « Non. Il a bien sûr piqué le gant, mais parce que ses parents refusaient de lui en payer un. »

Les garçons se mettaient donc à la place du Gamin et chacun avait une raison différente pour expliquer le vol du gant par le Gamin. C'étaient toutes d'excellentes raisons. Les filles n'avaient pas une chance de l'emporter. Elles disaient qu'il n'était pas un voleur, parce qu'elles ne voulaient pas que le Gamin en fût un. Mais leur argument était plutôt faible. En fait, elles ne faisaient pas le poids. Et elles étaient furieuses parce qu'elles savaient qu'elles allaient perdre. Ça a failli dégénérer en bagarre. Les filles sont devenues mesquines et boudeuses. Au bout d'un moment, elles ne levaient plus la main. Elles faisaient même semblant de ne pas écouter ce qu'on disait.

Alors Sœur Mary Joseph a continué l'histoire. « Malheureusement », elle a dit, « ce sont les garçons qui ont raison dans le cas présent. Le héros de notre petite histoire succomba à la tentation. Malgré les avertissements de son Ange Gardien, il entra dans le magasin et, dès que le propriétaire eut le dos tourné, il céda à la tentation, transgressant ainsi de façon flagrante les préceptes divins du huitième commandement. Malgré les protestations angoissées de son Ange Gardien bien-aimé, malgré les tortures endurées par sa propre conscience, il céda à sa faiblesse, et enjôlé par les séductions de Lucifer, commit un grave péché... »

Sœur Mary Joseph voulait seulement dire que le Gamin entra dans le magasin, vit que le terrain était libre, planqua le gant sous son chandail contre son ventre, et prit les jambes à son cou. Le lendemain il arriva à l'école avec un superbe gant de batteur flambant neuf. Exactement comme il l'avait prévu, tous les gars furent dingues de sa nouvelle acquisition. Mais les ennuis commencèrent quand ils lui demandèrent où il avait trouvé un gant aussi chouette. Il leur répondit que le gant appartenait à son père. Ce fut le Mensonge Numéro Un. Quelqu'un lui demanda alors combien il coûtait. Le Gamin répondit qu'il ne savait pas. Mensonge Numéro Deux, car ce gant était vendu cinq dollars. Le Mensonge Numéro Trois suivit aussitôt ; le Gamin entrevit une chance de rendre tous ses copains verts d'envie, et il leur dit qu'en fait ce gant était un cadeau de Babe Ruth à son père. Ce qui poussa les garçons à demander au Gamin comment son père pouvait bien connaître un grand joueur de base-ball comme Babe Ruth. Le Gamin leur servit les Mensonges Numéros Quatre et Cinq en leur répondant que son père et Babe avaient fréquenté la même école à San Francisco, où ils avaient joué dans la même équipe. Le Mensonge Numéro Six était encore pire. Le Gamin dit à ses copains que Babe Ruth considérait que son père jouait assez bien pour participer au championnat. Le Mensonge Numéro Sept fut terrible. Le Gamin ajouta qu'à dire vrai, son père avait autrefois joué en championnat avec les Boston Red Sox.

A la fin de la semaine, le Gamin avait raconté tellement de mensonges que seul Dieu, qui sait tout, avait pu en tenir le compte exact. Le Gamin avait appris que le chemin tortueux qui mène à la gloire et aux choses de la chair passe par le vol et le mensonge. Il ressemblait à une boule de neige qui dévale la montagne et prend de la vitesse à chaque instant. Il était désormais impossible de l'arrêter. Il était sur la Route de l'Enfer.

II

Quand le samedi arriva, le Gamin eut une chance d'aller se confesser, d'avouer tous ses péchés, et de retourner sur la Route du Paradis et de la grâce sanctifiante. Sœur Mary Joseph a marqué une nouvelle pause. Maintenant tous les élèves s'inquiétaient pour le Gamin. Nous nous sommes sentis mieux quand la Sœur a dit qu'il alla se confesser ce samedi-là. Ah, mais une chose terrible arriva. Il écoutait depuis trop longtemps les paroles doucereuses de Lucifer. Quand il entra dans le confessionnal, une grande peur assaillit le Gamin. Il ne put tout bonnement pas avouer au prêtre qu'il avait volé un gant de base-ball. Il était sous l'empire du Diable. Il toussa, bafouilla, finit par renoncer. Le prêtre ignorait que le Gamin lui cachait quelque chose, si bien qu'il prononça l'absolution et fit le signe de croix. Le Gamin quitta l'église en sueur, et Satan rit comme un dément, car Satan savait qu'il avait réussi à embobiner le prêtre.

Mais pas Dieu, car on ne peut pas embobiner Dieu. Toute la nuit, le Gamin réfléchit à ce qu'il avait fait. Sa conscience le tenaillait comme un gros rat et il ne put fermer l'œil de la nuit. Devant lui bâillaient les mâchoires de l'Enfer, et derrière lui clignotaient au loin les brillantes lanternes qui signalent le chemin de la Béatitude Eternelle. Ce Gamin était-il damné pour de bon, ou avait-il encore une chance de s'en sortir ? Sœur Mary Joseph a retiré ses lunettes pour les essuyer ; son visage était grave et plutôt triste. Elle a remis ses lunettes avant de continuer. Ça sentait vraiment le roussi pour le Gamin.

Dissimuler un péché dans le confessionnal est déjà assez grave, surtout un péché mortel, mais prendre ensuite la Sainte Communion est le pire des péchés — un sacrilège. Dimanche matin, le Gamin se leva d'un air hébété, et suivit ses parents à la messe. C'étaient des gens humbles et pieux qui communiaient toujours le dimanche matin. Alors arriva la grande épreuve. Le Gamin braverait-il la cruelle déception de ses parents en refusant de communier, ou bien s'enfoncerait-il encore dans le péché ? Le Gamin était rudement coincé. S'il ne communiait pas, alors ses parents devineraient qu'il leur cachait quelque chose de grave, et après le service ils l'obligeraient à avouer. Ce qui signifiait la perte de son gant de base-ball tout neuf, plus une bonne correction de son père, un homme pieux qui détestait le mal. Mais s'il continuait à se taire et communiait, il tromperait ses parents et conserverait son fameux gant. Bien sûr, mais pouvait-il rouler Dieu ? C'était la grande question.

Ce fut alors que le Gamin commit sa plus grosse erreur. Jusque-là, il avait trompé ses amis, le prêtre et ses parents. Ivre de puissance et profondément ensorcelé par Satan, il défia alors l'Etre Suprême. Et là, agenouillé à côté de ses humbles parents, il prit la décision qui s'avéra une erreur fatale. Péché ou pas péché, Dieu ou Diable, il adorait son gant de baseball. Et il décida que, quoi qu'il arrive, il irait communier.

Après la consécration, il descendit la travée de l'église et s'agenouilla devant l'autel. A côté de ses humbles parents, il attendit le Saint Sacrement. Le prêtre allait-il deviner l'horreur noire qui souillait l'âme du Gamin ? Un miracle allait-il se produire ? Dans Sa juste colère, Dieu frapperait-il ce pécheur qui avait vendu son âme à Lucifer ? Aucun élève de la classe n'a pu deviner la réponse. C'était l'histoire de Sœur Mary Joseph, et personne n'a pu trouver la fin. En tout cas, c'était mal barré pour le Gamin.

Le prêtre descendit de l'autel et donna la sainte communion aux membres de la congrégation. La mère et le père du Gamin la reçurent en baissant la tête par piété et humilité. Alors le tour du Gamin arriva. Il leva le visage, le prêtre plaça l'hostie sur sa langue. Rien ne se passa, sinon que Lucifer ricana, et le Gamin inclina la tête. Enfin, rien ne se passa tout de suite.

Mais quand il eut rejoint sa place, une lente transformation se produisit sur le Gamin. Il sentit une rigidité dans ses os, il la sentit monter à partir de ses pieds. Elle atteignit ses genoux. Puis sa taille. Elle monta graduellement jusqu'à ses épaules. Bientôt son cou fut paralysé, et cela montait encore vers ses yeux et ses oreilles. Cela gagnait tout son corps, se propageait à chaque instant. Enfin il devint totalement rigide. Dieu avait répondu au défi de Lucifer. Le Diable ne ricanait plus ; d'ailleurs, il partit sans demander son reste. Car le Gamin avait été changé en pierre !

Nous aussi, nous nous sommes sentis pétrifiés en entendant ça. Un silence de mort a plané sur la classe. Alors nous avons compris que l'histoire de Sœur Mary Joseph était terminée. Elle s'est redressée et a souri.

« Et voici la morale de cette histoire », elle a dit. « Dites toujours la vérité, que ce soit au confessionnal ou ailleurs. Evitez la tentation. N'ayez aucune pensée de vol. Ne dites jamais des petits mensonges, ni des gros ni aucune sorte de mensonge. Soyez toujours fidèles à la vérité. »

Tous les élèves ont soupiré. Certains de nous ont même dit : Pffftt ! Nous étions rudement contents que l'histoire soit finie.

III

Après l'école, Clyde Myers et moi, on est allés en ville. On a traîné en regardant les vitrines. La vitrine du magasin de sports était pleine d'accessoires de baseball : balles, battes et gants.

« Si on entrait », a proposé Clyde. « On dira qu'on veut juste jeter un coup d'œil. »

Clyde a enfilé une allée, moi l'autre. Les employés ne faisaient pas attention à nous. Il y avait tout un panier plein de balles de base-ball. J'aurais pu me remplir les poches, mais j'en ai pas eu envie. Nous nous sommes croisés dans le fond du magasin, puis Clyde a emprunté mon allée, et moi la sienne. Ensuite nous nous sommes retrouvés à la porte d'entrée, et nous sommes sortis.

« T'as piqué quelque chose ? » m'a demandé Clyde.

« Non », j'ai dit.

« Moi non plus. »

On est restés un bon moment devant la vitrine à lorgner les accessoires de base-ball.

« Tu crois que ce Gamin a vraiment été changé en pierre ? » a demandé Clyde.

« Non », j'ai dit. « Tout ça, c'est du flan. »

« Ouais », il a dit. « Rien que du baratin. »

« Bon », j'ai fait. « Salut. »

« Salut », il a répondu. « A demain. »

L'UN DE NOUS

Ma mère venait de ramener à la cuisine les dernières assiettes du dîner quand on a sonné. Nous nous sommes tous levés comme une congrégation, puis précipités vers la porte. Mike l'a atteinte le premier. Il l'a ouverte violemment et nous avons collé nos nez contre le grillage de la porte battante. Il y avait un garçon en uniforme qui tenait sa casquette à la main et un télégramme entre ses doigts.

« Télégramme pour Maria Toscana, » il a dit.

« Télégramme, papa ! » a crié Mike. « Quelqu'un est mort ! Quelqu'un est mort ! »

Nous recevions seulement un télégramme quand un membre de notre famille passait de vie à trépas. C'était déjà arrivé trois fois depuis notre naissance à nous, les enfants. Ces trois occasions avaient été la mort de mon grand-père, de ma grand-mère, et puis la mort de mon oncle. Une fois, pourtant, un télégramme était arrivé à la maison par erreur. Nous l'avons trouvé sous la porte en rentrant tard un soir. Nous avons été rudement surpris, car il contenait des vœux d'anniversaire adressés à une certaine Elsie, que nous ne connaissions ni d'Eve ni d'Adam. Mais le plus étonnant à propos de ce télégramme, c'était qu'il n'annonçait aucun décès. Jusque-là, il ne nous était jamais venu à l'idée qu'un télégramme pût avoir d'autre usage.

Quand mon père a entendu Mike crier, il a lâché sa serviette et repoussé sa chaise. Nous, à la porte, on trépignait d'excitation. Paralysée par l'angoisse, ma mère restait figée dans la cuisine. Mon père a pris un air important et marché jusqu'à la porte, puis, tel un homme qui eût passé toute sa vie à signer des télégrammes, il a signé celui-ci. Nous l'avons regardé déchirer l'enveloppe jaune afin qu'elle s'ouvrît assez largement pour permettre à ses gros doigts d'atteindre le message à l'intérieur. Il nous a observés en fronçant les sourcils, puis a rejoint le centre du salon et s'est planté sous le lustre. Il a levé le message très haut, presque au-dessus de sa tête. Même en sautant, nous ne pouvions rien voir.. Mon frère Tony, un petit morveux parfaitement incapable de lire, a escaladé mon père comme on grimpe à un arbre, et quand mon père s'est ébroué, Tony est tombé à terre.

« Qui est mort ? » nous demandions. « Qui est mort ? »

« Doucement, doucement », répondait mon père comme à des chiots excités. « Calmez-vous. La paix. »

Plissant les yeux, il a plié le redoutable rectangle jaune, puis est retourné s'asseoir à la table. Nous l'avons suivi servilement. Il nous a dit de déguerpir, mais nous avons assiégé ses épaules, et Tony est monté sur les barreaux de sa chaise pour plonger ses mains dans l'encolure de sa chemise. Ma mère restait figée dans la cuisine à se mordre les lèvres. L'angoisse semblait broyer son visage. Ses mains se tordaient comme des chatons sous son tablier à carreaux.

Retenant notre souffle, nous attendions. Retenant notre souffle, nous essayions de deviner qui était concerné par ces mauvaises nouvelles. Nous espérions que ce n'était pas tante Louise, parce qu'elle nous envoyait toujours de merveilleux cadeaux de Noël. Mais nous nous moquions que ce fût tante Teresa, parce qu'à l'époque des fêtes de fin d'année à quoi servait-elle ? Strictement à rien. Tout ce que nous avons jamais reçu d'elle est une carte de vœux, et nous savons qu'elle coûtait un penny parce que c'était le même genre de carte qu'achetait notre mère. Si elle était morte, elle ne l'avait pas volé, à cause de son avarice.

Mon père nous a écartés de lui. D'une voix forte, il nous a commandé de retourner à nos places. Ma mère s'est assise tranquillement sur sa chaise. Elle tenait son menu visage inquiet entre ses doigts comme une femme qui rassemble ses forces avant une épreuve. Elle avait de nombreux frères et sœurs, qu'elle avait perdus de vue depuis l'adolescence, car elle s'était mariée très jeune. Nous avons parfaitement senti mon père essayer diverses solutions pour trouver le moyen le plus rapide et le meilleur d'annoncer la catastrophe dès que ma mère serait prête. Elle a levé son visage vers lui et l'a regardé avec des yeux immenses.

« Qui, Guido ? » elle a demandé. « Qui est-ce ? »

« Clito », il a dit. « Le fils de ta sœur Carlotta. »

« Mort ? »

« Tué. Renversé par un camion. Il est mort. »

Pendant plusieurs longues secondes, ma mère est restée immobile comme une statue drapée de vichy. Puis elle a levé son visage vers ce lieu qui, croyait-elle, abritait la vie éternelle. Ses lèvres s'étaient écartées comme pour un baiser d'adieu. Ses yeux souffraient trop pour rester ouverts.

« Je sais que sa petite âme est belle sous le regard de Dieu », elle a murmuré.

C'était notre cousin, le seul enfant d'Oncle Frank et de Tante Carlotta, la sœur la plus âgée de ma mère. Ils habitaient Denver, à trente milles au sud de notre petite ville. Clito avait seulement un jour de plus que notre Mike, le deuxième enfant de notre famille. Dix ans plus tôt, Clito et Mike étaient nés dans le même hôpital de Denver. Le même médecin les avait mis au monde, et — chose incroyable ! — les deux garçons se ressemblaient étonnamment, tant pour le visage que la corpulence. Parmi les nombreux membres de notre clan éparpillé, on les appelait toujours les Jumeaux, car ils étaient inséparables à l'époque où notre famille habitait le quartier italien de North Denver, trois ans plus tôt, et même s'ils se bagarraient souvent, le lien qui les unissait semblait plus profond qu'entre Mike et moi, ou entre Mike et Tony. Mais trois ans plus tôt notre famille avait quitté Denver pour s'installer dans cette petite ville des montagnes, et Mike n'avait pas revu son cousin depuis.

Voilà pourquoi, dans le silence qui suivit les paroles de mon père, ma mère regarda Mike si passionnément, possessivement, voilà pourquoi son regard s'absenta lentement. Mike sentit le poids de ce regard. Il était encore trop jeune pour comprendre la signification tragique de la mort de Clito, mais il sentit les yeux de ma mère rivés à lui, comme s'ils avaient voulu l'absorber, et il se trémoussait nerveusement en interrogeant mon père du regard.

Ensuite, ma mère a repoussé sa chaise et rejoint sa chambre. Nous l'avons entendue s'allonger, puis sangloter.

« Je parie que Clito est au ciel », a dit Mike. « J' parie qu'il a pas dû faire étape au purgatoire. »

« C'est sûr », a dit mon père. « Clito était un bon garçon. Il est monté directement au ciel. »

Ma mère a appelé de la chambre.

« Mike », elle a dit, « viens voir Mamma. »

Mike ne voulait pas quitter la table. Mais il a regardé mon père, qui a hoché la tête, puis il s'est levé et il y est allé d'un pas hésitant. On a entendu ma mère l'attirer à côté d'elle sur le lit, puis on a entendu le bruit mouillé et sonore des baisers sur le visage et le cou de Mike. On a entendu le sussurement violent des lèvres contre la peau de Mike, et les lamentations possessives de ma mère.

« Mais c'est pas moi ! » se défendait Mike. « Regarde ! J' suis pas mort ! »

« Merci mon Dieu ! Merci Dieu tout-puissant ! »

Quand mon père a quitté la table en abandonnant le télégramme ouvert devant lui, un coin trempant dans le saladier, le papier jaune absorbant la vinaigrette comme un buvard, nous nous sommes rués dessus. J'ai réussi à m'en emparer et je l'ai brandi au-dessus de ma tête, hors d'atteinte des doigts fébriles de ma sœur Clara qui se dressait sur la pointe des pieds. Je suis monté sur la chaise de mon père et j'ai levé le télégramme presque jusqu'au plafond. Ma sœur est montée sur la chaise à côté de moi. J'ai lu le message en me tordant le cou pendant qu'elle s'accrochait à moi, et que mon petit frère Tony tirait sur mon pantalon pour essayer de me détrôner.

« Laisse-moi lire ! » il criait.

« Petite andouille ! » disait Clara. « Tu sais pas encore lire ! Tu vas même pas à l'école. »

« Si, je sais lire ! Fais donc pas ta maline, hein ! »

Voici le contenu du message : « Clito renversé par camion sur sa bicyclette. Décédé cet après-midi quatre heures. Enterrement dimanche trois heures. »

J'ai lâché le papier jaune, qui est descendu en zigzaguant vers le sol. Clara et Tony ont fondu dessus, et il a été instantanément lacéré, transformé en charpie. Leur lutte sur le linoléum de la salle à manger a provoqué l'arrivée de ma mère et de Mike, qui se sont précipités hors de la chambre. Ma mère a vu les morceaux de télégramme qui jonchaient le linoléum, elle a tamponné ses yeux avec le coin de son tablier, et elle a dit : « Je ne l'ai même pas lu. Comment est-il mort ? »

« Il a été renversé par une bicyclette », j'ai dit.

Mon père lisait le journal dans la pièce de devant.

« Non », il a rectifié, « Clito a été renversé par un camion. »

« Mais non, c'est pas ça, » j'ai dit. « Il courait et un camion l'a renversé. »

« Le camion lui est passé sur le corps. »

Ainsi, à force d'interruptions contradictoires, nous avons totalement perdu de vue ce qui s'était réellement passé. J'ai bientôt soutenu mordicus que notre pauvre Clito était avec sa bicyclette sur la plate-forme du camion, et qu'il était tombé sur la chaussée quand le camion avait franchi un nid-de-poule. Mon père était à peu près aussi inexact que moi. Il soutenait que le petit Clito avait été renversé et tué par un homme à bicyclette. Bientôt chacun donna libre cours à son imagination. Même Tony avait une interprétation à proposer. Il affirmait que lui aussi avait lu le télégramme, et que Clito avait été tué par un aviateur allemand qui avait lâché sur lui les bombes de son avion. Dans la confusion qui s'ensuivit, personne n'avait plus rien à dire.

Alors Clara a pris la parole : « Peut-être que vous vous trompez tous. Peut-être qu'il a été renversé par une moto. »

Désespérée, ma mère a demandé si le télégramme précisait le jour de l'enterrement.

« Mardi. »

« Lundi. »

« Vendredi. »

« C'était pas plutôt dimanche ? » a dit Clara.

Pendant que nous nous disputions vainement, ma mère et Mike ont ramassé les morceaux de papier jaune pour reconstituer le télégramme sur la table.

II

Après le dîner, ma mère a refusé de laisser sortir Mike. Nous sommes tous sortis jouer, sauf Mike qui a dû rester à la cuisine avec elle. Il nous entendait crier dans le jardin ; il a pleuré, flanqué des coups de pied dans le poêle, mais ma mère a été intraitable. Ça a même surpris mon père. Quand il est allé dans la cuisine pour la traiter de cinglée déraisonnable, elle a pivoté vers lui, les yeux pleins de larmes, puis lui a répondu de retourner à son journal et de s'occuper de ses oignons. Suçotant un cure-dents, il a regardé le sol, haussé les épaules, puis repris sa lecture.

« Mais, Mamma », répétait sans arrêt Mike, « c'est pas moi celui qui est mort ! Tu vois ? »

« Merci mon Dieu. Merci Dieu tout-puissant. »

Ce soir-là, Oncle Giuseppe et Tante Christina sont

passés à la maison. Tante Christina était la plus jeune sœur de ma mère et de Tante Carlotta. Elle aussi avait reçu un télégramme. Ma mère a essuyé ses mains pleines d'eau de vaisselle en voyant Christina entrer, et puis chaque femme a écrasé sa poitrine contre celle de l'autre dans la salle à manger, et elles sont restées là à pleurer. Ma mère a enfoui son visage dans l'épaule de Tante Christina pour sangloter, et Tante Christina a caressé les cheveux de ma mère en sanglotant.

« Pauvre Carlotta ! » elles disaient. « Pauvre Carlotta ! »

Personne ne faisait plus attention à Mike dans la cuisine. Il a saisi sa chance et s'est glissé par la porte de derrière. Il a fait le tour de la maison en courant et nous a rejoints dans le jardin. Nos cousins, les deux gamins de Tante Christina, étaient venus avec elle, si bien que nous avons commencé une partie de foot improvisée.

Ma mère ne pensait plus à Mike. Elle-même, mon père, Tante Christina et Oncle Giuseppe se sont installés dans la pièce de devant pour parler de la mort de Clito. Les deux femmes se sont assises côte à côte dans des fauteuils à bascule. Ma mère tenait toujours à la main son torchon à vaisselle, et elle laissait ses larmes couler dedans. Tante Christina pleurait dans un minuscule mouchoir vert qui sentait l'œillet. Sans arrêt elles répétaient la même chose.

« Pauvre Carlotta ! Pauvre Carlotta ! »

Mon père et Oncle Giuseppe fumaient des cigares en silence. Pour ces gens, la mort était le mystère suprême, et les femmes s'en remettaient fiévreusement aux desseins du Tout-Puissant. Mais les hommes s'accrochaient à d'anciennes platitudes, à des banalités aussi vieilles que l'esprit humain. Comme le petit garçon n'était le fils d'aucun des deux hommes, sa mort ne les bouleversait pas. Ils en étaient navrés, mais seulement parce que c'était l'attitude convenable à adopter, leur tristesse ne venait pas de leurs cœurs, elle obéissait à l'étiquette.

« Ah quand même », a dit mon père, « on sait

jamais quand ça arrive. Tout le monde y passe un jour ou l'autre. »

La tête sombre et les lèvres serrées d'Oncle Giuseppe ont lentement acquiescé.

« Quel dommage », il a dit. « Quelle tristesse. »

« Et il était tellement jeune ! » s'est écrié ma mère.

Mon père a rétorqué pensivement : « Il est peut-être mieux là où il est. »

« Ah, Guido ! Comment peux-tu dire une chose pareille ? Que crois-tu que ressent sa pauvre mère ? Et ce pauvre Frank ? »

« Les hommes ne pensent jamais aux émotions des femmes », a dit Tante Christina. « Non, ils ne nous comprennent pas. Ils ne nous comprendront jamais. Les hommes sont tellement égoïstes. »

Mon père et mon oncle ont regardé leurs cigares avec une morne confusion.

« Enfin », a dit mon père, « tout ce que je sais, c'est que nous devons tous mourir un jour ou l'autre. »

Oncle Giuseppe se décarcassait pour éprouver de la douleur. Il a fermé les yeux et dit : « Non. On peut jamais savoir. Demain, après-demain, ce soir — l'année prochaine, le mois prochain, on peut jamais savoir. »

« Pauvre Carlotta », a dit ma mère.

« Pauvre femme », a renchéri Tante Christina.

« Quel malheur pour Frank », a conclu mon père. « Son fils va lui manquer. »

Oncle Giuseppe semblait désespéré et très inconfortablement assis sur une chaise à dos droit. Plusieurs fois il a regardé le plafond et les murs comme s'il les voyait pour la première fois. Ensuite, il a examiné son cigare, comme si lui aussi était un objet fort curieux. Mon père était plus à l'aise, parce qu'il était chez lui. Il tenait son cigare entre ses dents, ses jambes raides étaient allongées devant lui, ses pouces coincés dans ses bretelles maculées de sueur, et il plissait les yeux pour éviter les volutes de la fumée du cigare. Il aurait bien aimé dire quelque chose d'original sur le sujet de la mort, mais il avait beau se creuser, il ne trouvait rien.

« Les meilleurs d'entre nous doivent mourir », il a hasardé.

« Comme c'est vrai », a dit mon oncle.

Tante Christina s'est mouchée plusieurs fois, puis a tellement tordu l'extrémité de son nez qu'il est devenu rouge comme un radis. C'était une femme corpulente qui sans cesse essayait vainement de croiser ses petites jambes potelées.

« Comment va Mike ? » elle a demandé. « Clito et lui étaient si bons amis. Ils s'aimaient tellement. »

La peur a écarquillé les yeux de ma mère, elle s'est retournée sur sa chaise pour regarder derrière elle, terrifiée.

« Mike ! » elle a appelé. « Où es-tu, Mike ? »

Pas de réponse. Elle a tourné le buste et jeté un coup d'œil inquiet dans la cuisine. Personne. En se levant, elle a porté les mains vers son épaisse chevelure, et elle a crié.

« Mike ! » elle a hurlé. « Où es-tu, Mike ? Reviens vers moi, Mike ! »

Mon père a bondi sur ses pieds comme s'il avait vu un fantôme. Il a pris ma mère dans ses bras.

« *Dio !* » il a éructé. « Calme-toi, femme ! »

« Trouve Mike ! Au nom du Ciel, trouve Mike ! »

Oncle Giuseppe a ouvert la porte de la maison, et dans le crépuscule il nous a vus jouer sous les arbres noirs du jardin. Mike se tenait un peu à l'écart, appuyé contre le plus gros arbre, en partie caché dans son ombre.

« Ta mère t'appelle », a dit Oncle Giuseppe. « Tu ne l'entends donc pas ? »

Mike a simplement répondu : « Oh, que veut-elle ? »

« Vas-y, Mike », nous disions. « Va voir ce qu'elle veut. »

Les cris de ma mère avaient interrompu notre jeu comme un coup de tonnerre inattendu. Alors la porte grillagée s'est ouverte violemment, elle a rebondi contre le mur de la maison, et ma mère s'est précipitée dans le jardin. Elle s'est baissée puis a soulevé Mike devant elle comme un nourrisson ; partagée entre le rire et les larmes, elle l'a couvert de baisers en le serrant contre elle.

« C'est le tout petit garçon de Mamma », gémissait-elle. « Ne me quitte jamais. Jamais, jamais, jamais, ne me quitte jamais. »

« Je suis pas Clito », protestait Mike. « Je suis pas çui qu'est mort. »

Elle l'a porté jusque dans la pièce de devant, ils se sont tous rassis, et bien que Mike détestât ça, il a dû s'asseoir sur les genoux de Mamma et se laisser embrasser dix mille fois.

Mike et moi, nous dormions dans le même lit, et très très tard ce soir-là — bien après minuit — ma mère est entrée dans notre chambre, puis s'est glissée doucement entre nous, mais c'était toujours de Mike qu'elle s'inquiétait. Allongée, le dos tourné vers moi, elle l'a réveillé à force de le caresser et de le couvrir de baisers mouillés. Quand elle a rejoint sa chambre, j'ai dû retourner mon oreiller trempé par ses larmes.

III

Qui irait à l'enterrement ? Dimanche matin, dans la cuisine, une âpre discussion a opposé ma mère et mon père. Ma mère voulait emmener Mike, mais mon père voulait qu'elle m'emmène, moi.

« Non », a dit ma mère. « Je veux que Mike vienne. »

« Pourquoi donc ? » a rétorqué mon père. « Inutile de rendre les choses plus dures pour ces gens. Tu sais très bien ce que vont ressentir Carlotta et Frank en voyant Mike. »

« Oh », s'est moquée ma mère, « où vas-tu chercher des bêtises pareilles ? »

« Je sais ce que je dis », a insisté mon père. « Bon Dieu, pourquoi les femmes sont-elles si têtues ? »

« J'ai décidé que Mike venait avec moi », a dit ma mère. « Et il viendra. Quant à Jimmy, s'il veut venir, je suis d'accord. »

« Et moi alors ? » a fait Clara.

« Rien à faire », a tranché mon père.

« Moi, Jimmy et Mike », a dit Tony.

Mon père l'a regardé d'un air méprisant.

« Pouh ! » il a fait. « Et qui es-tu donc ? »

« Oooh », a gémi Tony. Il était si petit qu'il ne savait jamais comment répondre à cette question.

Le télégramme disait que les funérailles auraient lieu à trois heures. Une heure de train suffisait pour aller à Denver, mais dès qu'une partie de notre famille partait quelque part, nous devions mettre la maison sens dessus dessous. Ma mère ne trouvait pas ses épingles à cheveux, et Mike avait perdu sa cravate neuve. Quand il l'a retrouvée dans le garde-manger, les souris avaient fait un trou dedans, si bien qu'il a dû porter une vieille cravate de mon père.

Quand il a glissé l'interminable cravate dans sa ceinture, il a crié : « Elle me plaît pas ! Regarde comme elle est longue ! C'est une cravate de vieux. »

« Qui a dit que c'était une cravate de vieux ? » a demandé mon père. « Garde-la et reste tranquille. »

Mais ma mère tenait à ce qu'il soit correctement habillé. Elle se moquait de mon accoutrement, mais elle n'a pas laissé Mike porter cette cravate. Elle a dit à Tony d'aller chez Oliver Holmes et de lui emprunter une cravate bleu ciel pour Mike, et pendant que j'étais parti chercher des épingles à cheveux chez Mme Daley, elle s'est assise en jupons sur le lit, les cheveux tombant sur ses épaules, ses doigts s'agitant sous ses yeux pour recoudre un bouton sur le manteau de Tony.

Quand nous avons enfin été prêts, elle ne trouvait plus son chapeau. Fatiguée autant qu'énervée, elle était montée sur une pile de boîtes dans le placard et demandait à tout le monde de chercher son chapeau noir. Mon père l'a trouvé à l'autre bout de la maison, sous le lit de ma sœur Clara, laquelle a déclaré ne pas comprendre comment il avait pu atterrir là, ce qui était un mensonge, car Clara adorait porter en secret les affaires de ma mère. Quand mon père a posé le chapeau sur les cheveux de ma mère, il a poussé un soupir et dit : « Bon Dieu, retire donc toute cette poudre de ton cou. On dirait que tu viens de préparer un gâteau. »

Elle a humecté de salive l'extrémité de son mouchoir et enlevé la poudre de son cou. Puis elle a saisi le poignet de Mike et filé vers la porte. J'ai couru derrière eux, avec son sac à la main, car elle l'avait oublié.

Mon père, Clara et Tony sont restés sur le porche pour nous regarder descendre la rue. Quand on a été à un demi-bloc de la maison, mon père nous a sifflés. Nous nous sommes retournés tous les trois.

« Grouillez-vous ! » il a crié, assez fort pour que même cette vieille sourde de Miss Yates l'entende, ouvre sa fenêtre et regarde dans la rue. « Grouillez-vous ! Il vous reste seulement cinq minutes avant le départ du train. »

Ma mère a serré la main de Mike et marché aussi vite que le lui permettait le talon usé de sa chaussure droite, et moi je voyais bien à la façon dont Mike grimaçait en se grattant le ventre qu'il détestait tout ça et qu'il était à deux doigts de fondre en larmes.

IV

Nous avons pris le train à temps, et une heure plus tard nous sommes arrivés à la gare de Denver. De là, nous sommes montés dans un tramway jusqu'à la maison de Tante Carlotta et d'Oncle Frank. Dès qu'on a été installés dans le tramway, ma mère s'est mise à pleurer, si bien que ses yeux étaient tout cernés de rouge quand nous sommes descendus dans la rue de Tante Carlotta. On s'est arrêtés une minute au carrefour, le temps que Mamma remette sa jarretelle, et que Mike et moi on aille faire pipi derrière la haie, après quoi on a remonté la rue.

Il y avait tellement de gens et de voitures garées devant la maison de ma tante, que ç'a été le plus gros enterrement dans toute l'histoire de notre famille ; et il y avait une telle abondance de fleurs qu'on avait dû poser certaines gerbes sur le porche. D'ailleurs ça sentait les funérailles dès qu'on est descendus du tramway.

Nous avons gravi les marches du porche jusqu'à un petit vestiaire, où des dizaines d'Italiens endimanchés et navrés regardaient par-dessus les épaules des autres vers la pièce à l'air saturé de parfum où l'on exposait la bière, couvercle ouvert, où le visage cireux et brillant du cadavre de Clito reposait dans une infinie sérénité parmi les gémissements, les soupirs et les suppliques de femmes éplorées à peau sombre et vêtues de noir, qui s'agenouillaient, se relevaient sur un pied puis sur l'autre pour embrasser la main glacée, entourée d'un rosaire, du menu cadavre dans la boîte grise aux poignées plaquées argent.

Mike et moi avons tout vu entre les jambes des hommes groupés devant le vestiaire, pendant que ma mère nous entraînait à travers la foule en direction du premier étage et de la chambre de Tante Carlotta.

Ma tante s'est levée de son lit, les deux sœurs sont tombées dans les bras l'une de l'autre et se sont mises à pleurer comme des fontaines. Tante Carlotta avait tellement pleuré que son visage à vif ressemblait à une blessure. Ses bras ont entouré le cou de ma mère, ses mains ont pendu mollement ; elle s'était rongé les ongles jusqu'au sang. J'ai fermé la porte, et puis Mike et moi on a regardé.

On a repéré Oncle Frank. Il était près de la fenêtre. Il n'a pas bougé à notre entrée, il est resté là avec ses mains poilues coincées dans ses poches arrière. Il nous avait rarement adressé la parole, mais il était doux et généreux ; chaque année, il nous envoyait des pyjamas pour Noël. Nous ne savions pas grand-chose de lui, sinon qu'il était électricien. C'était un grand type au cou mince ; sa colonne vertébrale s'incurvait comme une corde sous sa peau mate ; il paraissait toujours sortir de chez le coiffeur. Son corps n'était pas secoué de sanglots, et quand nous avons surpris son reflet à l'œil sec et son visage en lame de couteau dans la fenêtre, on a été sciés qu'il ne soit pas en larmes. Mike et moi, on n'a pas compris.

« Pourquoi il pleure pas ? » a murmuré Mike. « C'est le papa, non ? »

Je crois qu'Oncle Frank l'a entendu, car il s'est retourné lentement d'un air sceptique, comme on se retourne pour écouter le chant d'un oiseau inconnu. Il a vu ma mère et moi, puis il a repéré Mike. Aussitôt ses genoux ont paru se dérober sous lui, il a reculé contre la fenêtre et porté la main à sa bouche. L'expression de son visage a fait hurler mon frère, il a enlacé la taille de ma mère et caché son visage dans son dos.

Oncle Frank s'est humecté les lèvres.

« Oh », il a dit en se frottant les yeux. « Oh, c'est toi, Mike. »

Il s'est assis sur le lit, le souffle court ; il a passé ses deux mains dans ses cheveux. Alors Tante Carlotta a vu Mike et elle s'est laissée tomber en travers du lit, et son visage s'est crispé contre le dessus-de-lit rose. Oncle Frank a caressé son épaule.

« Allez, allez », il a chuchoté. « Nous devons être courageux, *mia moglia.* »

Mais il ne pleurait toujours pas ; plus j'y pensais, plus ça me semblait bizarre.

Ma mère s'est penchée pour rajuster la cravate de Mike.

« Sois un bon garçon », elle a dit, « va faire un gros baiser à Oncle Frank et Tante Carlotta. Toi aussi, Jimmy. »

Je les ai embrassés, mais Mike a refusé de s'approcher d'Oncle Frank. « Non, non, non ! » il hurlait. « Non, je veux pas ! »

Il m'a suivi quand j'ai marché vers la fenêtre qui donnait sur la cour. Nous avons regardé dehors en ce brûlant dimanche après-midi, et nous avons vu ce qu'Oncle Frank contemplait quand nous sommes entrés dans la chambre. C'était la bicyclette. Un amas d'acier tordu et écrasé posé contre un muret. Mike se retournait sans arrêt pour surveiller Oncle Frank, comme s'il s'attendait à recevoir un coup ; quand Oncle Frank s'est levé du lit, approché de la fenêtre et arrêté à côté de nous, Mike a bondi dans mes bras et s'est mis à pleurnicher. Oncle Frank a eu un sourire tragique.

« N'aie pas peur. Je ne vais pas te faire de mal, Mike. »

Il a caressé mes cheveux ; malgré leur épaisseur j'ai senti la sécheresse et la tristesse de sa main. « Tu vois ? » il a dit. « Jimmy n'a pas peur de son Oncle Frank, n'est-ce pas, Jimmy ? »

« Non, Oncle Frank. J'ai pas peur. »

Mais Mike reculait de terreur devant les mains mélancoliques de son oncle. L'homme a fait un gros effort pour sourire, et puis brusquement il a sorti deux demi-dollars de sa poche. J'en ai pris un, mais Mike hésitait, il regardait ma mère assise sur le lit. Elle a hoché la tête. Un doux sourire a illuminé le visage de mon frère, qui a accepté la pièce en reniflant, puis s'est blotti dans les bras d'Oncle Frank.

« Mon petit Mike », a dit Oncle Frank. « Mon petit Mike, qui ressemble tellement à mon petit Clito. » Mais il ne pleurait toujours pas.

Il a pris Mike sur ses genoux, et quand la procession vers le cimetière a commencé, il avait complètement conquis mon frère. Ils sont descendus jusqu'aux voitures, Mike tenant la main de son oncle et levant les yeux vers son visage avec une expression de curiosité et d'admiration.

Oncle Frank a été la seule personne à ne pas pleurer pendant l'enterrement. Il est resté un peu en retrait de la tombe, ma Tante Carlotta qui sanglotait accrochée à lui, les yeux fermés, les dents serrées. Autour de la tombe, la foule défilait lentement, les hommes tenaient leur chapeau à la main, les mouchoirs des femmes voletaient dans la chaleur immobile de l'après-midi, les sanglots éclataient comme des bulles invisibles, le prêtre répandait l'eau bénite, l'entrepreneur des pompes funèbres restait dignement à l'écart, la bière est descendue lentement pendant que mon frère et moi regardions côte à côte la terre noire apparaître à mesure que le cercueil s'enfonçait, et que nos yeux ruisselaient de larmes, et nos poitrines nous faisaient mal et nos cœurs se brisaient de terreur et de douleur pendant que la vie de Clito jaillissait de nos mémoires pour la dernière fois, vivace et désolante ; notre mère gémissait en mordant son mouchoir, les sangles grinçaient autour du cercueil, les poulies d'argent chuintaient, le soleil brillant se reflétait sur le métal, le prêtre marmonnait sans discontinuer, la honte faisait tousser les hommes, les femmes se lamentaient, Tante Carlotta toujours accrochée à Oncle Frank a failli s'évanouir, et lui restait là, la mâchoire serrée et l'œil sec en remâchant les pensées d'un père, en remâchant Dieu sait quoi.

Et puis ç'a été fini.

Nous sommes retournés chez Tante Carlotta pour nous asseoir dans le salon. Tante Carlotta pleurait toujours et ma mère la consolait. Livide et hébété, Oncle Frank restait près de la fenêtre. Mike observait son visage.

Mike a dit : « Tu pleures donc jamais, Oncle Frank ? »

L'homme s'est contenté de baisser les yeux vers lui en souriant vaguement.

« Alors, jamais ? »

« Mike ! » a lancé ma mère.

« Enfin, c'est vrai, non ? Pourquoi tu pleures jamais, Oncle Frank ? »

« Mike ! »

« Reste tranquille, Mike », j'ai dit.

« Mais enfin, pourquoi il pleure pas ? »

Oncle Frank a pris ses tempes entre ses mains.

« Je pleure, Mike », il a dit.

« Non, tu pleures pas. »

« Mike ! »

« J' te jure qu'il pleure pas. »

« La ferme, Mike », j'ai dit.

« Mais t'as pas pleuré au cimetière, alors que tout le monde pleurait. »

« Mike ! »

« C'était le seul qu'a pas pleuré, j'ai bien fait attention. »

« Mike ! Sors d'ici. »

Il est sorti d'un pas indigné et s'est installé dans le fauteuil à bascule devant la fenêtre, le dos tourné à Oncle Frank. Il s'est mis à se balancer furieusement en raidissant les jambes chaque fois qu'il allait en avant. Oncle Frank a quitté sa fenêtre, il est sorti, s'est penché au-dessus de Mike en lui souriant. Il lui a parlé. J'ai tout vu par la fenêtre, mais j'ai pas entendu ses paroles. Mike a souri et puis tous les deux ont descendu les marches du porche et se sont éloignés dans la rue.

« Où vont-ils ? » a demandé ma mère.

« Je sais pas », j'ai répondu.

Une demi-heure après, ils n'étaient toujours pas revenus, si bien que ma mère et ma tante m'ont envoyé à leur recherche. J'ai descendu la rue jusqu'au drugstore du carrefour, et là je les ai trouvés. Ils étaient assis à une table, Mike buvait un lait au malt en tirant sur sa paille avec gourmandise. Oncle Frank était assis en face de lui, le visage enfoui entre les mains ; de grosses larmes coulaient sur ses joues avant de tomber sur la table pendant qu'il regardait Mike boire goulûment son lait au malt.

L'ODYSSÉE D'UN RITAL

Je réunis des bribes d'informations à propos de mon grand-père. Ma grand-mère me parle de lui. Elle me dit que c'était un brave homme dont la bonté ne provoquait pas tant l'admiration que la pitié. On le considérait comme un gentil petit Rital. Le soir, il aimait s'asseoir à une table de saloon et siroter un dé d'anisette dans son coin. Il restait là comme une fillette qui lèche un cornet de glace. Le vieux aimait cette boisson verte, l'anisette. C'était sa passion, et les gens rigolaient de le voir assis tout seul, car il était seulement un gentil petit Rital.

Un soir, me raconte ma grand-mère, mon grand-père était assis au saloon devant son habituelle anisette. Un charretier ivre est entré en vacillant par les portes battantes, il s'est accroché au bar et a gueulé :

« Allez, tout le monde ! Passez vos commandes ! C'est ma tournée ! »

Mon grand-père n'a pas bougé d'un poil ; il est resté à caresser son dé d'anisette. Tous les autres clients sont allés au bar pour boire l'alcool du charretier. Lequel, se retournant, a vu mon grand-père. Il s'est senti insulté.

« Toi aussi, le Rital ! » il a dit. « Viens boire un coup ! »

Silence. Mon grand-père s'est levé. Il est passé en chancelant devant le charretier et n'a rien trouvé de mieux que de franchir les portes battantes pour sortir dans la rue couverte de neige ! Quand il a entendu les éclats de rire dans le saloon, le rouge lui est monté aux joues. Il est rentré à la maison pour parler à mon père.

« *Mamma mia !* » il a bredouillé. « Tummy Murray, y m'a traité de Rital. »

« *Sangue della Madonna !* »

Tête nue, mon père a descendu la rue au pas de course jusqu'au saloon. Tommy Murray n'y était plus. Il était dans un autre saloon à un demi-bloc de là, et c'est là que mon père l'a trouvé. Il a pris le charretier à l'écart pour lui parler à voix basse. Et puis la bagarre a éclaté. Avec du sang et des cheveux arrachés ! On a écarté les chaises. Les clients ont applaudi. Les deux hommes se sont battus pendant une heure. Ils roulaient par terre, ruaient, juraient, mordaient. Leurs membres s'imbriquaient au milieu du saloon, leurs corps se heurtaient de plein fouet. La tête, la poitrine et les bras de mon père ont coincé le visage du charretier, qui a crié. Mon père a grogné. Son cou était raide et frémissant. Le charretier a encore crié, puis s'est évanoui. Mon père s'est relevé ; du dos de la main, il a essuyé le sang sur sa bouche Par terre, le charretier ne bougeait plus, il avait une oreille arrachée... Voilà l'histoire que ma grand-mère m'a racontée.

Je pense à ces deux hommes, mon père et le charretier, je les imagine en train de se battre par terre. Bon Dieu ! Mon père se battait comme un lion !

Soudain, j'ai une idée. Mes deux frères jouent dans une autre pièce. Je quitte ma grand-mère pour aller les voir. Ils sont vautrés sur le tapis, occupés avec du papier et des crayons. Quand ils lèvent les yeux, ils aperçoivent une idée qui illumine mon visage.

« Quesse qui va pas ? » demande l'un.

« Je vous défie de faire quelque chose. »

« De faire quoi ? »

« Je vous défie de me traiter de Rital ! »

Mon plus jeune frère, à peine six ans, bondit sur

ses pieds, entame une danse de Sioux et crie : « Rital ! Rital ! Rital ! Rital ! »

Je le regarde. Bah ! Il est trop petit. C'est l'autre frère, le plus grand des deux, que je veux. Parce qu'il a des oreilles, lui aussi.

« Je parie que toi, t'es trop trouillard pour me traiter de Rital. »

Mais il sent qu'il y a anguille sous roche.

— « Non », il fait. « J'ai pas envie. »

« Rital ! Rital ! Rital ! » crie le petit frère.

« Ferme-la, toi ! »

« J' veux pas la fermer. T'es un Rital ! Rital ! Ritalo-rital ! »

La boîte de crayons de couleur de l'aîné est par terre juste sous son nez. Je pose mon talon dessus et l'enfonce dans le tapis. Alors il gueule et saisit ma jambe. Quand je recule, il se met à pleurer.

« Ah, c'est vraiment dégueulasse », il dit.

« Je te défie de me traiter de Rital ! »

« Rital ! »

Je fonce sur lui en visant l'oreille. Mais ma grand-mère entre dans la pièce en brandissant la lanière de cuir qui sert à affûter les rasoirs.

II

Depuis le début, j'entends ma mère utiliser les mots Rital et Dago avec une énergie qui dénote un profond dégoût. Elle les crache littéralement. Ils jaillissent hors de sa bouche. Pour elle, ils symbolisent l'essence de la pauvreté, de la saleté, de l'ordure. Quand je ne me lave pas les dents ou que je garde ma casquette, ma mère dit : « Tiens-toi bien. Ne fais pas ton Rital. » Ainsi, dès que je commence à acquérir ses valeurs, Rital et Dago deviennent pour moi synonymes de choses mauvaises. Mais elle n'en démord pas.

On ne peut pas dire la même chose de mon père.

Son langage est assez lâche. Ses humeurs commandent ses opinions. Je remarque immédiatement que pour lui Rital et Dago n'ont pas de signification précise, même si, lorsque quelqu'un qui n'est pas italien lui lance ces mots au visage, il se sent aussitôt insulté. Christophe Colomb est le plus grand Rital de tous les temps, clame mon père. Caruso aussi. Tel ou tel type également. Mais cet excellent ami qu'est Peter Ladonna n'est pas seulement un ivrogne doublé d'un cochon, c'est aussi un Rital ; et naturellement ses beaux-frères sont des bons à rien de Dagos.

Il feint de détester les Irlandais. En fait, il ne les déteste pas, il aime seulement le croire, et il avertit ses enfants — nous — de nous méfier d'eux. Notre épicier s'appelle O'Neil. Fréquemment et par hasard, cet épicier commet des erreurs quand ma mère est dans son magasin. Elle parle à mon père de poids exagérés de viande, et parfois d'un œuf pourri.

Aussitôt mon père se raidit en ourlant sa lèvre inférieure. « C'est la dernière fois que ce salopard d'Irlandais me roule ! » Il sort alors de la maison pour aller voir l'épicier, et ses talons tonnent sur le porche.

Bientôt il est de retour. Il sourit. Les cigares débordent de ses mains. « A partir d'aujourd'hui », il dit, « tout va marcher comme sur des roulettes. »

Je n'aime pas cet épicier. Chaque jour, ma mère m'envoie chez lui ; je suis à peine entré dans son magasin qu'il m'agresse d'un sonore : « Bonjour, petit Dago ! Que désires-tu ? » Alors je le déteste, je n'entre jamais dans son magasin s'il y a d'autres clients, car se faire traiter de Dago devant témoins est une humiliation terrible, presque physique. Mon estomac se gonfle et se crispe, je me sens nu.

Je le vole sans pitié quand l'épicier a le dos tourné. J'adore lui voler des babioles — bonbons, gâteaux, fruits. Quand il va chercher quelque chose dans sa chambre froide, je me penche au-dessus de sa balance et j'essaie de casser un ressort. J'enfonce mes orteils dans ses paniers d'œufs. Parfois je chaparde trop de choses. Mais alors, quel plaisir d'aller au virage de la route, mon appétit rassasié, et de balancer *ses* bonbons, *ses* gâteaux, *ses* pommes dans les hautes herbes jaunes du bas-côté !... « Va te faire foutre, O'Neil, tu ne peux pas me traiter de Dago impunément ! »

Sa fille a mon âge. Elle louche. Deux fois par semaine, elle passe devant notre maison pour se rendre à son cours de musique. Au-dessus de la rue, tout en haut d'un orme, je la regarde approcher sur le trottoir en balançant son étui à violon. Quand elle passe sous mon arbre, je me mets à chantonner :

Martha lou-ou-ouche !
Martha lou-ou-ouche !
Martha lou-ou-ouche !

III

En grandissant je découvre que les Italiens utilisent les mots Rital et Dago beaucoup plus souvent que les Américains. Ma grand-mère, dont le vocabulaire anglais se limite aux noms les plus usuels, emploie toujours ces termes quand elle parle d'Italiens contemporains. Mais ils ne sont jamais articulés avec calme et détachement. Non ; ils jaillissent, elle les éructe. Elle les prononce avec une intonation vulgaire, puis son visage prend une expression choquée, stupéfaite.

En entrant à l'école communale, j'ai une peur terrible de me faire traiter de Rital. Dès que je comprends pourquoi chaque élève a un nom propre, j'essaie d'extirper le mien du groupe typiquement italien des Bianchi, Borello, et autres Pacelli. Quand je compare leur nom au mien, je suis agréablement surpris. Car après tout, je réfléchis, les gens vont me prendre pour un Français. Mon nom a un très net air français, n'est-ce pas ? Bien sûr ! Moyennant quoi, chaque fois qu'on me demande ma nationalité, je réponds que je suis français. Quelques garçons commencent à me traiter de franchouillard. J'adore ça. Je me sens soulagé.

Ainsi, je commence à mépriser mon héritage. J'évite les garçons et les filles italiens qui se montrent amicaux envers moi. Je remercie Dieu de m'avoir donné des cheveux et un teint clairs, je choisis pour camarades des noms anglo-saxons exclusivement. Si un garçon s'appelle Whitney, Brown ou Smythe, alors il est mon copain ; mais je me sens toujours sur mes gardes avec lui ; il risque de découvrir le pot aux roses. Pendant l'heure du déjeuner, je me plie en deux au-dessus de mon panier-repas, car ma mère n'enveloppe pas mes sandwiches dans du papier-argent, elle les prépare trop gros, avec des feuilles de laitue qui dépassent du pain. Pire encore, le pain est de fabrication maison, il ne vient pas de la boulangerie, ce n'est pas du pain « américain ». Je râle comme un putois parce que je peux pas avoir de mayonnaise ni d'autres choses « américaines ».

Le prêtre de la paroisse est un bon ami de mon père. Il traverse la cour de l'école en surveillant les enfants qui jouent pendant la récré. Puis il m'appelle pour me demander des nouvelles de mon père, et me dire que je devrais être fier d'étudier les exploits de mes compatriotes célèbres Colomb, Vespucci, John Cabot. Il parle d'une voix forte, pleine d'humour. Les élèves se groupent autour de nous pour écouter, et moi je me mords les lèvres en priant le bon Dieu qu'il la boucle et reprenne ses déambulations.

De temps à autre, j'entends parler d'un certain Dante. Mais dès que je découvre qu'il était italien, je le déteste comme s'il était vivant, comme s'il arpentait ma classe en me montrant du doigt. Un jour, je trouve son portrait dans un dictionnaire. Je le regarde en me disant que je n'ai jamais vu une tête de salopard plus laide.

Un autre jour, tous les élèves sont réunis près du

tableau noir et une Italienne aux yeux doux que je déteste mais qui crie sur tous les toits que je suis son amoureux, se retrouve à côté de moi. Elle se tortille et se trémousse sur place, se dresse sur la pointe des pieds en me souriant bizarrement. Je lui tourne le dos en ricanant, je m'éloigne d'elle le plus possible. La nonne remarque l'espace vide qui nous sépare et m'ordonne de me rapprocher de cette fille. Je lui obéis, mais la fille s'écarte à son tour pour s'approcher de l'élève debout de l'autre côté.

Alors je baisse les yeux vers mes pieds et découvre autour de mes chaussures une flaque qui va grandissant. Je jette un coup d'œil rapide à la fille, elle baisse la tête, puis, du regard, me supplie de prendre la faute sur moi. Evidemment nous attirons l'attention des autres, toute la classe se met bientôt à bavarder. La nonne arrive. Je crois que je suis bon pour une punition, mais la nonne m'embrasse en murmurant que j'aurais dû lever le doigt et qu'elle m'aurait bien sûr permis d'aller aux toilettes. Mais, ajoute-t-elle, c'est maintenant inutile ; il faut que j'aille chercher la serpillière. Et au milieu des ricanements hystériques, je suis parfaitement convaincu que seule une sale petite Ritale élevée dans une famille de Ritals sera jamais capable d'une crasse pareille.

Oh, vous les Ritals ! Vous les Dagos ! Vous me harcelez jusque dans mon sommeil. Je rêve que je me défends contre mes tortionnaires. Un jour, j'apprends par ma mère que mon père est allé en Argentine dans sa jeunesse, et qu'il a vécu deux ans à Buenos Aires. Ma mère me parle de son séjour là-bas, et toute la journée je pense à lui en Argentine, même avant de m'endormir. Cette nuit-là, je me réveille en sursaut. Dans l'obscurité je rejoins à tâtons la chambre de ma mère. Mon père dort à côté d'elle, et je la secoue doucement, pour ne pas le réveiller.

Je chuchote : « Tu es sûre que papa n'est pas *né* en Argentine ? »

« Non. Ton père est né en Italie. »

Je retourne me coucher, inconsolable et dégoûté.

IV

Pendant un match de base-ball sur le terrain de l'école, un garçon de l'équipe adverse commence à se moquer de mon jeu. C'est le neuvième tour de batte, j'ignore ses sarcasmes. Nous perdons, mais si je peux réussir un bon coup, nous avons de bonnes chances de gagner le match. Bien décidé à accomplir une prouesse, je me campe en face du lanceur avec confiance. Mon bourreau me voit prêt à la base.

« Ho ! Ho ! » il crie. « Visez qui est là ! C'est le Rital. Démolissez-moi ce Rital ! »

C'est la première fois qu'un élève de l'école me lance cette insulte au visage, et je suis tellement furieux que je frappe à tort et à travers. Nous nous bagarrons après le match, ce type et moi, et je l'oblige à retirer son insulte.

Désormais les jours d'école deviennent jours de bagarre. Presque chaque après-midi, à trois heures un quart, les élèves se réunissent pour me voir obliger un gars ou un autre à retirer son insulte. Ça les amuse ; allez, les mecs, je vous mets au défi de me traiter de Rital ! Quand enfin il n'y a plus personne pour me défier, les insultes m'atteignent par le bouche à oreille, et je dois traquer les coupables. Je hante les couloirs. Les plus petits m'admirent. « Le voilà ! » ils crient en me dévisageant avec de grands yeux. Mes deux frères cadets sont dans la même école, et le plus petit, un morveux de sept ans, vient me voir avec ses copains, puis me demande de relever mes manches pour leur montrer mes biceps. Vous allez voir, les gars. Regardez un peu ça.

Mon frère rapporte à la maison des comptes rendus épiques de mes bagarres. Mon père les écoute avidement, et je reste à côté de lui pour éclaircir les éventuels points litigieux. Jours de triste bonheur ! Mon père me donne quelques conseils : comment balancer mon poing, comment protéger ma tête. Ma mère, trop scandalisée pour en entendre davantage, lève les yeux au plafond et quitte la pièce.

Je me sens nerveux quand j'amène des amis à la maison ; tout y semble tellement italien. Il y a ici un portrait de Victor Emmanuel, là une photo de la cathédrale de Milan, à côté une image de saint Pierre, et sur le buffet trône un pichet de facture médiévale ; il est toujours plein à ras bord d'un vin rouge et brillant. Tous ces objets font partie de l'héritage de mon père, et peu importe qui vient à la maison, mon père adore se planter à côté d'eux et plastronner. Alors je me mets en rogne contre lui. Je lui dis d'arrêter son cinéma de Rital et d'être un vrai Américain de temps à autre. Aussitôt il va chercher son affûte-rasoir pour me frapper à tour de bras, il me poursuit de pièce en pièce jusqu'à la porte de derrière. Je me réfugie alors dans la cabane à bois, où je baisse mon pantalon et tords le cou pour examiner les traces bleues de mes fesses. Un Rital, voilà ce qu'est mon père ! Jamais un père américain ne battrait son fils ainsi. Eh bien, il ne va pas s'en tirer comme ça ; un jour je lui revaudrai cette humiliation.

Je commence à croire que ma grand-mère est une indécrottable Ritale. C'est une petite paysanne boulotte qui se promène les mains croisées sur le ventre, une vieille dame simple qui adore les petits garçons. Elle entre dans ma chambre et tente de discuter avec mes amis. Elle parle anglais avec un accent déplorable, elle allonge les voyelles comme des cerceaux qui roulent. En toute simplicité, elle aborde un de mes copains et, avec un sourire dans son vieux regard, elle lui demande : « Tou aimes aller à la scola des bonna sœurs ? » Alors je grince des dents. *Mannaggia !* Tout est foutu ; maintenant ils sauront que je suis italien.

Ma grand-mère m'a appris à parler sa langue maternelle. A sept ans, je la connais plutôt bien, et avec elle je parle toujours italien. Mais quand je suis avec des copains et que j'ai douze ou treize ans, je fais semblant de ne pas comprendre ce qu'elle me dit, une grimace crispe mon visage ; je ne veux surtout pas que mes copains se doutent que je parle une autre langue que l'anglais. Ça la rend parfois furieuse. Elle se fâche, la chair flasque de son cou se tend soudain, elle éructe un violent blasphème.

V

Quand j'ai fini l'école communale, ma famille décide de m'envoyer chez les Jésuites dans une autre ville. Mon père m'accompagne le jour de la rentrée. Gravée au-dessus de l'entrée principale du bâtiment de l'école, j'avise cette inscription latine : *Religioni et Bonis Artibus*. Mon père et moi nous arrêtons à distance respectable, il lit l'inscription à haute voix, puis me la traduit.

Stupéfait, je lève les yeux vers lui. Cet homme est-il vraiment mon père ? Enfin, regardez-le ! Ecoutez-le ! Il parle avec un accent italien à couper au couteau ! Il porte une moustache typiquement italienne. Je ne l'avais jamais remarqué jusque-là, mais le fait est qu'il ressemble à un Rital comme deux gouttes d'eau. Son costume élimé est tout froissé. Bon sang, pourquoi n'en achète-t-il pas un neuf ? Et puis visez un peu sa cravate ! Elle est de travers. Et ses chaussures : elles ont besoin d'un sérieux coup de cirage. Et pour l'amour du ciel, regardez son pantalon ! La braguette n'est même pas complètement boutonnée. Et oh, bon dieu de bonsoir, visez aussi ces vieilles bretelles crasseuses qu'il refuse de mettre à la poubelle. Dites, monsieur, vous êtes vraiment mon père ? Vous là-bas, oui, vous, vous n'êtes qu'un petit avorton, un bonhomme totalement usé et décrépit ! Vous ressemblez exactement à ces immigrants porteurs de couverture. Vous pouvez pas être mon père ! Non, je croyais que mon père...

Voilà maintenant que je pleure, la première fois que je pleure pour une raison autre qu'une bonne correction, mais heureusement qu'il ne pleure pas aussi. Heureusement que c'est un dur à cuire. Vite nous nous disons au revoir, j'enfile le couloir d'un pas rapide, je ne me retourne surtout pas, car je sais qu'il est resté à l'entrée pour me regarder.

Je pénètre dans le bâtiment administratif et je fais la queue derrière des garçons que je ne connais pas qui attendent comme moi leur inscription pour le trimestre d'automne. Il y a quelques Italiens parmi eux. Je suis loin de chez moi, je repère un Italien à cent mètres. Nous nous dévisageons, nos regards se croisent en un irrésistible amalgame, une reconnaissance honteuse de notre sang commun ; je détourne les yeux.

Un Jésuite rondouillard se lève derrière son bureau et se présente à moi. Quelle voix ! Sa poitrine abrite une bonne douzaine d'orages tonnants. Il me demande mon nom, puis l'écrit sur un petit carton.

« Nationalité ? » il rugit.

« Américain. »

« Nom du père ? »

Je chuchote : « Guido. »

« Comment ? Epelez ça. Parlez plus fort. »

Je tousse. Je mets le dos de ma main devant ma bouche, puis épèle le nom de mon père.

« Ah ! » s'écrie le greffier. « Un de plus ! Encore un Rital ! Eh bien, jeune homme, vous ne serez pas dépaysé ici ! Et comment ! Y a plein de Ritals cette année ! Nous avons même des Youpins ! Et puis, vous savez, ces rouquins d'Irlandais pullulent dans l'école ! »

Dio ! Comme je déteste ce prêtre !

Il continue. « Lieu de naissance de votre père ? »

« Buenos Aires, Argentine. »

« De votre mère ? »

Enfin je peux hurler la vérité.

« Denver ! »

Ensuite, sur le ton de la conversation, il me demande : « Vous parlez italien ? »

« Non ! Pas un mot. »

« Dommage », il dit.

« Crétin », je pense.

VI

Ce semestre-là, je sers au réfectoire pour payer une partie de mes frais d'inscription. Les ennuis ne tardent pas ; dans la cuisine, le cuistot et ses marmitons sont tous italiens. Ils s'aperçoivent d'emblée que je suis originaire du même pays qu'eux. J'ignore les paroles aimables du cuistot, je le méprise dès que je le vois. Il comprend aussitôt pourquoi, et nous devenons ennemis. Chaque parole qu'il m'adresse est un coup de poignard. Ses remarques me tuent. Au bout de deux mois, je ne supporte plus mon travail dans la cuisine, si bien que j'écris une longue lettre à ma mère ; je lui dis que je maigris ; si tu ne me permets pas d'arrêter ce boulot, je vais tomber malade et rater mes examens. Immédiatement elle m'envoie un mandat télégraphique et m'adjure de plaquer ce boulot dès réception ; oh, mon petit, je te plains tellement, jamais je n'aurais pensé que tu pouvais souffrir à ce point.

Je décide de travailler encore un soir, de servir un dernier repas au réfectoire. Ce soir-là, après le service, quand il n'y a plus que le cuistot et ses marmitons dans la cuisine, j'enlève mon tablier et attends dans la cuisine en le regardant. C'est le moment ou jamais. Deux mois que j'attends cet instant. Un couteau est fiché dans la planche à découper ; je le saisis sans quitter des yeux mon adversaire. Je veux le blesser, prendre ma revanche.

Quand il me voit, il dit : « Sors d'ici, le Rital ! »

Un marmiton s'écrie : « Attention, il a un couteau ! »

« Tu le lanceras pas, espèce de Rital », dit le cuistot. J'avais pas pensé à le lancer, mais puisqu'il me défie de le faire, je le lance. Le couteau passe au-dessus de sa tête, frappe le mur et tombe par terre avec un bruit de ferraille. Il le ramasse et m'oblige à sortir de la cuisine. Je prends mes jambes à mon cou en remerciant Dieu de l'avoir raté.

Cette année-là, l'équipe de football est composée d'Irlandais et d'Italiens. Les premières lignes sont irlandais, mais en fond de terrain il y a quatre Italiens, dont moi. Nous formons une bonne équipe et gagnons de nombreux matches. Mes camarades sont d'excellents joueurs qui travaillent la main dans la main. Mais je déteste mes trois compatriotes du fond de terrain ; notre nationalité nous ridiculise. L'équipe me nomme capitaine, je mets au point des tactiques codées et force mes compatriotes du fond de terrain à commettre le moins de fautes possible.

Le journal de l'école et les journalistes sportifs de la ville nous surnomment bientôt les Prodigieux Ritals. J'interprète cela comme une insulte. Un après-midi, à la fin d'un match important, un groupe d'élèves quittent la tribune principale pour rejoindre l'extrémité du terrain et improviser quelques cris de guerre. Trois fois, ils lancent un hourra pour les Prodigieux Ritals. Ça me rend malade. Je sens des grenouilles dans mon estomac ; après le match, je rends mon équipement et démissionne de l'équipe.

Je suis mauvais en latin. Comme je n'aime pas cette langue, je ne travaille pas et loupe régulièrement mes examens. Un élève vient me voir pour me dire que je peux éliminer le latin de mes cours si je suis son conseil : échouer délibérément à tous les examens ultérieurs dans cette matière, échouer lamentablement. Si je fais ça, ajoute l'élève, les Jésuites seront bien obligés de constater ma stupidité et de me permettre d'abandonner cette langue.

Je trouve son conseil judicieux et l'applique à la lettre. Mais ça ne marche pas, car les Jésuites sont des malins. Ils pigent tout de suite la manœuvre et me disent en rigolant que je ne suis pas assez intelligent pour les rouler, que je dois continuer d'étudier le latin, même si cela doit me prendre vingt ans. Pire, ils doublent mes cours de latin et je dois passer la récré à bûcher la syntaxe latine.

Avant les examens, le Jésuite professeur de latin me convoque dans sa chambre :

« Je ne comprends pas comment un Italien pur sang comme vous peut avoir le moindre problème en latin. Vous avez cette langue dans le sang et, croyez-moi, vous êtes un fichu pauvre Rital. »

Abbastanza ! Je rejoins ma turne, verrouille ma porte, m'installe à mon bureau, prends mon manuel de latin et me mets à bosser comme un malade, à bûcher mes déclinaisons, mes conjugaisons et ma syntaxe latine jusqu'au moment où, bon sang, que se passe-t-il ? Qu'est-ce que j'étudie ? Mais bien sûr, ça ressemble comme deux gouttes d'eau à l'italien que ma grand-mère m'a appris voilà si longtemps — ce latin, ce n'est pas la mer à boire, tout compte fait. Je réussis donc mon examen, j'ai une note si faramineusement bonne que mon professeur soupçonne une entourloupe.

Deux semaines avant la fin des cours, je tombe malade et me retrouve en quarantaine à l'infirmerie. Alité, je compte mes griefs. Je me mords les pouces, remâche mes doléances. J'ai une forte fièvre qui m'empêche de dormir. Je pense au principal. J'ai été très ami avec lui au cours des deux premières années d'école, mais pendant la troisième, il a été muté dans un autre établissement. Allongé dans mon lit, je pense au jour où nous nous sommes retrouvés à l'occasion de son retour en septembre dernier, dans le bureau du principal. Il a dit bonjour aux élèves, a salué tel ou tel en particulier, puis il s'est tourné vers moi et m'a lancé :

« Et toi, le Rital ! Comme ça, tu es toujours avec nous. »

Dans la bouche d'un prêtre, l'injure avait un air godiche qui m'a fait trembler de tous mes membres. J'ai senti tous les regards converger sur moi, j'ai entendu un gloussement. Ah, il prend donc les choses ainsi ! Dans mon lit, je repense à ce prêtre, et puis au type qui a gloussé.

Brusquement je saute à bas du lit, déchire la page de garde d'un livre, trouve un crayon, puis écris un mot au prêtre. Voici ce que je lui écris : « Cher Père, je n'ai pas oublié votre insulte. Si vous ne vous excusez pas tout de suite, ça va barder. » J'appelle le frère-infirmier et lui demande de porter mon billet au prêtre.

Au bout d'un moment, j'entends les pas du prêtre dans l'escalier. Il arrive à la porte de ma chambre, l'ouvre, me regarde longuement sans rien dire, mais avec un air méchant. J'attends qu'il entre pour s'excuser, je vis un grand moment, un moment unique. Mais il ferme tranquillement la porte et s'éloigne. Je suis stupéfait. Une double insulte !

Le soir du dernier jour de classe, je suis rétabli. Sur l'estrade, le principal prononce un discours, puis commence à distribuer les diplômes. Nous sommes censés dire « Merci » quand il nous le remet. Alors chacun y va de son merci. Mais quand il me donne le mien, je le regarde carrément dans le blanc de l'œil, je reste immobile à le regarder sans rien dire, et à dater de ce jour nous ne nous sommes jamais adressé la parole.

Au mois de septembre suivant, j'entre à l'université.

« Lieu de naissance de votre père ? » demande le greffier.

« Buenos Aires, Argentine. »

Et voilà. La même ritournelle, avec quelques variations.

VII

Le temps passe, et les jours d'étude. Assis sur un mur le long de la plaza à Los Angeles, je regarde une *fiesta* mexicaine dans la rue. Un type arrive, il se hisse sur le mur à côté de moi et me demande une cigarette. Je lui en donne une, il l'allume et entame la conversation. Nous parlons de choses et d'autres jusqu'à la fin de la *fiesta*. Ensuite, nous sautons de notre mur, et parlant toujours nous nous baladons dans Los Angeles. Ce type n'est pas rasé, ses vêtements ne lui vont pas ; c'est manifestement un clochard. Il raconte un mensonge après l'autre ; qui plus est, il les raconte mal. Mais je suis seul dans cette ville, si bien que je l'écoute volontiers.

Nous entrons dans un restaurant pour prendre un café. Maintenant il me raconte sa vie. Il a vagabondé de Chicago à Los Angeles, où il s'est mis à la recherche de sa sœur ; il a son adresse, mais elle n'est pas là, et pendant deux semaines il l'a cherchée en vain. Il parle sans discontinuer de sa sœur, il semble tournoyer au-dessus d'elle comme un busard et sous-entendre que je devrais poser quelques questions à son propos. Il veut que je trouve l'angle qui lui permettra d'avouer tout ce qu'il a sur le cœur.

Je lui demande : « Elle est mariée ? »

Alors il fond sur elle toutes griffes dehors. Même s'il réussit à la trouver, il n'habitera pas chez elle. Seule une sœur indigne de ce nom peut l'abandonner à la rue sans un sou en poche, et par-dessus le marché elle a épousé un type plein aux as qui pourrait lui filer du boulot. Il pense qu'elle lui a donné volontairement une fausse adresse pour qu'il ne la trouve pas, mais quand il arrivera à mettre la main sur elle, il va lui tordre le cou. A la fin, quand il l'a complètement démolie, il dit exactement ce que j'avais prévu.

Il me demande : « Et toi, t'as une sœur ? »

Je lui réponds que oui, et alors il attend que je lui dise tout le mal que je pense d'elle, mais il en est pour ses frais.

Nous nous rencontrons une semaine plus tard.

Il a retrouvé sa sœur. Maintenant il la couvre de compliments. Elle a convaincu son mari de lui donner un boulot ; demain il va travailler comme serveur dans le restaurant de son beau-frère. Il me file l'adresse, et je songe seulement que ça doit être quelque part dans le quartier italien.

Je ne me trompe pas. Par une étrange coïncidence, je connais son beau-frère, Rocco Saccone, un vieil ami de ma famille et un *paesano* de mon père. Un soir, une quinzaine de jours plus tard, je suis dans le restaurant de Rocco. Je discute en italien avec Rocco quand le type rencontré sur la plaza émerge de la cuisine, un tablier noué à la taille. Rocco l'appelle, il vient vers nous, puis Rocco me le présente comme son beau-frère de Chicago. Nous ncus serrons la main.

« On s'est déjà rencontrés », je dis, mais apparemment le type de la plaza préfère garder ça entre nous, car il lâche aussitôt ma main pour filer derrière le comptoir et faire semblant de s'activer. C'est un bluffeur ; ça se voit tout de suite.

D'une voix forte, Rocco me dit : « Ce type est une poule mouillée. Il a peur de son sang. » Il se tourne vers le type de la plaza. « Pas vrai ? »

« Ah, ouais ? » ricane le type de la plaza.

« Que veux-tu dire — il a peur de son sang ? »

« Il a peur de reconnaître qu'il est italien », m'explique Rocco.

« Ah, ouais ? » fait le type de la plaza.

« C'est tout ce qu'il sait dire », continue Rocco. « Ah, ouais ? Il dit seulement ça. Ah, ouais ? Ah, ouais ? Ah, ouais ? Il connaît rien d'autre. »

« Ah, ouais ? » répète le type de la plaza.

« Yah », éructe Rocco, furieux. « *Animale codardo !* »

Le type de la plaza me regarde en haussant les sourcils ; debout derrière le comptoir avec ses grands yeux noirs liquides, il ne sait pas qu'il est beau comme un dieu avec son tablier de serveur ; car c'est vraiment un dieu, un employé modèle ; mais non, il ne le sait pas ; personne ne le sait ; n'empêche que c'est comme ça. A le regarder, je comprends mon grand-père, mon père, le cuistot jésuite et Rocco ; j'ai l'impression d'être arrivé chez moi, mais je suis surpris que ce retour depuis si longtemps attendu arrive si vite, sans tambours ni trompettes.

« A ta place, je le foutrais à la porte », je dis à Rocco.

« Ah, ouais ? » répète encore le type de la plaza.

J'aimerais lui flanquer une raclée. Mais ça ne servirait à rien. Il est inutile de s'acharner sur son propre cadavre.

FOYER, DOUX FOYER

Et maintenant je chante, car je serai bientôt à la maison. On m'aura préparé un accueil somptueux. Il y aura des spaghetti, du vin et du salami. Ma mère servira sur la grande table les plats préférés de mon enfance. Ce sera uniquement pour moi. L'amour de ma mère débordera de cette table ; mes frères et ma sœur se réjouiront de me revoir, car pour eux je suis le grand frère qui ne se trompe jamais, et ils seront vaguement jaloux de l'accueil qu'on m'aura préparé, pourtant ils riront de bon cœur à chacune de mes plaisanteries, et ils souriront en me voyant engloutir une énorme assiette de spaghetti frétillants et réclamer un supplément de fromage en criant, et rugir de plaisir. Car ils sont de mon sang et je les aurai retrouvés, eux ainsi que l'amour de ma mère.

Je tendrai mon verre en direction de mon père en lui disant : « Encore un peu de ce vin, P'pa », et en souriant il versera dans mon verre le breuvage rouge et fruité, puis je dirai : « Formidable ! » et je le savourerai lentement pour le sentir réchauffer mon ventre, stimuler mon cœur, chanter sa mélodie dans mes oreilles. Ma mère dira : « Prends ton temps, mon fils », et je regarderai ma mère, et elle aura les mêmes yeux que j'ai si souvent fait pleurer, et dans la moelle de mes os je ressentirai un remords brutal qui durera une seconde seulement, puis je dirai à ma mère : « Ah, Maman, t'inquiète donc pas pour ce type, il n'est pas à plaindre », alors ma mère sourira du bonheur que seule ma mère connaît, et mon père sourira un peu aussi, car il contemplera la chair de sa chair, et je sentirai le sang se ruer dans ma poitrine, et j'éviterai les yeux de mon père, car ils seront incapables de dissimuler leur bonheur.

Je serai submergé de tendresse et de joie, mais je ne les afficherai pas sur mon visage, seuls mes yeux baissés vers les spaghetti jaunes trahiront mes sentiments, mon père remarquera leur lueur, mais il détournera aussitôt les siens, car cela le rendra timide comme un adolescent, et je parie qu'il évoquera quelques souvenirs, il pensera à moi quand j'étais enfant, et dans le bref regard de mes yeux ravis il verra chaque minute et chaque seconde de mes vingt et une années, et je partagerai exactement les mêmes pensées que lui, car nous sommes de la même chair et du même sang, et ma moelle est la même que la sienne, si bien que nous penserons les mêmes choses ensemble, et chacun de nous saura que l'autre pense la même chose.

Nos pensées retourneront vers le Colorado, vers ces autres retrouvailles où mon père et moi nous étions enivrés tout en restant brutalement lucides, vers ce jour où j'ai commencé à l'injurier parce qu'il négligeait ma mère, et où il m'a injurié à son tour à cause de toutes les souffrances que je lui avais fait endurer, et nous étions de plus en plus furieux, et ma mère a tenté de nous calmer, mais bientôt mon père hors de lui a voulu me faire souffrir pour tout ce que j'avais dit, et au même instant j'ai vu rouge et nous nous sommes sauté dessus, nous étions comme deux animaux, je lui ai donné un coup de poing qui l'a envoyé à terre, il est tombé avec un bruit mat, et allongé par terre il s'est mis à pleurer comme un petit enfant.

J'avais seulement dix-huit ans. J'ai regardé mon poing qui avait mis mon père K.O., puis j'ai levé les yeux au plafond, mon cœur battait la chamade, j'ai brandi mon poing vers le ciel, vu une marque bleue aux jointures, et j'ai crié : « Jésus ! qu'ai-je fait ? Oh, Jésus, coupez-moi le bras ! Vite ! Vite ! Ah, Jésus-Christ, coupez-le-moi ! » Et là, par terre, mon père gisait, il pleurait, mais ce n'étaient pas les pleurs d'un poivrot sentimental, c'étaient les pleurs d'un homme qui a vu son petit dieu de cire fondre au soleil implacable. Il y avait ma mère debout dans la pièce, les paumes plaquées contre ses tempes, et ces cheveux gris qu'elle devait à mon père, les rides et les yeux tristes que je lui avais offerts, ma mère ne savait que faire, car devant elle son fils et son homme se battaient à cause d'anciennes blessures.

On ne guérissait pas de ces blessures, on pouvait seulement apaiser leur souffrance, et maintenant la chair de sa chair et l'homme de sa vie se prenaient à la gorge comme des fanatiques, et leur colère ne devait rien aux sacrifices glorieux de l'épouse ou de la mère, ce n'étaient que cris et grognements bestiaux de deux êtres qui s'injuriaient et se blessaient. « C'est toi qui as commencé ! » « Non, c'est toi. » Ma mère m'a regardé, j'avais quitté son corps dix-huit ans plus tôt, et mon père gisait à terre, et j'étais son petit dieu de cire qui venait de fondre sous le soleil implacable.

Voilà pourquoi je ne regarderai pas mon père droit dans les yeux quand j'aurai bu mon vin électrique, voilà ce que l'un comme l'autre nous penserons, car nous n'aurons pas oublié, mais nos esprits seront en paix, et dans un tourbillon de silence amer cette scène vieille de trois ans nous reviendra en mémoire, et sans y croire je crierai haut et fort que toutes ces bêtises sont révolues et mon père sautera sur l'occasion pour tirer un trait sur le passé, et dans le cœur de mes frères et de ma sœur surgira une gaieté fugace, ainsi que dans l'esprit de ma mère... Ah, Seigneur, pardonnez à mon père et à moi !

II

Le vin nouveau, rouge sombre et doux amer, rendra délicieuse cette heure des retrouvailles, et tous nous en boirons. Même mon frère le plus jeune, qui n'aime pas ça, aura le droit d'en boire peut-être deux verres. Il m'observera attentivement. Il tiendra son verre comme je tiens le mien, puis il dira : « Ahhh » en sentant la dernière goutte glisser dans sa bouche, exactement comme moi. Puis il se frottera le ventre en cachant son dégoût, et il dira : « Bon Dieu ! Voilà un vin extra. Ressers-moi donc. » Alors ma mère lui dira doucement : « C'est fini, mon garçon. » Et mon père hurlera : « Hé ! Pour qui te prends-tu ? »

Ma sœur, qui jusque-là aura peu parlé, aura mis sa plus belle robe en mon honneur. Elle sera assise à côté de ma mère, et je l'observerai à la dérobée pour constater qu'elle devient de plus en plus belle. Une fois encore, je serai stupéfait par le charme de ses immenses yeux bruns, qui ressemblent à deux grands écureuils, et elle sentira mes regards scrutateurs, et elle chantera intérieurement de bonheur, je comprendrai alors que sa beauté est précisément celle qui a attiré mon père vers ma mère quand, trente ans plus tôt, il est arrivé en Amérique, jeune Italien imbu de lui-même, aussi arrogant que moi aujourd'hui. Ma mère sera assise à côté de ma sœur, et j'observerai leurs deux visages en souhaitant que ma sœur ne connaisse pas toutes les souffrances qui ont été le lot de ma mère, et je verrai ma sœur lever le menton avec mépris à cause des protestations de mon petit frère, qui s'écriera : « Oh, fais donc pas tant de chichis. C'est pas la peine de la ramener pa'ce que Jimmy est de retour. » Alors ma sœur s'empourprera et elle me regardera brusquement, et je serai ravi par ses yeux noisette, puis elle jettera un regard noir à mon frère en lui disant :

« Et toi alors ? Hein ? Boire du vin à ton âge, simplement parce qu'il est de retour à la maison ? » Mon petit frère dira : « Aw, arrête de gâcher ta salive. » Puis mon père interviendra : « Alors ! Combien de fois dois-je vous dire de ne pas vous disputer ? » Mon frère protestera : « C'est elle qui a commencé. » Et pour calmer les esprits, ma mère conclura : « Soyons tous de bonne humeur aujourd'hui. Ne nous disputons pas. »

Puis mon assiette sera vide ; avec un quignon de pain, j'aurais soigneusement absorbé la sauce tomate et attrapé les morceaux de fromage. Ma mère remarquera le disque brillant posé devant moi, elle regardera mes joues et dira : « Tu es vraiment très maigre, Jimmy. Il faut que tu manges. » Et je me coltinerai une autre assiette de spaghetti frétillants au fromage, car ma mère est vexée quand je ne mange pas tout ce qu'elle me sert. Il y aura aussi un plat d'anchois salés, et puis du salami déjà épluché, il y aura du vin à volonté et des tomates préparées spécialement pour moi, noyées dans l'huile d'olive jaune, relevées avec un soupçon d'ail pilé, et à côté de l'assiette de mon père il y aura une soucoupe pleine d'ail.

Il le mangera en faisant beaucoup de bruit, et comme d'habitude ma sœur dira — et nous rirons tous — : « Et une gousse de moins ! » Avec un sourire, mon père répondra alors comme toujours : « Vous autres, vous ne savez pas ce qui est bon... Essayez donc ! » Avec une moue dégoûtée, ma sœur s'éloignera de la table, fermera ses grands yeux d'écureuil, fera « Grrrrr ! » Et comme de juste, nous écouterons ensuite mon père raconter une histoire de sa jeunesse, il évoquera cette fameuse semaine où il n'avait rien d'autre à manger que des gousses d'ail, et bien avant qu'il n'ait fini, nous le précéderons dans son histoire, et nous prononcerons à haute voix les mots qui sortiront laborieusement de sa bouche, et il nous menacera de nous tuer, et ma mère tentera de garder contenance et de rester impartiale, mais elle ne résistera pas aux plumes qui chatouilleront tout le monde sauf mon père, et bientôt la table tremblera de notre rire, et mon père rugira comme une bête fauve.

Alors mon frère Tony dira : « Cottoné, cottoné, cottoné, où est le cottoné ? » Et cela provoquera une avalanche de rires, car il imite parfaitement l'anglais maladroit de mon père qui prononce « cottoné » au lieu de coton. Et puis ma sœur dira : « J'adore le melone d'acqua. » Rires inextinguibles. Car mon père dit « melone d'acqua » au lieu de melon d'eau. Les dents de mon père grinceront malgré les gousses d'ail, puis il se taira. Mon frère dira alors : « Tous les due, z'êtes des hanimales terribile. »

Oh ! Ces mots marqueront la fin de notre joie, car mon père se lèvera alors de sa chaise pour saisir l'oreille de mon frère et lui botter le derrière à chaque pas en le conduisant vers le porche. Partagé entre le rire et les larmes, mon frère se frottera les fesses, puis mon père regagnera sa place à table. Par la porte ouverte, mon frère criera : « Papa est oun hanimal ! Papa est oun hanimal ! » Les pieds de la chaise de mon père grinceront sur le sol, mon frère les entendra et s'enfuira à toutes jambes pour retrouver ses amis en riant et criant : « Papa est oun hanimal ! »

Un moment nous mangerons en silence, sans autre bruit que le cliquetis des fourchettes et des couteaux. Nous sommes maintenant totalement absorbés par le repas et personne ne parle.

Mon père dira : « Où sont les serviettes ? »

Ma mère répondra, d'un ton innocent : « Oh, tu n'en as pas ? »

« Quel genre de maison est-ce donc ? Pas de serviettes ? »

Ma sœur ira les chercher.

« Donne-m'en une », je dirai.

« D'accord. »

« Pour moi aussi », dira mon frère Mike.

« Tu exagères, non ? » rétorquera ma sœur. « Tu es infirme ou quoi ? »

J'aurai donc retrouvé ma famille et je me régalerai

du dîner de bienvenue préparé par ma mère, et mon père, ma sœur et mon plus jeune frère seront réunis autour de la table. Mon plus jeune frère, qui a treize ans, aura pris la poudre d'escampette en se moquant de l'anglais approximatif de mon père, qui a cinquante-deux ans. A ses côtés seront assis ma sœur, qui a dix-sept ans, et mon frère Mike, qui a dix-neuf ans et mange en silence, et puis ma mère, dont les yeux sont beaucoup trop grands, qui a quarante-neuf ans, un corps brisé, des tempes grises, qui entend un peu plus mal chaque jour. Et moi qui ai vingt et un ans, je comprends les membres de ma famille mieux qu'ils ne se comprennent entre eux.

III

Je regarderai mon père par-dessus le bord de mon verre de vin. Je me verrai moi-même. Regardant mon père, je reconnaîtrai la cruauté et la traîtrise que je porte en moi. Quand je regarderai les mains de mon père, un rouage se mettra en branle dans mon esprit, car mon père porte toujours en lui la graine de la grandeur, mais cette graine s'est étiolée à cause de la cruauté et de la traîtrise que je connais si bien, et qui — je m'en aperçois toujours trop tard — se développent aussi en moi. Mon père surprendra ce sentiment dans mon esprit, sa découverte jaillira dans ses yeux pour que je la reconnaisse, il verra la même arrière-pensée dans mon regard, et nous n'aurons pas assez de cran pour soutenir le regard de l'autre, laisser nos yeux s'affronter et tuer cette arrière-pensée qui rôdera dans nos têtes.

Une autre atmosphère règnera autour de la table, dont nous ne saurons que faire, car nous la méprisons, et ce sera la honte. Nous la sentirons, elle nous blessera, mais nous n'aurons plus de mains pour la cogner ou la caresser. Nous regarderons donc ailleurs en nous observant à la dérobée. Et je sais qu'il en sera toujours ainsi, et mon père le sait aussi. Mon père continuera de remplir mon verre, et ensemble nous boirons, et sans cesse nous sentirons cette parenté qui est un ravin qu'aucun de nous ne pourra franchir.

Je regarderai les mains de mon père.

Je dirai : « Tu travailles ? »

Il répondra : « Non, je travaille pas. »

« Pas de travail, hein ? »

« Non, pas de travail ici. »

« Et à Sacramento ? »

« Non, pas de travail à Sacramento. »

Ensuite je resterai silencieux, car je comprendrai que j'ai touché un point sensible, et il n'éprouvera plus aucune sympathie pour moi. Il sera sur la défensive, prêt à se battre.

Je parlerai de moi. Je rendrai mon père jaloux. Il sait que, moi aussi, je porte en moi une graine de grandeur, mais mon père croit qu'elle sera étouffée par la traîtrise qui est l'héritage du père comme du fils. Bien sûr, je suis plus jeune que mon père : mes espoirs bondissent en hurlant vers les cieux. Les siens se sont rabougris en désespoir. Je sais que mon père me voit à cinquante-deux ans, et moi à cinquante-deux ans je suis mon père. Ce que je dirai lui plaira et l'attristera.

Voici ce que je dirai : « Eh bien, dans quelques jours il y aura un chèque au courrier pour moi. » Je dirai cela à mon père à cause du manuscrit que je suis en train d'écrire.

« Tu dis ça tout le temps. »

Cette remarque de mon père me rendra furieux.

« Oui, oui. Mais ce n'est pas le dernier chèque dont vous entendrez parler. »

Mon père boira encore du vin, et quand il posera son verre, je verrai un vague sourire retrousser un peu ses lèvres. Ma pugnacité l'amusera.

Ma mère dira : « S'il vous plaît. Restons heureux. Espérons que tout ira bien et ne nous querellons pas. »

Je dirai alors : « Je ne me querelle pas, M'man. »

Ma sœur interviendra : « J'ai lu ta nouvelle dans la revue. Je savais bien que tu écrirais contre l'Eglise. »

Et je rétorquerai : « Ne sois pas idiote. C'était pas contre l'Eglise. »

Notre discussion n'intéressera pas mon père, car il se moque complètement que j'écrive et ne lit jamais mes nouvelles. A ce moment, je boirai du vin, car je devrai me préparer à l'inévitable question de ma mère.

Elle demandera : « Vas-tu à la messe tous les dimanches, mon Jimmy ? »

Je répondrai : « Parfois, M'man, parfois. » Fieffé mensonge.

Elle me demandera : « Lis-tu encore des livres contre Dieu ? »

Et mentant de nouveau, je répondrai : « Plus maintenant, M'man. »

Et puis je regarderai le visage de ma mère, je me rappellerai un soir quand nous vivions dans le Sud ; je suis rentré à la maison et j'ai vu ma mère en larmes et malade à crever, et on a appelé le médecin, et il a sauvé ma mère, et il tenait un livre à la main, qu'il m'a tendu en disant : « Voici la cause de sa maladie. Si tu veux lire des trucs comme ça, arrange-toi pour que ta mère ne te voie pas. » Quand j'ai regardé le livre, j'ai vu que c'était l'*Antéchrist*. Maintenant je serai bientôt à la maison, et ma mère me demandera si je lis encore des livres contre Dieu, et je répondrai que non.

Ma sœur dira : « Pourquoi écris-tu tout le temps sur ta famille ? »

Je hausserai les épaules. « Pourquoi pas ? »

« Tu n'as donc pas de fierté ? »

« Va te faire voir. »

Mais je serai conscient de la beauté éblouissante de ma sœur en fleur, et fier qu'elle m'accuse de manquer de fierté.

Mon frère Mike, le taciturne, prendra enfin la parole. Il nous racontera ses exploits sur le terrain de base-ball.

Il dira : « J'ai lancé trois balles au but dimanche dernier. »

Mon père, qui soutient à fond mon frère et le couvre sans cesse d'éloges, dira : « C'est un sacré joueur, ce Mike. Le meilleur lanceur de toute la ville. »

Je dirai alors : « Eh bien, si Mike est capable de cette prouesse, je suis sûrement capable d'en faire autant. »

Mon père ne répondra pas, car il sait pertinemment que je suis meilleur lanceur que mon frère, et mon frère le sait aussi, même si j'ai laissé tomber le base-ball ; d'ailleurs ils me respectent et ne font aucun commentaire.

Ensuite, ma mère demandera si nous avons tous terminé, nous lui passerons nos assiettes, elle les empilera et les emmènera dans la cuisine. Ma sœur, dont les yeux noisette parcourront la nappe à la recherche d'éventuelles taches, se lèvera pour aider ma mère. Mon père remplira encore les verres de vin. Nous boirons en silence, conscients de l'absence de ma mère et de ma sœur.

IV

Puis arrivera l'apogée du repas — un gâteau préparé par ma mère. Elle aura utilisé des œufs, du fromage, des zestes de citron et de la cannelle. Nous nous esclafferons quand ma mère fera son entrée dans la salle à manger avec le gâteau, le visage rayonnant de bonheur.

Elle dira : « Pour Jimmy. » Je sauterai sur mes pieds pour embrasser ma mère à l'endroit où son épaule s'incurve pour rejoindre son cou, là où un baiser chatouille, et elle rira de joie, et je tournerai son visage vers moi, et il y aura des larmes, et elle dira : « Dieu soit loué pour mon Jimmy ! »

Mon père et mon frère regarderont ailleurs, car

aucun des deux n'est jamais parti, puis revenu pour connaître les étreintes sentimentales. Pour eux, ce genre de chose se voit seulement au cinéma.

Je dirai à ma mère : « Que, s'ils existent, tous les dieux soient loués pour toi. »

« Ecoutez un peu l'athée », interviendra ma sœur.

Et je répondrai : « Athée ? Alors que j'emploie le pluriel ? Tu veux dire polythéiste. »

« Je t'ai déjà dit un million de fois que je ne connais pas ce mot. »

« Cherche-le dans le dictionnaire, yeux d'écureuil. » Et ma réponse fera naître des sourires.

Mon père dira sûrement : « Tu ferais mieux de laisser tomber les bouquins. »

Mon frère Mike demandera : « Tu crois que les Yanks ont une chance ? »

Et ma sœur dira alors ce qu'elle aura tant voulu m'annoncer depuis le début.

« J'ai un nouveau petit ami. Tu sais, il est génial ! » Toute la famille se mettra à l'attaquer.

Ma mère : « Tu es trop jeune pour avoir un petit ami. »

Mon père : « Je tuerai ce vaurien s'il traîne dans les parages. »

Mon frère : « Bah, il vaut pas un clou. »

Comme ma sœur défendra son nouveau petit ami ! Ses joues deviendront roses, ses bras durciront, ses dents blanches mordront les mots. Elle menacera de quitter la maison pour ne plus jamais revenir. Elle saisira sa serviette, la tordra entre ses doigts. Elle lancera des menaces de dénonciation à chacun de ses assaillants ; alors je comprendrai qu'elle a raison et que ma famille est injuste envers elle.

Je dirai : « Pourquoi ne l'amènes-tu pas ici pour le présenter à ton père et à ta mère ? Ça arrangerait peut-être les choses. »

Elle regardera alors les quatre murs nus, les meubles massifs, les fenêtres sans rideaux, le plancher sans tapis que le temps a rendu gris, les interstices pleins de poussière entre les lames du parquet.

Je ne dirai rien. Personne ne parlera, autour de

la table il y aura quatre personnes qui partageront la grande souffrance de la pauvreté, et mon père, dont les espoirs sont des désespoirs, sera profondément blessé.

Peut-être, comme il le fait parfois, dira-t-il : « Ah, enfin, il y aura des jours meilleurs. » Mais cela, Nietzsche me le rappellera, est l'espoir — le premier signe de la défaite. Avidement et d'une main tremblante, mon père videra son verre, le remplira, le videra encore. Sa main se tendra vers ma sœur, il lèvera son poing fermé sous son menton.

« Ton père est un vaurien », dira-t-il.

Et ma sœur : « Ne sois pas stupide. »

Ma mère coupera une énorme part de gâteau, qu'elle emportera dans la cuisine. Ce sera pour mon petit frère Tony qui a pris la poudre d'escampette en se moquant de l'anglais approximatif de mon père. Plus tard, à son retour, il trouvera sa part de gâteau dans le garde-manger. A moins que j'explore le garde-manger avant pour lui voler sa part. Tout le monde, sauf ma mère, est capable de lui manger sa part.

Le déjeuner sera maintenant terminé. Le pichet à vin, un énorme récipient qui contient facilement un demi-gallon, sera vide. Dehors, la nuit tombera. Une voiture ou deux passeront avec des lumières glauques.

Mon frère dira : « Dommage qu'on n'ait pas la radio. »

Mon père mettra son chapeau, et en manches de chemise il partira vers la salle de billard.

Ma mère sortira de la cuisine pour rejoindre la pièce de devant et dire à mon père qui descend les marches du porche : « Tu ne veux donc pas rester à la maison ce soir, alors que Jimmy est de retour ? »

« Pourquoi donc ? » il répondra. « Il n'y a rien pour moi ici. »

Et quand je l'entendrai, je saurai qu'il a raison. Il descendra la rue et je saurai ce qu'il a en tête. Peut-être tombera-t-il sur mon petit frère, alors mon frère prendra ses jambes à son cou, et mon père secouera le poing vers lui en criant : « Hanimal terribile ! »

Dans la cuisine, ma mère et ma sœur feront la vaisselle, ma sœur essuiera les assiettes en chantant, ma mère sera penchée au-dessus de l'évier, dont le rebord mettra une tache humide et ronde à son tablier. Quant à mon frère Mike, il ira graisser son gant de baseball dans l'arrière-cour.

J'irai dans le jardin, allumerai une cigarette, je m'allongerai dans l'herbe sur le dos, et l'impatience me gagnera. Les étoiles commenceront à scintiller et je penserai à ma phrase préférée des *Mystères de l'Univers :* « Le nombre total des étoiles de l'univers avoisine probablement le nombre total des grains de sable de toutes les plages du monde. » Je m'attarderai sur chaque mot, regretterai de ne pas avoir écrit une phrase comme celle-là. Je penserai à mon amie Claudia, loin de moi, je l'imaginerai en robe rouge et j'aurai envie de l'embrasser. Elle s'interposera entre les étoiles et moi, elle emplira le ciel tout entier.

Je me relèverai, jetterai ma cigarette, et regretterai de ne pas être là-bas avec elle plutôt que dans cette foutue ville pourrie.

LA COLÈRE DE DIEU

L'appartement de Claudia était le dernier au bout du couloir du premier étage. Un quart d'heure avant la première secousse, j'étais assis dans son salon et je lisais un livre qui ne m'intéressait pas vraiment à cause de la proximité de Claudia. Claudia ne pouvait s'empêcher de cuisiner ; à ce moment-là, elle préparait de la confiture dans la cuisine. Cela marchait si bien que toutes les deux minutes elle poussait des cris de paon, et moi je restais assis, content de son bonheur.

Se déplaçant toujours sans bruit, elle sortait de la kitchenette pour s'immobiliser dans l'encadrement de la porte. J'admirais alors sa beauté tout en sachant qu'elle déclinait. Dans sa trente-sixième année, sa beauté se mourait comme le soleil couchant qui s'enfonçait dans le Pacifique et dont les derniers rayons incendiaient les rideaux de chintz derrière elle. Elle portait la robe verte que je réclamais toujours parce qu'elle mettait merveilleusement en valeur ses formes.

« Viens voir ! » elle a dit. « Grouille ! »

J'ai jeté le livre sur le canapé et me suis levé. Aussitôt, elle a mis ses mains sur ses hanches.

« Jimmy ! Remets ce livre dans l'étagère ! Combien de fois dois-je te le dire ? »

« Je l'ai pas terminé », j'ai protesté.

« Peu importe. »

J'ai rangé le livre dans l'étagère, mais ça m'a fait

mal au ventre. Je ne supportais pas ses pinaillages pour de pareilles futilités. Elle ne demandait pas, elle exigeait, et cette nuance soulignait la grande différence de nos âges. Le réveil posé sur l'étagère annonçait six heures moins dix, et j'avais faim. D'habitude, nous mangions à cinq heures, mais ce jour-là elle avait fermé sa boutique de mode une heure plus tard qu'à l'ordinaire. Je l'ai suivie dans la kitchenette qui s'harmonisait si bien avec sa robe verte. Elle a remué la confiture avec une cuillère en argent. Serré contre son dos, j'ai glissé mes mains autour de sa taille, puis accentué la pression de mon corps. Elle a levé vers moi son visage slave, a frotté son front contre mon cou. Je savais qu'elle ne me posséderait jamais, cette petite femme qui m'avait détourné de ma Foi — du moins, je voulais le croire. Depuis l'époque où, gamin, je servais la messe, j'avais désiré une pécheresse, une femme capable de m'ensorceler comme une sirène. Et maintenant je m'en lassais. Le sentiment de commettre un péché était agréable un moment, mais à la fin il devenait lassant. De nouveau je sentais le besoin de la confession, de la Sainte Communion, de symboles que Claudia jugeait stupides, dépassés, barbares.

« Regarde ! » elle a dit. « C'est formidable, non ? »

J'ai plongé mon doigt dans la confiture dorée, et je l'ai goûtée. Le souffle court, Claudia attendait mon verdict. J'ai trouvé le mélange acide, les abricots pas assez mûrs, amers.

« Pas mal », j'ai dit.

C'était trop prosaïque. Elle avait espéré une kyrielle de compliments et de flatteries — mon style habituel —, mais j'en avais perdu toute envie. Quand elle m'a regardé, j'ai remarqué les taches légèrement bleuâtres entre ses yeux et ses tempes, et une fois encore je me suis dit que l'Eglise serait fort amusée et choquée du plaisir que je prenais à ces signes de maturité chez une femme de quatorze ans mon aînée. Appuyé contre l'évier, j'ai contemplé ses hanches rondes pendant qu'elle remuait furieusement la confiture. Je n'avais pas été à confesse ni communié depuis que je l'avais rencontrée, deux ans auparavant. Je n'avais pas davantage été à la messe. J'aurais beaucoup de choses à raconter au Père Driscoll à propos d'elle et moi. Je savais déjà ce qu'il dirait, ce prêtre cynique et intelligent. Il dirait que deux années passées avec Claudia ne relevaient pas de l'adultère, mais de l'absurdité. Il dirait que ce n'était pas un péché, mais une bêtise. Néanmoins, il piquerait une colère si je lui avouais que j'avais manqué la messe pendant deux ans. Mais il me conseillerait de ne pas me mettre martel en tête, tout en me sermonnant contre les excès de la jeunesse. Quant à Claudia, il la jugerait ridicule, une écervelée entichée d'un gamin. Il était tellement sage ; à ses yeux, les femmes non catholiques étaient une véritable absurdité, elles restaient en dehors de l'Eglise et n'étaient pas assez intelligentes pour y entrer ; rien à voir avec les femmes catholiques, qui connaissaient les réponses et savaient où elles mettaient les pieds. Il dirait : si tu veux t'envoyer par-dessus les moulins, Jimmy, trouve-toi une catholique — c'est plus marrant, vous aurez plus de choses en commun ; il ajouterait que les femmes catholiques ont davantage de tempérament ; elles sont comme les femmes doivent être : tristes et mystiques.

A ce moment, la première forte secousse est arrivée. Juste avant, on aurait dit l'atmosphère paralysée par la mort. Un dixième de seconde avant la secousse, l'air s'est figé, est devenu étouffant. Alors elle nous a frappés.

Claudia a regardé autour d'elle, les yeux écarquillés de terreur. Le sol s'est mis à onduler. J'ai écarté les jambes et me suis accroché à l'évier. Le sol ondulait. Les vagues qui l'agitaient étaient amples et magnifiques, pleines d'une grâce colossale. J'ai eu envie de rire, tellement c'était beau. J'ai entendu des craquements et des grincements, comme d'os tordus. Le plâtre s'est mis à tomber. Le sol ressemblait à une mer déchaînée. Quelqu'un a crié. Claudia est tombée sur moi, ses mains m'ont serré le cou. La confiture brûlante s'est répandue par terre, et j'ai éloigné Claudia de la cuisinière qui menaçait de se renverser. Les murs geignaient, gémissaient. Le piano est tombé avec fracas. Les tapis rampaient. Les vitres se brisaient. Les étagères dégringolaient. On s'est retrouvés par terre et on a évité les assiettes et les plats qui nous bombardaient.

« Mon Dieu, sauvez-moi ! » a crié Claudia. « Tremblement de terre ! »

Je me suis levé et l'ai tirée vers la porte de l'appartement. Des gens couraient dans le couloir. Des nuages de poussière et de fumée les drapaient comme des fantômes. Les oscillations continuaient, des femmes criaient. Nous avons descendu l'escalier de derrière quatre à quatre. La face de la terre était voilée de poussière dans le crépuscule. Partout jaillissait le rire joyeux du verre brisé. Quand nous avons atteint le rez-de-chaussée, j'ai regardé la terre qui tremblait, et tenté de maîtriser une révolution de la pensée et des sens. Les femmes hurlaient toujours. Allongée sur le dos, Claudia haletait. La poussière qui planait au-dessus du sol ressemblait au brouillard qui monte d'une terre ravagée.

« Seigneur, ayez pitié ! » a gémi Claudia.

Nous étions dans un parking vide entouré de hauts palmiers et d'eucalyptus. Au-delà des arbres vers le sud, j'ai remarqué l'horizon vide, et aussitôt j'ai compris que le grand temple protestant avait été détruit en quelques secondes. Je me suis alors interrogé sur le sort de la paroisse du Père Driscoll et sur Saint-Vincent. J'ai fait volte-face pour regarder au-delà des arbres vers le nord. Elle était toujours là — cette croix dorée. Mon sang a bondi de joie, mais ma pensée l'a précédé et j'ai réfléchi qu'il s'agissait d'une simple coïncidence ; Thomas d'Aquin qualifierait ainsi l'événement, saint Augustin aussi, sans oublier saint Ignace et le Père Driscoll, si bien que tu n'as plus le choix ; rappelle-toi ce que dit saint Thomas d'Aquin à propos de la superstition ; sois rationnel. Et j'ai éclaté de rire parce que j'avais une trouille bleue, parce qu'avec une familiarité séculaire je prononçais une prière que je croyais avoir oubliée depuis quinze ans :

In miseria, in angustia,
Ora, Virgo, pro nobis,
Pro nobis ora, in mortis hora,
Ora, ora pro nobis !

J'avais ma Foi, elle était toujours là, aussi forte que jamais, elle courait dans mon sang et combattait ma peur du tremblement de terre, elle l'anéantissait avec ces mots latins oubliés, elle me faisait rire de joie ; égoïstement elle me protégeait, m'immunisait dans une bulle de prière rouge sang.

Les secousses étaient incessantes. La terre tremblait comme la croupe d'un cheval sous les piqûres des mouches. Une vibration nauséeuse, affolante, comme si l'on tirait vicieusement sur des ficelles attachées à vos chevilles. Ça vous flanquait les haut-le-cœur qui précèdent un vomissement. Et les femmes criaient de plus belle. A chaque secousse, elles remettaient ça. J'ai vu maintes scènes grotesques : une vieille étreignait un palmier entre ses jambes et ses bras, comme pour l'astiquer ; une femme se frappait furieusement la poitrine à deux mains ; un chien rampait sur le ventre, son museau suppliant levé vers le ciel invisible.

Claudia restait allongée, les yeux écarquillés dans le crépuscule tandis que ses doigts arrachaient des touffes d'herbe. Elle avait enfin retrouvé son souffle.

« T'as peur ? » elle m'a demandé.

« Mort de trouille », j'ai dit.

A genoux, j'ai posé sa tête sur mes cuisses.

« Je t'aime tellement », elle a dit.

Combien de fois avait-elle répété cela, et pourtant je n'avais jamais eu assez de talent pour la croire ! Je trouvais cela parfaitement invraisemblable. Elle était l'instrument de mon péché ; mon seul talent avec elle consistait à croire qu'elle m'avait séduit et entraîné quelque temps sur les terres stériles du mal, mais pas très loin des avant-postes de mon renouveau spirituel.

Brusquement, devant nous, un groupe d'hommes et de femmes se sont réunis en cercle pour prier. Une femme corpulente en blouse de ménage se tenait au centre du cercle. Les bras levés vers le ciel, elle pleurait en dirigeant les prières propitiatoires. Ensuite ils ont chanté des cantiques. Claudia s'est jointe à leurs chants. Je n'ai pu rctenir un sourire, car on aurait dit des sauvages qui retournaient en rampant vers leur autel primitif : ils niaient l'intelligence et la raison. J'ai pensé : ce culte vaudou n'est pas pour moi, pas pour moi ces pleurnicheries aux pieds de la catastrophe : Mon Eglise soutient cette civilisation, et si Dieu veut la détruire par un tremblement de terre, je ne m'abaisserai pas à psalmodier des cantiques et à me comporter comme un possédé atteint de danse de saint Guy. Tous ces gens qui priaient ressemblaient vraiment à des possédés. Ils embrassaient la terre, mâchaient de la poussière, lançaient des borborygmes bizarres vers les premières étoiles de cette incroyable soirée. Plein de honte, j'ai tourné le dos à ce spectacle.

Ça a rendu Claudia furieuse ; j'ai senti sa honte vibrer devant son visage, sa colère due à ma présence pendant son brusque retour vers Dieu, car cent fois elle avait ridiculisé toute forme de religion pour se proclamer une athée farouchement convaincue. Elle a retiré sa tête de mes genoux pour s'asseoir, puis elle a posé ses coudes sur ses cuisses. Les secousses la berçaient ; elle a écarté les jambes pour assurer sa stabilité, et alors un homme du cercle de prières l'a regardée avidement, ses pupilles se sont agrandies et il a oublié de prier, car il dévorait des yeux les jambes écartées de Claudia. J'ai retiré mon blouson de cuir et l'ai jeté sur ses jambes.

« C'est vraiment nécessaire ? » elle a demandé.

« Tu corromps la morale du tremblement de terre », j'ai répondu.

« Espèce de puritain ! » elle a ricané. « Espèce de catholique à la gomme ! »

Pendant que je riais, son regard a exploré le parking entouré d'arbres. Je savais qu'elle désirait une autre compagnie, qu'elle voulait s'approcher du groupe pour s'abandonner corps et âme aux prières et aux cantiques. J'ai dit que le pire était sans doute passé, mais elle a haussé les épaules avec mépris et s'est mise à frotter ses ongles contre sa cuisse. Soudain, elle a bondi sur ses pieds.

« Mes bijoux ! » elle a crié. « Dieu du ciel ! Tous mes bijoux sont restés là-haut sur la commode ! »

L'immeuble était encore debout, mais toutes les vitres étaient brisées et les murs fissurés en une douzaine d'endroits. La cheminée de l'incinérateur s'était écroulée, presque tout le mur de derrière avait été emporté dans sa chute. Le bâtiment avait résisté au tremblement de terre, mais pour l'instant il était dangereux d'y pénétrer. De légères secousses continuaient de desceller des briques et du plâtre ; une oscillation plus forte que les autres pouvait très facilement faire s'écrouler les étages supérieurs. Je trouvais stupide d'entrer dans l'immeuble pour aller chercher ses bijoux ; d'autant qu'ils n'avaient pas beaucoup de valeur.

« T'es un sale trouillard ! » elle a crié.

« Personne va toucher à tes bijoux », j'ai répondu.

« Et l'incendie alors ! » elle a dit. « Il y a eu un incendie après le tremblement de terre de San Francisco, vrai ou faux ? »

« Pas de danger », j'ai plaidé. « Toutes les arrivées de gaz et d'électricité sont déconnectées à l'heure qu'il est. »

Elle a réfléchi un moment. « Bien sûr, tu as laissé la porte grande ouverte. »

« Je me rappelle pas. »

« Bien sûr que si ! Quelqu'un va me voler mes bijoux ! »

« Aucun voleur n'entrera dans l'immeuble ce soir », je lui ai dit.

« Les voleurs ne sont pas des trouillards. »

J'aurais voulu la réduire en bouillie.

« Très bien », j'ai fait. « Je vais les chercher. »

II

J'ai marché vers l'immeuble obscur. La lumière blanche de la lune éclairait faiblement cette fin de soirée, et pour la première fois j'ai compris que le tremblement de terre avait causé de terribles ravages. De l'autre côté de la rue, sur la pelouse de l'hôtel, on avait allongé les morts côte à côte en les couvrant de draps maculés de sang. Les blessés étaient un peu plus loin sur la pelouse. Les corps qui se convulsaient témoignaient d'atroces douleurs, mais j'entendais seulement le bourdonnement des avions, le rugissement des voitures, le hurlement des sirènes. Le sort des blessés était indécis, car partout dans un rayon de cent cinquante kilomètres la terre continuait de trembler.

Alors j'ai vu les trois caméramen des actualités. Ils filmaient une femme morte, écrasée sous un mur. Allongée sur le côté, elle était à demi enfouie sous des tonnes de gravats. Les caméras tournaient juste au-dessus d'elle, les opérateurs avaient écarté les jambes pour assurer leur stabilité, des cigarettes aux bouts incandescents pendaient de leurs lèvres. Quand je les ai vus, j'ai cru recevoir une balle entre les yeux. Bientôt j'ai fait volte-face et suis entré en courant dans l'immeuble obscur. En grattant des allumettes, j'ai réussi à trouver l'escalier. Le sol semblait tenir, mais des morceaux de plâtre s'entassaient sur une quinzaine de centimètres. Des secousses intermittentes me couvraient de poussière. J'étais mort de peur, mais les bribes de latin oublié qui me revenaient en mémoire me faisaient sourire. Ce n'était pas une prière, car la prière suppose une intention propitiatoire; c'était le souvenir musical de strophes latines cadencées. J'acceptais avec bonheur cette merveilleuse peur. Je me suis demandé ce qu'aurait dit le Père Driscoll s'il m'avait vu ici, risquant ma peau pour les bijoux de Claudia ; j'ai compris qu'il aurait éclaté de rire en me traitant de connard.

L'appartement de Claudia était un capharnaüm de meubles renversés, tableaux crevés, plâtre en poussière ou en blocs tombés du plafond. J'ai trouvé une bougie sous la table du petit déjeuner, et en retournant dans le salon j'ai senti mes chaussures couvertes de confiture poisseuse ; ça collait comme des doigts morts, comme si ça avait voulu me retenir là. J'ai essuyé la confiture sur un barreau de chaise.

Les bijoux de Claudia étaient enfouis sous un amas de flacons de parfum. Au moment où je les ai pris, il y a eu une secousse. J'ai perdu l'équilibre, la bougie a vacillé, j'ai eu l'impression que mon cœur bondissait pour me mordre comme un serpent. Mais j'ai pris les bijoux. A la porte je me suis arrêté pour jeter un dernier coup d'œil. J'ai remarqué avec surprise que, devant la cheminée, le canapé n'avait pas bougé, seul meuble épargné par le tremblement de terre. Longtemps auparavant, Claudia et moi l'avions baptisé « Le Champ d'Honneur ». Par les brûlants après-midi d'été, nous passions des heures vautrés dessus, à bavarder et boire des gins fizz. J'ai marché jusqu'à lui, je l'ai retourné, puis tiré à travers la pièce en pensant tout le temps au rire du Père Driscoll.

Quand je suis ressorti à l'air libre, les Marines avaient pris la situation en main et l'on avait décrété la loi martiale. Ils m'ont ordonné de m'écarter des murs branlants, si bien que j'ai rejoint le milieu du parking. Impossible de retrouver Claudia. Quelqu'un avait allumé un grand feu, autour duquel se pressaient les réfugiés du quartier. J'ai fait le tour du feu en examinant les visages effrayés que l'éclairage violent des flammes creusait encore. Comme elle n'était pas parmi eux, j'ai entamé une recherche systématique dans le parking, commençant à un carrefour avant de longer le trottoir. Alors j'ai entendu qu'on m'appelait. Je me suis tourné vers la rue et j'ai vu Claudia assise avec quelqu'un dans une voiture. J'ai marché jusqu'à elle. Il y avait un type au volant à côté d'elle, un type que je ne connaissais pas ; je le voyais pour la première fois. Elle m'a tendu les paumes ouvertes de ses mains en baissant les yeux, et j'ai vidé mes poches de tous ses bijoux.

« Qui est ce type ? » j'ai demandé.

Elle n'a pas répondu.

« Que fais-tu ici ? » j'ai dit.

« Tu as tout ? » a demandé l'homme.

« Claudia ! » j'ai fait.

« Je peux pas rester ici », elle a dit.

Le moteur a démarré.

« Claudia ! »

« Je peux pas rester ici ! Je peux pas ! »

La voiture s'est éloignée du trottoir. J'ai fait un pas en arrière quand elle a rejoint le flot de la circulation. J'ai encore crié son nom, mais Claudia ne s'est pas retournée. La dernière chose que j'ai vue d'elle a été une main blanche qui protégeait ses cheveux malmenés par le vent. Puis elle a disparu dans la circulation. Je me suis appuyé contre un lampadaire pour allumer une cigarette. J'étais content qu'elle soit partie.

Une main s'est alors posée lourdement sur mon épaule et m'a secoué. J'ai tourné vivement la tête et découvert la silhouette massive du Père Driscoll. Ses vêtements noirs étaient maculés de blanc, son col était de travers. Il ne portait pas la toque noire de rigueur, et j'ai remarqué un filet de sang à la lisière de ses cheveux gris bouclés.

J'ai dit : « Salut, mon Père ! Superbe tremblement de terre, hein ? » Ensuite, j'ai ajouté : « Vous avez du sang sur la tête. »

C'était un homme impressionnant ; il m'a toisé du haut de son mètre quatre-vingt-quinze en époussetant le devant de son habit, puis ses genoux.

« T'occupe donc pas de moi », il a dit. « Comment se fait-il que je ne te voie plus à la messe ? »

« J' suis occupé », j'ai dit.

« Je devrais te flanquer une bonne raclée », il a tait.

« Pas la peine », j'ai répondu. « Vous avez du sang sur la tête. »

« Fais pas trop le malin », il m'a averti, « espèce de Huysmans de cinquième zone ! »

« Je tâcherai de venir dimanche prochain. »

Il a pris un mouchoir pour essuyer le sang.

« J'ai pas le temps de te parler », il a dit. « On a besoin de moi à l'hôpital. Je compte sur toi pour dimanche prochain, vu ? Je désire causer avec toi. »

« Je tâcherai de venir. »

« Tu viendras, un point c'est tout », il a dit.

« Okay. »

Il a souri.

« Salut, crétin. Fais gaffe aux filles. »

Il m'a donné une tape sur l'épaule avant de s'éloigner rapidement en tamponnant sa tête couverte de sang. Je l'ai regardé traverser la rue en courant. Ensuite je suis parti de l'autre côté, d'un pas lent, en me mêlant à la foule hystérique, et tout en marchant j'ai pensé que j'étais seul et que bientôt mon ardoise serait de nouveau effacée, et j'ai été heureux que mon Eglise ne soit, tout compte fait, pas trop rancunière.

JE VOUS SALUE MARIE

Je vous salue Marie pleine de grâce, le Seigneur est avec vous, vous êtes bénie entre toutes les femmes, et Jésus, le fruit de vos entrailles, est béni. O sainte Vierge Marie, je suis maintenant à Hollywood, en Californie, au carrefour de Franklin et d'Argyle, dans une maison où je loue une chambre à six dollars la semaine. Rappelez-vous, O Sainte Vierge, rappelez-vous le soir, il y a vingt ans, dans le Colorado, où mon père est entré à l'hôpital pour se faire opérer ; j'ai obligé tous mes frères et sœurs à s'agenouiller dans notre chambre, et je leur ai dit : « Maintenant, bon sang, priez ! Papa est malade, et vous, les enfants, vous devez prier. » Et pour prier, nous avons prié ! Nous vous avons suppliée, sainte Vierge Marie, douce Marie, et mon sang s'est mis à chanter, et l'émotion a failli faire éclater ma poitrine, j'ai senti le frémissement de l'électricité, la puissance de la foi glacée, puis nous nous sommes tous relevés pour rejoindre différentes parties de la maison. Je me suis assis dans la cuisine et j'ai ricané. A l'hôpital, ils avaient dit que papa allait mourir ; personne ne le savait, sauf moi, Mamma et Vous, douce Marie, mais nous avions prié et, immobile sur ma chaise, je ricanais et me moquais de la mort, car nous avions prié et je savais que nous avions fait ce qu'il fallait pour papa, et qu'il vivrait.

Ce soir-là, les enfants ont refusé d'aller au lit, car ils craignaient que papa meure, et tous ils ont attendu, alors que Grand-Mamma avait déjà organisé l'enterrement, mais je suis allé me coucher en ricanant avec mépris, et je me suis endormi au comble du bonheur, votre rosaire entre les doigts après avoir plusieurs fois embrassé la croix, je me suis laissé couler dans le sommeil parce que papa ne pouvait tout bonnement pas mourir après *mes* prières, parce que vous étiez ma douce Marie, ma reine, et qu'il n'y avait aucun doute dans mon cœur.

Et le lendemain matin j'ai connu une immense joie à mon réveil, car papa avait survécu à l'opération, il vivrait, il avait encore de nombreuses années devant lui, et Mamma est rentrée de l'hôpital, rayonnante et poisseuse de baisers échevelés sur nos joues et nos fronts et je l'ai entendue dire à Grand-Mamma : « Il a survécu parce qu'il a une santé de fer. C'est un homme solide. On ne peut pas le tuer aussi facilement. » Quand j'ai entendu ça, j'ai ricané. Tous ces gens ne savaient pas, ils ignoraient ce qui me liait à vous, douce Marie, et alors j'ai pensé à votre pâle visage, à vos cheveux bruns, vos pieds posés sur le serpent dans la niche de l'autel latéral, et j'ai dit : elle est merveilleuse, quelle femme formidable.

Oh, c'était une époque bénie ! Oh, comme je vous aimais ! Vous étiez le bleu du ciel, et je levais les yeux vers vous en allant à l'école avec mes livres sous le bras, et mon extase était simple et fanatique, folle, entière et enivrante, toutes ces sensations bouillonnaient dans ma poitrine, et vous séjourniez dans le bleu du ciel, dans ma chemise bleue, sur les couvertures bleues de mes livres de classe. Vous étiez le bleu de l'univers et je vous voyais partout et je voyais la statue de l'église sur l'autel latéral, vos pieds posés sur le serpent, et je répétais mille fois, sans m'arrêter je répétais oh, douce Marie, et je n'avais peur de rien...

Je vous salue Marie pleine de grâce, le Seigneur est avec vous ; vous êtes bénie entre toutes les femmes, et Jésus, le fruit de vos entrailles, est béni. O Sainte Mère Marie, je veux vous demander un service, mais j'aimerais d'abord vous rappeler une chose que j'ai faite autrefois pour vous.

Vous allez dire que je me vante encore, que vous connaissez cette histoire par cœur, mais je suis fier de ce que j'ai fait, mon cœur bat déjà la chamade, un volètement d'oiseau fait vibrer ma gorge et je pourrais pleurer, et voilà que je pleure parce que je vous aimais, oh, je vous aimais tant. Cette brûlure sur ma joue signale le cours de mes larmes, du bout du doigt je les essuie, mon doigt devient chaud et humide, je reste assis là parmi les vivants, en me disant que tout ceci est un rêve.

Il s'appelait Willie Cox, il fréquentait l'école de Grover Cleveland. Il m'insultait sans arrêt parce que j'étais catholique. O Marie ! Je sais que je vous ai déjà raconté cette histoire, je reconnais ma vantardise, mais ce soir, un jour avant la veillée de Noël, je suis à Hollywood, en Californie, au carrefour de Franklin et d'Argyle, mon loyer est de six dollars par semaine et je veux vous demander une faveur, mais je ne peux vous la demander avant de vous raconter encore l'histoire de Willie Cox.

Il chiquait du tabac, ce Willie Cox. Il fréquentait Grover Cleveland et chiquait du tabac ; moi, j'allais à Sainte-Catherine, et nous nous croisions au carrefour, et chaque fois il crachait son jus de tabac sur mes chaussures et mes jambes en disant : « Voilà pour les catholiques. Ils puent. »

Willie Cox, où es-tu ce soir ? Moi, je suis au carrefour de Franklin et d'Argyle, à Hollywood, il n'est pas impossible que tu sois à deux rues de moi, mais où que tu sois, M. Willie Cox, je te somme de témoigner de la véracité de mon récit. Willie Cox, je t'ai sacrément rabattu le caquet ce printemps-là. Quand tu m'as dit que les prêtres dévorent les bébés des religieuses, et puis que tu as craché sur mes chaussures, j'ai encaissé sans broncher. Quand tu m'as dit que nous accomplissions des sacrifices humains pendant la messe, que le prêtre buvait le sang des jeunes filles, et que tu as craché sur mes genoux, j'ai encore encaissé. Pour dire la vérité,

Willie, ce soir je le reconnais, j'avais peur de toi. Tu étais rudement costaud, et j'avais décidé de faire comme les martyrs — soit, de ne rien faire. De tout encaisser sans broncher.

Je vous salue Marie pleine de grâce ! J'étais un jeune garçon à l'époque, et aucun amour n'était aussi fort que mon amour. Mais il n'y avait pas de garçon aussi costaud que Willie Cox, et j'avais peur de lui. Ah, pourtant mes jours avaient la couleur du bleu du ciel, il me suffisait de lever les yeux pour retrouver mon amour, et je n'avais pas peur. Et pourtant, malgré tout, je craignais Willie Cox.

Comment va ton nez aujourd'hui, Willie Cox ? Tes incisives ont-elles repoussé ? Il allait à Grover Cleveland et moi j'allais à Sainte-Catherine, il était huit heures du matin. Il a passé sa chique de sa joue gauche à la droite, et j'ai senti mon souffle se raccourcir.

« Salut, péquenaud. »

« Bonjour, Willie. »

« Pourquoi tu te grouilles, le Catho ? »

« J' suis en retard, Willie. »

« Quesse t'as ? T'as peur des nonnes ? »

« S'il te plaît, Willie. Tu m'étrangles. »

« T'as peur des nonnes ? »

« Non, Willie ! J' peux plus respirer ! »

« Tu connais la dernière, péquenaud ? Mon paternel, il m'a dit que vous autres, les Cathos, vous croyiez que Jésus est né sans que sa mère accouche normalement comme n'importe quelle mère. C'est vrai ? »

« C'est l'Immaculée Conception. Aïe ! »

« Immaculée, mon cul ! J' parie que c'était une putain comme toutes les catholiques. »

« Willie Cox, espèce de salaud ! »

M. Thomas Holyoke, vous êtes mort aujourd'hui, vous êtes mort deux ans après, mais même mort vous pouvez témoigner ce soir et dire ce que vous avez vu de votre fenêtre, là sur la pelouse, voici quatorze ans, un matin de printemps. Vous pourriez répéter ce que vous avez déclaré au policier qui a descendu quatre à quatre les marches du tribunal ; bref, vous pourriez dire ceci :

« J'ai vu le gamin brun se débattre pour se libérer. Le petit Cox l'étranglait. J'ai bien cru qu'il avait blessé le gamin brun, et j'allais intervenir. Mais brusquement, le gamin brun a balancé son poing et le petit Cox a valsé sur ma pelouse neuve. J'ai cru qu'ils jouaient, mais quand j'ai vu que Cox ne bougeait plus, j'ai compris que c'était sérieux. Je suis sorti en courant, son nez saignait et il avait perdu toutes ses incisives. »

Je vous salue Marie pleine de grâce ! Ici à Hollywood, au carrefour de Franklin et d'Argyle, je regarde par ma fenêtre, je scrute sans arrêt l'étendue infinie du ciel bleu. J'attends et je me souviens. O ma douce Marie, où êtes-vous aujourd'hui ? Oh, bleu sans fin, vous n'avez pas changé !

Dans sa chambre, qui jouxte la mienne, ma propriétaire est installée devant sa radio. Willie Cox, je sais maintenant que tu es à Hollywood. Willie Cox, tu es cette femme dans la chambre d'à côté qui écoute la radio. Tu as renoncé à l'habitude vulgaire de chiquer du tabac, mais, oh, Willie, tu avais du charme à l'époque, tu étais infiniment moins monstrueux qu'aujourd'hui, quand tu glisses tes petits morceaux de papier sous ma porte pour me répéter inlassablement que je te dois dix-huit dollars.

Je vous salue Marie pleine de grâce ! Aujourd'hui quand j'ai parlé à mon agent, il m'a dit qu'Hollywood était en plein marasme, que la crise était grave. J'ai descendu les marches de son bureau et retrouvé l'énorme après-midi finissant. Quel ciel bleu ! Quel bleu aveuglant dans les montagnes de Santa Monica ! J'ai regardé partout au-dessus de moi, et puis j'ai poussé un soupir en disant : bah, il ne pleuvra pas ce soir. C'était cet après-midi. Willie Cox, tu es ma taulière et tu es la Crise à Hollywood.

Ma douce Marie qui êtes aux cieux, que m'est-il donc arrivé ? O grande reine dont le pied foule le serpent de l'autel latéral, O douce fille aux doigts de cire, il y a la Crise à Hollywood, ma taulière glisse sans cesse des petits morceaux de papier sous ma porte, et quand je lève les yeux vers le ciel, c'est pour savoir quel temps il va faire. C'est drôle. C'est probablement fichtrement drôle pour tout le monde, et moi aussi je trouve ça drôle, mais cette poussière qui s'accumule dans ma gorge, ce calme pesant dans ma poitrine qu'agitait autrefois un bouillonnement incessant, ces lèvres à peine bonnes à serrer une cigarette, que tordait jadis le mépris, une foi joyeuse dans le destin — le rire s'est envolé de tout cela. Willie Cox m'étrangle à nouveau.

Willie Cox, je n'ai pas peur de toi. Je sais que je ne peux pas faire saigner le nez d'une Crise à Hollywood, et pas davantage briser les incisives de ma taulière, mais, Willie Cox, rappelle-toi que je scrute toujours le ciel. Rappelle-toi que, certains soirs comme celui-ci, je m'interromps pour écouter, chercher, sentir, étreindre.

Je vous salue Marie pleine de grâce, le Seigneur est avec vous, et vous êtes bénie entre toutes les femmes. Sainte Marie, mère de Dieu, j'allais vous demander un service, j'allais courageusement vous demander de m'aider pour mon loyer. Je comprends maintenant que ce n'est plus nécessaire. Je comprends que vous ne m'avez pas abandonné. Car dans quelques instants, je mettrai ceci dans une enveloppe et l'enveloppe à la poste. Il y a la Crise à Hollywood, ma taulière glisse des petits bouts de papier sous ma porte, mais une fois encore je suis assis dans la cuisine de mon univers, une moue méprisante sur les lèvres...

NOUVELLES ULTÉRIEURES

LA FIN D'UNE VOCATION

Ma mère a fréquenté le lycée dirigé par les nonnes. Quand elle en est sortie, elle a voulu entrer dans les ordres. C'est Grand-maman Toscana qui me l'a raconté. Mais Grand-maman et toute la famille n'ont pas voulu qu'elle devienne nonne. Ils lui ont dit qu'entrer dans les ordres convenait parfaitement aux jeunes filles d'autres familles, mais pas à leur fille. Ma mère s'appelait Regina Toscana, et elle était tellement pieuse que la sainteté illuminait son regard. Elle avait une statue de sainte Thérèse dans sa chambre, et quand ils ont ridiculisé son désir de devenir nonne, elle s'est cloîtrée nuit et jour dans sa chambre pour prier sainte Thérèse.

« Oh sainte Thérèse bien-aimée ! » elle priait. « Accordez-moi la lumière afin que je voie le chemin que vous avez tracé pour moi, afin que je puisse répondre à ma sainte vocation. Visitez-moi de votre grâce sanctifiante au nom de la Vierge Marie et du Seigneur Jésus, amen ! »

Elle priait donc. Mais ça n'a pas servi à grand-chose, car Grand-maman Toscana refusait toujours catégoriquement. Elle a ordonné à ma mère de cesser de beugler comme une vache en couches et de retrouver le chemin du bon sens. Ils ont tous discuté du problème, Oncle Jim, Oncle Tony, Grand-mère et Grand-père Toscana. Ils étaient italiens et le comportement de ma mère leur déplaisait, car les Italiens détestent que leurs filles refusent de se marier. Ça ne leur plaît pas, ils trouvent ça louche. Le mieux qui puisse arriver à une Italienne est de se marier. Car le mari paie alors et la famille tout entière économise de l'argent. Voilà entre autres ce qu'ils ont dit à ma mère.

Mon Oncle Tony a eu une idée. Un soir il a ramené à la maison un certain Pasquale Martello. Oncle Tony l'a présenté à ma mère en croyant qu'elle aurait le béguin pour lui et oublierait les ordres afin de l'épouser. Ma mère était ravissante, je le sais parce que nous avons des photos, je peux le prouver.

Pasquale Martello possédait une épicerie et jetait l'argent par les fenêtres, mais il n'était pas vraiment enthousiasmé par une jeune fille comme ma mère. Il vendait des produits de luxe dans son magasin, du parmesan, du salami, un genre particulier d'ail fantaisie. Il portait toujours des vêtements de couleur voyante, par exemple une chemise verte à rayures blanches, avec une cravate rouge. Si ma mère a accepté sa compagnie, c'est seulement parce qu'elle avait peur d'Oncle Tony, qui aurait piqué une colère noire si elle avait refusé. Bientôt, le Pasquale Martello, il a eu le béguin pour ma mère et il a tout fait pour qu'elle accepte de l'épouser.

Mais il avait tellement de mauvaises habitudes que très vite ma mère s'est lassée de lui. Par exemple, il mangeait beaucoup trop de son ail fantaisie et son haleine empestait. Il transportait ses gousses d'ail dans un sachet, il les lançait en l'air pour qu'elles retombent dans sa bouche, exactement comme des cacahuètes salées. Il a emmené ma mère dans différents endroits, au parc de Lakeside, au dancing, au cinéma. A cause de son ail, on le sentait arriver à un kilomètre. Chaque fois qu'ils allaient au cinéma, les gens se levaient autour d'eux pour changer de place. Et ma mère qui voulait entrer dans les ordres ! C'était très gênant pour elle. Après le spectacle, ils s'installaient devant le grand poêle du salon de Grand-mère Toscana et ils parlaient. Il était si bête que ma mère bâillait juste sous son nez et il ne comprenait jamais ce qu'elle voulait dire, à savoir qu'elle désirait aller se coucher. Elle devait lui demander de rentrer chez lui, sinon à l'heure qu'il est il serait encore à bavasser dans le salon.

Tous les matins, Oncle Tony lui posait la même question :

« Alors, alors ? Et ce mariage, c'est pour quand ? »

« Jamais », disait ma mère. « Il n'y aura pas de mariage. »

« Es-tu folle ? » disait Oncle Tony. « Ce type a de l'argent. »

« Je suis désolée », rétorquait ma mère. « J'ai choisi une autre direction à ma vie. »

« Ce qui veut dire ? »

« J'ai voué ma vie au service de notre Sainte Vierge bien-aimée. »

« Mon Dieu ! » s'écriait Oncle Tony. « Vous entendez ça ? Je renonce ! »

« Je suis désolée, » répétait ma mère. « Vraiment désolée. »

« *Sangue della madonna !* » s'écriait Oncle Tony. « Après tout ce que j'ai fait pour elle ! Quelle ingratitude ! »

Ma mère montait dans sa chambre, où elle restait toute la journée, jusqu'à l'arrivée du Pasquale. Il apportait toujours à ma grand-mère un échantillon de son magasin, surtout du fromage, parfois de la sauce tomate en conserve modèle familial, ou encore des pâtes italiennes. Grand-mère Toscana l'aimait bien, surtout à cause du fromage de Parmesan, qui coûtait un dollar la livre à l'époque.

Ce soir-là, ma mère a dit à Pasquale que c'était vraiment dommage, mais qu'il devrait trouver une autre jeune fille parce qu'elle ne l'aimait pas. Il était fou amoureux d'elle. Il s'est agenouillé, il a embrassé les mains de ma mère, puis il est sorti de la maison en gueulant. Le lendemain, il a téléphoné à Oncle Tony pour lui annoncer que ma mère l'avait flanqué à la porte et qu'il ne remettrait plus jamais les pieds dans cette maison.

Oncle Tony était vert de rage. Il a quitté son

travail pour rentrer à la maison en vitesse, et il s'est mis à injurier toute la famille. Il s'est planté devant ma mère, a secoué son poing devant son visage, puis l'a poussée si violemment contre une étagère que ça lui a coupé le souffle.

« Espèce de cinglée ! » il a hurlé. « A quoi es-tu bonne maintenant ? »

« Je suis désolée », elle a dit.

« Bonté divine ! » il a fait. « Tu ne sais donc rien dire d'autre que : je suis désolée ? »

« Je suis désolée », elle a répété.

« Ecoutez-la ! » il a crié. « Elle est désolée ! »

« Mais je suis vraiment désolée », elle a insisté. Mon Oncle Tony travaillait aussi dans l'épicerie, mais son magasin était modeste et il ne vendait pas de produits italiens ; il avait donc tout goupillé : quand ma mère et Pasquale seraient mariés, il réunirait son magasin à celui de Pasquale et ferait un chiffre d'affaire mirobolant. Mais le Pasquale, il n'est jamais revenu à la maison. Assez vite, il a épousé une fille, qui n'était pas italienne. Elle était américaine, et il ne l'aimait pas. Grand-maman Toscana a parlé de mariage par dépit. Les Italiens pratiquent parfois ça. Un mariage par dépit consiste à épouser une autre fille pour faire bicher celle dont vous êtes amoureux, la pousser à regretter de ne pas vous avoir épousé. Mais ma mère n'a rien regretté du tout. En fait, le dénouement de l'affaire l'a fait glousser de rire.

A North Denver, une église porte le nom de Sainte Cecilia. Ma mère passait le plus clair de son temps dans cette église. Elle est juste en face du lycée, cette vieille église rouge qui n'a même pas de pelouse devant ni de parvis ni rien, simplement la rue, et pas un seul arbre autour. Une fois, j'y suis allé avec ma mère pour la messe de Noël. C'était longtemps après son mariage. Je veux dire, forcément. Cette église est un grand bâtiment triste où l'encens a la même odeur que ma mère. C'est une église sinistre. Elle m'a fait peur. J'ai pensé sans arrêt que je n'étais pas né et que je ne naîtrais jamais.

Ma mère connaissait toutes les religieuses de Sainte-Cecilia. Elle traînait tout le temps avec elles ; les religieuses lui avaient donné la charge des autels, qu'elle décorait avec des fleurs. Elle lavait et repassait le linge d'autel et des trucs de ce genre. C'était plus marrant que de se marier. Elle restait là tout l'après-midi, si bien qu'Oncle Jim ou Oncle Tony devait venir la chercher pour le dîner. Oncle Jim s'en moquait parce que l'église n'était qu'à un bloc de la maison, mais Oncle Tony faisait un barouf de tous les diables. Il considérait la religion comme une stupidité sans nom.

Il disait : « Au lieu de perdre ton temps ici, pourquoi ne restes-tu pas à la maison pour aider ta mère ? »

Mais ma mère travaillait beaucoup, et elle lui répondait de faire attention à ce qu'il disait. A la maison, elle s'occupait de tout le lavage et du repassage, elle soulageait Grand-maman de la plupart des tâches ménagères, de temps à autre elle cuisinait même, mais pas très souvent parce qu'elle n'était pas une excellente cuisinière. Elle faisait toujours son travail à la maison avant d'aller à Sainte-Cecilia. Son jardin se trouvait dans l'arrière-cour de la maison, elle y cultivait des pivoines et des roses pour les autels de l'église. Oncle Tony lui a dit de mettre la pédale douce sur les bondieuseries, sinon il lui bousillerait son jardin. »

« Va au diable ! »

Oh oh, ça l'a rendu fou de rage. Les jeunes filles italiennes ne sont pas censées répondre ainsi à leur frère aîné. Oncle Tony n'était pas homme à se laisser impunément insulter.

« Nom de Dieu, j' vais t'apprendre la politesse ! » il s'est écrié.

Il est parti en courant vers la cabane à charbon et il y a pris la pelle. Ensuite, il a retiré son chandail, et à coups de pelle il a mis en morceaux toutes les fleurs du jardin de ma mère. Ça lui a fait une sacrée peine. A ma mère. Elle est restée pétrifiée sur le porche de derrière, et ça l'a blessée. Elle était folle de son jardin, et quand elle a vu Oncle Tony le détruire, elle s'est accrochée à la porte et a failli s'évanouir. Puis elle est sortie en courant et elle a hurlé. Elle est tombée par terre en donnant des coups de pied et en frappant le sol de ses mains. Oncle Tony a eu peur. Il a appelé Grand-maman. Ma mère continuait de hurler. Il a tenté de la relever. Mais elle lui a donné des coups de pied en hurlant de plus belle.

Elle est tombée très malade. Ils l'ont portée à l'étage et mise au lit. Le médecin est venu. Il a dit que son cas était grave. Longtemps, il est venu tous les jours. Il a fallu appeler une infirmière. Elle est restée malade et très nerveuse pendant un an. Tous les habitants de la maison devaient marcher sur la pointe des pieds, ne faire aucun bruit. Les honoraires du médecin ont coûté beaucoup d'argent. Nuit et jour ma mère pleurait. Impossible de l'arrêter. Mêmes les Sœurs sont venues la voir, mais elles n'ont rien pu faire. En désespoir de cause, Grand-maman Toscana a appelé un prêtre. Il lui a donné la Sainte Communion. Aussitôt elle s'est sentie mieux. Le lendemain son état s'est encore amélioré. Le surlendemain elle était en pleine forme. Bientôt elle a pu se lever. Puis elle a fait quelques pas. Et ainsi, elle a guéri.

Grand-maman Toscana a déclaré qu'il s'agissait d'un miracle. Oncle Tony se sentait dans ses petits souliers. Il a dit à ma mère qu'il était navré, et il lui a planté un nouveau jardin. Tout allait de nouveau bien. Ma mère aimait son nouveau jardin plus que l'ancien, et Oncle Tony la laissait tranquille. Plus personne ne lui cassait jamais les pieds.

Elle a recommencé de décorer les autels de Sainte-Cecilia. Elle a enseigné à l'école religieuse. Elle a fait des retraites. Pour une retraite, on doit prier et méditer pendant trois jours sans parler à personne. Une fois, elle a fait une retraite de six semaines. Elle faisait tout ce que faisaient les nonnes.

Elle les aimait plus que tout. Et ces nonnes passaient leur temps à laver des vêtements, décorer des autels, récurer des planchers et enseigner le catéchisme à des gamins.

Avant peu, naturellement, Oncle Tony s'est remis à ruer dans les brancards, mais pas comme avant. Il redoutait que ma mère ne retombât malade. Il a même amené d'autres hommes à la maison. Il a amené Jack Mondi, le plus grand revendeur d'alcool clandestin de North Denver. Il ne l'est plus, parce qu'il s'est fait descendre, mais c'était un vrai caïd quand Oncle Tony l'a amené à la maison pour lui présenter ma mère. Il a flanqué une trouille bleue à toute la famille. Avant de s'asseoir, il posait toujours son revolver sur la table. Toutes les deux minutes, il bondissait sur ses pieds pour aller jeter un coup d'œil par la fenêtre de devant. Il amenait des gangsters avec lui, qui l'attendaient sur le porche, près de la porte d'entrée. Même Oncle Tony n'avait pas prévu que ce serait aussi impressionnant, si bien qu'il a essayé de se débarrasser de Jack Mondi, mais il n'a pas beaucoup insisté. Il craignait de se faire buter.

Une fois, Jack Mondi est arrivé ivre à la maison et il a mordu la joue de ma mère. C'était la première fois qu'une chose pareille arrivait à ma mère, qui s'est mise en colère et a giflé Jack Mondi. Toute la famille a retenu son souffle en attendant que Jack Mondi les descende l'un après l'autre. Oncle Tony a fait signe à ma mère d'y aller doucement et de ne pas énerver Jack. Mais ma mère ne le prenait pas pour un vrai dur. Elle lui a dit de sortir de la maison et de ne plus jamais y remettre les pieds. Il s'est exécuté. Il a glissé son flingue dans sa poche, puis il est sorti sans un mot. Ils ont longtemps cru qu'il reviendrait pour trucider toute la famille, mais le fait est qu'il n'est jamais revenu. Oncle Tony avait si peur qu'il est même allé à l'église. Mais Jack Mondi n'est jamais revenu. Quand il s'est fait descendre, ils ont appris la nouvelle par les journaux. Ma mère est allée à son enterrement et a prié pour le repos de son âme. Hormis la mère de Jack Mondi, elle était la seule femme dans l'église. Ce qui prouve que ma mère n'est pas rancunière.

Un autre type qui en pinçait pour ma mère était Alfredo di Posso. Oncle Tony l'avait amené à la maison, lui aussi. Chaque fois qu'il tombait sur un type qui, pensait-il, ferait un bon mari, il l'invitait à dîner. Il y en a eu plein, mais j'ai seulement entendu parler de Pasquale Martello, Jack Mondi Alfredo di Posso et d'un certain Murphy, mais Murphy ne faisait pas le poids, car il était irlandais. Oncle Tony n'a jamais pu sacquer les Irlandais.

Alfredo di Posso était revendeur de haricots de Lima. De temps à autre, à l'occasion d'une tournée, Alfredo passait par notre ville, ce qui explique que je le connaisse. Il ne vend pas des haricots en boîte, ni rien de ce genre. Non, il les vend par wagons. Aujourd'hui, quand il passe en ville, il vient toujours saluer ma mère. C'est un type extra, qui adore rigoler. Il me donne de l'argent, quatre pièces de dix cents d'habitude. Quand ma mère l'a rencontré, il n'appartenait à aucune religion. C'est ma mère qui l'a convaincu de se convertir au catholicisme, mais il tournait l'Eglise en dérision ; en fait, il se moquait de tout. A la longue, ça a lassé ma mère. Elle lui a dit qu'elle ne pouvait pas l'épouser.

Quand ma mère a eu vingt et un ans, tous les habitants de North Denver savaient qu'elle allait entrer dans les ordres. D'ailleurs, son ordre préféré était celui des Sœurs de la Charité. Il faut prendre le train pour rejoindre leur couvent dans le Kentucky. Ensuite, on doit étudier longtemps avant de devenir nonne pour de bon. Alors on vous coupe les cheveux, vous portez des robes noires et vous ne pouvez plus vous marier ni vous marrer. Votre mari s'appelle Jésus. En tout cas, c'est ce que m'a dit Sœur Delphine.

Tout était prêt. Ma mère attendait patiemment son départ. Oncle Tony trouvait ça lamentable, les autres étaient tout à fait de son avis, mais personne n'y pouvait rien. Grand-papa était amèrement déçu. Il avait une boutique de cordonnier sur Osage Street. Il aimait bien les religieuses. Il trouvait que c'étaient des femmes formidables, il réparait même leurs chaussures gratis, mais il ne parvenait pas à comprendre pourquoi sa propre fille devait grossir leurs rangs.

Il a promis d'inscrire ma mère à l'Université du Colorado si elle renonçait au couvent. Mais ma mère n'a pas voulu en entendre parler, car elle considérait l'Université du Colorado comme un lieu horrible. Aujourd'hui ma mère connaît un catholique qui ne croit pas en Dieu. Il a fréquenté l'Université du Colorado. Tout allait bien pour lui jusqu'à ce qu'il aille dans ce lieu maudit. Maintenant, les catholiques de notre ville le fuient comme la peste. Ils l'ont même viré des Chevaliers de Colomb parce qu'il faisait des astuces vaseuses. Ma mère a donc refusé d'aller dans une fac comme celle du Colorado. C'était le Kentucky ou rien.

Toute la journée, Oncle Tony la houspillait, la traitait d'imbécile invétérée, d'indécrottable gourde. Elle a été à deux doigts de faire une autre dépression nerveuse. Il la harcelait de pièce en pièce, il l'injuriait tout en essayant de la faire changer d'avis. Les voisins de Grand-maman Toscana, les Rocca, construisaient à l'époque une nouvelle maison. Oncle Tony avait une grosse voix, et il criait si fort que les poseurs de briques entendaient toutes ses gueulantes. Ils s'arrêtaient même de travailler sur leurs échafaudages pour l'écouter.

Un matin, deux mois avant son départ pour le Kentucky, ma mère prenait son petit déjeuner, et Oncle Tony est reparti à l'assaut. Elle manquait de tout bon sens. Etait-elle maltraitée à la maison ? Elle voulait s'enterrer au fond d'un trou perdu et oublier toutes les bontés que sa famille avait eues pour elle. N'avait-elle pas assez à manger ? Manquait-elle de vêtements ? Alors, que désirait-elle de plus ? Pourquoi devait-elle se montrer si égoïste ? Qu'elle pense un instant à sa pauvre mère qui allait vieillir sans elle ! Pourquoi refusait-elle de réfléchir à cela, de comprendre enfin la terrible erreur qu'elle commettait ?

Ma mère a baissé la tête et s'est mise à pleurer.

Un poseur de briques observait la scène de son échafaudage. Il a descendu l'échelle, puis son visage s'est encadré dans la fenêtre de la cuisine. Lui aussi était italien, mais hors du commun. D'abord il avait une moustache rousse et des cheveux roux. Il a frappé au grillage et ma mère a levé la tête. Oncle Tony lui a demandé ce qu'il voulait. L'homme avait une truelle à la main. Il l'a secouée devant le visage d'Oncle Tony.

« Si tu dis encore un mot à cette fille, je te flanque un bon coup de ça ! »

A la seconde où ma mère a vu cet homme, quelque chose s'est passé en elle. Oncle Tony était si furieux qu'il est allé dans la pièce de devant sans dire un mot. Ma mère gardait les yeux fixés sur l'homme à la truelle et sa petite moustache rousse. Aussitôt, tous deux ont éclaté de rire. Riant toujours, il a repris son travail. A midi, assis sur son échafaudage, il a regardé par la fenêtre de la cuisine. Ma mère l'a vu. Il a sifflé. Elle s'est approchée de la fenêtre en riant. Il voulait simplement un peu de sel pour son sandwich. Voilà comment tout a commencé. Cet homme était mon père. Chaque jour, il demandait quelque chose en riant. Quand ce n'était pas du sel, c'était du poivre, et ma mère riait avec lui. Une autre fois, il a demandé un fruit pour accompagner son déjeuner. Un jour, il est descendu jusqu'à la fenêtre, il a ri et demandé si par hasard elle avait un peu de vin. Ensuite il a voulu savoir si elle savait cuisiner. Ma mère a éclaté de rire. Et puis elle a fini par lui dire de ne plus apporter son déjeuner, mais de venir manger avec elle. Il a ri et dit d'accord. Deux mois plus tard, au lieu d'aller dans le Kentucky, ma mère est venue dans notre ville pour se marier.

LE DIEU DE MON PÈRE

A la mort du Père Ambrose, l'évêque de Denver a nommé un nouveau prêtre à la tête de la paroisse de Sainte-Catherine. C'était le Père Bruno Ramponi, un jeune Dominicain de Boston. La photo du Père Ramponi est apparue en première page du *Herald* de Boulder. En fait, il y avait deux photos — l'une d'un prélat basané engoncé dans une chemise à col rond et un costume noir, et l'autre du Père Ramponi en tenue de footballeur, plongeant en avant, bras tendus devant lui pour une passe. Notre nouveau curé était une célébrité. Il avait été champion de football, arrière dans l'équipe des All-American du Boston College.

Mon père a examiné les photos à la table de la salle à manger.

« Un Sicilien », il a tranché. « Regardez comme il est noiraud. »

« Comment pourrait-il être sicilien ? » a demandé ma mère. « Le journal dit qu'il est né à Boston. »

« Je me moque de son lieu de naissance. Je sais reconnaître un Sicilien quand j'en vois un. » Ses sourcils frémissaient comme des chenilles pendant qu'il examinait le visage du Père Ramponi. « Je ne veux pas le moindre ennui avec ce prêtre », il a marmonné.

Sinistre rappel des nombreuses années où le Père Ambrose avait vainement essayé de ramener mon père dans le giron de l'Eglise. « Le glorieux retour vers la grâce divine », répétait sans cesse le Père Ambrose. « L'enfant prodigue tombant dans les bras de son père céleste. » A son travail ou dans la rue, au concert ou dans les salles de billard, le vieux curé harcelait constamment mon père de ses pieuses exhortations qui servaient seulement à l'enfoncer davantage dans le paganisme, si bien que la mort du prêtre fut saluée par un soupir de soulagement.

Mais il sentait que l'arrivée du Père Ramponi annonçait un renouveau du combat fastidieux dont l'enjeu était son âme, car tôt ou tard le nouveau prêtre découvrirait que mon père n'allait jamais à la messe. Certes, ma mère et ses quatre enfants — dont moi — compensions largement ses absences. Il tenait à ce qu'il en fût ainsi, et chaque dimanche, qu'il neige, pleuve ou vente, il nous regardait partir vers l'église de Sainte-Catherine, à dix blocs de la maison, sa conscience apaisée par procuration, sa propre culpabilité atténuée par un paternalisme vertueux.

Le lendemain du jour où nous avons appris la nomination du Père Ramponi, toute l'école Sainte-Catherine bourdonnait comme une ruche en proie aux rumeurs les plus folles. Réunies en petits groupes dans les couloirs, les nonnes chuchotaient à en perdre haleine. Dans la cour de récréation, les garçons avaient renoncé à la traditionnelle partie de balle au prisonnier pour s'agglutiner dans les toilettes et répandre des bruits délirants. Les aînés monopolisaient la parole, une cigarette pendant à la commissure de leurs lèvres, tandis que les morpions de cinquième comme moi les écoutaient en écarquillant les yeux.

Le bruit courait que le Père Ramponi était si musclé qu'il pouvait assommer un taureau d'un seul coup de poing, qu'il était bâti comme un gorille, qu'il s'était fait casser le nez lors d'un samedi après-midi historique en éventrant la ligne de défense de Notre-Dame. Nous autres les plus jeunes frémissions de stupéfaction et de terreur. Après le doux Père Ambrose, la perspective de nous faire traîner devant le Père Ramponi pour qu'il nous administre une correction tenait du cauchemar. Quand la première cloche a sonné, nous avons filé vers nos salles de classe en redoutant la brusque apparition du Père Ramponi dans les couloirs.

A onze heures et demie, en plein cours d'arithmétique, la porte de la classe s'est ouverte, et notre principale, Sœur Mary Justinus, est entrée. Ses joues brillaient comme des pommes. L'excitation illuminait son regard.

« Je vous prie de vous lever », elle a dit.

Quand nous nous sommes levés, nous l'avons aperçu dans le couloir. C'était bien lui. Le terrible Père Ramponi allait faire son entrée dans la classe des élèves de cinquième.

« Mes enfants », a dit Sœur Justinus d'une voix vibrante, « je veux que vous disiez " bonjour " à votre nouveau pasteur, le Père Bruno Ramponi. » Elle a levé les mains comme un chef d'orchestre, puis les a brusquement abaissées ; à ce signal, nous avons dit en chœur « Bonjour, mon Père ». Alors le prêtre est entré dans la classe.

Après quelques pas, il s'est immobilisé devant nous, ses mains massives collées aux hanches, un sourire éclairant son visage taillé à coups de serpe. Toutes les rumeurs étaient vraies — c'était un taureau à peau sombre, aux larges narines écrasées d'où sortaient des poils noirs. Sa mâchoire était carrée comme une brique, son cou trapu aussi gros qu'un poteau télégraphique couvert de créosote. Des petites touffes de poils noirs jaillissaient des manches de son manteau.

« Je vous prie de vous asseoir », il a dit en souriant.

Dès l'instant où il a prononcé ces six mots, le mythe de sa férocité a volé en éclats. Car sa voix était faible et mélodieuse, étonnamment douce et suave — un lion puissant doté du rugissement d'un chat. Tous les élèves ont poussé un soupir de soulagement en se rasseyant.

Pendant vingt bonnes secondes, il est resté planté

là en cherchant ses mots tandis que des gouttes de sueur perlaient sur son large visage. Avec l'intuition infaillible des enfants, nous avons aussitôt compris que ce colosse du football américain ne déchaînerait jamais sa terrible colère sur nous, qu'il était docile comme une vache, inoffensif comme un papillon.

Sortant un mouchoir de sa poche, il a tamponné la sueur sur son cou et nous avons attendu dans la gêne qu'il dise quelque chose, mais il paraissait enraciné à l'endroit qu'il avait choisi et incapable de dire un mot.

Sœur Justinus s'est enfin portée à son secours ; d'un claquement de mains elle a brisé le silence pesant. « Maintenant, mes enfants, je veux que chacun de vous se lève et dise son nom au Père Ramponi pour qu'il vous salue personnellement. »

L'un après l'autre, nous nous sommes levés pour nous présenter, et à chaque fois le Père Ramponi acquiesçait et répondait : « Comment vas-tu, Tom ? » ou « Comment vas-tu, Mary ? » ou « Comment vas-tu, Patrick ? »

Quand mon tour est arrivé, je me suis levé et j'ai dit mon nom.

« *Paisan* », a fait le prêtre en souriant.

J'ai réussi à lui rendre son sourire.

« Dis à tes parents que je leur rendrai bientôt visite. »

Il avait beau raconter la même chose à presque tous les élèves, je me suis rassis en état de choc. Il y avait certaines nouvelles que je pouvais annoncer à mon père, d'autres que je préférais repousser, mais il y en avait une que je n'oserais jamais lui apprendre — à savoir qu'un prêtre allait lui rendre visite.

Avec ma mère, ça ne posait pas de problème : quand elle a entendu que le Père Ramponi viendrait à la maison, elle a levé les yeux au ciel et gémi.

« Oh, mon Dieu », elle a fait. « Ne vends surtout pas la mèche à ton père. Nous risquerions de le perdre définitivement. »

C'était notre secret, à ma mère et à moi, et nous en avons payé le prix, surtout Mamma. Je devais seulement tenir propre la cour de devant, ratisser les feuilles d'octobre et balayer quotidiennement le porche donnant sur la rue. Mamma s'occupait seule du reste de la maison ; les jours suivants, elle a lessivé les murs et les plafonds, nettoyé les fenêtres, lavé et repassé les rideaux, ciré le linoléum, tiré les tapis élimés jusque dans l'arrière-cour pour les suspendre à une corde à linge et les battre avec un balai.

Chaque soir, de retour de son travail, mon père parcourait la maison puis s'arrêtait, l'odeur d'ammoniac dans les narines tandis qu'il regardait autour de lui et découvrait quelque nouveau changement. Le radiateur à gaz du salon astiqué et brillant, ses chromes semblables à un ruban d'argent éblouissant, les meubles aussi lumineux que de sombres miroirs, le fauteuil à bascule réparé, la dentelle déchirée remplacée par un disque de laine bleue découpé dans un vieux manteau.

Il traversait alors le linoléum qui scintillait comme une patinoire. « Que se passe-t-il ? » il demandait. « Qu'est-ce qui vous arrive dans cette maison ? »

« Nettoyage général », répondait ma mère, les traits tirés, des mèches de cheveux s'échappant de son chignon, les membres douloureux. Il l'observait avec curiosité, les sourcils froncés.

« Vas-y doucement. A quoi bon nettoyer la maison si tu dois te retrouver à l'hôpital ? »

Les jours passaient, novembre est arrivé, ainsi que les premières neiges de l'hiver. Mais toujours pas de Père Ramponi. Je le voyais presque tous les jours à l'école, il me lançait toujours un mot ou deux, mais ne parlait plus de nous rendre visite.

La neige tombait régulièrement. Les rues ont disparu. Les fenêtres givraient. Ma mère a tendu des cordes à linge autour du poêle dans le salon pour faire sécher la lessive. Le froid obligeait les enfants à rester à l'intérieur. On écrasait des crayons sous ses chaussures, on donnait des coups de pied dans des jouets qui disparaissaient alors sous les meubles. Mon frère a renversé une bouteille d'encre sur le linoléum, ma sœur a dessiné un visage de poupée au crayon noir sur le plus beau mur de la pièce de devant. Puis elle a fait fondre une craie contre le poêle brûlant. Mamma levait les mains au plafond en signe de défaite. Si jamais le Père Ramponi nous rendait visite, il nous verrait tels que nous sommes : de banals et stupides paysans.

La neige était l'ennemi mortelle de mon père, elle ensevelissait son travail sous des monticules blancs désolés, elle lui volait la brique, le ciment et l'échafaudage, elle le privait de son gagne-pain, le renvoyait chez lui avec sa cantine intacte. Il devenait un prisonnier dans sa propre maison.

Il n'était plus le mari aimant qu'une femme pouvait souhaiter pour les longues journées d'hiver. Il tenait à prendre le commandement d'un navire déjà engagé depuis longtemps dans des eaux tumultueuses. Il traînait dans la cuisine, observait le moindre geste de ma mère pendant qu'elle préparait le repas, critiquait tout. Davantage de sel, trop de poivre, augmenter le gaz dans le four, baisser le gaz dans le four, surveiller les pommes de terre, rajouter un oignon, où est l'origan, frire un peu d'ail, et finalement : « Laisse-moi faire ! »

Elle jetait alors son tablier sur la table, puis sortait de la cuisine pour nous rejoindre dans le salon, les bras croisés, les yeux pleins de colère. Oh, bon Dieu ! Si le Père Ramponi n'arrivait pas bientôt, elle irait certainement le trouver de son propre chef.

Le dimanche matin, notre maison était un vrai chaos. Je revois ma mère affolée passant à toute vitesse d'une chambre à l'autre dans sa combinaison rose, ses cheveux tressés ramenés sur sa tête, comme elle nous habillait pour la messe de dix heures. Elle cirait nos chaussures, nouait nos cravates, recousait nos boutons, rapiéçait nos vêtements, préparait le petit déjeuner, repassait les plis de la jupe de ma sœur, allait de l'un à l'autre d'entre nous, ramassant une chaussure ou un jouet en chemin. Armée d'un torchon, elle examinait nos oreilles et nos nuques, frottait la crasse pendant que ma sœur criait : « Tu es cruelle, cruelle ! »

Enfin, dans les derniers instants précédant le départ elle tapotait son visage avec du talc, puis entrait dans la pièce de devant, où mon père vautré sur le canapé lisait nonchalamment le *Denver Post*. Elle s'immobilisait devant lui, dos tourné, pour qu'il boutonnât sa robe.

« Aide-moi. »

Mâchonnant son cigare, il plissait les yeux à cause des volutes de fumée et, de ses doigts gourds, faisait glisser les boutons dans les boutonnières. C'était là sa seule contribution à ces matinées insensées.

« Pourquoi ne nous accompagnes-tu pas à la messe ? » elle lui demandait souvent.

« Pourquoi donc ? »

« Pour adorer Dieu. Pour donner le bon exemple à tes enfants. »

« Dieu voit ma famille dans l'église. Ça suffit. Il sait que je vous y envoie. »

« Ce serait peut-être mieux si Dieu t'y voyait aussi ? »

« Dieu est partout, alors pourquoi devrais-je aller le voir dans une église ? Il est aussi ici, dans cette maison, dans cette pièce. Il est dans ma main. Regarde. » Il ouvrait et fermait le poing. « Il est là, sur ma paume. Et dans mes yeux, dans ma bouche, mes oreilles, mon sang. Alors à quoi bon parcourir huit blocs dans la neige, quand il me suffit de rester confortablement ici à côté de Dieu, dans ma propre maison. »

Nous autres les enfants écoutions bouche bée ce grand morceau de théologie originale, pendant que nos cols serraient nos cous, que nos yeux regardaient la neige tomber en silence par la fenêtre, et que nous tremblions à l'idée de nous frayer un chemin à travers les monticules blancs jusqu'à l'église glacée.

« Papa a raison », j'ai dit. « Dieu est partout. C'est écrit dans mon catéchisme. »

Nous avons regardé ma mère d'un air implorant pendant qu'elle enfilait son manteau de laine au col en peau de lapin, et il y avait des sanglots dans la voix de ma sœur quand elle a supplié : « On pourrait pas simplement s'agenouiller ici et prier un peu ? Dieu serait tout de même content. »

« Tu vois ! » ma mère a fusillé mon père du regard.

« Je suis le seul à pouvoir prier ici », a tranché mon père. « Vous autres, dépêchez-vous. »

« C'est pas juste ! » j'ai crié. « Qui es-*tu* ? »

« Je vais te dire qui je suis », il a répondu d'un air menaçant. « Je suis le propriétaire de cette maison. Je vaque à mes occupations comme je l'entends. Je peux te flanquer à la porte si l'envie m'en prend. Maintenant, assez traîné ! » Il se levait rageusement, tendait l'index vers la porte, et nous sortions comme d'humbles serfs, tête baissée avant de patauger dans quarante centimètres de neige. Dieu qu'il faisait froid ! Et c'était tellement injuste. Je serrais les poings, et attendais avec impatience l'époque où je serais un homme et pourrais casser la figure à mon père.

Au cours de la septième semaine de son pastorat, le Père Ramponi est enfin venu en visite à la maison. Il est arrivé au crépuscule, pendant une tempête terrible ; son entrée a été précédée par le lourd martèlement de ses couvre-chaussures sur le porche de devant quand il les a frappés contre les planches pour en secouer la neige. Ça a fait trembler toute la maison.

Assis à la table de la salle à manger, mon père buvait du vin ; en face de lui, je faisais mes devoirs. Nous avons tous deux levé les yeux quand le vin s'est agité dans la carafe comme une minuscule mer rouge. Mamma et Grand-maman sont sorties de la cuisine avec une expression stupéfaite. Alors nous avons entendu frapper à la porte de devant.

« Entrez ! » a crié mon père.

Le Père Ramponi est apparu dans l'encadrement de la porte, le chapeau à la main et si grand qu'il a dû se baisser pour entrer. Si le président des Etats-Unis était arrivé chez nous, nous n'aurions pas été plus surpris.

« Bonsoir », il a dit avec un sourire.

« Quoi ? Keski s' passe ? » a fait mon père, trop éberlué pour songer à la moindre formule de politesse, tandis que le Père Ramponi s'avançait dans la maison. L'excitation a envahi le visage de ma mère paniquée, qui s'est hâtée de débarrasser le prêtre de son manteau. Il l'a posé dans les bras de ma mère comme un énorme tapis noir, si vaste qu'il traînait sur le plancher pendant qu'elle le portait dans sa chambre.

Nous étions maintenant tous debout, et nous dévisagions ce prêtre colossal. Tout a rapetissé d'autant, la pièce, le mobilier, les membres de notre famille. Nous sommes brusquement devenus une tribu de pygmées confrontés à un explorateur géant parachuté du monde extérieur.

Quand ils se sont serré la main, le Père Ramponi a posé une patte amicale sur l'épaule de Papa et il a parlé de sa voix douce et suave.

« On m'a dit que vous étiez le meilleur maçon de tout le Colorado. Est-ce vrai ? »

Le visage de mon père s'est épanoui comme un tournesol au soleil.

« C'est la vérité, mon Père. »

« Bien, bien. J'aime les hommes qui n'ont pas honte de leur réputation. »

Terriblement flatté, Papa s'est retourné et nous a ordonné de débarrasser le plancher. « Tout le monde dehors ! »

Feignant une autorité démesurée, Mamma nous a regroupés dans le salon, ce qui ne rendait pas l'entretien des deux hommes beaucoup plus privé, vu que les deux pièces étaient séparées par une double porte qui manquait. Il ne restait que les charnières. Pour une raison qu'aucun de nous ne connaissait, ces portes étaient au garage.

Nous nous sommes aussitôt allongés par terre autour du poêle et Mamma s'est installée dans le fauteuil à bascule. Bientôt Grand-maman est arrivée, un châle noir sur les épaules, son rosaire entortillé autour des doigts, et elle a pris un siège. A moins d'un mètre cinquante de nous, Papa et le Père Ramponi avaient toute la salle à manger pour eux.

C'était l'époque de la prohibition, mais Papa n'avait pas changé ses habitudes avec ses invités. Tous les hôtes de la maison devaient descendre à la cave, où quatre tonneaux de vin de cinquante gallons étaient entreposés — cent gallons prêts à la consommation, et cent autres en cours de fermentation.

Papa et le Père Ramponi ont disparu par la trappe du garde-manger pour rejoindre la cave. Nous les avons écoutés sous la maison, leurs voix assourdies, leurs éclats de rire qui faisaient trembler le plancher. Patiemment, nous avons attendu qu'ils remontent, comme un public qui guette le retour des acteurs sur scène.

Quand ils sont revenus, Papa tenait un pichet de vin nouveau dont l'écume bouillonnait encore. Ils se sont assis à la table, sous l'abat-jour de métal vert. Papa a rempli deux gobelets de vin et le Père Ramponi a allumé une cigarette.

Levant son gobelet, le prêtre a porté un toast : « A Florence, votre ville natale. »

Content mais étonné, mon père a secoué la tête. « Je suis originaire des Abruzzes, mon Père. De Torcelli Peligna. »

Le Père Ramponi a eu l'air surpris. « Vraiment ? Mais pourquoi étais-je convaincu que vous étiez originaire de Florence ? »

« Jamais mis les pieds dans cette ville. »

« Peut-être vos parents sont originaires de cette ville ? »

« Peut-être », a répondu papa avec un haussement d'épaules.

« Vous ressemblez pourtant à un Florentin. »

« Vous trouvez ? »

« A un vrai Florentin, à un artisan dans la tradition de cette grande ville. » Puis il a vidé son gobelet.

Nous avons regardé Papa s'épanouir d'importance. On eût dit que le Père Ramponi l'avait aspergé d'une eau bénite aux pouvoirs magiques. Dès lors, il est devenu le pigeon du Père Ramponi, prêt à picorer des graines dans la main bienveillante du prêtre. Alors la conversation a brutalement changé de sujet, et la vraie raison de la visite du prêtre est devenue évidente.

« Nick », il a commencé avec une familiarité nouvelle, d'une voix plus suave que jamais, « comment se fait-il que je ne te voie jamais à la messe le dimanche matin ? »

Mamma et Grand-maman ont échangé un hochement de tête suffisant. Mon père a mis longtemps à répondre, il tripotait la peau de son cou en souriant, il sentait le piège.

« J'y ai pas mal pensé », il a dit.

« A quoi ? »

« A y aller. »

« Tu devrais venir. Pour montrer l'exemple à tes enfants. »

Un silence gêné a suivi. Mon père a mis le bout de son ongle dans son gobelet de vin et l'a remué d'un air absent. « Nous parlerons de ça une autre fois », il a fini par dire.

« Viens au presbytère demain », a suggéré le Père Ramponi.

« J'ai beaucoup de choses à faire demain. »

« Et après-demain ? »

« J' suis très occupé, mon Père. »

« Par ce temps pourri ? »

« Plein de projets à mettre au point. Faut que j' prépare le printemps. »

« Alors disons la semaine prochaine ? »

Papa a froncé les sourcils, il s'est frotté le menton. « C'est trop loin dans le temps. J' peux jamais dire d'un jour à l'autre. »

Le prêtre a soupiré en levant les mains. « Je te laisse donc libre de la date. Quel jour sera le plus pratique pour toi ? »

Mon père a trouvé un mégot de cigare dans le

cendrier, puis il s'est donné un mal de chien pour le nettoyer et l'allumer. « Laissez-moi réfléchir, mon Père. » Il lançait des nuages de fumée qui cachaient son visage. Alors, à la surprise générale, il a dit : « Je crois que le mieux, c'est demain. »

Le soupir ravi de Mamma a éclaté comme un cri.

Le Père Ramponi s'est levé, puis a tendu la main. Le triomphe le faisait sourire, ils se sont serré la main, mais mon père louchait vers lui d'un air sceptique. Il s'était engagé, mais semblait le regretter.

« A deux heures, demain ? » a proposé le Père Ramponi.

« Impossible », a dit Papa.

« Trois heures alors ? Ou quatre ? »

« Je pourrais pas. »

« Tu préfères venir le matin ? »

« Comment pourrais-je venir le matin ? Vous ne comprenez pas, mon Père ! J'ai des choses à faire, des gens à voir. Je suis un homme très occupé. Tout le temps. Jour et nuit ! »

Le prêtre ne s'est pas énervé. « Je te laisse choisir la date qui te conviendra le mieux. Viens quand tu pourras. »

Papa a hoché la tête d'un air morose. « Nous verrons. Je ne peux rien promettre. Je ferai de mon mieux. »

Le lendemain même, mon père a entamé une série de causeries au presbytère avec le Père Ramponi. Leurs rencontres le mettaient de méchante humeur et un calme pesant s'instaurait alors à la maison. Nous marchions sur la pointe des pieds autour de lui, nous parlions à voix basse. Pendant les repas, il restait complètement silencieux, il prenait un morceau de pain et le gardait à la main sans le manger. Même ma petite sœur a senti sa mélancolie.

« T'es malade, Papa ? » elle a demandé.

« Chuut ! » a dit Mamma.

Mon père a poussé un soupir en regardant dans le vague, les spaghetti plantés au bout de sa fourchette figée à mi-distance entre sa bouche et son assiette.

Il portait tous les jours ses vêtements du dimanche avec une chemise blanche et une cravate. Il se concentrait avec une telle intensité qu'il ne manifestait plus ses désirs verbalement ; il s'exprimait seulement par gestes. Un léger signe de tête pouvait vider le salon. Un hochement de tête dirigé vers ses pieds signifiait qu'il réclamait ses chaussons. Un regard appuyé, et toutes nos paroles mouraient sur nos lèvres. Ma mère et ma grand-mère se déplaçaient furtivement et à distance respectable en lui jetant des coups d'œil sympathiques ou adorateurs. L'homme de la maison était en crise, il luttait avec le démon, et le dénouement était encore incertain. Tous les soirs, quand nous allions nous coucher, nous le laissions seul dans la salle à manger, assis dans la lumière à siroter du vin et griffonner sur un calepin d'écolier avec un crayon très court.

Au bout d'une semaine, l'atmosphère délétère qui régnait à la maison disparut brusquement, et mon père redevint lui-même. Un matin, à notre réveil, nous l'avons entendu qui déblayait la neige dans le jardin. Mamma l'a appelé pour le petit déjeuner. Il s'est rué dans la maison, les joues empourprées et les oreilles écarlates, il a frappé dans ses mains avec une expression affamée et un regard aussi brillant que la neige, puis il s'est installé devant ses œufs brouillés. Dès la première bouchée, il a fait la grimace.

« Tu sais donc même pas frire les œufs ? » il a dit.

De nouveau, nous étions heureux. Papa avait retrouvé sa bonne vieille habitude : se plaindre.

Pendant que je me préparais pour l'école, ma mère m'a suivi dans le salon et a sorti mon manteau du placard. Elle me l'a boutonné pendant que, debout, mon père nous observait. Il tenait à la main une enveloppe volumineuse.

« Donne ça au Père Ramponi », il m'a dit en me la tendant. J'ai dit okay et je l'ai pliée pour la faire entrer dans ma poche.

« Pas comme ça », il a protesté en me la reprenant. Il a ouvert mon manteau, puis a glissé l'enveloppe sous mon t-shirt. « Fais-y attention comme à la prunelle de tes yeux », il m'a averti.

« Qu'y a-t-il dedans ? »

« T'occupe pas de ça. Contente-toi de la transmettre au Père Ramponi. »

« Dis-le-lui », a fait Mamma. « Il saura alors combien c'est précieux. »

« Tu parles trop ! » il a aboyé.

« C'est la confession de ton père », a dit Mamma.

Je l'ai brusquement sentie contre ma peau, et j'ai rentré l'estomac. C'était incroyable, impossible, sacrilège.

« On peut pas *écrire* sa confession ! » j'ai braillé. « On doit *dire* ses péchés. Au confessionnal ! »

« Qui prétend ça ? »

« C'est la règle. Tout le monde le sait ! »

« On me mettra jamais dans cette boîte à confession. »

« C'est la règle ! » j'ai crié, au bord des larmes. « Mamma ! Dis-lui, je t'en prie ! Il comprend pas ! »

« Voilà qui prouve l'étendue de ton ignorance », a dit Papa. « Il m'a demandé de l'écrire : qu'est-ce que tu dis de ça ? »

J'ai scruté le visage de ma mère à la recherche de la vérité. Elle a souri. « Le Père Ramponi a dit que ce serait très bien de cette façon. »

J'ai regardé mon père d'un air accusateur.

« Faut toujours que tu fasses autrement que les autres ! »

« Il est hors de question qu'on me mette dans cette boîte ! »

Hébété, furieux, dégoûté, je suis sorti dans le matin gelé, mon panier-repas dans une main, mes livres dans l'autre, et l'enveloppe de mon père me glaçait l'estomac. Bon Dieu, pour qui se prenait-il donc ? Pourquoi ne faisait-il pas sa fichue confession directement au prêtre ? Pourquoi devais-je marcher dans les rues avec ce sacré paquet ? Ce n'étaient pas *mes* péchés, c'étaient les siens, alors qu'il les porte lui-même au prêtre !

L'air piquant accélérait ma respiration et transformait mon souffle en plumes d'autruche. J'avais peur, comme un flacon de verre, peur de répandre mon précieux contenu. Je savais que mon père ne s'était pas confessé depuis trente ans, depuis qu'il avait eu mon âge.

Toute cette méchanceté, tous les êtres qu'il avait blessés, tous les péchés commis contre les commandements de Dieu étaient congelés en un bloc de glace qui me brûlait l'estomac tandis que je traversais la ville, passant sous les érables dégoulinants, contournant les monticules gris de neige maculée de boue, mes pieds se posant avec la délicatesse et l'instinct de pattes d'oiseau, traversant la ville, la terrible responsabilité de mon fardeau blessant ma chair, trop sacrée, trop lourde pour ma vie.

Quand j'ai atteint Sainte-Catherine, la voiture du Père Ramponi est arrivée : il s'est garé devant les marches en pierre qui menaient à l'entrée principale. J'ai attendu qu'il descende de voiture pour sortir l'enveloppe de sous mon t-shirt ; la cloche a sonné et les retardataires ont gravi les marches en vitesse « Ah oui », il a souri en prenant l'enveloppe. « Merci. » Il semblait très pressé et ne pas savoir quoi faire de cette enveloppe. Il a ouvert la portière de la voiture, jeté l'enveloppe sur le siège, puis s'est élancé pour monter les marches quatre à quatre.

Ecœuré, je l'ai regardé disparaître. Comment pouvait-il faire une chose pareille ? Ce document n'était pas une broutille. C'était la confession de mon père, une chose que Dieu considérait comme sacrée, mais qui traînait comme un vulgaire chiffon sur le siège de la voiture.

Et si quelqu'un le repérait et le fauchait — l'un des grands élèves par exemple. L'école était pleine de voleurs qui piquaient tout ce qui n'était pas solidement fixé à un mur, un plancher ou un meuble pesant. La panique m'a brusquement submergé quand j'ai imaginé la confession de mon père circulant de main en main, lue aux toilettes, provoquant des rires gras qui se répandaient dans les couloirs, dans les rues, la ville tout entière se moquant des péchés de mon père.

Fais-y attention comme à la prunelle de tes yeux, avait dit mon père, si bien que pendant trois heures j'ai monté la garde à côté de la voiture du Père Ramponi, mes pieds engourdis par le froid, mes oreilles brûlant comme des glaçons. J'ai séché les cours en méprisant la colère probable de Sœur Justinus.

Enfin la cloche de midi a retenti ; les élèves se sont précipités par les portes ouvertes, et ont dégringolé l'escalier. Je me suis caché quand le Père Ramponi est arrivé. Il s'est glissé derrière le volant, il a démarré, et le minuscule pincement douloureux qui tenaillait mon estomac a disparu.

Ce soir-là le Père Ramponi est venu pour la deuxième fois chez nous. Il était très tard, Papa éteignait les lumières quand le prêtre a frappé. Papa l'a fait entrer et ils sont allés dans la salle à manger. Par la porte de ma chambre, je les ai vus de mon lit, où j'étais allongé à côté de mon frère endormi. Sous l'abat-jour vert, la silhouette massive du Père Ramponi évoquait un ours noir. Mais mon père a remarqué la porte de la chambre ouverte et il l'a fermée, si bien que je me suis retrouvé dans l'obscurité, à l'exception d'un filet de lumière entre le plancher et la porte. Je me suis levé en silence et j'ai regardé par le trou de la serrure.

Papa s'était assis devant le vin, mais le Père Ramponi était toujours debout. Il a sorti l'enveloppe de son manteau et l'a lancée sur la table.

« Tu m'as trompé », il a dit d'une voix calme.

Mon père a pris l'enveloppe et ses doigts l'ont tâtée. « Tout est là, mon Père. J'ai rien oublié. »

« En effet. Dieu sait que c'est long. »

« Certaines choses que j'ai écrites, ç'a été très

dur, mais tout est là, plus de trente ans de ma vie, les mauvaises actions et les mauvaises pensées de la vie d'un homme. »

« Mais tu as écrit ça en italien... »

« Quel mal y a-t-il à ça ? »

Le Père Ramponi s'est effondré sur une chaise avec un air lugubre, les poings serrés au fond des poches de son manteau. « Je ne parle pas italien », il a soupiré. « Je ne le lis pas, ne l'écris pas et ne le comprends pas. »

Mon père l'a dévisagé avec stupéfaction.

« Bruno Ramponi, et vous ne parlez pas italien ? Mais c'est terrible. »

Le prêtre s'est encore affaissé sur sa chaise et a caché l'un de ses yeux. « Simplement, ça ne m'a jamais effleuré que tu rédigerais ta confession en italien. »

« Le pape parle italien », a dit mon père. « Les cardinaux, ils parlent italien. Les saints parlent italien. Même Dieu parle italien. Mais vous, le Père Bruno Ramponi, vous ne parlez pas italien. »

Le prêtre a gémi. Il a repoussé l'enveloppe vers mon père. « Brûle ça. »

« Brûler ça ? »

« Brûle ça. Maintenant. »

C'était un ordre, furieux et péremptoire. Mon père s'est levé et a emporté l'enveloppe dans la cuisine. J'ai entendu le couvercle du poêle qu'on ouvrait, puis refermait, et il est revenu dans la salle à manger où le Père Ramponi, maintenant debout, drapait une étole pourpre autour de ses épaules.

« Je te prie de t'agenouiller pour la pénitence et l'absolution », il a dit.

Les articulations de mon père ont craqué comme du petit bois quand il s'est agenouillé sur le linoléum. Il a serré ses mains l'une contre l'autre en baissant les yeux. Le Père Ramponi a fait le signe de croix au-dessus de lui, puis a murmuré une prière en latin. Ensuite il a touché l'épaule de mon père.

« Pour ta pénitence, je veux que tu récites la prière du Seigneur une fois par jour jusqu'à Noël. »

Mon père a levé les yeux.

« Jusqu'à Noël, mon Père ? Ça fait soixante jours. »

« Tu peux la réciter en italien. »

Ça a plu à mon père, qui a de nouveau baissé les yeux. Le Père Ramponi l'a absous de tous ses péchés et l'a béni, et ensuite la petite cérémonie a été finie. Mon père s'est relevé.

« Merci, mon Père. Vous prendrez bien un verre ? »

Le prêtre a refusé. Ils se sont dirigés vers la porte d'entrée. Brusquement, mon père a ri. « Je me sens bien », il a dit. « Je me sens vraiment bien, mon Père. »

« La prochaine fois, j'espère que tu viendras te confesser à l'église. »

« Nous verrons, mon Père. »

« Et je compte sur toi pour la messe dimanche prochain. »

« J'essaierai, mon Père. »

Ils se sont dit bonsoir et la porte s'est refermée. J'ai entendu la voiture du Père Ramponi s'éloigner. Mon père est retourné dans la salle à manger. Par le trou de la serrure, je l'ai regardé se verser un verre de vin. Il l'a levé vers le plafond, puis l'a vidé. Ensuite il a éteint la lumière et tout est devenu obscur.

CHENAPAN

Sœur Mary Agnes était ma principale depuis huit ans à Saint-Vincent. Elle me connaissait mieux que ma mère. Mamma refusait certaines vérités.

Par exemple, ce fut Sœur Agnes qui m'a fait sortir de prison quand j'ai cassé des réverbères. Le sergent de police a téléphoné à Mamma, mais Mamma ne l'a pas cru. Le sergent Corelli nous avait pris sur le fait, Jack Jenson et moi. J'étais debout à côté de lui quand le sergent Corelli a téléphoné à Mamma. J'ai entendu la voix de ma mère dans l'écouteur.

« Vous devez faire erreur », elle a dit, « mon fils Jimmy est absolument incapable d'une horreur pareille. »

« J' vous dis que c'est vot' fils », a insisté le sergent Corelli, « il est là devant moi. James Kennedy. »

« Oh non », a dit Mamma, « je suis certaine que vous faites erreur. Il y a tellement de Kennedy dans ce monde. Mon Jimmy n'est pas comme ça. »

Elle a raccroché. Le sergent Corelli a secoué la tête.

« Tu lui as sacrément bourré le mou, pour sûr », il m'a dit. Alors il m'a demandé où j'allais à l'école.

Je lui ai dit que j'étais en seconde à Saint-Vincent. Il a téléphoné à Sœur Mary Agnes parce qu'elle était la principale et Sœur Supérieure. Elle a immédiatement sauté dans un taxi pour venir à l'hôtel de ville.

Le père de Jack Jenson est arrivé à peu près au

même moment. On s'entendait pas, M. Jenson et moi. Il a secoué son index sous mon nez. « Tu es responsable de tout ça. »

« J'ai cassé deux lampes », j'ai dit, « Jack a cassé les deux autres. »

« C'est un mensonge », a dit Jack. « J'ai dégommé celle du carrefour de la Neuxième Rue et de Pine, tu le sais très bien. T'en as dégommé qu'une, et moi trois. »

« Enfin Jack », j'ai protesté, « c'est pas vrai. »

« Et comment que si ! »

« Je ne sais pas qui a cassé quoi », a dit le sergent Corelli, « tout ce que je sais, c'est qu'il y a quatre lampes de cassées. Propriété de la ville. »

Sœur Agnes a caqueté comme une poule. « C'est scandaleux », elle m'a dit, « parfaitement scandaleux. Penser que toi, un catholique élevé dans une famille catholique, éduqué dans une école catholique, puisse détruire la propriété publique. James, je t'ai prévenu une fois, je t'ai prévenu mille fois — tiens-toi à l'écart des mauvais garçons. »

La bouche de M. Jenson s'est ouverte, il a écarquillé les yeux. « Dites donc, une minute, mademoiselle », il a fait. « Vous pouvez pas traiter mon fils de mauvais garçon. Z'êtes peut-être une sainte dame, mais je vais pas rester sans rien faire quand vous traitez mon fils de criminel. »

A ce moment-là, Jack a tiré la langue à Sœur Agnes. « Je n'ai jamais dit que c'était un criminel », a protesté Sœur Agnes.

« Cessons de nous disputer et venons-en au fait », a dit le sergent Corelli. « Bon. Maintenant, les mômes, pourquoi avez-vous fait ça ? »

Jack m'a regardé. « Allez, dis-lui. »

« A cause d'un pari », j'ai avoué.

Sœur Agnes a poussé un long soupir. « Voyez-vous ça, James Kennedy. Par-dessus le marché, tu fais des paris. Tu sais que c'est un péché ? »

« Pas un gros péché », j'ai dit. « Nous parions seulement des petites mises. »

« Oh, quel culot ! » elle s'est écriée.

« C'était quoi, la mise ? » a demandé le sergent Corelli.

Jack lui a répondu : « J'ai parié deux cigares contre un paquet de cigarettes, que je dégommerais plus de lampes que lui. »

« Des cigares ! » a fait M. Jenson. « Voilà donc où sont passés tous mes cigares. »

« Des cigarettes ! » a dit Sœur Agnes. « Tu as donc recommencé de fumer. »

Nous n'avons rien dit. On avait beau être honnêtes, personne ne faisait attention à nous ni n'appréciait notre sincérité.

« Vous voyez », a dit le sergent Corelli. « Ils reconnaissent tout. Bon — qu'allons-nous faire de ces gamins ? »

Quand M. Jenson a ouvert la bouche, ses dents ressemblaient à des crocs de loup. « Moi, je sais parfaitement ce que je vais faire », il a dit.

Jack a dégluti en regardant autour de lui.

« Pour ma part », a dit Sœur Agnes, « je crois pouvoir m'occuper de ce jeune homme ».

Jack est sorti de l'hôtel de ville sur la pointe des pieds. M. Jenson tenait d'une main ferme son oreille gauche. J'ai plaint ce pauvre Jack. Il était tellement sensible, on le blessait si facilement, contrairement à son père. Jack savait jouer du piano et chantait dans le chœur de l'église méthodiste. M. Jenson était contremaître d'une équipe d'ouvriers qui travaillaient sur les routes de l'Etat.

« Je t'emmène voir le Père Cooney », m'a dit Sœur Agnes. Elle a demandé au sergent Corelli d'appeler un taxi. Le sergent a répondu qu'il se ferait un plaisir de nous faire raccompagner par une voiture de police. Ça a choqué Sœur Agnes.

« C'est parfaitement exclu », elle a dit, « mais je vous remercie infiniment, sergent. Vous êtes très aimable. »

Le sergent a décroché le téléphone et appelé un taxi. Sœur Agnes et moi, on s'est assis sur un banc devant la fenêtre pour attendre. Les coudes sur les genoux, j'ai essayé de trouver quelque chose de gentil à dire. Sœur Agnes a embrassé le crucifix qui pendait au bout du rosaire accroché à sa ceinture et elle s'est mise à prier.

« Redresse-toi », elle m'a chuchoté.

J'ai relevé la tête et croisé les bras.

« Tu ne vas donc pas prier ? » elle m'a demandé. « Tu devrais être reconnaissant au Seigneur Tout-Puissant de ne pas être derrière les barreaux. Tu devrais être à genoux pour Le remercier et Le supplier de pardonner tes bêtises de la journée. »

« Ici ? » j'ai demandé. « Dans le commissariat de police ? »

« Prie au moins dans ton cœur », elle a dit en fermant les yeux.

J'ai fermé les yeux et pensé à une prière : Mon cher Seigneur, merci de m'avoir tiré de ce mauvais pas. Pour moi, tout ça c'est du bluff, ils ne peuvent rien me faire parce que j'ai seulement quatorze ans. Mais ça aurait pu être bien pire. Alors, merci encore. Et s'il Vous plaît, cher Sauveur, essayez d'arranger les choses pour que Sœur Agnes ne prévienne pas mon paternel. S'il Vous plaît, Seigneur. Si Vous avez jamais fait une fleur à quelqu'un, pitié, pitié, ne la laissez pas avertir mon vieux.

Bill Callen était le propriétaire de la Société des Taxis de Boulder. Il s'est garé contre le trottoir alors que nous descendions les marches de l'hôtel de ville. Longtemps auparavant, Bill avait été l'élève de Sœur Agnes. Il a ouvert la porte de son taxi et aidé la religieuse à monter.

« Un problème, ma Sœur ? » il a demandé. « J' peux faire quelque chose pour vous ? »

« Mais non, Bill », a répondu la religieuse en souriant. « Rien du tout. Ramenez-nous simplement au couvent, s'il vous plaît. »

« Lui aussi ? »

Elle a encore souri.

Je suis monté à côté de Sœur Agnes. Bill m'a regardé, avant de répéter : « Si j' peux faire quelque chose, ma Sœur, la moindre petite chose, vous gênez surtout pas. »

« Merci, Bill. »

Il me regardait sans arrêt ; j'ai compris qu'il se rappelait la fois où nous avions mis la chèvre dans son taxi pendant la fête de Halloween. « Surtout vous gênez pas, ma Sœur. J'ai pas oublié. »

« Tu l'as entendue », j'ai fait. « Espèce de corniaud. Conduis ce tas de ferraille jusqu'au couvent — s'il veut bien aller jusque-là. »

« Ecoute », il a répondu. « J' peux pas t'encadrer. »

« Ooh », j'ai dit, « quel toupet ! »

« J'aime pas les p'tits crétins qui font une connerie et qui utilisent une Sœur de notre Seigneur pour leur éviter le pénitencier. »

Ça m'a mis en rogne, mais j'ai pas moufté.

« Espèce de ringard », je lui ai dit, « sale type ».

Il a claqué la porte, puis est monté derrière le volant. Sœur Mary Agnes restait assise, ses longues mains blanches croisées dans son giron. Nous avons descendu Pearl Street et traversé le centre-ville. C'était presque l'été, la dernière semaine d'école, quelques jours avant les grandes vacances.

« Qu'allons-nous faire maintenant, ma Sœur ? » j'ai demandé.

« Je vais d'abord t'emmener voir le Père Cooney. »

Je courais pas trop de risques. Le Père Cooney ne faisait pas de très bons sermons, mais question pénitence, c'était un agneau bêlant. Il suffisait de baisser la tête et de prendre une mine enfarinée pour qu'il soit prêt à vous refiler sa propre chemise.

« Le Père Cooney sera très déçu par ma conduite », j'ai dit. « Je ferais presque n'importe quoi pour ne pas le voir. »

« Mon devoir m'oblige à faire mon rapport », elle a rétorqué.

« Je sais. J'ai terriblement honte. Pauvre Père Cooney. »

« Et ensuite, naturellement, je devrai avertir ton père. »

« Mon père ? Vous avez dit : mon père ? »

« Ton père. »

Le Père Cooney était une chose, mais mon père n'était pas aussi coulant, loin de là. Mon père était du genre musclé et silencieux. En fait il était surtout musclé, il adorait rouler des mécaniques. Et puis, à dire vrai, il n'était pas particulièrement silencieux. Autre chose : il manquait d'imagination. En face de ce genre de situation, il ne connaissait qu'une seule attitude. Et elle était plutôt désagréable. Pour moi, je veux dire.

« Je lui téléphonerai ce soir », elle a dit.

J'ai ri. Pas vraiment fort. Plutôt doucement.

Elle m'a regardé. « Pourquoi ris-tu ? »

« C'est marrant », j'ai dit en secouant la tête. « Il y a juste un petit moment, j'ai adressé une prière à notre Seigneur. Je lui ai demandé que mon père ne soit pas au courant de tout ça. Et maintenant vous allez tout lui raconter. »

« Bien sûr. »

« Je sais », j'ai dit. « Vous devez le faire. C'est votre devoir. Ce serait pas bien de lui cacher ça. Pourtant, en même temps, le catéchisme affirme que celui qui prie sincèrement sera exaucé. Je sais bien que vous devez le dire à mon père. Je comprends parfaitement. Mais en même temps, ça prouve tout simplement que les choses qu'on apprend au catéchisme ne se vérifient pas toujours dans la vie réelle. »

Elle m'a regardé de ses grands yeux bleus. J'ai retroussé les lèvres en me laissant aller sur la banquette arrière, avec le sourire d'un homme triste mais courageux et déterminé. Pendant tout le chemin jusqu'à Saint-Vincent, elle a regardé les arbres et les maisons défiler par la fenêtre, sans rien dire. De temps en temps, elle tournait la tête vers moi en se mordant les lèvres. Je suis resté aussi silencieux qu'elle.

Le Père Cooney dînait. Il a donné quartier libre à sa servante, Mme Hanley. Sœur Mary Agnes et moi l'avons regardée partir. Le Père Cooney avait déjà commencé son dessert, un gâteau au chocolat. C'était un homme grand et corpulent, doté d'une calvitie naissante au sommet du crâne. Il a montré les autres chaises autour de la table.

« Asseyez-vous », il a dit, « je vous en prie. Tu aimes le gâteau au chocolat, Jimmy ? »

« Et comment ! »

Sœur Agnes ne s'est pas assise. Le Père Cooney a pris le couteau à gâteau et m'a coupé une grosse part.

« Après ce qu'a fait ce jeune homme », a dit Sœur Agnes, « je ne crois pas qu'on devrait le récompenser d'une part de gâteau au chocolat. »

« Vraiment ? » a demandé le Père Cooney en me regardant. « Que veut dire Sœur Agnes, Jimmy ? Qu'as-tu donc fait ? »

« J'ai eu des ennuis. »

« Des ennuis ? Quel genre d'ennuis ? »

J'ai baissé la tête sans rien dire. Le Père Cooney a posé la part de gâteau sur une assiette devant moi. Sœur Agnes a croisé les bras. Son visage me disait : ne touche pas à ce gâteau. Je me suis affaissé sur ma chaise en posant mes mains sur mes cuisses. Le Père Cooney nous observait. Une de mes mains a quitté le dessous de la table pour saisir une fourchette. Ce gâteau était un supplice de Tantale, il y avait trente bons centimètres de chocolat glacé. J'ai jeté un coup d'œil rapide en direction de Sœur Agnes. Elle me défiait d'essayer de le manger. Quand ma fourchette s'est approchée du gâteau, elle s'est avancée vers la table pour poser sa main sur mon bras.

« Tu n'as pas expliqué au Père Cooney la raison de ta présence ici », elle a dit.

Au lieu d'utiliser ma fourchette, j'ai baissé la tête de honte. « J' me suis fait arrêter, mon Père. Un copain et moi, on s'est fait pincer alors qu'on dégommait des lampadaires. »

« Tiens donc », a fait le Père Cooney.

Je lui ai raconté comment ça s'était passé.

« Mon copain est pas un catholique », j'ai dit. « J'aurais mieux fait de pas me lier avec lui. »

« Tu n'as aucune raison d'éviter les garçons d'une autre confession », a dit le Père, « pourvu que ce soient de bons garçons. »

« C'est pas vraiment un mauvais gars », j'ai répondu. « Seulement il a prétendu pouvoir dégommer davantage de lampadaires que n'importe quel catholique de la ville. »

« Qui a gagné ? » a demandé le prêtre.

« Match nul. Deux partout. »

« Aah. »

Il a ingurgité une autre bouchée de gâteau et bu un peu de café. Il réfléchissait. De nouveau, j'ai approché ma fourchette de mon assiette. Cette fois, Sœur Agnes n'a rien fait pour m'en empêcher. Le gâteau a fondu dans ma bouche. Je me suis adossé à ma chaise et j'ai goûté l'épais chocolat doux sur mes dents et ma langue, je l'ai savouré tout du long jusqu'à mon estomac.

« Super », j'ai dit.

Le Père Cooney a encore proposé à Sœur Agnes de s'asseoir.

« Goûtez donc à ce gâteau », il a dit. « Il est délicieux. »

« Non merci, mon père. Mon dîner m'attend au couvent. Je vous ai amené ce jeune homme parce que je considère qu'il mérite une réprimande. Détruire le bien public est une faute très grave. »

« Certes, c'est une faute très grave », a renchéri le Père Cooney. « Indubitablement. Et j'ai la ferme intention de le punir sévèrement. »

Aussitôt Sœur Agnes s'est sentie soulagée. Mais je ne m'inquiétais pas. Dans notre paroisse, il y avait un certain Phipps qui s'était fait arrêter parce qu'il battait sa femme. Le Père Cooney avait aussi déclaré qu'il allait le punir sévèrement. En fait, il s'est contenté de sortir Phipps de prison, puis de payer son loyer et son ardoise chez l'épicier.

« Je vais téléphoner immédiatement à M. Kennedy », a dit Sœur Agnes.

« Magnifique ! » a rétorqué le prêtre.

Le gâteau a aussitôt perdu tout son goût. Impossible d'en avaler une autre bouchée. Sœur Agnes a dit au revoir au Père Cooney. A la porte, elle s'est arrêtée pour me dire qu'elle tenait à me voir avant que je ne rentre chez moi. Je me suis senti requinqué après son départ. Le Père Cooney m'a servi un verre de lait et donné une autre part de gâteau. Nous avons longtemps mangé sans parler. Alors j'ai fini mon gâteau et je me suis adossé à ma chaise. Le Père Cooney a allumé un cigare.

« Hier soir je lisais la vie de saint Paul », il a commencé. « Un homme merveilleux — vraiment merveilleux. »

Je sentais que ça venait. Ç'allait être un sermon à propos de saint Paul. Tous les membres de la paroisse considéraient les sermons du Père Cooney comme les pires de tout le diocèse.

« L'apôtre Paul croyait non seulement à la doctrine de la foi seule, mais à celle de la foi par les bonnes œuvres. Non seulement des déclarations verbales à notre Saint Sauveur, mais aussi de la piété et des bonnes œuvres ; donner le bon exemple parmi les premiers chrétiens ainsi que parmi les païens. »

« Oui, mon Père. »

Il a fait tomber la cendre de son cigare, puis s'est penché en avant. « Disons les choses ainsi, mon garçon : que se serait-il passé si, dans les premiers temps de la nouvelle Eglise en lutte, l'apôtre béni, au lieu de donner l'exemple par les bonnes œuvres, avait écumé la campagne en brisant les ampoules des réverbères ? Quelle chance aurait eu la religion chrétienne ? »

« Aucune, mon Père », j'ai répondu.

« Tout à fait exact. »

« Y avait-il des lampadaires à cette époque, mon Père ? »

« Peut-être y en avait-il, peut-être pas. En tout cas, la Lumière de la Foi divine resplendissait dans le cœur de saint Paul et de ses fervents disciples. Ils étaient désireux, et même heureux, d'affronter les persécutions et la mort en Son nom. Pour ces hommes humbles, la bonté de leur cœur s'alimentait à la lumière de la charité et de la fraternité chrétiennes. Où qu'ils aillent, ils montraient l'exemple, se faisaient aimer par Dieu et par les hommes. Ce n'était pas la lumière de la destruction, du bris de bien public ! c'était la lumière de la foi, de la douceur, de la fraternité humaine. Comprends-tu ce que je veux dire, mon fils ? »

« Oui, mon Père. »

« Bien. Tant mieux. Encore un peu de gâteau ? »

« Non merci, mon Père. »

Il a repoussé sa chaise pour se lever.

« Tu peux partir maintenant. »

Il a posé sa main sur mon épaule, puis m'a accompagné jusqu'à la porte. « Je vais contacter les services municipaux et m'occuper des dégâts. Mais promets-moi de ne pas recommencer. »

« Je le promets. »

Il m'a serré la main exactement comme si j'étais un homme. « Bonsoir, Jim. »

« Bonsoir, mon Père. Et merci pour le gâteau. »

Il était presque six heures. Les religieuses occupaient l'aile ouest du bâtiment de l'école. Je devais encore voir Sœur Agnes, et j'ai décidé d'entrer par la porte de derrière. A cette heure, on frappait très rarement à la porte principale du couvent. Ça arrivait seulement quand un gars était dans la mouise. Et puis, Sœur Mary Thomas travaillait à la cuisine du couvent. Elle préparait les repas pour les religieuses. Elle me donnait toujours un petit gâteau ou une part de tarte.

Quand j'ai frappé à la porte de derrière, Sœur Thomas est venue m'ouvrir. C'était la plus vieille nonne de tout le couvent. Selon certains, elle avait près de soixante-dix ans. Son visage était rouge et luisant à cause des fourneaux brûlants ; ses mains, couvertes de farine. La cuisine avait l'odeur du paradis, pommes et cannelle.

« Je dois voir Sœur Agnes », j'ai dit.

« A chaque fois, tu dois voir Sœur Agnes. Dis-moi, mon petit bonhomme, que se passe-t-il ? »

« Rien de grave. »

« Bien sûr que non. Une bagatelle du genre hold-up dans une banque, ou quelque chose de similaire. Et je suppose que tu vas refuser une part de tarte aux pommes ? »

« Un tout petit morceau. »

« Je sais », elle a dit, « juste un tout petit morceau. »

Je me suis assis au bout de la longue table qui allait jusqu'au mur opposé. Il y avait six tartes aux pommes brûlantes sur cette table. Sœur Thomas m'a servi presque une demi-tarte.

« Nous avons aussi de la glace à la fraise », elle a dit. « Mais je suppose que tu n'en veux pas ; pas beaucoup, en tout cas. »

« Juste un peu. »

Elle a mis trois grandes cuillerées de glace à la fraise sur la tarte.

« C'est beaucoup », j'ai dit.

« Tu es sûr ? »

« Oh oui. »

La tarte était si brûlante que la glace a fondu et que la crème rose a imbibé la cannelle et les pommes. Un vrai délice. C'était encore meilleur que le gâteau du Père Cooney. Sœur Mary Thomas a attendu que j'aie presque fini avant d'appeler Sœur Agnes par le téléphone intérieur. Toutes les religieuses avaient une peur bleue de Sœur Agnes. Car étant Sœur Supérieure, c'était elle qui commandait dans le couvent.

J'avalais la dernière bouchée de tarte quand Sœur Agnes est entrée dans la cuisine.

« Qu'est-ce que cela signifie ? » elle a dit.

« Il semblait affamé », a expliqué Sœur Thomas.

« Affamé ? Il a toujours l'air affamé — ce chenapan. »

Je me suis levé en m'essuyant la bouche avec le dos de la main. Sœur Agnes était si furieuse qu'elle semblait trépigner. Elle s'est avancée jusqu'à mon assiette vide et l'a frappée avec une fourchette.

« Sœur Mary Thomas », elle a dit, « je vous ai déjà interdit de donner à manger à ces garçons. Je vous l'ai répété plusieurs fois : cessez — de nourrir — ces garçons. Au nom du ciel, comment puis-je espérer établir la moindre discipline dans cette école si on les récompense au lieu de les punir ? Je vous le répète pour la dernière fois : cessez — de nourrir — ces garçons ! »

La pauvre Sœur Mary Thomas s'est recroquevillée de terreur. Elle a baissé les yeux en essuyant ses mains enfarinées sur son tablier. Sœur Agnes a pivoté sur ses talons pour se camper devant moi. Elle a retiré ses lunettes pour me passer un savon.

« Toi », elle a dit, « espèce de chenapan. Vaurien. Après toutes les mauvaises actions dont tu as souillé ton âme immortelle — après toutes les humiliations que tu as fait subir à ton église et à ta ville — tu as l'incroyable audace de rester là devant moi, repu de gâteau au chocolat et de tarte aux pommes ! » Elle a baissé les yeux vers mon assiette. « Et de glace à la fraise. »

J'ai très légèrement déplacé mes pieds, mais j'ai pas répondu.

« Alors — qu'as-tu à dire pour ta défense ? »

« Rien, je suppose. » J'ai pensé que je devais agir rapidement. Alors j'ai baissé la tête et fondu en larmes.

« Que t'a dit le Père Cooney ? » elle m'a demandé.

J'ai pas répondu. Je suis resté là à regarder mes chaussures en sanglotant doucement. Le visage de cette bonne vieille Sœur Mary Thomas s'est plissé, j'ai senti qu'elle me plaignait de tout son cœur. Mais Sœur Agnes demeurait inflexible.

« Et maintenant tu pleures », elle a dit.

Je me suis jeté sur une chaise, j'ai enfoui mon visage entre mes bras et sangloté. J'entendais mes reniflements et mes pleurs emplir la cuisine. Personne n'a rien dit pendant un moment.

Alors Sœur Agnes a parlé. « On dirait au moins

qu'il garde au fond de son cœur une lueur de sincérité. »

J'ai hurlé.

« Tu ferais mieux de rentrer chez toi maintenant », elle m'a dit.

Je me suis traîné vers la porte en continuant de cacher mon visage. « Bonsoir, Sœur Thomas », j'ai dit.

« Bonsoir, James. »

« Merci pour la tarte », j'ai sangloté.

Au moment où j'ai ouvert la porte, Sœur Agnes est venue vers moi. « Un instant », elle a dit. Elle a posé la main sur mon épaule, elle souriait — un magnifique sourire plein de bonté. « Je crois que tu es sincèrement désolé pour ce qui s'est passé aujourd'hui. »

« Je regrette tellement », j'ai dit en gardant la tête baissée. « Tous ces lampadaires. Toute cette tarte et ce gâteau. J'ai tellement honte. »

Du bout de l'index, elle a levé mon visage : « Moi aussi, je suis désolée de ce qui est arrivé », elle a dit. « Mais comme tu montres un sincère repentir, nous allons tous essayer d'oublier cet incident. » Elle a encore souri. « Pour ce qui est de ton père, ne t'inquiète pas. Je ne lui téléphonerai pas. »

« Ouah, ma Sœur », j'ai fait. « Merci ! »

« Et maintenant, rentre chez toi le plus vite possible. Et ne jette plus de pierres — nulle part. »

Je suis sorti en vitesse et j'ai coupé à travers la pelouse. Je me sentais plutôt bien, sauf que j'avais trop mangé. Les longues ombres fraîches des érables assombrissaient l'herbe. Le bord de l'énorme soleil doré plongeait derrière les montagnes bleu nuit. J'ai marché très vite pendant deux blocs, mais brusquement j'ai pensé à ce qui se serait passé si mon père avait appris la vérité ; du coup, je me suis arrêté pour prendre une profonde inspiration.

Alors je me suis rappelé la petite prière que j'avais adressée à Dieu pour Lui demander de ne pas mettre mon père au parfum. Ça m'a submergé. Je me suis appuyé contre un érable de la Dixième Rue et j'ai fondu en larmes. Rien à voir avec les larmes versées dans la cuisine de Sœur Thomas. D'authentiques sanglots m'ont secoué de la tête aux pieds, et j'ai bien cru qu'ils ne s'arrêteraient jamais. J'ai pleuré longtemps en arrachant des plaques d'écorce. Puis je suis reparti vers la maison.

AU PRINTEMPS

Nous mangions le dessert quand Burton a sifflé. Mon père m'a lancé un regard lourd de sens.

« Voilà ton vaurien de copain », il a dit.

« Vaurien ? » j'ai arrêté de manger. « Ecoutez, m'sieur. Vous savez pas de quoi vous parlez. Il se trouve que Ralph Burton est le meilleur joueur de première base qu'ait jamais eu cette ville. »

« Excuse-moi, mais je maintiens que c'est un vaurien. »

« C'est parce que tu connais rien au monde. »

Burton a encore sifflé. J'ai quitté la table pour filer le rejoindre. Mon vieux est resté assis sur sa chaise en regardant son jus de pomme. Il avait presque quarante-trois ans, pour lui les années filaient, et il était complètement déconnecté des trucs importants de la vie.

Il était presque sept heures, mais il ne faisait pas encore nuit. Burton était planqué derrière l'orme du jardin.

« Tu veux lancer quelques balles ? »

« Non », j'ai répondu. « Je préfère qu'on cause. »

Nous sommes allés à deux rues de là, près du torrent qui traversait Boulder. Burton a sorti un paquet de cigarettes neuf, et on s'est assis sur la berge. Burton avait de la chance : son père les achetait par cartouches. Le mien fumait le cigare.

« J' peux pas saquer cette ville », a dit Burton.

« Y a que des ploucs qui habitent ici », j'ai dit.

« Elle est même pas assez grande pour une équipe de base-ball de troisième division. »

Burton a levé les yeux au ciel. « Pourquoi a-t-il fallu que je naisse ici ? » il s'est lamenté. « Pourquoi je suis pas né dans une grande ville dotée d'une équipe de première division ? Même à Kansas City, ou dans une ville de championnat ? Même dans un patelin de l'East Texas League ? Même à Terre Haute, dans la Three-Eye League ? Pourquoi donc suis-je né à Boulder, dans le Colorado ? »

Ça faisait du bien de rêver. J'ai tiré une bouffée, puis laissé la fumée s'échapper lentement. « Si je pouvais repartir à zéro », j'ai dit, « je naîtrais dans une maison juste en face du Yankee Stadium. Ça pourrait être une vieille cabane minable avec un toit qui fuit et une peinture écaillée. Je m'en moquerais. Comme je me moque de l'argent. »

« L'argent compte pas », a renchéri Burton. « Et peu importe l'endroit où t'habites. Ce qui compte, c'est c' que t'as dans le ventre. Si tu peux frapper la balle comme il faut. »

Nous avons écouté l'eau couler entre les rochers du torrent.

« Jake », a dit Burton, « je voudrais te poser une question. Une question très personnelle. Mais me raconte pas de bobards. Dis-moi la vérité. »

« Vas-y, Burt. Tu me connais. »

« Voilà ce que je veux savoir : à ton avis, suis-je assez bon, en ce moment, pour jouer dans une équipe vedette ? »

On ne répond pas à la légère à ce genre de question. J'ai réfléchi longtemps, puis j'ai dit : « Burton, honnêtement, je pense que tu es assez bon en ce moment pour jouer à la première base dans n'importe quel club vedette du pays. Je t'ai vu en action, vieux. On dirait un vrai serpent. Quant à la frappe, t'as la vue la plus perçante que je connaisse. »

« Bah, j'irais pas jusque-là. »

« T'es simplement trop modeste, Burt. Je maintiens que t'es au point pour n'importe quel grand match de première division. En ce moment. »

« Merci, Jake. J'apprécie ton honnêteté. »

Maintenant il faisait sombre et froid. A l'ouest, les montagnes disparaissaient derrière de gros nuages blancs. L'air sentait la neige de printemps. Notre haleine formait de petites volutes blanches. Nous avons fait un feu entre deux pierres en prenant des morceaux de bois flotté dans un barrage de rats musqués. Nous avons regardé le feu. Il grillait nos visages, mais nous avions froid au dos. La chaleur a fait éclater les pierres. Nos yeux larmoyants restaient fixés sur les flammes.

« Burt », j'ai dit, « à mon tour de te poser une question. »

« Vas-y. »

« J' veux la vérité, Burt. J' peux tout encaisser. »

« Je mens jamais, Jake. »

« Suis-je assez bon pour jouer dans une grande équipe ? »

« Absolument. T'es le meilleur lanceur que j'aie jamais vu. »

« Non, Burt. Réfléchis soigneusement. J' veux pas de flatteries. Pense à ma question une minute ou deux. »

« Okay. »

Il est resté muet pendant cinq bonnes minutes. Ensuite, il a dit : « A mon avis, t'as le meilleur coup de poignet de tous les Etats-Unis d'Amérique. J'ai jamais été confronté à Vic Raschi ou Allie Reynolds, mais je me suis retrouvé plusieurs fois en face de toi, Jake. Question lancer, j'en connais un rayon. C'est mon boulot, vu que j' suis à la batte. Je maintiens que t'es l'égal des meilleurs, et peut-être que tu joues mieux qu'eux. »

Pendant qu'il parlait, j'ai pas quitté son visage des yeux. Il ne mentait pas. J'en étais certain.

« Burt », j'ai dit, « je te remercie de ta sincérité. »

« Le problème », il a fait, « c'est qu'on est trop jeunes pour le championnat. »

« Trop jeunes ? Tu plaisantes, Burt ! Dans dix ans, nous aurons vingt-quatre ans. Tu te rends compte

— vingt-quatre ans ! On sera des vieux. Là-bas, ils font des pieds et des mains pour trouver du sang neuf. Regarde un peu Mickey Mantle. Il a quoi — six ans de plus que nous ? »

Quand le vent s'est levé, nous nous sommes rapprochés du feu. De l'autre côté du torrent, les lampadaires se sont allumés. Je me suis réchauffé les mains et j'ai pensé à un gros titre dans le *Denver Post : Un Gamin du Colorado Bat Tous les Records de Lancer en Première Division.*

Ensuite j'ai pensé à moi autrement — j'ai réfléchi à mon avenir tel que mon père l'envisageait. Les années avaient passé et j'étais ingénieur dans l'industrie ; je travaillais dans un bureau, j'étudiais des relevés. J'arpentais mon bureau d'un pas nerveux. Je regardais par la fenêtre, désespéré parce que j'étais maintenant trop vieux pour jouer au base-ball. Je m'étais marié, j'avais une brioche, j'étais coincé avec une femme et une flopée de gosses. Et tandis que je regardais par la fenêtre, j'ai maudit mon père qui avait gâché mon talent naturel de lanceur et m'avait empêché d'immortaliser son nom au panthéon de la gloire des grandes vedettes de première division. J'avais préféré être un fils obéissant. J'étais allé à l'université, comme il l'avait désiré. J'avais oublié le base-ball. Maintenant j'étais vieux et il était trop tard. Le cœur brisé, j'ouvrais la fenêtre et je sautais.

« Burt », j'ai fait, « mon père me fout vraiment les boules. Il pige rien à ce que je veux. »

« Exactement comme mon paternel. »

« Il tient à ce que je devienne ingénieur, Burt. »

« Sans blague ? » Burton a ri. « Toi — l'artiste qui a le toucher de balle le plus fabuleux des Montagnes Rocheuses ? Tu peux pas le laisser faire ça, Jake. Ce serait criminel. »

« Va dire ça à mon père. »

Burton a baissé la tête sans rien dire.

« Ça va pas ? »

« Mes vieux veulent que je devienne prêcheur. »

Ç'a été à mon tour de rire.

« Toi — prêcheur ? Ils sont marteau ou quoi ? Personne dans ta famille t'a donc vu piquer un cent mètres ? Ou balancer la sauce jusqu'à la troisième base ? T'as la carrure d'un nouveau Lou Gehrig. Les laisse pas faire, Burt. Bats-toi ! »

« Ils me comprennent pas, Jake. »

« Moi non plus. »

Maintenant il faisait très froid. Ce soir, l'eau gèlerait dans les flaques et le printemps ne viendrait jamais.

« Un autre truc chiant à propos de cette ville, c'est le temps », j'ai dit.

« Et comment. »

« Alors qu'il fait doux et chaud dans le sud, en Arizona. Les *Giants* s'entraînent là-bas cette année, à Phœnix. »

« Ah, un soleil brûlant, le ciel bleu, l'herbe verte, l'entraînement à la batte, les lanceurs qui s'assouplissent. »

« Et après l'entraînement, une bonne douche chaude et un dîner raffiné dans un hôtel cossu en discutant avec des gars comme Bobby Thomson et Leo Durocher... »

« Et le lendemain, un petit déjeuner pas piqué des vers, encore du soleil, et rien d'autre à faire de toute la sainte journée que jouer au baseball. »

C'était si chouette de penser au Sud que ça en faisait mal. Nous avons éteint le feu et regagné la rue. Burton habitait à six rues de là. Il s'est éloigné sur le trottoir, mon malabar de copain qui mesurait un mètre quatre-vingts, avait de grands pieds et des mains comme des battoirs. Gaucher, il marchait comme un gaucher, en faisant rouler son épaule gauche. Il savait sacrément bien frapper la balle sur le terrain. Et puis, impossible de tromper son attention. Il couvrait la première base comme un gorille dégingandé.

Maintenant il rentrait chez lui, vers la petite maison de Boulder, dans le Colorado, où il vivait avec ses parents et ses deux frères. Il irait se coucher à côté de son frère Eddie. Demain il se lèverait pour aller à l'école. Et le lendemain, même scénario, jour après jour, la même monotonie dans cette ville de paumés.

J'étais logé à la même enseigne que Burton. Moi aussi, je dormais avec l'un de mes frères. Demain je me réveillerais, prendrais mon petit déjeuner et irais à l'école, j'écouterais, je rêverais, et cela allait continuer, jour après jour, mois après mois, jusqu'à la fin du lycée, puis à l'université, des années gâchées, gaspillées en pure perte. Et tout ça pour quoi ? Pour me retrouver ingénieur, coincé dans un bureau. Plus j'y pensais, plus je détestais mon père qui bousillait ma vie et mes meilleures années.

Je suis entré dans la maison. Assis sous la lumière de la lampe, le vieux lisait son journal. J'ai claqué la porte de devant.

« Alors, quoi de neuf ? » il a demandé.

« T'occupe. C'est mes oignons. »

Il a haussé les épaules et s'est remis à lire. J'ai regardé le salon, les mêmes vieux murs, le même vieux plafond, le même vieux plancher. Voilà la taule où je vivais. Voilà la cage où l'on me nourrissait et me faisait dormir.

« Piégé », j'ai dit, « comme un rat. Piégé dans cette bicoque. »

Le vieux a reniflé en posant son journal.

« Toi. Viens ici. »

« Va te faire voir. »

Il a écarté son journal et posé les mains sur les accoudoirs de son fauteuil.

« Tu as fumé des cigarettes. »

« Ce vieux type est moins bête qu'il en a l'air. Il a trouvé ça tout seul. »

« Je t'ai déjà interdit de fumer. »

« Ouais. Et alors ? »

Il a bondi de son fauteuil, ses grosses mains ont saisi mes épaules. Mais je l'ai affronté. J'ai pas reculé. A partir de cet instant, c'était un combat pour la vie, avant qu'il n'écrase mon esprit, avant qu'il ne soit trop tard, que je sois vieux, gras, et que je travaille dans un bureau. Il m'a un peu secoué en me fusillant du regard.

« J' vous conseille d'ôter vos sales pattes de là », j'ai fait. « Sinon je crois que vous ne reverrez jamais votre fils. »

Il m'a lâché et a croisé les bras.

« Quesse que t'as, petit ? »

« M'appelle pas “ petit ” », j'ai dit. « Je déteste ça. »

« Espèce de misérable petit avorton ! »

Il m'a retourné pour me flanquer un grand coup de pied dans les fesses. Ça n'a pas été douloureux, mais fichtrement insultant. La goutte d'eau qui a fait déborder le vase. Je ne pouvais plus supporter ça.

« Ça suffit », j'ai dit. « Vous allez regretter ça jusqu'à la fin de vos jours. »

« Je vais peut-être le regretter, petit, mais pour tout te dire, ça faisait deux semaines que ça me démangeait de te botter le train. »

Il est retourné s'asseoir dans son fauteuil, il a allumé un cigare et repris son journal.

Moi, je suis sorti pour m'asseoir sur le porche. Je la tenais enfin, la grande décision. Elle me trottait dans la tête depuis août dernier, quand j'avais maîtrisé une nouvelle prise de balle et enfin compris ma vocation. Et de tous les gens qui vivaient sur cette terre, seul Burton me comprenait. Burton marcherait avec moi, car j'avais maintenant tout mis au point, et il n'y avait qu'une seule chose à faire : m'enfuir de la maison, m'enfuir en Arizona, essayer de nous faire accepter par les New York Giants.

J'ai pas eu besoin de siffler pour prévenir Burton. Assis sur le porche de sa maison, il se morfondait en se rongeant les ongles.

« Ras le bol », il a dit. « J'ai supporté tout ce qu'un homme peut supporter. »

« Keski va pas ? »

« Tu vois ce jardin ? Cinquante pieds de long sur vingt-cinq de large. Demain faut que j' le bêche. »

« En entier ? »

« C'est ce qu'il m'a dit, ce crétin. »

« Pourquoi ton frère Eddie le fait pas ? »

« Parce que c'est le chouchou. Il prend des cours de piano. C'est un génie, paraît-il. »

« Et toi alors ? Imagine que tu te blesses comme Cecil Beame ? »

« Cecil Beame ? »

« Rupture de tendon. Il déblayait la neige sur le trottoir. »

« C'est grave ? »

« Il jouera plus jamais au base-ball. »

Cette éventualité a flanqué une trouille bleue à Burton. Ses dents ont grincé. « Je refuse de courir ce risque », il a dit. « Ils peuvent bien essayer, mais ils arriveront jamais à rien. »

« Ecoute, Burt. »

Je lui ai parlé de descendre en stop jusqu'en Arizona pour rejoindre les New York Giants.

« Okay. Je marche. »

Nous avons décidé de partir le lendemain matin.

Ma dernière nuit à la maison. Dans mon lit j'ai pleuré en me rappelant mes frères et sœurs, Noël, mon chien Rex, mes lapins, ma mère, mes journées d'école, l'odeur du pain chaud. J'ai dit adieu à toutes ces choses, à maman, à papa et au Colorado.

Demain matin, ils découvriraient ma fugue. Je détruisais probablement la vie de ma mère, mais je me moquais complètement de ce que mon père pouvait penser. Il regretterait, bien sûr. Je l'imaginais dans le salon, d'année en année, tenant ma photo entre ses mains, les larmes aux yeux, et disant : « Reviens, fils ; tout est pardonné. Joue au base-ball si tu aimes ça. »

J'ai regardé la pendule sur la commode. Burton et moi étions convenus de nous retrouver à six heures. A deux heures du matin, ne dormant toujours pas, j'écoutais les ronflements du paternel dans la chambre d'à côté.

Le grand moment est arrivé. Je me suis glissé hors du lit et j'ai rampé sur le ventre jusqu'à la chaise où mon père avait plié son pantalon. Mes doigts ont trouvé son portefeuille dans la poche arrière, et j'ai examiné son contenu au clair de lune. Il y avait deux billets — un de cinq dollars et un de dix. J'avais seulement espéré trouver cinq dollars. J'ai remis le portefeuille dans le pantalon, je suis sorti de la chambre en rampant et j'ai attendu l'aube.

Burton était déjà devant la First National Bank. Il était six heures, il faisait un froid de canard. Des nuages blancs écrasaient les montagnes et le vent soufflait du nord. De la neige en perspective.

« On a choisi un sacré jour », a dit Burton.

Il n'avait pas eu autant de chance que moi. Les poches de son père ne contenaient strictement rien, si bien qu'il avait dû piquer sept dollars sous le matelas de sa grand-mère. « On a vingt-deux dollars », j'ai dit. « A nous la belle vie. »

Nous avons rejoint la grand-route. Il y avait si peu de circulation qu'on a attendu la première voiture pendant un quart d'heure. Puis un camion de lait est passé. Burton claquait des dents, il a dit qu'il avait froid aux pieds.

« On n'arrivera jamais à Phœnix, Jake. Si ça se trouve, on sortira même pas de Boulder. »

Il s'est mis à neiger — d'abord des gros flocons poudreux. A six heures et demie, l'air était devenu complètement cotonneux, comme si le ciel avait crevé. Quelques voitures sont passées, mais aucune dans notre sens. Nous n'étions pas habillés pour la neige. Nous portions nos chandails rouges de base-ball, avec un grand B majuscule blanc tissé devant.

« Eh ben voilà », a fait Burton. « On est toujours à Boulder, Colorado. Si on allait à l'école nous réchauffer dans la salle des chaudières. On n'arrivera jamais en Arizona avec ce blizzard. »

« T'es donc un lâche », j'ai répondu.

« J' suis pas un lâche. »

« T'es quoi alors ? »

« J'ai froid. »

On a entendu un camion arriver. On le voyait à peine dans la tempête. J'ai couru en agitant les bras. Le camion s'est arrêté. Il y avait deux hommes dans la cabine. Ils allaient à Fort Collins, à quarante kilomètres de là.

« Y a plein de place derrière », a dit le chauffeur.

On est montés. La plate-forme du camion était encombrée de boîtes de conserve. Une bâche les protégeait de la neige. On a rampé sous la bâche, on s'est allongés sur le ventre et on a écouté le chuintement des pneus. Ça a été pendant un moment, mais le froid a vite empiré. Nous avons soulevé la bâche pour jeter un coup d'œil dehors. Nous étions dans les basses collines, en pleine tempête de neige. Le camion montait doucement en première. Le vent qui s'engouffrait sur la plate-forme nous piquait d'aiguilles glacées. A huit heures, on s'est arrêtés dans une station-service de Fort Collins. Le chauffeur a soulevé la bâche.

« On est rendus, les gars. »

Nous étions si engourdis par le froid que le chauffeur a dû nous porter jusqu'au sol. On est entrés en vacillant dans la station-service et on s'est réchauffés autour d'un petit radiateur à huile. Un vieux type en peau de mouton s'occupait de la station. On lui a dit qu'on allait à Phœnix, en Arizona.

« Quand j'avais votre âge, j'étais fier comme Artaban », il a dit. Il chiquait et fumait la pipe en même temps. « J'ai jamais supplié personne de me faire un bout de route. Toujours voyagé en première classe. »

« Nous avons seulement vingt-deux dollars », a dit Burton.

« Un vrai pactole », a fait le vieux. « Largement suffisant pour un tour du monde. »

« Mais comment ? »

« Ça coûte rien de prendre les trains de marchandises. Y en a un qui part d'ici pour Salt Lake à six heures ce soir. Il met dans les huit heures. Ensuite, vous en chopez un autre qui descend dans l'Arizona. Faut savoir voyager, c'est c' que j' dis toujours. »

« Et mourir de froid », a objecté Burton.

Le vieux a tiré sur sa pipe en nous observant. « Certainement, avec ces nippes. Trouvez-vous une couverture de l'armée, quelques conserves de haricots, un ou deux paquets de Bull Durham, et vous voyagerez comme des rois, jusqu'au pays du base-ball. »

« Pas de train de marchandises », a tranché Burton. « J' suis joueur de base-ball, spécialiste de la première base, pas clochard. »

« C'est contre nos principes », j'ai ajouté.

Le vieux a secoué la tête et craché son jus de tabac contre le radiateur à huile. « Les Giants vous accepteront jamais. Z'avez aucune chance. Z'êtes trop délicats. Vous manquez de tripes, petits. »

« On est pas venus ici pour se faire insulter », a dit Burton. « Allez viens, Jake. »

Il y avait un café en face. Nous n'avions pas pris de petit déjeuner et mourions de faim. Le vieux nous a appelés sur le seuil de la station-service.

« Soyez fiers, les gars. Sautez dans le train de six heures. »

On s'est payé un petit déjeuner copieux, plus quelques friandises. Maintenant que j'avais chaud et l'estomac plein, je voulais prendre ce train de marchandises. On est sortis du café et on a descendu la rue. Il ne neigeait plus. Le ciel était bleu, avec des nuages qui semblaient rouler sur eux-mêmes en filant vers le sud. On s'est arrêté devant un magasin de surplus de l'armée pour regarder les piles de couvertures, de bottes et de sacs de troupe. Puis on est repartis, sans parler du train de marchandises.

Au bout de la rue, il y avait les voies de chemin de fer. Deux locomotives poussaient des wagons. On est restés à regarder. Nous pensions aux paroles du vieux, mais ni Burton ni moi n'en a parlé. Vers midi, on est retournés vers le centre-ville et on a décidé d'aller au cinéma.

Les actualités ont emporté le morceau. Il y avait tout un reportage sur l'entraînement de printemps des New York Giants à Phœnix. On s'est assis au bord de nos fauteuils pour admirer les dieux du base-ball qui trottinaient autour du terrain d'entraînement. Quand ç'a été fini, on s'est rués dehors avec un moral d'acier.

« Faut qu'on s' tire d'ici », s'est écrié Burton. « Faut qu'on aille en Arizona. »

De l'autre côté de la rue, il y avait le magasin de surplus de l'armée. Nous avons acheté des couvertures, des sacs de troupe, des gants et des bonnets de laine. Puis nous avons trouvé une épicerie et bourré nos sacs avec des conserves de porc aux haricots, de tamales, de sardines, et du Bull Durham. Tout s'est passé très vite. Après nos achats, on a fait nos comptes. Il nous restait trois dollars cinquante. Burton ne semblait pas inquiet.

« Ça nous fera faire la moitié du tour du monde », il a dit.

On a arpenté la rue avec nos havresacs sur le dos et nos couvertures sous le bras. A quatre heures, le froid est revenu. Le ciel a viré au gris et nous avons compris qu'il allait encore neiger.

« J'aimerais revoir encore une fois ces actualités », a dit Burton.

Dans le cinéma, le grand film d'amour était à moitié terminé. Nous étions les seuls spectateurs. Nous n'avons pas quitté des yeux la pendule au-dessus d'une des sorties. Les actualités ont commencé à cinq heures vingt-cinq. Le reportage sur le base-ball durait exactement deux minutes. A cinq heures vingt-huit nous étions dans la rue. Il faisait presque nuit et il neigeait dru. Mais nous étions encore au soleil des actualités.

Nous avons marché jusqu'aux voies de chemin de fer. Un long train se formait, la locomotive ahanante dirigée vers le sud-ouest. Nous avons choisi un wagon à bestiaux vide près de la queue du train et nous sommes montés. Ce n'était pas la première fois que nous montions dans un wagon à bestiaux, mais tout cela nous semblait maintenant très étrange. On a fermé la porte et on s'est avancés dans l'obscurité. Le wagon à bestiaux sentait le rance et le moisi. On s'est assis en s'enveloppant dans nos couvertures. Pour une raison bizarre, on s'est surpris à chuchoter au lieu de parler normalement.

« J'ai oublié mon gant de première base », a murmuré Burton.

« La direction des Giants fournit tout l'équipement », je lui ai dit.

Nous sommes restés longtemps silencieux.

Alors j'ai pris la parole : « Burt, maintenant que nous sommes partis pour de bon, je voudrais te poser une question. Dis-moi la vérité, essaie pas de me ménager ni rien. Crois-tu que nous sommes assez bons pour percer avec les New York Giants ? »

« Ça m'étonnerait », a répondu Burton. « Mais nous trouverons bien quelque chose. Ils nous tuyauteront. On atterrira probablement dans la Pacific Coast League. »

« Ce serait pas mal. »

« Tu veux que j' te dise la vérité ? » a demandé Burton. « La vérité toute crue, sans fard, sincère et tout ? »

« Vas-y. »

« Il y a un risque pour que la Coast League ne nous accepte pas non plus. Mais une chose est certaine : on finira bien par trouver quelque chose — la Texas League ou l'Association du Sud. »

« Ou alors la Three-Eye League. »

« Ou l'Association du Sud-Est. »

« Ou l'Arizona State League. »

« Je suis prêt à jouer gratuitement », a dit Burton. « A condition qu'on me file la pension complète, bien sûr. »

Nous n'avons pas pu rouler le tabac Bull Durham dans le noir. Burton a sorti un paquet de clopes, on en a allumé chacun une.

« Quand on sera au camp d'entraînement, on fumera plus. »

« D'ac. »

« Tope-là. »

Malgré les ténèbres, chacun a trouvé la main de l'autre.

Un choc énorme nous a envoyés valser. Le train s'ébranlait. On a entendu le sifflement lointain de la locomotive. Le train avançait lentement, la loco gémissait horriblement, ses roues glissaient sur les rails glacés. Le voyage s'annonçait plutôt difficile. A quatre pattes, nous avons rejoint la porte puis regardé la nuit qui tombait et les bourrasques de neige.

« On ferait aussi bien de dormir », a gueulé Burton, parce que maintenant il y avait beaucoup de boucan, le wagon brinquebalait et grinçait. On s'est allongés bien au chaud. On était morts de fatigue.

J'ignore combien de temps nous avons dormi. Brusquement, il y a eu un choc qui a failli nous arracher nos couvertures.

« C'est peut-être un accident », a dit Burton.

Tout était calme et immobile. On s'est assis. Le train est reparti. Notre wagon allait tantôt en avant, tantôt en arrière. Puis la locomotive a sifflé, son moteur a ahané, mais notre wagon est resté immobile. Nous avons bondi sur nos pieds, l'oreille aux aguets. Loin dans la nuit, nous avons entendu la locomotive, mais notre wagon restait immobile.

On a fait coulisser la porte. La neige tombait dans un silence angoissant. Notre wagon à bestiaux était immobile, solitaire dans la nuit blanche. Nous étions quelque part dans les basses collines. Les cheminots avaient remisé notre wagon sur une voie auxiliaire, à côté d'une rampe d'accès pour bestiaux.

Nous avons eu peur. On a eu le sentiment d'être les deux derniers habitants de la terre. On est retournés dans l'obscurité et on a serré les couvertures autour de nous. Burton m'a tendu une cigarette, mais j'avais pas envie de fumer.

« Surtout t'endors pas », a dit Burton. « Tu sais ce qui arrive aux gens qui s'endorment pendant une tempête de neige. »

Je le savais, mais je lui ai quand même demandé.

« Ils ne se réveillent pas. »

Assis dans le noir, j'ai pensé à ma vie, à ma vie gâchée, et à tous les ennuis que j'avais causés à mes parents. Je me suis rappelé l'argent que j'avais volé dans le pantalon de mon père, dans le porte-monnaie de ma mère, dans la tirelire de ma sœur. Je me suis rappelé les poulets que j'avais trucidés en leur tirant dessus à bout portant avec le revolver de mon père. Tout ça m'est revenu d'un coup, le gâchis de ma vie — louper les examens d'algèbre trois années de suite, tricher aux compositions, écouter des histoires cochonnes, en raconter moi-même quelques-unes.

A force de penser à tout ça, j'ai eu envie de recommencer ma vie ; je voulais avoir une autre chance. Je voulais survivre à ce blizzard, pouvoir rentrer à la maison à Boulder, Colorado, et me mettre à bosser pour devenir ingénieur. Alors j'ai entendu Burton sangloter. « J' suis un zéro, Jake », il a dit. « Une vraie loque. »

« Mais non, t'es pas une loque. T'es toujours mon copain. »

Il a répété qu'il était un vaurien, après quoi il m'a raconté certains de ses méfaits — il avait frappé sa mère à l'estomac, volé des livres à la bibliothèque, cassé des ampoules de réverbère, vendu une paire de chaussures neuves de son père, volé des enjoliveurs de voiture, et ainsi de suite. Il a parlé d'un truc vraiment moche : il avait foutu le feu à sa propre maison. Il avait fait ça quand il avait dix ans, et jusqu'à aujourd'hui personne ne le savait — personne sauf moi.

On a essayé de rester éveillés ; mais trop fatigués, nous avons fini par nous endormir. A notre réveil, des rais de soleil se glissaient entre les planches du wagon. On a ouvert la porte pour regarder dehors. Il faisait grand jour et le ciel était bleu. A une centaine de mètres, les bulldozers de l'Etat déblayaient les dernières congères de neige sur la route. Une douzaine de voitures avançaient lentement derrière les bulldozers. On a sauté de joie et on s'est embrassés.

« On est sauvés ! » a crié Burton. « Sauvés ! »

Nous avons laissé nos affaires dans le wagon à bestiaux, puis pataugé dans la neige jusqu'à la grand-route. Le conducteur de la première voiture derrière les bulldozers nous a fait monter sur la banquette arrière. C'était un fermier, et ses paroles nous ont plongés dans un silence maussade. Car, à Fort Collins, nous avions pris un mauvais train de marchandises. Nous étions maintenant à un mille seulement de Thatcher, et à quatre de Boulder. Mais j'en avais plus qu'assez. Je sentais que j'avais quitté ma famille depuis des années. Je voulais retrouver mes parents, mes frères et sœurs.

« Bon », a fait Burton, « nous voilà donc repartis — lentement mais sûrement. »

« Ouais. »

« Tu veux toujours aller en Arizona ? »

« Evidemment, Burt », j'ai menti. « Et toi ? »

« On peut pas retourner en arrière maintenant. »

« Tu l'as dit. »

Le fermier s'est garé devant le poste de police du sheriff de Thatcher. La ville avait une seule rue. On est restés plantés là, à attendre Dieu sait quoi. Je voulais tout laisser tomber. Burt aussi, mais c'était difficile d'avouer sa faiblesse.

Une voiture de police s'est garée devant nous. Deux flics étaient assis devant.

« Tu t'appelles bien Jake Crane ? » a demandé l'un.

« Oui, m'sieur. »

Le flic a ouvert la porte de derrière. « Montez, les gars. »

« On a rien fait », a protesté Burt.

« Je vous ai dit de monter, les gars. »

Le conducteur a fait demi-tour pour prendre la grand-route en direction de Boulder. On restait assis, les bras croisés.

« L'Arizona ! » a grommelé Burt. « C'était ton idée, hein ? »

« En tout cas, j' suis pas un lâche », j'ai dit.

« Tu veux dire que j'en suis un ? »

« Dès qu'on est partis, t'as eu la trouille. T'avais froid aux pieds. Tu voulais laisser tomber. »

« J'aurais jamais dû t'écouter », a dit Burt. « Toi et tes plans à la gomme. Tu vois où tout ça nous mène. Nous voilà arrêtés. »

« Nous sommes en état d'arrestation, m'sieur l'agent ? » j'ai demandé.

« Où habitez-vous ? » il a dit.

« 959 Arapahoe. »

Ensuite il a regardé Burton. « Et toi ? »

« 529 Walnut. »

Les flics n'ont pas ajouté un mot. Burton a eu un petit rire méchant. « Toi et ton fameux coup de poignet », il a ricané.

« Il suffit largement pour te frapper, *toi* », j'ai répondu. « Avec toutes tes simagrées à la première base... »

« C'est fini », a dit Burton. « Mon paternel avait raison. Je ferais mieux de pas te fréquenter. »

« Je préfère pas répéter ce que mon paternel a dit de toi. »

« Bah ! Un poseur de briques. Autant dire un demeuré ! »

« Tu te crois malin parce que ton paternel est un crétin de plâtrier ? »

La voiture de police s'est garée devant chez moi. Le flic s'est retourné pour ouvrir la porte. Je suis descendu de voiture. Burton était assis comme un Indien, les bras croisés.

« Burt », j'ai dit, « sans rancune. »

Pendant quelques secondes, il n'a pas tourné la tête.

Puis il a souri. « Salut, Jake. Bonne chance. »

Je me suis éloigné de la voiture. Mon père était sur le porche. J'ai marché lentement vers lui en observant son visage. Son expression n'était pas celle d'un homme en colère. Les mains dans les poches, il se tenait droit, un vague sourire aux lèvres.

« Salut, P'pa. »

« Bonjour, mon garçon. »

Alors ça m'est brusquement tombé dessus — le mal terrible que j'avais fait à mon père, et je me suis figé pour pleurer et sangloter, incapable de parler. Il a enlacé mes épaules.

« Viens, fiston. Le petit déjeuner est servi. »

« Oh, P'pa ! »

« Oublions tout ça. »

On est entrés ensemble dans la maison.

OSCAR, FLIC DE CHOC

Le nouveau était assis sur son porche de l'autre côté de la rue. Je lui ai adressé un signe. « Hé, viens par ici. » Le nouveau s'est levé, puis m'a rejoint. Il avait un long nez et son chandail délavé était troué.

« Salut. Comment tu t'appelles ? »

« Rabinowitz. Jake Rabinowitz. Et toi ? »

« Anthony Campiglia », j'ai répondu. « Tony en abrégé. Rabinowitz — c'est un nom à coucher dehors. »

« Campiglia aussi. »

« Ouais, sans doute. Tu joues au football, Jake ? On a constitué une équipe de foot dans le quartier. »

« Ah ouais ? »

« T'as envie de te joindre à nous ? Ça te coûtera deux thunes. »

« Deux thunes — pourquoi ? »

« Pour acheter des balles et du matériel », je lui ai dit.

« Quand vous entraînez-vous ? »

« Après l'école. Juste en haut de la rue. Tu veux faire un essai dans l'équipe, Jake ? »

« Je vais voir. »

« Okay. A plus tard. »

Tout le monde était en retard à l'entraînement. La lumière tombait déjà. Blucher et moi, on s'est entraînés aux passes latérales. Il était notre demi gauche. Al Whitehill centrait les balles. Wang est bientôt arrivé. Un Chinetoque, un ailier formidable Et bientôt voilà Joe Nunez, notre centre habituel. Il était avec Sukalian, notre autre ailier. Et puis voilà qu'arrive le nouveau, Jake Rabinowitz. Il faisait mine de se balader comme s'il ne nous observait pas.

« Hé, les gars », j'ai fait. « Vous voyez ce type ? Il veut jouer dans notre équipe. Montrons-lui ce dont nous sommes capables. »

Blucher a fait cinq passes à Wang, qui a réceptionné les quatre premières par-dessus son épaule, et la dernière dans sa main droite en courant de côté. Sur ces entrefaites, Tasi Morimoto est entré sur le terrain.

« Tasi », j'ai fait. « Tu vois ce type ? Montre-lui ce que tu sais faire. »

« Quelques coups de pied de volée », il a annoncé.

Tasi a balancé trois chandelles, dont une mémorable.

J'ai crié vraiment fort : « C'est pas mal, Tasi, mais t'as déjà fait beaucoup mieux. »

Le nouveau a marché vers moi.

« Salut, mec », j'ai fait.

« Salut, Tony. Alors, vous vous entraînez ? »

« Nan. On s'amuse seulement. »

A ce moment-là, Smitty et Mike Miecislaus sont arrivés. L'équipe était maintenant au complet, à l'exception de Swede Olson et de Rube Novikov, nos gardes. Je suis allé voir les copains. « Bon, vous voyez ce nouveau ? Il veut se joindre à l'équipe. Montrons-lui de quel bois on se chauffe. »

« Servons-lui une combinaison un peu fumante », a proposé Smitty.

Je jouais trois-quart arrière et étais capitaine. On s'est réunis en cercle et j'ai appelé le numéro 23, le Serpent à Sonnettes. Nous avons rompu le conclave, les arrières se sont disposés en T. J'ai crié plusieurs nombres, et à 23 Nunez a centré le ballon. J'ai pivoté en le passant à Smitty, notre ailier droit, et il l'a balancé à Blucher, notre ailier gauche. Blucher a feinté entre les gardes, pivoté, puis balancé le ballon dans le ventre de Tasi, qui arrivait de l'arrière. Tasi s'est arrêté net, il a reculé de trois mètres et fait semblant de passer. J'ai frôlé Tasi et lui ai pris le ballon des doigts selon la technique Statue de la Liberté, puis je l'ai refilé à Wang, notre ailier gauche. Wang a pivoté, exécuté une passe latérale à Tasi, lequel Tasi l'a balancé à Blucher. Alors Blucher est entré en contact avec le garde. C'était une combinaison fantastique. Le nouveau a été rudement impressionné. Il s'est approché de nous, les mains dans les poches, avec son chandail troué.

« Tu veux essayer, petit ? » je lui ai dit. « T'as les deux thunes ? »

Il a sorti un quart de dollar de sa poche, et Smitty l'a pris, car il est notre trésorier. Nous avons vu tout de suite que le nouveau n'avait pas l'étoffe d'un joueur de football. Il avait un gros derrière et de petites mains.

J'ai dit : « Okay, Jake. Eloigne-toi pour qu'on te fasse une passe. Tasi va te lancer le ballon. »

Tasi a reculé de dix mètres. Derrière lui, Jake baissait les yeux, il dessinait dans la poussière avec le bout de sa chaussure. Tasi a levé le bras. Jake n'a pas bronché.

« Vas-y, Jake, cours ! » j'ai crié. « Avance de dix mètres et fais un contre-pied ! »

Jake s'est mis à courir, mais son postérieur semblait le clouer au sol ; nous avons cru qu'il allait tomber. Au bout de dix mètres, il a continué de courir. J'ai hurlé : « Hé, le contre-pied ! » Alors il a plongé à plat-ventre comme s'il tentait de plaquer un adversaire. Tasi lui a fait sa passe. Le ballon a frappé Jake à la poitrine avant de rebondir dans la rue. On s'est tous détournés, écœurés.

« Nous voulons pas de ce minable », a dit Wang. « C'est une femmelette. »

J'ai dit que nous pourrions peut-être en faire un garde.

Rube et Swede, nos gardes, ont rigolé.

Nunez a dit : « Hé, Jakie, ou Julie, ou Jennie ! Où as-tu appris à jouer au football ? »

« Je crois que ce n'est pas ma vocation », a dit Jake.

« Rends son fric à ce type », a dit Nunez.

Mais Jake a refusé de reprendre ses deux thunes.

« Vous avez peut-être besoin d'un bon directeur d'équipe. »

« Tu connais pas assez bien le foot pour diriger une équipe comme la nôtre », a dit Nunez.

« Vraiment ? » a dit Jake. « Je sais peut-être pas jouer, mais je connais mieux le football que n'importe lequel d'entre vous. »

« Okay, le Cerveau », a fait Nunez. « Qui est le trois-quarts arrière de l'Armée ? »

« Arnold Galiffa », a répondu Jake.

« Qui joue garde droit à Pitt ? » a demandé Smitty.

« Bernie Barkouskie. »

« Qui est l'ailier gauche de l'équipe de Caroline du Nord ? » a demandé Tasi.

« Facile », a répondu Jake. « Art Weiner. »

« J'en ai une bonne pour lui », a dit Rube Novikov. « Où est né Leon Hart ? »

« A Turtle Creek, en Pennsylvanie. Il a vingt ans, il mesure un mètre quatre-vingt-douze et pèse cent vingt-trois kilos. Question suivante ? »

Tout le monde a essayé, mais impossible de le piéger.

« Maintenant j'en ai une pour vous », il a dit. « Qui est le trois-quarts arrière remplaçant dans l'équipe de l'Ecole des Mines de South New Mexico ? »

Ça a jeté un froid parmi nous.

Jake a souri. « Il n'y a pas de trois-quarts arrière remplaçant dans cette équipe. Et cette école n'existe même pas. »

« Okay », a dit Nunez. « C'est notre directeur. »

Jake était là le lendemain. Il a noté nos noms et nos poids. Il a apporté un sifflet, et arbitré nos mêlées. Il en connaissait un sacré rayon. Samedi, nous nous sommes entraînés longtemps. Aux environs de quatre heures, on a fait une pause pour boire un soda. Pendant que nous étions allongés sous les palmiers, Jake est parti. Une demi-heure plus tard, il est revenu avec un journal, le *San Pedro Progress.*

« Ça y est, les gars. »

Il a posé la page sportive dans l'herbe. Nous avons lu ceci :

LES PUISSANTS ALL-AMERICANS
RENCONTRENT LES HOOLIGANS

Les puissants All-American, de San Pedro, invaincus en quinze matches, rencontreront les Hooligans de Wilmington dimanche après-midi à deux heures, sur le terrain de Cabrillo. Les joueurs de San Pedro possèdent vitesse, puissance et art de la feinte, des qualités telles que nous n'en avions pas vues dans la région depuis des années. Tasi Morimoto, arrière bâti comme un taureau, et Joe Nunez, centre percutant, ont pulvérisé tous les adversaires qu'on leur a opposés. Du premier au dernier, les joueurs des All-Americans forment une ligne imperméable.

« Oh bon Dieu ! » a fait Nunez. « Centre percutant. Ouah ! »

« Qui a écrit ça ? » a demandé Wang.

« Moi », a répondu Jake. « Un jour, je serai journaliste sportif. »

« Mais notre équipe s'appelle les Chats Sauvages », a protesté Smitty.

« Chats Sauvages, mes fesses », a dit Jake. « Vous êtes tous américains, pas vrai ? Alors vous êtes les All-Americans. »

« Il a raison », a dit Nunez. « Centre percutant — ouah ! » Il a bondi sur ses pieds. « Au boulot, feignants ! Faut qu'on s'entraîne sérieusement ! Centre percutant — ouah ! »

Le lendemain, nous avons joué contre les Hooligans. Les gens étaient venus nombreux. La plupart des spectateurs restaient dans leurs voitures garées autour du terrain pour regarder le match. A la mi-temps, nous menions 24 à 0, mais c'était à cause d'un arbitre véreux qui avantageait les Hooligans. Jake passait un casque dans la foule. Il a ramassé presque six dollars. Un spectateur lui a même donné un billet d'un dollar. Jake a arbitré la deuxième mi-temps. Alors on s'est éclatés, on les a démolis. Le score final a été de 87 à 6, car les Hooligans ont réussi à intercepter l'une de nos passes. Il y a eu un compte rendu dans le journal de lundi, avec tous nos noms.

Nous avons remporté tous les matches de la saison : Conserverie de San Pedro 6, All-Americans 76 ; Saint Patrick 17, All-Americans 88 ; Beach House 0, All-Americans 58 ; Epworth League 0, All-Americans 105 ; Eight Balls 69, All-Americans 70.

Pour notre dernier match, nous devions affronter la Colonie Japonaise. C'étaient des durs à cuire des conserveries de Terminal Island, juste en face de San Pedro dans la baie. Ils étaient si costauds qu'ils avaient écrasé Eight Balls 75 à 0. Ils avaient un arrière nommé Irish Hagaromo, qui était si lourd et puissant qu'il marquait une moyenne de sept essais par match. Irish pesait cent treize kilos. Il travaillait comme maître d'équipage sur un thonier, et avait trente-cinq ans. C'était son équipe. Il achetait tout l'équipement et entraînait l'équipe. Colonie Japonaise avait une seule tactique offensive : le centre prenait le ballon et le passait à Irish.

On s'est sacrément entraînés avant le match contre Colonie Japonaise. La seule façon de les battre consistait à marquer un essai chaque fois que nous avions le ballon ; car nous savions qu'Irish ferait la même chose pour son équipe. Si l'on gagnait le tirage au sort, nous pourrions conserver un essai d'avance pendant toute la partie.

Le deuxième soir d'entraînement, Frank Adamic n'est pas venu. Il est venu le soir suivant, mais a refusé de s'entraîner.

« A cause de la guerre », il a dit.

« Quelle guerre ? »

« La guerre froide. »

« La quoi ? »

« Je suis yougoslave, tu es italien. Mon paternel dit que je peux pas jouer tant que les Italiens n'auront pas évacué Trieste. »

« Trieste ? C'est qui ? »

« C'est pas une personne. C'est une ville, un pays, ou quelque chose. »

« Ils jouent dans quelle division ? »

Il l'ignorait. On s'est entraînés sans lui. Le lendemain soir, le Français Dorais a refusé de jouer. « Si Adamic veut pas s'entraîner à cause de la guerre, moi aussi je rends mon tablier. Blucher est allemand. Mon paternel dit que les Allemands ont tué plein de Français. Je laisse tomber. »

Ensuite, ç'a été le tour de Mike Miecislaus. Il a dit que son paternel était polack. Il ne pouvait plus jouer avec Rube Novikov, parce que Rube était russe. « Je jouerai pas tant que les Russes occuperont la Pologne. Désolé, les gars. Ordres de mon paternel. »

Après cela, Wang nous a plaqués. Son père lui a dit : « La Chine ne te pardonnerait jamais, mon fils. Tu dois cesser de jouer. » Il parlait des Japonais. Wang nous a mis au parfum, il était très triste. Ça a rendu Tasi Morimoto fou de rage.

« Ah, c'est comme ça ? » il a dit. « Eh bien je refuse de jouer avec un Chinetoque. » A son tour, il a démissionné.

« Mais nous sommes en Amérique ! » a objecté Jake.

Nous n'avions jamais pensé à ça. Des Russes. Des Japonais. Des Chinois. Des Polonais. Des Italiens. Foutue façon de former un peuple.

Alors Blucher a évoqué le problème devant son paternel, et Herman aussi a dû rendre son tablier.

« Jake est juif. Mon pater a dit pas question. »

« Je suis américain », a rectifié Jake.

« Mon pater déteste les Juifs. »

« Mais je te déteste pas, Herman. »

« Moi aussi, je t'aime bien, Jake. Mais tu connais pas mon pater. »

« Moi je le connais », a dit le Français Dorais. « Mon père le connaît aussi — ce gros porc teuton. Voilà à quoi ressemble ton paternel ! »

Blucher l'a frappé et le Français a riposté. Ils se sont bagarrés sur tout le terrain, frappant et roulant à terre l'un après l'autre. Alors Mike a cogné Rube Novikov. J'ai tenté de les séparer. Brusquement Frank Adamic a crié : « Trieste ! » et m'a balancé un coup de poing dans l'estomac. Wang a boxé Frank, et Morimoto a sauté sur le dos de Wang en le bourrant de coups. Jake a essayé d'intervenir. Mais quelqu'un lui a balancé son pied dans les fesses, et un autre l'a frappé à l'estomac. Il s'est éloigné en vacillant ; son nez pissait le sang. Whitehill et Smitty s'y sont mis aussi. Tout le monde se bagarrait, sauf Joe Nunez et Swede Olson.

Assez vite, une voiture est arrivée, et deux flics en sont descendus. L'un était Oscar Lewis, du commissariat du Port. Ils nous ont flanqué une raclée pour nous séparer. Oscar a saisi Blucher et l'a secoué comme un prunier.

« Alors que se passe-t-il ? Dis-moi la vérité ou je t'embarque avec une accusation de troubles sur la voie publique. »

Il a poussé Blucher devant lui avec l'épaisse ceinture de cartouches fixée à sa grosse bedaine. Puis il l'a laissé, il s'est emparé de Joe Nunez et l'a baladé sur le terrain en le poussant de la même façon.

« Je me battais pas », a protesté Joe. « J' suis portugais. »

« Moi non plus », a dit Swede. « J' suis suédois. »

Jake s'est avancé, un mouchoir plein de sang collé contre le nez. « Monsieur Lewis, je peux tout vous expliquer. »

Oscar lui a sauté dessus. « Alors c'est toi le responsable ! »

Il a poussé Jake sur tout le terrain avec son ceinturon. Jake parlait à cent à l'heure. Ils étaient au milieu de la rue alors que Jake n'avait pas encore fini son laïus.

« On est américains », a dit Jake. « On a le droit de jouer. »

« D'accord, vous avez des droits », a répondu Oscar. « Et alors ? »

« Vous êtes un homme intelligent, M. Lewis. Vous pourriez peut-être parler aux pères de ces garçons », a dit Jake.

« Maintenant, je suis intelligent... Hé, Harvey, si on embarquait ce morveux ? »

« Laissons tomber, Oscar », a dit l'autre flic.

Jake a saisi le bras d'Oscar. « Attendez. Vous savez ce qu'a dit l'équipe de la Colonie Japonaise, M. Lewis ? Eh bien, son entraîneur a déclaré que tous les habitants du quartier du port sont des lavettes. Des trouillards — voilà comment il nous a appelés — nous tous, vous, moi, tous le monde. »

Ça a marché. Oscar est devenu cramoisi. Il a sorti son calepin.

« Okay, les morveux. Filez-moi vos adresses et le nom de vos paternels. »

Tous les membres de l'équipe lui ont donné les renseignements demandés.

« Bon. Maintenant entraînez-vous sérieusement. Et pas de bagarre. »

Oscar Lewis est allé voir chaque père, et l'un après l'autre il les a convaincus. Nous formions maintenant une meilleure équipe que jamais.

Dimanche midi, nous sommes allés à Terminal Island par le ferry à dix cents. Chacun s'était habillé chez soi, si bien que nous avons été prêts à jouer dès notre arrivée sur le terrain de Colonie Japonaise, à deux rues du débarcadère. Irish Hagaromo et les autres Japonais de son équipe s'échauffaient. Après un coup de pied de volée, Irish a mis un casque doré et une tenue en nylon doré. Les autres membres de Colonie Japonaise portaient de simples maillots et pantalons kakis.

M. Slade, le responsable du terrain, était arbitre. Il a nommé Jake arbitre de ligne, et l'un des gars de la Colonie pour tenir le score. Au moment voulu,

M. Slade a jeté sa pièce en l'air. Irish Hagaromo a gagné le tirage au sort pour Colonie Japonaise. Il a adressé un signe victorieux à la foule, surtout des ouvrières des conserveries de Terminal Island.

Notre équipe s'est réunie et Smitty a dit : « Faut balancer le ballon n'importe où, sauf dans le secteur d'Hagaromo. »

Au coup de sifflet, on s'est élancés tandis que Nunez donnait le coup d'envoi. Le ballon est parti sur la droite, vers leur ligne des quinze mètres, le plus loin possible d'Irish. Leur ailier gauche aurait dû réceptionner le ballon, mais il s'est effacé pour le laisser rouler, et de même les autres arrières. Ils le laissaient à Irish, lequel a couru sur vingt-cinq mètres pour le ramasser. Nous sommes descendus à fond de train sur lui, mais il restait planté là, souriant, pendant que toute notre équipe se dirigeait sur lui. Alors il a poussé un hourra, adressé un signe aux filles, coincé le ballon sous son bras, baissé la tête et foncé sur nous.

On a giclé comme une tarte aux pommes frappée de plein fouet par une balle de base-ball. Quand on s'est relevés en secouant la tête, Hagaromo était derrière notre ligne de but. Il saluait le public. Il a lui-même transformé son essai. Le score était de 7 à 0. Irish riait et saluait les filles.

« On peut pas les battre », a dit Wang. « Ce type est trop vieux. J' parie qu'il a une femme et quatre mômes. »

Nous nous sommes disposés en ligne pour réceptionner le ballon. Irish a frappé le coup d'envoi. Le ballon a décrit une courbe majestueuse, il est bien monté à soixante-quinze mètres, il est passé au-dessus de nos poteaux, il a survolé notre embut, puis les voitures garées au bout du terrain. Les filles ont hurlé de joie. Irish s'est incliné jusqu'à terre comme un acteur.

Avec le ballon sur notre ligne des vingt mètres, nous avons discuté la tactique suivante :

J'ai appelé : « Serpent à Sonnettes. Numéro Vingt-Trois. »

Irish, qui jouait en défense au centre, a craché dans ses mains, puis écarté les jambes comme un lutteur. A 82, Nunez m'a passé le ballon. Avant que je puisse pivoter pour le lancer à Smitty en plongeant, Irish a fondu sur moi, m'a soulevé et lancé à dix mètres en l'air. Puis il a enfoncé toutes nos défenses. J'ai atterri sur le dos. Nous avons perdu douze mètres pendant cette action. Quand nous nous sommes retrouvés pour élaborer la tactique suivante, nous étions couverts de bleus et avions peur.

« Coup de pied de volée », j'ai dit. « Jouons la sécurité, essayons de sauver les meubles. »

Nous nous sommes disposés en formation de coup de pied de volée. Dès qu'Irish s'en est aperçu, il s'est rué vers l'arrière pour verrouiller le terrain. Smitty a frappé le ballon, lequel est passé au-dessus de la tête d'Hagaromo et a roulé jusqu'à leur ligne des quarante mètres. Irish l'a ramassé, il s'est arrêté pour adresser un signe aux filles, puis il a baissé la tête et chargé. Il nous a envoyés valser de droite et de gauche en filant tout droit vers l'essai. Debout entre les poteaux, il a exécuté une petite gigue pour les filles. Elles ont adoré ça, elles trépignaient et riaient.

A partir de ce moment, nous avons baissé les bras. Il nous avait flanqué la trouille, nous n'avions plus le cœur à rien. Le premier quart-temps s'est achevé sur le score de 28 à 0. Cinq minutes avant la mi-temps, nous perdions 49 à 0, et Irish a décidé de se mettre sur la touche. Il était tellement épuisé qu'il s'est jeté par terre, sans même prendre la peine de répondre aux applaudissements.

Une fois Irish absent du terrain, nos combinaisons marchaient. C'était notre chance de réduire la marque, et nous ne l'avons pas laissée passer. En cinq minutes, on a réussi trois essais et deux transformations. A la mi-temps, le score n'était plus que de 49 à 20. On s'est sentis mieux. Nous savions que nous pouvions gagner si Irish restait sur la touche.

Allongés à plat-ventre dans la zone de ballon mort, on a écouté Jake. « Vous êtes une équipe formidable.

Maintenant, vous allez me bloquer le malabar. Vous allez le bloquer si durement qu'il faudra appeler une civière pour le sortir du terrain. »

« T'es bien gentil », a dit Nunez en se tenant la tête. « Mais comment on fait ? On réquisitionne un camion ? »

Oscar Lewis a émergé d'un groupe de voitures ; il se dirigeait vers nous. Nous ignorions qu'il était venu assister au match. On a eu honte quand il s'est arrêté devant nous.

« On dirait que cet Hagaromo est trop costaud pour vous », il a fait. « Devriez vous plaindre à l'arbitre. C'est pas normal. »

On n'a rien dit.

« Il doit être aussi lourd que moi », a ajouté Oscar.

« Combien pesez-vous ? » a demandé Jake.

« Moi ? Dans les cent vingt-cinq kilos. »

« Alors il faut que vous jouiez pour nous. Irish en pèse cent treize. »

« Je suis pas joueur de football. Je suis un vieux type de cinquante ans. »

« M. Lewis, l'équipe a besoin de vous. C'est aussi votre match. Vous pouvez pas vous contenter de rester assis sur la touche — un solide gaillard comme vous, avec vos cent vingt-cinq kilos. Faut que vous soyez de la partie et que vous rossiez Hagaromo. »

« Désolé, petit. J' suis trop vieux. »

Jake a secoué la tête. « Incroyable. J'arrive pas à y croire. » Il s'est tourné vers nous. « Hé, les gars. Nous avons un traître. Et un sacré ! Un traître poids lourd. J'arrive pas à y croire. »

Oscar a blêmi, mais il n'a pas desserré les mâchoires. Il a fusillé Jake du regard, il s'est mordu la lèvre inférieure, et il est retourné vers les voitures. Quand l'arbitre a sifflé, nous nous sommes levés.

C'était à notre tour de recevoir la balle. Nous avons pris nos places sur le terrain et regardé Irish foncer sur nous dès le coup d'envoi. Le ballon planait paresseusement vers notre embut. Tasi Morimoto l'a réceptionné et s'est élancé. Nous bloquions tous nos adversaires, sauf Irish Hagaromo. Irish et Tasi se sont heurtés de plein fouet sur la ligne des vingt mètres.

Irish s'est relevé en souriant. Mais pas Tasi. Il était bel et bien K.O. Nous l'avons porté en dehors du terrain, puis allongé sur l'herbe de la touche. Il a gémi quand on a passé une éponge sur son visage verdâtre. Il faisait chaud au soleil. Soudain, une ombre géante nous a recouverts. C'était Oscar Lewis.

« Comment va-t-il ? »

« Il est dans le cirage. Ça ira mieux dans une minute ou deux. »

Oscar a défait son ceinturon. « Filez-moi un casque », il a dit. « Paraît que j' suis un traître ? Personne a jamais pu se montrer méprisant envers Oscar Lewis. »

Il s'est présenté à M. Slade, puis nous a rejoints pour notre conférence sur la ligne des quinze mètres. Il était si furieux qu'il serrait et desserrait sans arrêt les poings.

« Laissez-moi organiser cette action, les gars », il a dit. « Passez-moi juste le ballon et tirez-vous de mon chemin. »

Nous nous sommes disposés sur le terrain, Oscar au poste d'arrière. Irish Hagaromo souriait, balançait les bras et crachait dans ses mains, prêt à tout. Nunez a centré doucement. Oscar a réceptionné le ballon, cafouillé un peu, puis il l'a coincé contre son ventre et il est parti comme une flèche au centre du terrain, tête baissée. Ses clefs et sa monnaie tintinnabulaient dans ses poches. Il y a eu un choc terrible. Lui et Irish Hagaromo se sont heurtés bille en tête. Ils sont tombés. Ils sont restés immobiles. Nous n'avions pas gagné un mètre. Mais c'est Oscar Lewis qui s'est relevé en titubant. Irish Hagaromo ne s'est pas relevé. Ils lui ont versé un seau d'eau sur le visage, mais ça n'a pas suffi pour lui retirer son sourire béat, il a continué de dormir comme un bienheureux.

Ils l'ont emmené sur la touche devant toutes les

filles éplorées, puis un remplaçant est entré sur le terrain. Oscar vacillait toujours en se tenant la tête à deux mains. Il était nauséeux, son visage avait viré au bleu, sa mâchoire pendait. Il a demandé un arrêt de jeu, retiré son casque, et décidé d'abandonner la partie. Il avait duré le temps d'une action, mais c'était largement suffisant. Tasi Morimoto avait repris ses esprits et était prêt à jouer.

Ensuite, ç'a été de l'assassinat pur et simple. Nous avons immédiatement marqué un essai, puis réussi une pénalité. Deux minutes plus tard, Wang a profité d'une erreur adverse pour marquer. Et puis notre Serpent à Sonnettes nous a permis de marquer encore. A la fin du troisième quart-temps, nous n'avions plus qu'un point de retard : 49 à 48. Irish Hagaromo avait repris conscience, mais il était encore groggy, étendu dans l'herbe. Pendant le quatrième quart-temps, nous avons sorti le grand jeu et marqué deux autres essais en cinq minutes.

A sept minutes de la fin, nous menions 62 à 49. Alors Irish Hagaromo s'est relevé et a commencé de s'échauffer sur la touche. Les filles hurlaient d'espoir. Mais Irish était trop furieux pour faire ses courbettes de clown. Il semblait dangereux quand nous le regardions trotter en levant haut les genoux.

Cinq minutes avant la fin du match, il a repris sa place sur le terrain. C'était un arrêt de jeu, et nous avons cherché Oscar Lewis sur la touche. Il était à côté de Jake, nous lui avons fait signe de revenir tout de suite jouer avec nous. Mais Oscar n'a pas bronché. Jake a secoué la tête.

« Foncez-lui dans le lard ! » il a crié. « Montrez-lui de quel bois se chauffent les All-Americans ! »

Comme le ballon était sur la ligne des trente mètres de Colonie Japonaise, nous avons pris nos positions de défense. Irish ne souriait plus. Mais aussitôt, en le voyant si sérieux, prêt à s'emparer du ballon pour affronter notre ligne, nous n'avons pas eu peur de lui. On pouvait arrêter ce mastodonte. Nous avions vu que c'était possible. On pouvait recommencer. Le déclic s'était produit dans nos cerveaux. Nous n'avions plus peur. Tous, on l'a senti, car on s'est regardés en silence, et chacun de nous l'a compris.

Irish s'est emparé du ballon et a démarré. Mais Wang l'a percuté aux cuisses pendant que Rube saisissait son torse : Irish s'est débarrassé d'eux, mais il avait perdu l'équilibre. Quand il est arrivé sur la ligne de mêlée, Blucher lui a coincé les genoux, et Tasi Morimoto a serré son cou. Smitty et moi, on a roulé devant lui, et il est tombé, avec toute l'équipe sur le dos. Il avait seulement gagné trois mètres. Nous nous sommes relevés, puis regardés. Nous venions de le bloquer. Maintenant nous savions qu'il ne nous échapperait pas.

Les larmes aux yeux, Hagaromo est retourné prendre sa place d'arrière. L'étincelle du meurtre brillait dans ses yeux quand il nous a regardés. Mais nous n'avions pas peur, et pendant l'action suivante il a seulement gagné un mètre. A chaque fois, nous l'abattions. Il avançait parfois de dix mètres, parfois de quinze, tandis que nous étions tous accrochés à son dos, à ses jambes. Colonie Japonaise a gardé le ballon pendant presque toute la fin du match, mais nous avons réussi à bloquer Irish sur notre ligne des un mètre, et quand le coup de sifflet final a retenti, il n'avait pas marqué.

Hagaromo s'est défoulé sur l'herbe. Lorsque nous avons quitté le terrain, Hagaromo s'est jeté à plat-ventre sur la touche, il a martelé le sol de ses poings, arraché des touffes d'herbe avec ses dents en pleurant et hurlant de rage. Nous avons réuni nos affaires, puis cherché Oscar Lewis. Mais il était déjà parti. Pour une équipe qui venait de gagner un match, nous faisions plutôt triste mine.

« Il a dû reprendre son travail », a dit Jake.

« Il a gagné le match à notre place », s'est plaint Tasi.

« Mais non, c'est vous qui avez gagné », a protesté Jake.

« Ouais », a dit Blucher. « Mais sans aide extérieure, c'était râpé. Oscar ne fait pas partie de l'équipe. »

« Vraiment ? » a fait Jake avec un sourire.

Il a ouvert son calepin et nous l'a montré. Voici ce que nous avons lu :

> *A dater de ce jour, ayant payé mes frais d'inscription, lesquels s'élèvent à 25 cents, j'avertis qui de droit que je suis membre de l'équipe de football des All-Americans, et que ladite équipe peut faire appel à mes services quand bon lui semblera.*
>
> (*signé*) Oscar LEWIS.
> (*en présence de*) Jacob RABINOWITZ.

Cela faisait toute la différence du monde. Nous sommes montés à bord du ferry et avons chanté pendant toute la traversée.

LE RÊVEUR

Un flic m'a parlé de cette chambre. Il m'a dit qu'elle était sur Bunker Hill, dans une grande bâtisse grise en stuc. Je suis monté là-haut. Trente-cinq ans plus tôt, Bunker Hill avait été un quartier chic, mais plus maintenant. Ces grandes demeures de vingt pièces étaient devenues pouilleuses.

Une grosse bâtisse grise en stuc. C'était là. J'ai sonné à la porte. Une Mexicaine m'a ouvert. Elle était solide et droite.

Ses cheveux avaient l'éclat noir et brillant de la laque. Ils étaient si sombres et luisants que son visage prenait une couleur orangée. C'était Mme Flores.

Le loyer était de dix dollars par semaine. Je lui en ai donné quarante.

« Feriez mieux de regarder d'abord la chambre », elle a dit.

Mais j'étais las de regarder des chambres. J'aurais accepté n'importe quoi, je voulais seulement quatre murs. Je désirais être seul avec ma machine à écrire. J'avais du travail à faire. Je me moquais de l'apparence de cette chambre. Mme Flores m'a emmené au premier étage. Une très vieille baraque. Des portes hautes et épaisses. Avec des garnitures en cuivre.

Quand j'ai vu la chambre, j'ai hésité. Elle était tellement nue. Il y avait seulement quatre meubles : un lit, une commode, une table et une chaise. Pas de tapis. Pas de rideaux. Pas de tableaux aux murs.

« C'est cher pour ce que c'est, Mme Flores. »

« Je vous avais dit de regarder d'abord. »

Elle n'était pas en rogne. Je crois que tout simplement elle s'en foutait. Quand elle parlait, je regardais ses dents blanches. Elles étaient superbes, sans le moindre défaut. Elle s'habillait selon la mode de son peuple — une jupe et un corsage de paysanne, des boucles d'oreilles en argent, une breloque en argent assortie autour du cou. Ses petits pieds portaient des huaraches. Ils semblaient musclés et à l'aise dans les huaraches.

Elle est allée chercher du savon et des serviettes. J'ai ouvert ma valise et sorti le peu de choses que je possédais. Quelques chemises, des caleçons, des cravates, des chaussettes. Toute une rame de papier blanc. Je traversais une sale passe. Mais j'avais beaucoup de choses à écrire. Au point que ça me faisait presque physiquement mal.

J'ai ouvert l'étui de ma machine portative et je l'ai posée sur la table installée devant la fenêtre. Je me suis imaginé écrivant furieusement, martelant mon clavier nuit et jour dans cette chambre, la grande cité vautrée à mes pieds. Devant la fenêtre j'ai aperçu le sommet d'un vieux palmier. Il allait m'inspirer, il briserait la monotonie des quatre murs.

Mme Flores est revenue avec le savon et les serviettes. Ses yeux noirs se sont agrandis quand elle a vu la machine à écrire. Je lui ai expliqué de quoi il retournait — que je gagnais ma vie en écrivant.

« Vous devez partir », elle a dit.

« Partir ? Pourquoi ? »

Elle a tiré les quarante dollars de la poche de sa jupe, puis les a posés sur la commode. « A cause du bruit de la machine à écrire », elle a dit. « Votre voisin a besoin de dormir. »

La porte qui séparait ma chambre de la sienne était épaisse et en noisetier. Les murs étaient épais. Et ma machine silencieuse. Je le lui ai prouvé en pianotant sur quelques touches. Je lui ai promis de ne pas faire de bruit. Mais elle n'a rien voulu savoir. Elle a secoué la tête lentement, d'un air têtu. J'ai commencé de remettre mes affaires dans ma valise en songeant que Mme Flores était parfaitement déraisonnable. Et puis j'ai détesté le type qui habitait à côté, sans même le connaître ; je l'ai maudit.

Des pas ont résonné dans le couloir. Il est arrivé, le type qui habitait à côté.

« Cristo ! » a lancé la femme.

Il s'est arrêté pour me regarder, et j'ai vu l'animation particulière de l'amour poindre sur le visage de Mme Flores, j'ai vu ses yeux noirs qui l'adoraient.

« Bonjour », il a dit.

C'était froid et mécanique. L'homme percevait l'adulation de la femme. Et il n'en voulait pas. Il se méfiait de ça. Il était grand, intense, beau, un Philippin de trente-cinq ans environ. Il était superbement habillé ; j'ai surtout remarqué sa cravate jaune qui brillait comme un petit soleil à son cou.

« Quelque chose va pas ? » il a demandé.

« Il écrit en tapant à la machine », a dit Mme Flores. « Vous ne dormirez plus s'il reste. Vous avez besoin de vous reposer. Vous ne dormez pas bien. »

« Je dors très bien », il a répondu. « Comment vous savoir ça — comment je dors ? Vous espionnez ? »

Il voulait une réponse. Ses yeux se sont agrandis sous l'indignation. Mme Flores a baissé la tête.

« Mauvais pour une femme de regarder un homme endormi », il l'a sermonnée. « Je n'aime pas ceci. »

Elle a encaissé sans se démonter, stoïquement. Cristo m'a souri. « Prier de rester, mon ami », il m'a dit. « Bonne chose d'avoir homme cultiver pour voisin, avec machine à écrire. »

Je l'ai remercié et nous nous sommes serré la main.

« Nom est Sierra. Cristo Sierra. »

« John Lane », j'ai répondu.

J'observais Mme Flores. Elle ne montrait aucune émotion. J'aurais voulu l'entendre déclarer sans ambiguïté que la chambre était à moi. Quand elle est partie, Cristo tenait la porte et elle m'a lancé un bref regard indéchiffrable. Ensuite je me suis retrouvé seul dans ma chambre. Je me suis assis et j'ai essayé de travailler. Je ne parvenais pas à oublier la passion dans les yeux de Mme Flores, les regards amoureux qu'elle avait eus pour Cristo, mais ça n'a pas voulu s'écrire noir sur blanc.

Décidément, ça ne marchait pas. Au bout de trois jours, le seul résultat de mes élucubrations consistait en plusieurs boules de papier froissé. J'arpentais le plancher qui grinçait. Je me prenais la tête entre les mains, me jetais sur mon lit, regardais le plafond. L'esprit en éveil, je tendais l'oreille vers tous les bruits de la maison. Chaque matin, j'entendais Cristo partir. Il revenait tard le soir, parfois après minuit. Deux autres locataires habitaient au premier étage. Le vieux Ashley avait des problèmes cardiaques ; on l'entendait à peine. Je n'ai jamais vu l'autre locataire. Bientôt je me suis surpris à guetter sans arrêt le bruit feutré, félin, des huaraches de Mme Flores. Son nom me troublait. Je pensais qu'avec sa jeunesse et sa beauté, elle aurait dû s'appeler Dolores ou Maria, ou tout autre nom digne des traits sombres et réguliers de son visage.

Chaque matin, après le départ de Cristo, je l'entendais, elle, dans la chambre du Philippin. Elle faisait son lit et le ménage. Ses sanglots s'élevaient dans la chambre comme le volettement d'une colombe emprisonnée.

Le vieux Ashley m'a appris quelques petites choses sur son compte. Il habitait cette maison depuis vingt ans. Mme Flores l'avait achetée trois ans plus tôt. Elle était veuve de guerre. Son mari lui avait laissé assez d'argent pour acheter la baraque. Si Ashley se doutait qu'elle aimait Cristo, il ne m'a rien dit là-dessus. Mais, détail significatif, il a aussitôt embrayé sur le Philippin. Cristo travaillait pour une compagnie fruitière, il était contremaître de l'entrepôt.

Une semaine plus tard, j'ai parlé à Cristo. Pour la première fois je l'ai vu dans sa chambre. C'était au crépuscule d'une autre journée stérile où je n'avais rien écrit de bon. Il a frappé à la porte qui séparait nos chambres. Quand j'ai répondu, la clef a tourné et il a ouvert la porte.

« Bonsoir », il a dit. « Vous aimer petit verre ? » Son visage s'est renfrogné quand il a vu ma chambre.

« Mme Flores m'a promis une corbeille à papier », j'ai dit.

« Travail dur, oui ? » il a demandé en désignant la machine à écrire d'un signe de tête.

J'aimais bien ce Cristo. Enfin quelqu'un qui comprenait mes problèmes. Il a fait un pas de côté, puis s'est incliné en tendant le bras vers sa chambre.

« Bienvenue. »

Sa chambre était époustouflante. J'avais presque oublié jusqu'à l'existence de pareils endroits. Il y avait des lampes : trois lampadaires qui répandaient une lumière douce dans une chambre si luxueusement meublée que je n'en ai pas cru mes yeux. Il y avait une cheminée d'angle. Devant elle, deux superbes fauteuils de cuir rouge autour d'une table basse, et sur cette table, avec une simplicité élégante, étaient posés des carafons d'alcools divers, un bol contenant des glaçons et un plateau de verres.

Stupéfait, j'ai lentement pivoté sur moi-même. Aux murs étaient accrochées des gravures de Currier et Ives somptueusement encadrées. C'était une pièce d'angle, dont deux murs étaient lambrissés de pin noueux finement moucheté de laque brillante. J'ai effleuré les rideaux qui pendaient aux vastes fenêtres. Chintz brodé d'or sur fond bleu. Cristo ne me quittait pas des yeux, il était ravi. Debout devant la cheminée, il a préparé des cocktails, les lèvres retroussées en un sourire paisible. Il semblait m'inviter à explorer son domaine. J'ai fureté partout, ouvert diverses portes. Celle de son cabinet de vêtements par exemple. Il était tel que je l'avais imaginé, ses coutumes étaient soigneusement rangés, comme autant de Cristo décapités. Et puis il y avait ses cravates — moins nombreuses que je l'avais pensé, une douzaine environ — mais chacune éblouissante. J'ai refermé la porte et me suis planté devant celle d'à côté.

« Je peux ? » j'ai demandé. « Autant que je voie toutes les pièces annexes. »

« Allez-y. Bien sûr. »

C'était la salle de bains. La salle de bains absolument privée de Cristo Sierra. Quand j'ai découvert la douche derrière ses panneaux de verre dépoli, j'ai envié Cristo pour la première fois.

« Vous avez de la chance », je lui ai dit.

Il a balayé ma remarque d'un haussement d'épaule. Puis il m'a tendu mon cocktail. J'ai traversé la chambre jusqu'à un compotier rempli de fruits et un bouquet de fleurs posés sur la table près du divan de son studio.

« Alors, vous aimez les fleurs ? » j'ai fait.

« Non. »

« Vous aimez Mme Flores ? »

« Femme de bien », il a répondu en embrassant la chambre d'un large geste de la main. « Elle donner à moi tout ceci. Loyer, cinq par semaine. Je veux payer plus. Elle refuse de prendre. »

« Elle a bon goût. »

« Femme de bien. Mais pas pour Cristo Sierra. »

« Je l'entends ici tous les jours. Elle pleure. »

« Je sais. Impossible empêcher. Elle pas mon type. »

Je me suis demandé quel genre de femme était le type de Cristo Sierra, mais je ne lui ai pas posé la question.

Nous nous sommes enfoncés dans les fauteuils en cuir pour fumer et boire nos cocktails. Apparemment nous savions tous deux que nous allions devoir discuter de choses sérieuses. Quand nos verres ont été vides, Cristo les a remplis.

« M. Lane », il a dit, « j'ai grand rêve. Grand. Vous êtes écrivain. Vous comprendrez. »

Son rêve était un retour triomphal dans son

village natal de Villazon, à cent kilomètres au nord de Manille. Vingt ans plus tôt, à quinze ans, Cristo était arrivé aux Etats-Unis. Il n'avait réussi à échapper à la pauvreté et au désespoir de Villazon que pour se retrouver piégé dans la misère scintillante de la Californie. Mais tout ça était du passé. Il avait survécu. Il avait fait les vendanges à Modesto, ramassé le coton à Bakersfield, cueilli les asperges à Sacramento, le céleri à Venice, les cantalous dans Imperial Valley. Il avait mis le thon en boîte à San Pedro. Il avait eu faim à Oxnard, Lompoc et San Diego. Une année, il avait failli mourir de pneumonie à l'hôpital du comté de Sutter. Il avait même passé un mois entier dans la gare des chemins de fer de Berkeley.

Mais pas une fois pendant toutes ces années il n'était tombé amoureux ou n'avait rencontré le rêve de son âme. Aujourd'hui, il était heureux de ne pas l'avoir trouvée durant cette époque de vaches maigres. Car il aurait risqué de la perdre à cause de son incapacité à la nourrir et à l'entretenir. Mais Cristo connaissait enfin une époque de vaches grasses. Il économisait depuis des années. Comme il connaissait bien son travail, il était bien payé. Maintenant il était contremaître, patron.

« Regardez. Je vais vous montrer. »

Il a sorti un petit carnet où il notait tous ses dépôts à la banque. J'ai lu le total. Ça frisait les sept mille dollars.

« Bientôt je retourne à Villazon », il a dit. « J'achète plantation de tabac. »

Car il savait exactement ce qu'il voulait. Cent acres dans les collines qui surplombaient son village natal. Enfant, il avait joué dans ces collines avec son chien. Il reviendrait bientôt en héros et apporterait la prospérité à sa famille.

« Bientôt ? »

« Dès que je trouve femme. Cela est mon rêve. »

« Vous ne la trouverez peut-être pas. Ça peut prendre des années. »

Il a secoué la tête. Maintenant il était prêt à la

chercher. Maintenant il avait de l'argent. Cela faisait toute la différence.

« Mme Flores ferait une épouse merveilleuse. »

« Pas mon type. »

« Quel est votre type de femme ? »

« Pas le type de Mme Flores. Mon type, différent. »

« Où allez-vous la chercher ? »

« Dans tout Los Angeles. Chaque soir. Tout le samedi et tout le dimanche. Je marche dans la rue, j'entre dans les magasins. Toujours je regarde. Au spectacle, au café. Le dimanche à l'église. Dans toute la Californie du Sud, je regarde. Parfois je vais à Long Beach, à San Bernardino. Bientôt je la trouve. »

« Et vous voulez une fille américaine. »

« Doit être américaine. Fille typique américaine. Dans le passé, c'était mauvais pour Philippin. Fini. Terminé. Doit être américaine, pour les enfants. Pour avoir des pionniers à la plantation. »

« Mme Flores est américaine. »

« Pas mon type », il a répondu sèchement.

Après notre entretien, mes conditions de vie se sont nettement améliorées dans la pension de Bunker Hill. Cristo laissait sa porte ouverte et j'avais libre accès à sa douche. Il insistait pour que je prenne un fruit quand je le désirais. D'habitude il revenait de son travail vers six heures du soir. Ensuite, il ouvrait la porte qui séparait nos chambres et regardait la corbeille à papier neuve fournie par Mme Flores. Le plus souvent, elle était pleine de boules de papier froissé qui témoignaient d'une autre journée infructueuse. Un peu plus tard, lavé et habillé, une cravate de gala autour du cou, Cristo partait en expédition et je savais qu'il allait écumer les rues et les cafés à la recherche de la femme de ses rêves.

Un jour, il est resté dans sa chambre à cause d'un rhume. Il n'était pas gravement malade, c'était juste un peu de fièvre. Mme Flores a essayé d'entrer pour faire son lit, mais j'ai entendu le Philippin la chasser avec pertes et fracas.

« Vous êtes malade », elle disait. « Puis-je vous aider ? »

« Non. Seulement rhume. Je veux être seul. »

Ensuite Mme Flores est venue dans ma chambre. Son visage était anxieux, l'inquiétude brillait dans ses yeux. Elle tenait une bouillotte et un petit paquet.

« S'il vous plaît », elle a dit. « Voudriez-vous lui donner ceci ? »

Le paquet contenait des cataplasmes à la moutarde et des gouttes pour le nez. J'ai transmis le tout à Cristo. Il a examiné l'ensemble avec un air horrifié, il a éternué, puis s'est détourné.

« Cinglée, cette femme. Voici meilleure chose contre le rhume. »

Il s'est versé une bonne rasade de whisky, qu'il a avalée laborieusement.

Le lendemain matin il était de nouveau sur pied. Je l'ai entendu se lever avec entrain et partir à son travail. Alors que j'allais prendre mon petit déjeuner, j'ai rencontré Mme Flores. Elle n'a pu me cacher ses soucis.

« Comment va-t-il ? » elle m'a demandé.

« Guéri », j'ai répondu. « Il est parti travailler. »

« Mes médicaments ont donc été utiles ? »

« Absolument. »

Elle a eu un sourire de soulagement. Elle était heureuse.

Quand je suis remonté dans ma chambre après le petit déjeuner, j'ai constaté d'agréables changements. Des rideaux blancs et propres encadraient ma fenêtre, il y avait un petit tapis à côté de mon lit, et un autre meuble — un fauteuil à bascule.

Cristo Sierra a trouvé la fille de ses rêves quatre semaines après mon arrivée à la pension de Mme Flores. Je suis certain de la date, parce que je devais payer mon loyer et que je n'avais pas assez d'argent.

Aux environs de minuit, Cristo est entré dans ma chambre. Assis dans mon fauteuil à bascule, je lisais une pile de manuscrits futiles en essayant de sauver quelques phrases. Cristo ne débordait pas de joie après sa découverte. Il évoquait l'acquéreur d'une voiture qui vient de trouver le modèle désiré.

« J'ai vu elle ce soir », il a dit. « Fille merveilleuse. Juste ce que je veux. »

« Comment est-elle ? »

« Fille typique américaine. »

« Vous lui avez parlé ? »

Non, il ne l'avait même pas abordée. Il l'avait seulement vue dans une boîte de nuit.

« Je veux votre opinion », il a dit. « Demain je vous emmène la voir. »

Nous avons quitté la pension dimanche soir, et descendu Angel's Flight vers le centre-ville. Cristo était magnifique en costume croisé de gabardine bleue, chemise noire et cravate pourpre. Quant à moi, je me sentais misérable et fripé à côté de lui, avec mon pantalon informe qui pendouillait lamentablement. Mais j'étais heureux de sortir de la pension de Bunker Hill. Je ne pouvais rien écrire là-bas. J'envisageais même de déménager.

On a pris un taxi, qui a longé Sunset Strip. C'était un long trajet, presque vingt kilomètres. Sur Wilshire, Cristo a demandé au chauffeur de s'arrêter devant un fleuriste.

« Quelle est fleur convenable pour une belle femme ? »

Je lui ai répondu que toutes aimaient les orchidées.

Il est entré ; cinq minutes après il est revenu avec une grande boîte.

« Vous avez donc pris des roses », j'ai fait.

« Orchidées. Est fleur très chère. »

« Une orchidée suffit largement. »

« Pour elle, j'achète douzaine. »

Cela aurait suffi à payer mon loyer pendant six semaines. Le taxi roulait maintenant dans le Strip illuminé par les néons clinquants. Très calme, Cristo tirait sur un cigare en regardant la circulation assez dense. Il semblait tout sauf romantique. Pour lui, c'était une affaire comme une autre.

L'endroit s'appelait le Tampico. On est descendus

du taxi et Cristo a payé une somme énorme. Le Tampico était d'une simplicité pompeuse, jusqu'au portier arrogant, visiblement agacé par mes vêtements négligés. Cristo est entré avec une suave désinvolture. Il a donné les fleurs au maître d'hôtel, lui a glissé cinq dollars, et on a été aussitôt installés autour de la scène.

Après ma petite chambre, ça faisait du bien d'être dans un endroit pareil — lumières tamisées, musique, belles femmes parfumées.

« Elle travaille ici ? » j'ai demandé à Cristo.

Il a souri sans répondre. La piste de danse a été dégagée, puis le spectacle a commencé. Alors je l'ai vue. Elle chantait des chansons d'amour triste, elle était grande, blonde, merveilleusement moulée dans un fourreau en lamé argent, elle portait des orchidées dans les cheveux. Elle travaillait sous le nom de Charleen Sharron ; sa voix au timbre voilé évoquait les tortures de l'amour, les affres du désir, et puis un certain Bill qui la battait parfois mais qu'elle aimait malgré tout. Elle chantait plutôt bien, elle était très belle, mais elle ne collait tout bonnement pas dans le rôle de la maîtresse d'un planteur de tabac perdu au fin fond des Philippines. J'ai regardé Cristo pendant qu'elle chantait. Son examen froid était un peu effrayant. Et il n'a pas applaudi à la fin du troisième rappel de Charleen Sharron, qui s'est inclinée très bas avant de rejoindre les coulisses. L'ovation qu'elle recevait l'intéressait davantage.

« Vous voyez », il a dit en remarquant que je n'étais toujours pas convaincu. « Elle plaît au public. »

Ce n'étaient pas mes affaires. J'étais simplement le voisin de palier qui suait sang et eau pour mettre quelque chose noir sur blanc. Brusquement, j'en ai eu assez du Tampico. Je me suis levé.

« Foutons le camp d'ici. »

Dehors, nous avons trouvé un taxi. Cristo s'est installé sur la banquette en attendant sans doute que je donne mon avis sur la chanteuse. Mais je suis resté volontairement silencieux.

Il a fini par demander : « Alors, comment trouves-tu ma femme ? »

J'ai haussé les épaules. Il la possédait déjà mentalement — une fille qu'il avait vue, mais avec qui il n'avait pas échangé un mot. C'était sans espoir, une petite tragédie. Cristo allait souffrir. De nouveau. Je me suis rappelé l'histoire de sa jeunesse en Amérique, sa solitude, les vexations endurées parce qu'il appartenait à une autre race, et la dure coquille qu'il avait sécrétée pour se protéger. Vingt ans plus tôt, il avait traversé le Pacifique et abordé en Californie pour faire fortune. Il avait survécu aux épreuves et au désespoir, il avait réussi. Ce même désespoir le poussait aujourd'hui vers une femme comme Charleen Sharron. L'Amérique de Cristo était un conte de fées. Son idéal de femme américaine, une héroïne de bande dessinée. Elle serait sa fiancée, elle ne pouvait que devenir sa fiancée, parce que tous ses symboles étaient faussés. Parce que, pour lui, elle était l'Amérique. Et qu'il voulait retourner à Villazon en conquérant, avec l'Amérique à ses côtés.

Les événements de la soirée m'ont empêché de dormir, et je me suis retourné dans mon lit jusqu'à l'aube. Mais je n'étais pas le seul à ne pas pouvoir dormir. Avant l'aube, je l'ai entendu dans le couloir, le glissement feutré des huaraches de Mme Flores. Le bruit est allé jusqu'à la porte de Cristo. Puis il a fait demi-tour et il a descendu l'escalier.

Alors ont commencé les lettres d'amour. Voici ce qui est arrivé : deux soirs après notre visite au Tampico, Cristo m'a montré l'étui à cigarettes en or qu'il avait acheté pour Charleen Sharron. Il désirait accompagner son cadeau d'un billet d'amour. Accepterais-je de l'écrire à sa place ?

« Je paie toi », il a dit. « Dix dollars. »

Mon loyer était en retard. J'ai accepté. J'ai glissé une feuille de papier dans ma machine à écrire et j'ai frappé furieusement que je l'aimais plus que ma vie, que je l'adorais de loin, qu'elle chantait comme le vent par un soir d'été. Cristo a été très content. Aussitôt il m'a donné dix dollars, puis m'en a tendu cinq autres.

« Bon travail », il a dit. « Je te donne prime. »

Il a emballé l'étui à cigarettes pour l'envoyer par la poste, puis il a signé la lettre de son seul prénom et l'a fixée au paquet. Je lui ai fait remarquer qu'il avait oublié de donner son adresse. Il a alors souri d'un air mystérieux.

« Pas encore », il a dit. « Elle ne doit pas savoir pendant quelques jours. »

Il s'y prenait donc ainsi. J'ai commencé de comprendre son plan. Au cours des deux semaines suivantes, j'ai écrit six lettres d'amour à la fille du Tampico. Ç'a été le seul travail d'écriture que j'ai fait pendant cette période. Désormais, l'étincelle de la création s'était éteinte en moi. Une culpabilité écœurante me submergeait. Je savais que j'étais un charlatan qui bradait ses maigres talents pour tromper un innocent. La seule vue de ma machine à écrire me faisait frémir ; j'avais beau mieux manger qu'au cours des semaines précédentes, mon esprit mourait lentement d'inanition. Chaque lettre adressée à Charleen Sharron accompagnait un cadeau somptueux — parfum, bijou, une douzaine de paires de bas en nylon.

Enfin, Cristo est entré un jour dans ma chambre avec le plus excitant de tous les cadeaux pour la fille de ses rêves. C'était une grande boîte, et quand il a déchiré l'emballage pour l'ouvrir, j'ai redouté le spectacle de sa beauté. Il s'agissait d'une cape en renard argenté. Je l'ai touchée, les mots m'ont manqué.

« Joli, oui ? »

« Ça suffit », j'ai fait. « Tu ne peux pas continuer. »

« Exact. Ce soir, je lui dis qui je suis. Tu écris grande lettre d'amour. »

Ça m'a pris deux heures pour écrire une page de banalités. J'étais vidé. Mais j'en suis venu à bout — la dernière lettre d'amour de Cristo. Elle était plate, bourrée de clichés qu'il n'a pas remarqués. Il l'a signée de son nom tout entier, après quoi il a ajouté son adresse.

« Maintenant, nous attendons sa réponse. »

Elle est arrivée l'après-midi suivant. La réponse. Apportée par un gamin de la poste qui cherchait Cristo Sierra. J'ai signé le reçu à sa place. Mme Flores semblait figée dans l'encadrement de la porte, son regard sombre perdu dans le vide, plein d'un désespoir qu'elle ne faisait rien pour cacher.

J'ai tripoté le télégramme devant la fenêtre. Je voulais l'ouvrir, lire de mes propres yeux que Charleen Sharron ne voulait pas de Cristo Sierra. Elle devait le repousser. Il ne pouvait en être autrement. Je me suis souvenu d'elle telle que je l'avais vue au Tampico — belle, voluptueuse. Soudain, je me suis rappelé une chose que j'avais complètement oubliée. Elle était froide, glacée. Elle ressemblait à Cristo. Alors j'ai été certain que cette histoire d'amour grotesque irait jusqu'au bout. Allongé sur mon lit, j'ai regardé le plafond. Je me suis senti coupable, mais je ne comprenais pas pourquoi j'aurais dû déplorer le bonheur de Cristo.

Il est arrivé vers sept heures. Je l'ai entendu entrer dans sa chambre, j'ai senti son attente. Il a ouvert la porte, jeté un coup d'œil. Il souriait.

« Sur la machine à écrire », je lui ai dit.

Il s'est planté devant le télégramme en se frottant les mains. Il a déchiré l'enveloppe et lu le message, pendant que son sourire envahissait tout son visage. Il m'a tendu le message, puis il est sorti. Le télégramme était signé Charleen Sharron. Voici son contenu : « S'il vous plaît, venez me voir. »

Il s'est habillé : tout le tintouin — smoking, nœud papillon noir, chaussures en cuir cousues main, manteau noir. Je l'ai regardé s'examiner une dernière fois dans le miroir. Il puait le conquérant à cent mètres.

« Tiens-moi au courant », je lui ai dit.

« Toi, je dis d'abord. Mon ami John Lane », il a fait. « Bon ami. »

Il faisait allusion aux lettres. J'ai rien répondu. Après son départ, je me suis servi un verre en puisant dans sa réserve de bourbon. Il était huit heures et demie. La soirée allait être longue.

A neuf heures moins le quart, j'ai entendu le chuintement des huaraches de Mme Flores. Elle a frappé à ma porte. Jusqu'alors, j'avais essayé de lui cacher que j'utilisais parfois la chambre de Cristo. Maintenant je m'en foutais. Quand je lui ai crié d'entrer, elle a ouvert la porte et s'est avancée dans la chambre de Cristo.

« Bonsoir », j'ai dit.

« Pourquoi avez-vous écrit ces lettres à cette femme ? » elle a demandé.

« Vous avez fouillé dans ma corbeille à papier, Mme Flores. Ce n'est pas bien. »

« Bien ? Et vous ? »

« Il m'a payé pour les écrire. »

« Et vous avez accepté. »

Il était impossible de deviner son humeur. Elle ne paraissait pas en colère, mais je ne savais pas à quoi m'en tenir. Elle s'est approchée.

« A quoi ressemble-t-elle, cette Charleen ? »

« Très séduisante. »

« Et moi ? »

« Vous êtes beaucoup plus que ça », j'ai répondu.

Ça lui a plu. Elle s'est assise dans le fauteuil rouge en face de moi, puis a croisé les jambes. Elles étaient fermes, lisses et mates.

« Je suppose que Cristo la prend pour une jeune Américaine typique. »

« Ce sont exactement ses mots », j'ai fait.

« Pauvre Cristo. »

Elle s'est levée pour partir.

« Vous inquiétez pas pour le loyer », elle a dit en souriant. « Je ne vous mettrai pas dehors. »

Je pensais encore à elle une heure plus tard, quand les pas de Cristo ont résonné dans le couloir. C'étaient les pas du désespoir, de la défaite, ils scandaient l'amertume de l'échec. Il est entré avec le visage gris de qui vient d'endurer une épreuve terrible. Ses bras étaient pleins de paquets. Il les a jetés sur un fauteuil, puis est resté planté devant. Alors j'ai revu la cape en renard argenté, les flacons de parfum, les bijoux. Il s'est tourné vers moi ; sa profonde blessure intérieure crispait les muscles autour de sa bouche, ses yeux secs et brillants désiraient l'obscurité. Je me suis levé et j'ai quitté sa chambre. Quand j'ai fermé la porte, j'ai entendu un petit hoquet de douleur. Alors il s'est mis à pleurer.

Trois jours après, il était toujours dans sa chambre. Je ne m'inquiétais pas pour lui ; il avait besoin de solitude pour retrouver son amitié avec lui-même. Ce qui m'inquiétait davantage, c'était la disparition soudaine de Mme Flores. M. Ashley aussi se faisait du souci. Il voulait avertir la police.

« Je connais cette ville », il m'a dit. « Il lui est arrivé quelque chose. Elle est trop jolie. »

Au quatrième soir de l'exil volontaire de Cristo, j'ai commencé à croire qu'Ashley avait raison.

J'ai frappé à la porte de Cristo. Il m'a ouvert. Il semblait agité, nerveux.

« Mme Flores a disparu », j'ai dit.

« Mauvais. Regarde. »

Sa chambre était un vrai capharnaüm. Les tapis avaient besoin d'un coup de balai, son lit était défait, il y avait des verres sales sur les accoudoirs des fauteuils, les cendriers étaient pleins. Dans le compotier, il n'y avait plus un fruit, seulement quelques épluchures de pomme et des noyaux de pêche. Les fleurs étaient fanées dans leur vase.

« Où elle aller ? »

« Apparemment, personne ne le sait. »

« Mauvais », il a répété. « Elle femme de bien. »

De retour dans ma chambre, j'ai entendu des pas dans le couloir — le claquement sec de hauts talons. Ils se sont arrêtés devant ma porte. On a frappé. J'ai ouvert la porte.

J'ai découvert une grande femme blonde aux cheveux dorés ébouriffés par le vent. Sa robe — un satin doré moulant et provocant — et son parfum lourd m'ont coupé le souffle. J'ai écarquillé les yeux, bouche bée.

« Bonsoir », elle m'a dit en souriant.

« Mme Flores ! »

Elle est entrée et j'ai pris le temps de l'examiner, du bout pointu de ses hauts talons jusqu'au petit ruban qu'elle avait noué dans ses cheveux blonds. C'était incroyable, et pourtant c'était elle. Ça avait aussi un côté un peu pathétique.

« Et maintenant ? » j'ai fait.

Elle a hoché la tête en direction de la porte de Cristo.

J'ai ouvert la porte après avoir frappé. Elle s'est avancée à côté de moi avec son élégance un peu tape-à-l'œil ; j'ai senti sa nervosité quand Cristo s'est retourné dans son fauteuil pour nous regarder.

« J'aimerais te présenter une amie », j'ai dit.

D'abord il ne l'a pas reconnue. Sa respiration a gonflé sa poitrine quand il s'est levé. Ses yeux bruns se sont agrandis. Sa bouche s'est ouverte. Courageusement, elle a avancé vers lui sans le quitter des yeux.

« Bonjour, Cristo », elle a dit.

« Mme Flores ! Mme Flores ! »

Il a répété son nom plusieurs fois en la dévisageant avec incrédulité. « Mme Flores — pourquoi vous faites cela ? »

C'était une question innocente, mais brutale. Elle a porté la main à sa bouche, comme pour retenir ses propres paroles.

« Je suis idiote », elle a dit d'une voix hachée. « Tellement idiote. »

Alors elle a fait volte-face, elle est sortie de la chambre en courant. Nous l'avons entendue dégringoler les marches de l'escalier, puis le claquement de la serrure de son appartement. Cristo semblait pétrifié.

« Elle est si belle », il a dit. « Plus belle que ma Charleen. »

« Elle t'aime. »

« Pour moi elle fait cela. Changer les cheveux en blonde. Merveilleux. Je suis grand crétin. Vingt ans en Amérique, je cherche la mauvaise chose. Pas les vêtements. Pas les cheveux blonds. Mais l'amour. Il est ici. » Il a frappé son cœur.

« Va lui dire ça, Cristo. »

« Faire de bons pionniers. »

« Magnifique. »

« Magnifique. »

Je l'ai regardé bomber le torse avant de s'engager dans le couloir. Du haut de l'escalier, je l'ai vu frapper à la porte de Mme Flores, en bas. Elle a ouvert.

« Je veux faire grande excuse », il a dit.

« Oh, Cristo ! »

Elle a jeté ses bras autour de son cou. Je les ai regardés un moment. Alors tout est devenu clair dans mon esprit. Toutes ces semaines, les choses que je voulais dire, les choses que je désirais écrire — maintenant je pouvais les écrire, et les émotions de mon sang se mêleraient à l'encre, s'étaleraient d'elles-mêmes sur le papier blanc. Je me suis précipité dans ma chambre, assis devant ma machine, et ça a coulé comme d'une source magique.

HELEN, TA BEAUTÉ EST POUR MOI...

Quand Julio Sal a connu l'amour, il n'était pas prêt pour ça. Julio Sal, philippin, quarante cents de l'heure, Tokyo Fish Company, Wilmington. Elle s'appelait Helen, elle portait une robe rouge unie et elle travaillait au Bal des Anges, à Los Angeles. Un mètre soixante était la taille de Julio Sal, mais quand les cheveux dorés d'Helen reposaient sur son épaule. la force et la grandeur emplissaient son corps. Un rêve prenait forme dans son cerveau malais. Elle aussi le sentait. D'ailleurs elle sentait toujours ce genre de chose chez ses clients philippins. Ils s'enflammaient brusquement, et achetaient d'autres tickets. Chaque danse coûtait dix cents ; elle en empochait la moitié.

Dominant les cheveux dorés, Julio Sal vit une cinquantaine de ses compatriotes qui le regardaient, surveillaient les ondulations serpentines sous la robe rouge, surveillaient le rouleau de tickets qui diminuait rapidement dans la main gauche d'Helen. Chaque danse durait une minute. Quelque part derrière l'orchestre composé de quatre musiciens de couleur, une cloche annonçait la fin de chaque morceau. Depuis dix heures, Julio Sal avait dansé sans discontinuer.

Maintenant il était presque minuit. Il avait déjà dépensé douze dollars. Il lui restait quarante cents en poche. Cela signifiait quatre minutes supplémentaires avec casque d'or, mais c'était aussi le prix de son billet de retour aux conserveries.

La cloche a sonné, la danse s'est terminée, une autre a commencé. De son meilleur pas chaloupé. Julio a dirigé son rêve vers la boîte à tickets en verre. Par-dessus son épaule, la main de Helen a déchiré un ticket du rouleau et l'a glissé dans la fente.

« Il en reste un seul », a sussuré la fille pendant que Julio l'entraînait dans un coin. C'étaient ses premières paroles depuis une heure. La sueur dégoulinait sur le visage basané de Julio Sal. Une fois encore, il a regardé le groupe de ses compatriotes de l'autre côté de la piste.

Dix d'entre eux jouaient des coudes contre la balustrade, chacun serrant un gros rouleau de tickets, prêt à foncer sur casque d'or dès que le dernier ticket de Julio aurait disparu dans la boîte de verre. Le désespoir s'est abattu sur le cœur de Julio Sal. La résolution brillait dans ses yeux bruns.

« Je vais en chercher d'autres », il a dit.

La cloche a sonné, la danse s'est terminée, une autre a commencé. Il y avait un sourire sur le visage blême et brûlant de la fille quand elle a fait tomber le dernier ticket dans la fente. Cette fois c'était une valse, un air ensorcelant. D'un signe de tête, Julio Sal a appelé le vendeur de tickets, qui s'est frayé un chemin entre les couples, ses pièces tintinnabulant dans le porte-monnaie fixé à sa ceinture. L'écœurement a éteint le visage des Philippins qui se pressaient contre la balustrade. Les doigts de Julio ont plongé dans sa poche de gousset. La surprise a écarquillé les yeux bleus de Helen quand elle a vu quarante cents — un quarter, une pièce de dix cents et une de cinq — coincés entre le pouce et l'index de Julio Sal.

« Quatre tickets », a dit Julio Sal.

Le vendeur de tickets a fait rouler son cigare entre ses lèvres. « Seulement quatre ? »

« S'il vous plaît. »

La cloche a sonné, la danse s'est terminée, une

autre a commencé. Du coin de l'œil, Julio Sal a vu la mauvaise humeur quitter les visages de ses petits frères basanés. Leurs sourires se moquaient de lui. Ils attendaient depuis si longtemps ; ils pouvaient bien attendre encore quatre danses. La cloche a sonné, la danse s'est terminée, une autre a commencé ; et puis la cloche a encore sonné.

« Helen », a dit Julio Sal. « Helen, je t'aime, Helen. »

« C'est gentil », elle a répondu, parce que tous les Philippins aimaient Helen, parce que tous les Philippins réussissaient à le dire quand ils arrivaient à leurs deux ou trois derniers tickets.

« Je vais t'écrire lettre », a dit Julio Sal.

« Je t'en prie. » Parce qu'elle répondait toujours ça ; parce que les lettres signifiaient qu'ils reviendraient quand ils auraient touché leur paie. « Je t'en prie, écris-moi. »

« Tu m'écris aussi ? »

Mais la cloche a sonné, la danse s'est terminée et il n'avait plus de ticket. Elle s'est dégagée de ses bras. Le guichet s'est ouvert et il a été submergé par une avalanche de petits hommes bruns qui se battaient pour casque d'or. Avec un faible sourire, il s'est accoudé à la balustrade pour la regarder poser son visage enfantin contre la poitrine de Johnny Dellarosa, mécanicien qualifié, Van Camp's, San Pedro. Une vague de tendresse a suffoqué Julio Sal. Une petite poupée blanche — telle était son Helen. Un avenir merveilleux lui est apparu dans une rêverie qui a oblitéré le boogy-woogy et le bruit de la cloche — elle préparait ses œufs au bacon dans une cuisine peinte en bleu comme dans le film qu'il avait vu, puis il sortait de la chambre en souriant, vêtu d'une robe de chambre verte à ceinture jaune, comme dans le film. « Ah, Helen », lui disait-il, « tu es le meilleur cordon bleu de toute la Californie. Bientôt nous prendrons bateau pour retourner à Luzon et retrouver maman et papa ».

Cette rêverie permit à Julio Sal de laisser passer vingt-cinq coups de cloche avant de se rappeler que ses poches étaient vides et qu'il y avait vingt-trois kilomètres jusqu'à Wilmington.

En sortant, alors qu'il boutonnait son étroit manteau aux épaules rembourrées, Julio Sal s'arrêta devant une très grande photo du personnel du Bal des Anges ; quarante filles de toute beauté, quarante. Et elle figurait parmi elles, son Helen, elle était au premier rang, la troisième à partir de la gauche, avec son visage adorable et sa silhouette tellement mince.

« Helen, Helen, je t'aime. »

Il descendit les marches jusqu'à la grande rue et vit le brouillard qui coulait vers le nord comme un fleuve blanc. Julio Sal, élégant jeune homme philippin — costume de serge noire, manteau sur mesure, chaussures noires en cuir cousu main, chapeau à bord étroit dernier cri. Affrontant le fleuve blanc, il prit la grande rue vers le sud. Vingt-trois kilomètres jusqu'au port. Bien. Il ne regrettait pas sa soirée. Il inhalait le brouillard et la fumée de cigarette, son amour le faisait sourire. Maman, voici Helen ; Papa, voici Helen, ma femme. Le rêve tenait bon. Il ne pourrait pas l'épouser en Californie. La loi s'y opposait. Ils iraient à Reno. Ou à Tijuana. Ou à Seattle. Il travaillerait un peu dans le Nord. Ensuite ils rentreraient aux Philippines. Maman, voici Helen ; Papa, voici Helen.

Vingt-trois kilomètres jusqu'à Wilmington.

II

Il arriva à six heures du matin, ses chaussures en cuir cousu main bousillées. Derrière la conserverie, dans les baraques à deux étages, les cinq familles japonaises étaient déjà réveillées ; à leurs fenêtres, la lumière brillait comme l'or terni dans l'épais brouillard.

Il sentit l'engrais dans les cuves, le goudron, le

pétrole, le copra, les bananes et les oranges, l'eau de fond de cale, les vieux cordages, les anchois putrescents, les billes de bois, le caoutchouc, le sel — le vaste bouquet des odeurs du port. Cela aussi faisait partie de son rêve. Pendant que je travaillais ici, j'ai rencontré mon amour — moi, Julio Sal.

Il s'engagea à pas de loup sur la longue véranda du bâtiment peu élevé à la façade noircie. Il y avait seulement de minuscules appartements disposés comme des cellules — une porte, une fenêtre ; une porte, une fenêtre. Une planche grinça sous ses pas, un bébé se réveilla et se mit à pleurer. Les bébés, ah les bébés. Une petite fille, espérait-il, dotée du visage et des yeux de Maman Helen.

Il habitait la dernière cellule ; lui, Silvio Lazada, Pacito Celestino, Manuel Bartolome, Delfin Denisio, Vivente Macario, Johnny Andrino et Fred Bunda — tous des hommes jeunes venus en Amérique à la fin des années vingt.

Ils dormaient ; l'air confiné de la pièce empestait l'odeur du poisson, des corps, du riz brûlé et de l'air marin. Bunda, Lazada et Celestino occupaient le lit collé au mur ; Andrino était couché sur le canapé ; Bartolome, Macario et Denisio par terre. Des gars de toute confiance. De loyaux compatriotes ; bien qu'il eût passé toute la nuit dehors, personne n'avait occupé son lit dans la baignoire.

Sur la pointe des pieds, il enjamba les dormeurs pour rejoindre la salle de bains. Dans la lumière grise et brumeuse, il découvrit que, tout compte fait, il y avait quelqu'un dans la baignoire. Le dormeur était enroulé dans des couvertures, des vieux draps et des vêtements sales, la tête sous les robinets et les pieds posés sur le rebord de la baignoire. Julio Sal se pencha en souriant ; c'était Antonio Repollo. Il n'avait pas vu Antonio depuis deux ans, depuis les conserveries de Seattle et de l'Alaska. Julio Sal siffla doucement à cause du plaisir qu'il éprouvait. Antonio Repollo était diplômé de l'Université de Washington ; il savait écrire des lettres superbes. Antonio Repollo était non seulement diplômé de l'université, il écrivait aussi de la poésie pour El Grafico à Manille.

Julio Sal s'est penché et l'a secoué.

« Antonio, mon ami. Bienvenue. »

Repollo s'est retourné, un sac à linge dans les bras.

« Antonio, c'est moi. Julio Sal. J'ai fille. »

« Américaine ? » a demandé Repollo.

« L'est blonde », a dit Julio Sal. « L'est merveilleuse. »

« Mauvais », a dit Antonio.

« Non », a protesté Julio Sal. « Bon. Très bon. »

« Très mauvais », a dit Repollo. « L'est pire chose possible. »

« Non », a dit Julio Sal. « L'est meilleure chose possible. »

Il s'est glissé dans sa salopette maculée de graisse, il a trouvé une chemise propre derrière la porte de la cuisine, qu'il a mise. C'était au tour de Vivente Macario de préparer le petit déjeuner. Depuis 1926, les champs d'asperges, les champs de céleri, les conserveries de l'Alaska et celles de San Diego, Vivente Macario préparait toujours le même petit déjeuner — riz réchauffé, trois boîtes de sardines volées à la conserverie, un quignon de pain et du thé. Ils s'asseyaient autour de la table entaillée à coups de couteau, et mangeaient tranquillement en louchant parfois vers les centaines d'initiales et de dates inscrites par les Philippins arrivés puis repartis au fil des ans, attirés par les conserveries.

Son visage brun dégoulinant d'eau froide, Antonio Repollo est entré dans la cuisine. Le poète, le diplômé. Il était là, dans leur maison, et sa présence les honorait ; ils lui avaient même donné une baignoire où dormir. Ils lui ont fait une place à table, puis ils ont regardé ses longs doigts minces retirer les sardines de la boîte.

« Julio Sal », il a demandé, « comment s'appelle cette femme ? »

« L'est Helen. »

« Helen ? Rien d'autre ? Pas Henderson, pas Smith ou Brown ? »

« Rien d'autre. Helen, c'est tout. Helen. »

« Il a une fille », a expliqué Repollo. « L'est Helen. Il veut épouser cette fille. Fille américaine. »

« Pas bon », a dit Fred Bunda.

« Stupide », a dit Delfin Denisio.

« Trop de problèmes » — Johnny Andrino.

« Helen ? » C'est Manuel Bartolome qui parle. « N'est pas même Helen qui travaille au Bal des Anges ? Taxi danse ?

« Oui, oui », a dit Julio Sal. « C'est lui, c'est Helen. »

Bartolome a sucé ses grosses lèvres. « Pas bonne, cette femme. Pas possible. Pour l'épouser, j'ai essayé moi-même. Elle est foutue menteuse. Tu donnes l'argent, elle prend. Mais donne rien. »

« Non, non », a protesté Julio Sal avec un sourire. « L'est une autre Helen. Celle-ci, l'est bonne. Celle-ci aime. Je lui plais. Elle dit : " écris lettre ". Ceci, je vais faire ce soir. »

« Bah », a fait Bartolome comme pour chasser un mauvais souvenir. « Pourquoi tu crois ça ? Seulement simagrées. Moi je lui écris des lettres. Six fois. Elle prend mon argent, ne donne rien. Elle aime pas toi, Julio Sal. Elle ne marie pas Philippin. Elle prend son argent, mais elle ne marie pas. C'est pas amour. C'est business. »

Le poing massif de Julio Sal s'est abattu sur la table. « Je vais la faire aimer moi. Vous attendez. Vous voyez. Bientôt, dans trois mois, fermeture de la conserverie. J'ai argent. Nous partons nous marier. Reno. Seattle. »

« Mauvais », a dit Pacito Celestino.

« Bêtise », a dit Vivente Macario.

« Est terrible », a dit Delfin Denisio. « Horrible. »

« C'est amour », a dit Julio Sal. « C'est merveilleux ! »

III

« Tu écris une lettre pour moi ce soir ? » a demandé Julio Sal à Antonio Repollo.

« Non », a répondu Antonio Repollo.

C'était le soir. Le poète Antonio Repollo, assis devant sa machine à écrire portative, tapait furieusement sur le clavier. Le brouillard s'était levé. Une énorme lune jaune surplombait les docks américains et hawaiiens.

« Je suis déçu », a dit Julio Sal. « J'écris lettre moi-même. »

Il a demandé du papier, Repollo lui en a donné. Il a demandé un stylo, et l'a obtenu. Il s'est assis en face du poète, et sa langue a gonflé sa joue. Une demi-heure est passée. La sueur perlait au front de Julio Sal ; devant lui, la feuille de papier restait vierge, immaculée. Des yeux suppliants observaient la danse des doigts d'Antonio Repollo.

Julio Sal a repoussé la feuille de papier. « Je peux pas faire », il a dit. « L'est trop difficile d'écrire. »

« Tu es un crétin, Julio Sal », a répondu Antonio Repollo. « Il y a seize ans, à Hawaii, je te dis : " Va à l'école, Julio Sal. Apprends à lire l'anglais, apprends à écrire l'anglais ; ça te servira un jour. " Mais non, tu travailles avec les ananas, tu gagnes de l'argent, tu joues à la loterie chinoise, tu joues aux dés, tu perds tous tes paris aux combats de coq. Tu n'as pas le temps pour l'école américaine. Moi, je suis différent. J'ai grande culture. Je suis diplômé, Université de Washington. Peut-être l'an prochain nous allons à Pasadena pour le Rose Bowl. »

« Peut-être j'écris l'espagnol. »

« Cette Helen, elle est espagnole ? »

« Non. Elle est américaine. »

« Alors pourquoi écrire en espagnol ? »

« Je ne peux pas écrire l''anglais. J'écris l'espagnol. Peut-être elle a ami espagnol. »

« Idiot, Julio Sal. Tu es écervelé. »

Julio a senti les larmes piquer ses yeux. « Est vrai, Antonio. Je suis faire grosses erreurs. Tu écris lettre pour moi. L'année prochaine je vais à l'école. »

« Je travaille dur pour mon éducation. Pour écrire, je me fais payer. El Grafico, ils me paient, pour la poésie, dix cents le mot. Pour la prose, un cent. Tarifs formidables. »

« Je te paie, Antonio. Ecris lettre magnifique et je te paie tarif formidable. Combien pour ce travail, Antonio ? »

« Pour lettre, composition en prose, un cent le mot. Même tarif que pour El Grafico. »

Antonio a glissé une feuille de papier dans sa machine, puis s'est mis à écrire. Debout derrière lui, Julio Sal regardait les lettres danser sur le fond blanc.

« Bien », a dit Julio. « L'est magnifique. Ecris encore beaucoup, Antonio. Je te paie un sou le mot. »

L'instinct créatif d'Antonio Repollo s'est aussitôt refroidi. Il a pivoté et brandi son poing sous le nez mince de Julio Sal. « Comment sais-tu que c'est bon ou mauvais ? Tu ne sais pas lire l'anglais. Comment peux-tu dire cela ? »

« Ça semble bon, Antonio. Semble magnifique. »

« Je te lis », a dit Antonio. « Je tiens toujours à donner entière satisfaction. » Comme s'il tendait l'oreille vers une lointaine corne de brume, Julio Sal s'est tourné vers la fenêtre et a écouté Antonio :

Chère Mademoiselle Helen,

Le Barde Immortel l'a dit : « Qu'est-ce qu'un nom ? » J'abonde dans son sens. Et bien que je ne connaisse pas la nature de votre nom propre, cela importe peu. Oh, Mademoiselle Helen ! Lugubres souvent sont les chemins de l'amour ; profondes, ses interprétations ; puissants, ses jugements. Oh, éblouissante Diane de la Danse ! Mon amour pour vous ressemble à une trompette bouchée qui sanglote parmi les cuivres. Le destin nous a fait nous rencontrer, et l'arôme de la dévotion s'élève de votre humble serviteur. »

Julio Sal a secoué la tête. « L'est pas bon, Antonio. L'est terrible. Très mauvais. »

« C'est merveilleux ! » s'est écrié Repollo. « Meilleur que ce que j'écris pour El Grafico ! »

Julio Sal a soupiré en regardant la lune. « Antonio, tu écris, je parle. Tu frappes sur ta machine ce que je dis à toi. »

Antonio a haussé les épaules avec une moue méprisante. Puis il a levé ses mains ouvertes devant lui. « Comme tu veux, Julio. Même tarif pour la dictée. Un cent le mot. »

Julio Sal n'écoutait pas. Ses deux mains étaient serrées sur son cœur tandis que le clair de lune baignait ses yeux marron. « Oh, adorable Helen ! » Il s'exprimait en tagalog, sa langue maternelle. « Oh, merveilleuse fille-lune ! Tes rayons ont empli mon âme d'un plaisir sauvage. Le jour où je pourrais, plein d'adoration, m'agenouiller à tes pieds, saisir le bord de ta robe rouge entre mes mains indignes, je crois que je mourrai de joie. Nombreux sont les hommes plus dignes que Julio Sal, mais aucun ne peut prétendre t'aimer davantage. Mon souhait, ou plutôt mon espoir est que tu deviennes mon épouse. Vers ma patrie bien-aimée nous retournerons, pour y vivre à jamais sous les cocotiers de la belle Luzon. Mes riches père et mère t'accueilleront dans leur plantation de quinze mille acres — riz, dattes, ananas et noix de coco. Sur toutes nos terres, tu règneras comme une reine jusqu'à la fin de tes jours. »

C'en était trop pour Antonio Repollo. « Tu mens, Julio Sal. Ta maman et ton papa sont des paysans. Ils sont pauvres, Julio Sal. Tu les trahis avec tes mensonges. Tu en fais des chiens capitalistes. Des caciques. »

« Tu écris », a répliqué Julio Sal. « Je paie un sou le mot. Tu frappes sur ta machine. »

Repollo a tout transcrit, trois cent cinquante-six mots au total. Ils les ont comptés ensemble — trois dollars et cinquante-six cents. Une petite fortune. Mais Antonio n'a même pas facturé la ponctuation, les « le » et les « la », pas davantage l'enveloppe ni la frappe de l'adresse : Mademoiselle Helen, aux bons soins du Bal des Anges, Los Angeles. La dactylographie propre et régulière a plu à Julio Sal, ainsi que sa signature au bas de la lettre, soulignée trois fois avec moult arabesques et fioritures.

« Je paie », a dit Julio Sal. « Viens le jour de paie. »

Six jours plus tard, Julio Sal a touché sa paie, et il a donné treize dollars et quatre-vingts cents à Repollo pour cette lettre et trois autres. Il a malgré tout réussi à en économiser quinze, car ç'avait été une semaine chargée en heures supplémentaires. Helen n'a pas répondu à ses lettres. Mais il comprenait parfaitement ; la vie d'une taxi-girl n'avait rien de facile — il fallait danser le soir, dormir le jour, sans jamais un moment à soi. Mais un jour, tout cela changerait. Bientôt — après le thon.

Il économisait. Betty Grable passait-elle au cinéma du port ? Tous les petits hommes bruns adoraient Betty Grable ; sa photo dédicacée trônait au-dessus de l'évier de la cuisine ; tous allèrent voir son film. Tous, sauf Julio Sal. Assis sur un pilier du dock 158, il fumait un cigare bon marché en regardant les débardeurs charger le *Président Hoover* à destination de Hawaii et des Philippines. Il y eut ensuite Madeleine Carroll, Virginia Bruce, Carole Lombard, Anita Louise — les actrices préférées des Penoys. Mais Julio Sal resta chez lui. Il y eut aussi la soirée où Sixto Escobar rencontra Baby Pacito à la Hollywood Legion. Et la soirée où le boxeur Ceferino Garcia mit K.O. Art Gonzales pendant que ses compatriotes hurlaient de joie autour du ring. Mais où était Julio Sal ? Chez lui, pour économiser.

IV

En septembre, le thon disparut. Où part le thon quand il s'en va ? Personne ne saurait le dire. Du jour au lendemain, les bruyantes conserveries fermèrent leurs portes. Pas de poisson, pas de travail. Les Philippins qui connaissaient la musique avaient mis de l'argent de côté. Entre trois cents et cinq cents dollars.

Comptaient-ils rentrer chez eux ? Retourner à Luzon ou à Ilocos Norte ? Non, pas encore. Maintenant on pouvait gagner beaucoup d'argent dans le nord avec les récoltes — laitues, prunes, houblon, olives, raisins, asperges, noisettes, melons. Se reposer, quelques jours. Aller à Los Angeles, voir quelques filles, acheter des vêtements, traîner un peu, trouver une grosse voiture, descendre Hollywood Boulevard, peut-être apercevoir Carole Lombard, peut-être Anita Louise, difficile de prévoir qui. Rejoindre ensuite les grandes cultures du nord. Merced, Stockton, Salinas, Marysville, Woodland, Watsonville. Quitter les amis et les camarades de travail — Celestino, Bartolome, Bunda, Denisio, Lazada, Macario. Rendez-vous dans le Nord.

Le dernier jour, Antonio Repollo a dit à Julio Sal . « Les prunes, elles sont mûres dans le comté de Santa Clara. Tu viens avec moi ? »

Julio Sal a répondu : « Non. Je vais à Los Angeles pour retrouver Helen. Nous allons à Reno, peut-être. Pour notre mariage. »

« Tu as donc reçu une réponse ? » a demandé Repollo. « Elle a dit oui ? »

« Pas lettre. Mais égal, nous nous marions. »

« Peut-être », a répondu Repollo sans conviction.

« Pas peut-être. L'est vérité. Tu attends. Tu vois. Très bientôt, Mme Julio Sal, avec alliance. »

« Tu as l'argent, Julio Sal ? Coûte très cher d'avoir une femme américaine. »

« Trois cent cinquante, j'ai. »

« C'est très petite somme. »

« C'est beaucoup. Je gagne encore pendant les récoltes. »

Repollo a sorti son portefeuille. « Je te prête vingt dollars. Après les asperges, tu me rembourses. »

« J'ai beaucoup, trois cent cinquante. »

Repollo lui a tendu un billet de cinq dollars. « Ceci, pour le cadeau de mariage. Du chocolat. Félicitations, Antonio Repollo. »

Les larmes ont embué les yeux de Julio Sal. Il a plié le billet vert en s'humectant les lèvres. « Tu es bon Philippin, Repollo. Homme intelligent. Je dis à Helen. Peut-être un jour je lui dis que tu écris lettres sur la machine — un jour, peut-être. *Gracias*, mon ami. »

« De rien », a répondu Repollo. « Pour ça, j'ai licence de l'Université de Washington. Bientôt nous jouons au Minnesota ; peut-être nous gagnons. »

Quand il quitta l'appartement pour la dernière fois, une valise dans chaque main, son manteau simplement posé sur les épaules, Julio Sal semblait entouré d'une aura de propreté et de netteté, et il le savait, du moins selon les photos d'*Esquire ;* il était impeccablement vêtu, jusqu'à son chandail beige qui s'harmonisait parfaitement avec sa cravate marron clair. Il y avait une seule légère imperfection dans son ensemble — ses chaussures marron. Leur semelle était trop mince de moitié.

Les gros tramways rouges mettaient quarante minutes pour aller en ville. A une heure moins le quart, Julio Sal marchait dans Hill Street. Au carrefour, dans une vitrine, une paire de chaussures a accroché son regard. Elles étaient en peau de porc brun clair, dans le style mocassins à semelles légères, avec un bout d'une couleur différente. Sous le présentoir en velours, l'étiquette annonçait quinze dollars. Julio Sal s'est mordu les lèvres et a tenté de brider sa passion hispano-malaise pour les cuirs clairs. Mais c'était une bataille perdue d'avance. Cédant à sa propre faiblesse, il a franchi les portes vitrées pour entrer dans un univers odorant et frais de cuir et de laine peignée, de soies et de cachemires.

A deux heures et demie, un Julio Sal flambant neuf se pavanait dans Hill Street avec tout l'aplomb d'un coq de Bantam. Ses chaussures neuves le grandissaient ; son pantalon de gabardine neuf lui accordait un pas long et viril ; son nouveau manteau sport, avec ceinture et plis dans le dos, lui donnait la carrure d'un athlète ; le chandail en laine existait à peine, tant il était léger et doux. Et son nouveau chapeau ! Vert foncé avec une bande plus claire, un grand chapeau à rebord mince, baissé sur un œil. Devant chaque vitrine, Julio Sal se regardait passer en regrettant que ses parents, là-bas, à Luzon, ne le voient pas aujourd'hui dans la rue. Sa métamorphose lui avait coûté cent vingt-cinq dollars. Sans importance.

Au beau Philippin qu'il apercevait dans les vitrines, Julio Sal disait : « Mieux vaut d'abord fiançailles. Attendre quelques mois. Houblon à Marysville. Asperges à Stockton. Beaucoup d'argent. Après asperges, nous nous marions. »

L'idée lui vint brusquement, revigorant sa conscience. Mais une culpabilité glacée le fit frissonner. La première bijouterie en vue l'avala. Une bague de fiançailles. Quand il ressortit dans la rue brûlante, son portefeuille soulagé de soixante-quinze dollars, il était malheureux. Il se sentit brusquement tomber en chute libre, il fut pris d'une terreur telle qu'il inspira violemment l'air par la bouche. En traversant Pershing Square, il ne tira aucun plaisir de ses vêtements neufs quand il s'assit au soleil. Une profonde solitude s'abattit sur lui. Qu'arrivait-il à Julio Sal ? Cette Helen — elle n'avait pas répondu à une seule de ses lettres. Il était stupide. Bartolome l'avait prévenu. Mais que devait faire un jeune Philippin ? Pour chaque fille des Philippines qui vivait en Californie, il y avait vingt-deux Philippins. La loi était ainsi faite, et la loi stipulait aussi qu'un Philippin ne pouvait pas épouser une blanche. Que pouvait faire un Philippin ? Mais Helen était différente. Helen était danseuse taxi-girl. Elle travaillait. Grosse différence. Aussitôt il se sentit mieux. Il se leva et traversa la grande rue, de nouveau fier de ses vêtements neufs.

V

Ce soir-là, le premier client au guichet des tickets du Bal des Anges fut Julio Sal. Il était presque sept heures. Il acheta cent tickets. Sur l'estrade, les quatre musiciens de couleur accordaient leurs instruments. Les filles n'étaient pas encore sorties des coulisses. Julio Sal longea la balustrade jusqu'à l'estrade, à deux mètres des coulisses. L'orchestre entonna tant bien que mal une musique lente raccordée à un haut-parleur installé dans la rue.

A sept heures un quart, le bruit avait rameuté cinq Philippins, trois Mexicains, deux marins et un soldat. La porte des coulisses s'est ouverte et les filles ont fait leur entrée. Helen est arrivée parmi les premières.

Julio Sal a brandi son rouleau de tickets et dit : « Bonjour. »

« Une minute », a répondu Helen.

Il l'a regardée marcher vers l'estrade et dire quelque chose au trompettiste. Elle avait changé en trois mois — beaucoup changé. Il se rappelait une fille en rouge. Ce soir, elle portait une robe de gaze bleue dont les plis légers descendaient jusqu'à ses chaussures. Autre chose — ses cheveux. Ils avaient été d'un blond doré ; maintenant ils étaient platinés. Il n'a pas eu le temps de décider si ces changements lui plaisaient ou non, car elle s'est avancée vers lui.

« Salut. Tu veux danser ? »

« Helen, est moi. Julio Sal. »

La cloche a sonné, Helen ne l'a pas entendu. Il a senti ses jambes trembler en se dirigeant vers la porte. Elle l'a retrouvé là, elle s'est glissée dans ses bras professionnellement et pourtant comme un vent brûlant. C'était une valse. Elle dansait facilement, méthodiquement, avec une fraîcheur qui lui donnait le sentiment qu'elle y prenait plaisir. Elle ne se souvenait pas de lui — de cela il était sûr. Il allait lui dire son nom quand elle a levé les yeux et souri. C'était un sourire amical, mais qui avait quelque chose d'étrange, une froideur dans les yeux bleus qui rendit brusquement Julio Sal conscient de sa race ; il fut content qu'elle ait oublié sa première rencontre avec Julio Sal.

« C'est la première fois que tu viens ici ? » elle a demandé.

« Première fois », il a répondu.

« J'ai l'impression de t'avoir déjà vu. »

« Non, non. Première fois ici. »

La salle s'est remplie peu à peu. Surtout de Philippins. Ils ont dansé pendant une heure, jusqu'à ce qu'il se sente fatigué. De l'autre côté de la balustrade, il y avait un bar et des tables. Il sentait l'étau de ses chaussures neuves, il avait envie de s'asseoir. De toute façon, c'était le même prix. Danser ou rester assis avec elle coûtait la même chose — dix cents la minute.

« Je te paie un verre », il a dit.

Ils ont quitté la piste pour rejoindre les tables. Chacune portait un écriteau *Réservé.* Le serveur debout au bar s'est précipité vers eux pour retirer l'écriteau sur une table. Ils se sont installés. La cloche a sonné. La fille a déchiré un ticket du rouleau, puis l'a glissé dans un porte-monnaie bleu assorti à sa robe. Ses petits doigts se sont serrés autour de son poignet à lui.

« Comment tu t'appelles ? »

« Tony », il a dit. « Tony Garcia. »

« J'aime bien Tony. C'est un prénom extra. »

Le serveur était grand, costaud, impersonnel, sans doute texan.

« Quelque chose à boire ? » a demandé Julio Sal. « Que désirez-vous ? »

Elle a baissé le visage, puis levé son regard bleu et limpide. « Pourrais-je avoir quelque chose de bon, Tony ? Du champagne ? » Elle a saisi la tête de Julio Sal entre ses mains, l'a attirée contre ses lèvres et a chuchoté dans son oreille : « Je touche un pourcentage. » Il le savait déjà, mais le contact de ses lèvres, la chaleur de son haleine contre son cou, son parfum, tout cela l'a délicieusement troublé. La cloche a sonné, elle a déchiré un autre ticket.

« Champagne », a dit Julio Sal.

« Sept sacs la bouteille », a précisé le serveur.

« Sept ? » Julio s'est frotté la mâchoire, puis a senti des doigts doux et frais serrer son genou sous la table. Il a regardé la fille. Son visage et ses yeux étaient baissés, elle souriait d'un air espiègle.

« Champagne. »

Ils ont attendu en silence. Quatre fois la cloche a sonné, quatre fois les ongles écarlates de Helen ont déchiré le rouleau de tickets. Le serveur est revenu avec deux verres et une bouteille posés sur un plateau. Il a tendu un bout de papier à Julio Sal.

« Neuf ? » s'est étonné Julio Sal. « Mais vous dites sept. »

« Le couvert n'était pas compris. »

« C'est trop cher pour payer, seulement une bouteille de vin. »

Le serveur a repris son plateau et fait mine de repartir vers le bar.

Julio l'a rappelé. « Je paie », il a dit.

Quand Julio a payé, alors seulement le bouchon a sauté. Julio a levé son verre pour le faire tinter contre celui de Helen. « Pour vous, pour plus jolie fille de toute la Californie. »

« T'es gentil », elle a dit en buvant.

Julio a goûté le vin en y plongeant ses dents et sa langue. A peine correct. Il en avait bu du meilleur à San Jose, et pour le tiers du prix. La cloche a sonné, les ongles rouges se sont agités, une nouvelle danse a commencé. C'était une valse, Blue Hawaii.

Helen a fermé les yeux ; elle a soupiré en se balançant au rythme de la musique. « Mon morceau préféré. Danse avec moi, Tony. »

Ils ont rejoint la piste et elle s'est collée de tout son corps contre Julio Sal. La cloche a sonné alors qu'ils s'approchaient de l'orchestre. Elle a déchiré un autre ticket et parlé au trompettiste. Les trois morceaux suivants ont été Blue Hawaii. Julio Sal était très content. Elle aimait la musique des îles. Elle aimerait encore plus la musique des Philippines.

Elle s'accrochait à son bras quand ils sont retournés vers leur table. Les verres avaient disparu, la bouteille aussi. De nouveau la table portait un petit écriteau *Réservé*. Julio Sal a appelé le serveur.

« J' croyais qu' vous aviez foutu le camp », a dit le serveur.

« Non, non. Juste danser un peu. »

« Pas de chance. »

« Mais c'était bouteille pleine. Juste un peu nous avons bu. »

« Désolé. »

« Apportez autre bouteille », a demandé Julio Sal.

Ils se sont assis. Helen égrenait comme des perles les derniers tickets de Julio Sal. « Quel dommage », elle a dit. « On y a à peine goûté. »

« Pas dommage. Nous en prenons encore. »

Le serveur a apporté une autre bouteille et deux verres. Il a tendu à Julio Sal un autre bout de papier, mais Julio a refusé de payer ; il l'a repoussé en secouant la tête. « Je paie déjà. Celle-ci est gratuite. »

« Faut payer. »

« Non. Vous me trompez. Neuf dollars, à peine un verre. »

Le serveur s'est penché au-dessus de la table ; sa grosse main s'est refermée autour de la gorge de Julio Sal et a repoussé sa tête. « J' suis pas obligé de supporter les injures d'un Philippin. Tu paies ou tu t' casses. »

Une nausée insupportable a envahi Julio Sal — honte et impuissance. Il a lissé ses cheveux en tournant la tête pour cacher à Helen l'expression affolée de son visage, et quand la cloche a sonné il a été heureux qu'elle fût occupée à déchirer un autre ticket.

Le serveur s'est éloigné en jurant. Julio Sal essayait de retrouver son souffle et regardait ses mains calleuses. Ce n'était pas le serveur, et pas davantage les neuf dollars, mais pourquoi l'avait-elle embobiné en réclamant trois fois de suite Blue Hawaii ? Julio Sal a eu envie de pleurer. Ensuite il y a eu des doigts frais sur sa main, et il a vu son doux visage.

« N'y pense plus », elle a dit. « Je peux m'en passer si tu ne peux pas faire autrement. »

Pour Julio Sal, plus rien n'avait d'importance, même pas lui-même.

« Garçon », il a dit.

Ce soir-là, Julio Sal a bu cinq bouteilles de champagne, il les a bues presque tout seul ; pourtant l'amertume qui le rongeait demeurait sèche et douloureuse, et l'ivresse ne venait pas. Il restait seulement la soif et le désir, et la satisfaction perverse de jouer le rôle du pigeon. A minuit, il a regardé avec fascination les ongles rouges déchirer le trois centième ticket. Parfois elle disait : « On danse ? » et parfois il proposait : « Boire ? » Parfois elle serrait sa main en lui demandant : « Tu passes un bon moment ? » Et toujours il répondait : « Très bon moment. »

Comme ils cherchaient des allumettes, ses doigts ont rencontré un objet dur et carré au fond de sa poche.

Il a sorti l'écrin qui contenait la bague de fiançailles. C'était un unique diamant serti dans l'or blanc. Il l'a tendu sous les yeux de Helen.

« Vous aimez ? »

« Très beau. »

« J'achète pour fille. Elle meurt. »

« Dans un accident de voiture ? »

« Elle meurt, simplement. Malade. Tu veux cette bague, tu la gardes. »

« Je ne peux pas. »

Il l'a enfilée au doigt de Helen. Elle l'a levée vers la lumière et ri en la voyant scintiller.

Trois fois la cloche a sonné, mais elle a oublié le rouleau de tickets. Alors elle a encore regardé Julio, examiné son nez délicat, ses lèvres minces. Elle a pris la main de Julio pour déposer un baiser sur sa paume calleuse.

« Tu peux m'emmener chez toi. Enfin, si tu veux. »

Il a regardé son verre vide, l'a fait tourner entre ses doigts, puis il a souri en se rappelant le petit discours qu'il avait préparé cet après-midi, les mots qu'il avait voulu dire à Helen en lui offrant la bague de fiançailles.

« Tu n'en as pas envie ? »

« Si, beaucoup. »

« Tu as une voiture ? »

« Nous prenons taxi. »

Elle a approché sa chaise de celle de Julio pour s'asseoir contre lui. Elle a saisi la main de Julio entre les siennes, elle l'a pressée en jouant avec ses doigts d'un air absent.

Quand il a proposé une autre bouteille de champagne, elle s'est renfrognée. « C'est pour les pigeons. »

« Je suis un pigeon. »

« Mais non. T'es gentil, toi », elle a dit.

« J'ai ami », il a dit. « S'appelle Julio Sal. Il te connaît. »

« Le type qui écrit toutes ces lettres de dingue ? Il doit être bargeot. »

« Oui. Bargeot. »

Il a regardé la pendule au-dessus du bar et il a voulu soupirer ; mais ç'a été un sanglot qui est monté de sa gorge. Il était minuit et demi. Le rêve était mort.

« Je t'attends à la porte en bas », il a dit.

Il s'est levé et l'a laissée assise à la table. Il faisait chaud dans la rue. Il a marché une vingtaine de mètres vers le nord, jusqu'à une minuscule épicerie ouverte toute la nuit. Des cageots de figues et de raisins étaient penchés vers la rue. Leur spectacle a augmenté la sécheresse et l'amertume de sa bouche

— cigarettes et champagne. Il a acheté une grappe de raisin pour dix cents, puis a demandé un sac en papier au vendeur. Le raisin était du Black Prince aux énormes grains juteux.

Il en a glissé un dans sa bouche, l'a senti éclater entre ses dents. Il a savouré le jus sucré qui a empli sa bouche. Le raisin du comté de Sonoma, des vignobles autour de Santa Rosa. Il avait fait les vendanges à Sonoma — qui sait, peut-être exactement dans les vignes d'où venait cette grappe.

En mangeant son raisin, Julio Sal a parcouru un bloc jusqu'à la gare centrale, il a repris son manteau et ses valises à la consigne automatique, puis descendu les marches vers Los Angeles Street et le dépôt des bus. L'employé du guichet lui a adressé un signe de tête.

« Un aller simple Santa Rosa », a demandé Julio Sal.

TABLE DES MATIÈRES

Achevé d'imprimer
sur les Presses Bretoliennes
27160 Breteuil-sur-Iton

Dépôt légal : septembre 1986
Numéro d'édition : 737
N° d'impression : 1001
Nouveau tirage 1990